FANTASY

R. A. SALVATORE

DER SPEER DES KRIEGERS

Drachenwelt 1

Aus dem Amerikanischen
von Frank Böhmert

GOLDMANN

Die amerikanische Originalausgabe erschien 1993
unter dem Titel
»The Woods Out Back« bei Ace Books, New York

In Gedenken an J.R.R. Tolkien
und für Fleetwood Mac;
sie schenkten mir Elfen und Drachen,
Hexen und Engel
und lehrten mich,
sie auf eigene Faust zu finden.

Umwelthinweis:
Alle bedruckten Materialien dieses Taschenbuches
sind chlorfrei und umweltschonend.
Das Papier enthält Recycling-Anteile.

Der Goldmann Verlag
ist ein Unternehmen der Verlagsgruppe Bertelsmann

Deutsche Erstveröffentlichung 8/96

Umschlaggestaltung: Design Team München
Umschlagillustration: Schlück/Berni, Garbsen
Satz: deutsch-türkischer fotosatz, Berlin
Druck: Elsnerdruck, Berlin
Verlagsnummer: 24652
Redaktion: Gerd Rottenecker
V. B. · Herstellung: Peter Papenbrok
Made in Germany
ISBN 3-442-24652-0

3 5 7 9 10 8 6 4 2

Prolog

»Du bist auf faire Weise und ganz nach euren eigenen Regeln gefangen worden«, sagte Kelsey streng. Seine scharfen Augen, goldfarben wie sein wallendes Haar und funkelnd wie die Sterne, die er so sehr liebte, bohrten sich in den kleinen Wicht und versprachen Kompromißlosigkeit.

»Dann wärs vielleicht mal an der Zeit, die Regeln zu ändern«, murmelte Mickey, der Kobold, vor sich hin.

Kelsey kniff die goldenen Augen bedrohlich zusammen; die feinen Brauen formten ein »V« über seiner zarten, aber markanten Nase.

Mickey schalt sich im stillen selbst. Unter tumben Menschen mochte er mit seinem ständigen Gemurmel ungeschoren davonkommen, aber, so ermahnte er sich, man sollte niemals die Schärfe eines Elfenohres unterschätzen. Er sah sich auf der weitläufigen Wiese nach einem Fluchtweg um. Es war eine nutzlose Übung; er konnte kaum hoffen, dem Elfen davonzulaufen, der mehr als doppelt so groß war, und das nächste Versteck war mindestens hundert Yards entfernt.

Keine vielversprechende Ausgangslage.

Immer bereit zu improvisieren, setzte Mickey seine beste Verhandlungsmiene auf. Zu feilschen war schließlich der zweitliebste Zeitvertreib eines Kobolds (der erste war der Einsatz von Illusionen, um menschlichere Verfolger dazu zu bringen, sich die Nase am nächsten Baum zu brechen).

»Die sind doch uralt«, versuchte er zu erklären. »Fangregeln für Menschen und habgieriges Volk. Es sollte ein Spiel sein, das weißt du doch.« Mickey trat mit seinem Schnabelschuh gegen den Stiel eines Pilzes, und sein Sarkasmus war nicht zu überhören, als er den Gedankengang zu Ende führte. »Mit jagenden Elfen hat damals niemand gerechnet, sie sind rechtschaffene Leute und hängen ihre Herzen nicht an einen Topf voll Gold. Das ist jedenfalls das, was man mir über Elfen beigebracht hat.«

»Ich verlange deinen kostbaren Topf gar nicht«, erinnerte ihn Kelsey. »Nur eine kleine Erledigung.«

»So klein nun auch wieder nicht.«

»Würdest du es vorziehen, wenn ich dein Gold nähme? Das ist der übliche Preis fürs Einfangen.«

Mickey knirschte mit den Zähnen und steckte sich dann seine (wenn man seine Größe bedachte) gewaltige Pfeife in den Mund. Er konnte sich nicht beschweren; Kelsey hatte ihn auf faire Weise gefangen. Trotzdem mußte Mickey sich fragen, wie anständig die Jagd verlaufen war. Die Regeln zum Einfangen eines Kobolds waren in der Tat uralt und genau, und da sie von den Kleinen Leuten selbst aufgestellt worden waren, waren sie sehr zugunsten der Kobolde ausgefallen. Aber der größte Vorteil eines Kobolds auf der Flucht vor einem Menschen waren seine unheimlichen Fähigkeiten beim Erzeugen von Illusionen. Doch im Falle von Kelsey, einem Elfen, löste sich dieser Vorteil in Wohlgefallen auf. Niemand in ganz Faerie, weder die Zwerge von Dvergamal noch die großen Drachen selbst, konnte so gut Illusionen durchschauen, konnte Wirklichkeit und Lüge so leicht voneinander unterscheiden wie die Elfen.

»So klein ist sie nun auch wieder nicht, deine Erledigung«, wiederholte Mickey. »Du willst jemandem Cedrics Helm überstülpen – in ganz Dilnamarra wüßte ich niemanden, dem er paßt! Der Mann war ein Riese …«

Kelseys gleichgültiges Achselzucken raubte Mickey jeden Mut zu weiterem Gezeter. Die menschliche Bevölkerung von Faerie war in der Tat geschrumpft, und die Aussichten, einen

Mann zu finden, dem die alte Rüstung passen würde, die einst König Cedric Donigarten getragen hatte, waren nicht gut. Natürlich wußte Kelsey das; warum sonst hätte er sich die Mühe gemacht, ihn einzufangen?

»Ich müßte vielleicht hinübergehen«, sagte Mickey ernst.

»Du bist der Schlaueste deines Volkes«, antwortete Kelsey, und es klang keineswegs herablassend. »Dir wird schon etwas einfallen, da habe ich keine Zweifel. Spätestens wenn die Feen, die du doch so gut kennst, getanzt haben. Sicher schulden sie Mickey McMickey noch den einen oder anderen Gefallen.«

Mickey nahm einen langen Zug aus seiner Pfeife. Der Tanz der Feen! Kelsey erwartete tatsächlich von ihm, daß er hinüberginge, um jemanden von der anderen Seite zu holen, aus der Wirklichen Welt.

»Mein Topf Gold wär ein leichteres Geschäft«, grummelte er.

»Dann gib ihn mir«, antwortete Kelsey lächelnd. Er wußte, daß es ein Bluff war. »Und ich werde das Vermögen benutzen, um das, was ich brauche, aus einer anderen Quelle zu beziehen.«

Die Pfeife knirschte zwischen Mickeys Zähnen, am liebsten hätte er dem selbstgefälligen Elfen mit seinen Schnabelschuhen das Maul gestopft. Kelsey hatte seinen Bluff mit derselben Leichtigkeit durchschaut wie seine Illusionen während der ungleichen Jagd. Kein Kobold würde jemals seinen Topf voller Gold hergeben, wenn er keine Möglichkeit hatte, ihn zurückzustehlen; es sei denn, es stand wirklich sein Leben auf dem Spiel. Und trotz aller Unannehmlichkeiten, die Kelsey ihm bereitet hatte, wußte Mickey, daß der Elf ihm nichts antun würde.

»Keine leichte Aufgabe«, sagte er ein weiteres Mal.

»Wenn die Aufgabe leicht wäre, würde ich mir die Mühe

selbst machen.« Kelsey antwortete ruhig, aber ein Zucken um seine goldenen Augen ließ erkennen, das seine Geduld langsam erschöpft war. »Mir fehlt die Zeit dazu.«

»Du hast dir die Mühe gemacht, mich zu fangen«, knurrte Mickey.

»Nicht allzuviel Mühe«, versicherte ihm Kelsey.

Mickey lehnte sich zurück und erwog noch einmal die Möglichkeit einer Flucht über die Wiese. Kelsey schmetterte jeden seiner Vorschläge ab, ließ keinen Raum zum Argumentieren, keinen Raum zum Feilschen. Nach den Maßstäben eines Kobolds war das nicht fair.

»Also entweder du nimmst mein Angebot an«, sagte Kelsey, »oder ich bekomme auf der Stelle deinen Topf voll Gold.« Er wartete einen Augenblick, um ihm die Möglichkeit zu geben, den Topf herbeizuzaubern, was Mickey natürlich nicht tat.

»Ausgezeichnet«, fuhr der Elf fort. »Dann kennst du nunmehr die Vertragsbedingungen. Wann darf ich meinen Menschen erwarten?«

Mickey trat ein weiteres Mal mit seinen Schnabelschuhen gegen den Pilz und versuchte dann, auf dem riesigen Hut einen bequemen Sitz zu finden. »Es ist ein wunderschöner Tag«, sagte er, und damit übertrieb er nicht. Der Wind war kühl, aber nicht stark, und er trug Tausende von Frühlingsdüften mit sich, die Aromen erwachender Blumen und frischgesprossenen Grases. »Viel zu schön, um über Geschäfte zu reden, sag´ ich.«

»Wann?« Kelsey ließ sich nicht beirren.

»Das ganze Volk von Dilnamarra tollt draußen umher, nur wir sitzen hier rum und verhandeln …«

»Mickey McMickey!« erklärte Kelsey. »Du bist eingefangen worden, gekascht, besiegt in einer Verfolgungsjagd. Also gibt es nichts zu verhandeln. Du bist an mich gebunden. Wir reden nicht über irgendein Geschäft, wir legen ... nein, ich lege die Bedingungen deiner Freigabe fest.«

»Deine Zunge ist genauso spitz wie deine Ohren«, flüsterte Mickey.

Natürlich hörte Kelsey jedes Wort, aber diesmal ersparte er sich einen finsteren Blick. Er schloß aus Mickeys resigniertem Tonfall, daß er endlich aufgegeben hatte. »Wann?« fragte er ein drittes Mal.

«Das kann ich nicht so genau sagen«, antwortete Mickey. »Ich muß ein paar Freunde darauf ansetzen.«

Kelsey verbeugte sich tief. »Dann genieße deinen wunderschönen Tag«, sagte er und wandte sich zum Gehen.

Trotz all seines Gejammers war Mickey gar nicht so unglücklich darüber, wie sich die Dinge entwickelt hatten. Sein Stolz war verletzt – jeden Kobold mit ein wenig Selbstwertgefühl mußte eine Gefangennahme erschüttern –, aber Kelsey war schließlich ein Elf, und somit war die Jagd nicht fair gewesen. Außerdem besaß Mickey immer noch seinen herrlichen Topf voll Gold, und Kelseys Wunsch war nicht über die Maßen schwer zu erfüllen, sondern ließ Platz genug für eigene Auslegungen.

Wie er so auf dem Pilz saß und die übereinandergelegten Beine baumeln ließ, dachte er über die Aufgabe nach und kam zu dem Schluß, daß sie wie alles im Leben eines Kobolds auch ein wenig Spaß mit sich bringen konnte.

»Das darf doch nicht wahr sein«, sagte die Hexe und wandte sich von dem Wasserbecken ab. Sie schlug ihr langes, gewelltes, unglaublich dickes schwarzes Haar hinter die zarten Schultern zurück.

»Was habt Ihr gesehen, Mylady?« krächzte der bucklige Goblin.

Ceridwen drehte sich abrupt zu ihm um, und der Goblin

begriff, daß sie ihn nicht gebeten hatte, den Mund aufzumachen. Sofort warf er sich in eine entschuldigende Verbeugung, ließ sich regelrecht zu Boden fallen, kroch jammernd und winselnd auf die schöne Hexe zu und küßte ihr voller Reue die Füße.

»Steh auf, Geek!« befahl sie, und der Goblin nahm zackig Haltung an. »Es gibt Unruhe im Land«, fuhr sie fort, und ihre Stimme war von echter Sorge erfüllt. »Kelsenellenelvial Gil-Ravadry hat sich aufgemacht, den zerbrochenen Speer zu richten.«

Der Goblin legte verwirrt das Gesicht in Falten.

»Wir sehen es nicht gern, wenn das Volk von Dilnamarra über tote Könige und Helden der Vorzeit nachdenkt«, erklärte Ceridwen. »Die Gedanken der Leute sollen sich um ihr eigenes jämmerliches Dasein drehen, um ihren Haferschleim und ihre versumpften Äcker und die jüngste Plage, die ihr Land heimsucht und sie auslaugt. Schwächlich und winselnd, so sollen sie sein.« Aus ihren eisblauen Augen, die deutlich von dem rabenschwarzen Haar abstachen, schossen Blitze wie aus einer Gewitterwolke. Ceridwen wuchs zu schrecklicher Größe empor, und Geek warf sich wieder zu Boden. Aber sie beruhigte sich rasch und schien wieder nur eine schöne, sanfte Frau zu sein. »Wie du, mein lieber Geek«, sagte sie sanft. »Schwächlich und winselnd und unter der Kontrolle von Kinnemore, meinem Marionettenkönig.«

»Tun wir den Elfen töten?« fragte Geek voller Hoffnung. Er liebte das Töten so sehr!

»So einfach ist das nicht«, antwortete Ceridwen. »Ich möchte nicht den Zorn der Tylwyth Teg heraufbeschwören.« Sie verzog das Gesicht. Mit den Tylwyth Teg, den Elfen von Faerie, war nicht gut Kirschen essen. Aber Ceridwens Besorgnis war rasch wieder verflogen, und sie lächelte zuversichtlich. »Es gibt andere Möglichkeiten, elegantere Möglichkeiten«, schnurrte sie mehr zu sich selbst als zu ihrem erbärmlichen Goblin.

Ihr Lächeln wurde noch breiter, als sie an die vielen bösen Verbündeten dachte, die sie herbeirufen konnte, an die dunklen Geschöpfe aus Faeries nebelverhangenen Nächten.

Die Tretmühle

Wrrrr!

Das Geräusch war ohrenbetäubend, ein Zwanzig-PS-Motor, der acht schwere Klingen antrieb. Es wurde nur noch lauter, wenn ein Brocken Kunststoffabfall durch die knarrende Sperre des Einfülltrichters rutschte und auf den verschwimmenden Propeller fiel, um davon abzuprallen, gegen die Wand zu knallen und zerhäckselt zu werden. Innerhalb weniger Sekunden spuckte der Häcksler die Überreste des Brockens, winzige Flocken, in ein bereitstehendes Faß.

Gary Leger setzte seine Ohrenschützer auf und zog die schweren, hitzebeständigen Handschuhe an. Mit einem ergebenen Seufzen stieg er auf den Hocker neben dem Häcksler und leerte geistesabwesend das nächste Faß aus, schüttete die Abfallstücke vor sich auf die Metallplatte. Er warf eines in den Einfülltrichter und schob es durch die Sperre, dann lauschte er, wie die Klingen es zerkleinerten, um sicherzugehen, daß das Plastik nicht zu heiß war. Wenn es das war, wenn das Innere der Brocken noch zu weich war, hätte der Häcksler sehr schnell blockiert, und Gary hätte den zeitraubenden und schmutzigen Job vor sich gehabt, die Maschine auseinanderzubauen und zu reinigen.

Der Brocken ging gut durch, seine flockigen Überreste rieselten in das leere Faß unter dem Häcksler, und so wußte Gary, daß er ernsthaft mit der Arbeit anfangen konnte. Er brauchte noch einen Moment, um zu entscheiden, welches Abenteuer ihn heute erwartete, dann lächelte er und rückte Ohrenschützer und Handschuhe zurecht. Sie waren sein Schutz vor dem Lärm und den scharfen Kanten der Kunststoffbrocken, aber vor allem schirmten sie ihn von der Wirklichkeit ab. Die ganze Welt – die ganze wirkliche Welt – war weit entfernt von Gary, wenn er auf diesem Hocker neben dem Häcksler stand. Sie verschwand völlig, denn sie konnte neben den Aufregungen nicht bestehen, die ihm seine lebhafte Phantasie bot.

Die Kunststoffbrocken verwandelten sich in gegnerische Soldaten – nein, Kampfflugzeuge, Variationen einer MiG-29. Etwa hundert dieser unterschiedlichst geformten, dunkelblauen Klumpen lagen gehäuft auf der Platte und in dem umgestürzten Faß, einige nur wenige Zentimeter im Durchmesser, andere so lang wie sein Unterarm, die meisten aber nur halb so lang.

Hundert gegen einen, Bomber und Kampfflugzeuge.

Nach jeder vernünftigen Einschätzung eine hoffnungslose Übermacht, aber nicht in den Gedanken der besonders ausgewählten Staffel, die ausgesandt worden war, um die Herausforderung anzunehmen, und natürlich von Gary angeführt wurde.

Ein feindliches Kampfflugzeug raste über die Platte und in den Einfülltrichter.

Knall! Krach und brenn.

Ein weiteres folgte, dann noch zwei.

Weidmannsheil.

Arbeit gemischt mit Abenteuer. Die Herausforderung war, die Brocken so schnell wie möglich hineinzuschieben, die feindliche Macht zusammenzuschießen, bevor sie vorbei war und einem das Heck zerbröseln konnte. So schnell wie möglich, aber nicht so schnell, daß der Häcksler blockierte. Wenn der Häcksler blockierte, war man abgeschossen. Krach!

Game over.

Gary wurde langsam gut darin. Er hatte das halbe Faß in ein paar Minuten erledigt, und immer noch wirbelten die

Klingen reibungslos. Er wandelte das Spiel ab, erlaubte sich ein bißchen Eitelkeit. Nun erkannten die feindlichen Piloten, welcher Macht sie gegenüberstanden, welchem unabwendbaren Verhängnis, und ergriffen die Flucht. Garys Staffel blieb ihnen auf den Fersen. Wenn der Feind entkam, würde er wiederkommen, irgendwann und mit neuer Kraft. Gary sah hinüber zu der langen Reihe gefüllter Fässer, die erst in der Mitte des großen Raumes endete, und ächzte. Es würde immer neue Fässer, neue Feinde geben; die Verstärkung würde kommen, egal was er tat. Der junge Mann wußte, dies war ein Krieg, den er nie beenden würde.

Und dies war eine Schlacht, die viel zu wirklich war, um sich von seiner Einbildungskraft tatsächlich verdrängen zu lassen, eine Schlacht gegen die Langeweile, gegen einen Tag, an dem der Körper sich abrackerte, der Geist aber Sendepause hatte oder ganz einging. So etwas spielten die Ameisen der Industriegesellschaft seit Jahrzehnten, all die Männer und Frauen, die taten, was sie tun mußten, um am Leben zu bleiben.

Gary Leger kam dies alles total pervers vor. Wovon hatte sein Vater geträumt in den fünfundvierzig Jahren seines Arbeitslebens? Wahrscheinlich von Baseball; sein Vater liebte dieses Spiel von ganzem Herzen. Gary stellte ihn sich vor, wie er im Postamt vor den Regalen stand und Briefe in die Fächer warf, Bälle warf und Strikes. Wieviele World Series waren in diesem Büro gewonnen worden?

Total pervers.

Gary schüttelte den Gedanken ab und kehrte zu seiner Luftschlacht zurück. Das Tempo hatte sich verlangsamt, obwohl der Feind immer noch eine Bedrohung darstellte. Ein weiteres breitflügeliges Kampfflugzeug raste durch die knarrende Sperre in seinen Untergang. Gary dachte an den Piloten. Noch ein Mann, der tat, was er tun mußte?

Nein, diese Vorstellung half Gary nicht. An einen Mann zu denken, der durch seine Arbeit getötet wurde, zerstörte die Träumerei und hinterließ einen bitteren Geschmack auf der Zunge. Aber schließlich zeigte sich aufs neue das Wunder der Vorstellungskraft, und für Gary waren es keine Piloten mehr, die die Flugzeuge steuerten, sondern Robotdrohnen – außerirdische Robotdrohnen. Oder besser noch, sie steuerten auch außerirdische Flugmaschinen – was machte es, wenn sie immer noch wie russische MIGs aussahen? – Ja, und die Piloten waren Monster, scheußliche Aliens; das Böse an sich war gekommen, um die Welt zu unterjochen.

Krach und brenn.

»He, du Hirni!«

Gary hörte den Ruf kaum in dem Geklapper und Getöse. Er riß sich die Ohrenschützer herunter und fuhr herum, so verlegen wie ein Teenager, der beim Spielen auf seiner Luftgitarre erwischt wurde.

Leos Grinsen und die Richtung seines Blickes sprachen Bände. Gary bückte sich auf dem Hocker und schaute unter den Häcksler, auf das überquellende Faß und den Haufen Plastikflocken auf dem Boden.

»Der Kaffeemann ist da«, sagte Leo und wandte sich ab, schüttelte kichernd den Kopf.

Kannte Leo dieses Spiel, fragte sich Gary. Spielte Leo? Und was zauberte er herbei? Wahrscheinlich Baseball, wie Garys Vater.

Man nannte es schließlich nicht umsonst einen Volkssport.

Gary wartete, bis die letzten Brocken durch den Propeller geklappert waren, dann schaltete er den Motor aus. Der Kaffeemann war da, die zwanzig Minuten Gnadenfrist hatten begonnen. Als er hinausging, sah Gary kurz zu dem Häcksler zurück und zu dem aufgehäuften Plastik auf dem Boden. Das würde er nach der Pause wegräumen dürfen.

Heute war es ein schmutziger Krieg gewesen.

Die Gespräche zwischen den etwa zwanzig Arbeitern, die sich um den Kaffeekarren versammelt hatten, kreisten um alles mögliche, von Politik bis zu dem bevorstehenden Softballturnier. Gary lief zwischen den Grüppchen hindurch und hörte kaum hin. Es war ein viel zu schöner Frühlingstag, um sich in eine Diskussion verwickeln zu lassen, die so gut wie immer verbittert endete. Trotzdem drangen lautere Ausrufe und aufgeregtere Schlußfolgerungen zu ihm durch.

»He, Danny, meinst du wirklich, zwei Steak-und-Käse-Brötchen reichen aus?« schrie jemand voller Sarkasmus – wahrscheinlich Leo. »Bis zur Mittagspause ist's noch anderthalb Stunden hin. Meinst du, du hältst damit noch so lange durch?«

»... in die Ärsche getreten«, sagte jemand anders, ein älterer Arbeiter, den Gary nur als Tomo kannte. Gary wußte sofort, daß Tomo und seine verbitterte Truppe über den letzten Krieg sprachen oder über den nächsten oder über die Minderheit des Tages.

Gary schüttelte den Kopf. »Ein viel zu schöner Tag für Kriege«, murmelte er vor sich hin. Er blätterte seine ein Dollar fünfzig hin und trug einen halben Liter Milch und einen Doppelpack Ring-Dings zur Werkstatt zurück. Gary rechnete es mal kurz durch. Er schaffte sechs Fässer pro Stunde. Bei seinem Lohn hieß das, dieser Imbiß war zwei Fässer wert, zweihundert feindliche Jets.

Er sollte nicht soviel essen.

»Spielst du mit am Wochenende?« fragte Leo ihn, während er zu der Laderampe ging, die die Belegschaft als Sonnendeck benutzte.

»Wahrscheinlich.« Gary wirbelte herum und hüpfte rückwärts auf den Rand der Rampe. Bevor er saß, bekam er schon einen leeren Milchkarton an den Kopf.

»Was soll das heißen, wahrscheinlich?« hakte Leo nach.

Gary hob den Karton auf und erwiderte das Feuer. Durch den Seitenwind verfehlte er Leo, aber der Karton prallte an Dannys Kopf (was dieser nicht einmal bemerkte, so sehr war er mit seinem Essen beschäftigt) und landete direkt in einem Abfalleimer.

Der Höhepunkt des Tages.

»Das war Absicht«, sagte Gary.

»Wenn du so einen Wurf planen kannst, dann solltest du dieses Wochenende wirklich mitspielen«, sagte jemand.

»Du solltest wirklich mitspielen«, stimmte Leo zu, aber bei ihm klang es mehr wie eine Warnung. »Wenn du das nicht tust, habe ich ihn« – er zeigte auf seinen Bruder Danny – »neben mir im Außenfeld.« Er warf einen zweiten Karton, diesmal auf Danny. Danny wich rasch aus, aber dadurch fiel ihm ein Stück Steak aus dem Brötchen. Danny betrachtete das Stück kurz, dann blickte er wieder zu Leo.

«Das ist mein Essen!«

Leo lachte viel zu laut, um ihn hören zu können. Er ging zurück in die Werkstatt; Gary schüttelte über Dannys gewaltigen Appetit den Kopf – denn Danny war bei weitem der dünnste von ihnen – und schloß sich Leo an. Zwanzig Minuten. Die Gnadenfrist war abgelaufen.

Gary war mit seinen Gedanken beim Turnier, als er zum Häcksler zurückkehrte. Es gefiel ihm, daß Leo und viele andere ihn dabeihaben wollten. Dies war der Lohn für die vielen Stunden, die er im örtlichen Fitneß-Studio verbracht hatte. Er war groß und stark, maß seine sechs Fuß und wog über zweihundert Pfund, und ein von ihm geschlagener Softball machte sich auf einen weiten, weiten Weg. Seiner Meinung nach zählte das nicht viel, aber anscheinend tat es das in den Augen etlicher Leute – und Gary mußte zugeben, daß er ihre Beachtung genoß, diesen Hauch von Berühmtheit.

Sein beschwingter Schritt erstarb, kaum daß er den Raum betreten hatte.

»Na, machst du gleich Mittagspause?« knurrte Tomo. Gary sah hinauf zur Uhr; seine Gruppe war ein paar Minuten länger draußen geblieben.

»Und was ist das?« Tomo zeigte auf das Durcheinander unter dem Häcksler. »Bist du zu blöd, das Faß rechtzeitig auszutauschen?«

Gary verkniff sich eine Antwort. Tomo war nicht sein Boß, er war niemandes Boß, aber er war auch kein so übler Kerl. Und angesichts der herumfuchtelnden Hand, an der drei Finger über dem ersten Glied endeten, konnte Gary verstehen, wo dieser alte Meister des Plastiks herkam, und er ahnte den Grund seiner Verbitterung.

»Haben sie dir auf dem College keinen gesunden Menschenverstand beigebracht?« Seine Stimme troff vor Gehässigkeit. »College!«

Tomo war ein Lebenslänglicher; er hatte bereits zwanzig Jahre in Kunststoffabriken gearbeitet, bevor Gary überhaupt geboren worden war. Die fehlenden Finger betonten das; vielen älteren Männern in Lancashire fehlten Finger, ein Resultat der früheren Häckslermodelle. Weil diese Monster so gern blockierten, hatte man den Einfülltrichter mit einem Paar Metallklappen versehen. Diese automatische Schleuse schnappte mit der Kraft (und, wie manche sagten, dem Appetit) eines Haifischmaules zu, und Finger schienen ihr Leibgericht zu sein. Eine tiefe Traurigkeit überkam Gary, als er dem alten Mann nachsah, wie er mit einem leichten Humpeln verschwand, zu der Seite gebeugt, an der seine zweifingrige Hand schaukelte. Es war kein Mitleid, keine Herablassung – Gary fühlte sich in diesem Moment niemandem auch nur ansatzweise überlegen –, es war einfach eine Traurigkeit über das menschliche Dasein an sich.

Als hätte er Garys Blick gespürt, drehte Tomo sich plötzlich zu ihm um. »Du wirst dein ganzes Leben hier drin sein«, knurrte der alte Mann. »Du wirst diese Drecksarbeit machen, und dann wirst du auf Rente gehen, und dann wirst du sterben!«

Tomo drehte sich um und ging, aber seine Worte kreisten über Gary wie ein Fluch mit schwarzen Flügeln.

»Nein, werde ich nicht«, widersprach Gary leise und ein wenig zu lahm. An diesem Punkt seines Lebens hatte Gary nicht gerade viele Argumente gegen Tomos Zynismus. Gary hatte alles richtig gemacht, hatte sich immer an die Spielregeln gehalten, so wie man es ihm gesagt hatte. Klassenbester auf dem College, zwei Hauptfächer, summa cum laude. Und er hatte sich bewußt auf ein Gebiet spezialisiert, das Aussichten auf gute Bezahlung bot, und nicht auf die geisteswissenschaftlichen Fächer, die er lieber belegt hätte. Selbst die Wahlpflichtkurse, die die meisten seiner Mitstudenten einfach nur absaßen, hatte er mit Ehrgeiz in Angriff genommen. Unter einer Drei hatte es nichts geben dürfen.

Immer an die Spielregeln gehalten, immer alles richtig gemacht. Vor fast einem Jahr hatte er seinen Abschluß gemacht und damit gerechnet, nun hinauszugehen und die Welt in Brand zu setzen.

Seine Rechnung war nicht annähernd aufgegangen. Rezession nannte man das. Ein viel zu schönes Wort, wenn es nach Gary Leger ging. Aber er begann, sich damit abzufinden.

Und so war er hier, zurück in der Werkstatt, in der er gejobbt hatte, um sein Studium mitzufinanzieren. Zerhäckselte Kunststoffbrocken, zerschoß feindliche Flugzeuge.

Und starb.

Er wußte das und mußte letzten Endes zugeben, daß wenigstens dieser Teil von Tomos Fluch stimmte. Jeder Tag, den er hier arbeitete, brachte ihn einen Tag weiter weg von dem ersehnten Job und dem ersehnten Leben, brachte ihn einen Tag näher an das Grab.

Das war kein beruhigender Gedanke für einen Zweiundzwanzigjährigen. Gary wandte sich wieder dem Häcksler zu, viel zu sehr in Beschlag genommen von dem Bewußtsein seiner eigenen Sterblichkeit und seinem Selbstmitleid, um an imaginäre Schlachten oder Weltklassebälle zu denken.

Sah er in einen Wahrsagespiegel, wenn er den verbitterten Tomo betrachtete? Würde aus ihm auch so ein siebenfingriger alter Mann, krumm und miesepetrig, voller Angst vor dem Tod und Haß auf das Leben?

Es mußte mehr als das geben, mußte einen tieferen Grund geben zu leben. Gary hatte Dutzende von Talkshows gesehen mit Leuten, die ihrem Tod schon einmal ins Gesicht geblickt hatten. Alle hatten erklärt, um wieviel mehr sie jetzt ihr Leben schätzten, in welch ungeahnte Höhen ihre Lebensfreude geschossen war und daß jeder neue Tag eine neue Herausforderung und ein neues Vergnügen war. Als er die Schnipsel bei dem Auffangfaß zusammenfegte, nur wenige Zentimeter und ein geöffnetes Fenster von diesem wunderbaren Frühlingstag entfernt, da sehnte Gary sich fast nach einer eigenen Grenzerfahrung mit dem Tod, nach etwas, das ihn aufrüttelte oder wenigstens dieses hübsche Dasein durcheinanderbrachte, in dem er gelandet war. War es der Sinn seines Lebens, sich an Softballspiele zu erinnern oder an diesen einen Moment auf der Laderampe, als er, ohne es zu wollen, einen Milchkarton über Dannys Hinterkopf perfekt im Mülleimer plaziert hatte?

Tomo lief erneut durch den Raum und riß dabei mit einem anderen Arbeiter Witze. Ihr Gelächter machte Garys Selbstmitleid zunichte, und er schämte sich für seine düsteren Gedanken. Schließlich war dies eine ehrliche Arbeit, und sie brachte Geld, und bei allem Gejammer mußte Gary sich letzten Endes eingestehen, daß es an ihm lag, sein Leben zu akzeptieren oder zu ändern.

Dennoch bot er einen bejammernswerten Anblick, als er am Abend nach Hause ging – und er ging immer zu Fuß, er wollte vermeiden, daß der Kunststoffstaub die Sitze seines neuen Jeeps verfärbte. Seine Sachen waren dreckig, seine Hände waren dreckig (und sie bluteten an ein paar Stellen), und der dunkelblaue Staub brannte in seinen Augen, eine groteske Parodie von Make-up.

Auf dem Zwei-Block-Spaziergang zum Haus seiner Eltern hielt er sich von der Hauptstraße fern; er hatte wirklich keine Lust, gesehen zu werden.

Der Friedhof, der Jeep und der Hobbit

Der größte Teil der Strecke zwischen der Werkstatt und seinem Zuhause wurde von einem Friedhof eingenommen. Für Gary hatte dieser Ort nichts Morbides. Im Gegenteil, seine Freunde und er hatten endlose Stunden auf dem Friedhof verbracht, hatten Verstecken und Fangen gespielt, hatten auf dem großen freien Feld im hinteren Teil (wo das Grundwasser zu hoch für Grabanlagen stand) Baseball und Football gespielt. Die Bedeutsamkeit des Ortes hatte nicht nachgelassen, als die Clique älter wurde. Hier ging man mit seiner Freundin hin und hoffte und betete, ein paar der »Geheimnisse« aus einem Bob-Seger-Song zu lüften. Hier blätterte man verstohlen in den Playboy-Heften, die ein Freund aus der Schublade seines Vaters hatte mitgehen lassen, oder leerte das Sechserpack, das irgend jemandes volljähriger Bruder besorgt hatte (gegen eine Provision von 100 Prozent!). Tausend Erinnerungen waren mit diesem Ort verknüpft, Erinnerungen an die wilde Zeit des Heranwachsens, an die ersten Lektionen des Lebens.

Auf einem Friedhof.

Diese Ironie ließ Gary nie ungerührt, wenn er hier morgens und abends hindurchlief, auf dem Weg zur Tretmühle des Häckslers oder nach Haus. Er konnte das Haus seiner Eltern vom Friedhof aus sehen; es stand oben auf dem Hügel, hinter dem geschmiedeten Friedhofszaun, ein Garrison-Haus mit überhängendem zweiten Stockwerk. Zum Teufel, er konnte sein ganzes Leben von hier aus sehen, die Spiele, die erste Liebe, die Einschränkungen und die grenzenlosen Träume. Und nun, ein wenig älter geworden, konnte er auch sein eigenes unabwendbares Schicksal sehen, konnte die Bedeutung der Grabsteinreihen begreifen und verstehen, daß die Leute, die hier lagen, einst genau wie er gehofft und geträumt und sich Fragen über den Sinn und Zweck des Lebens gestellt hatten.

Auch dadurch bekam der Friedhof nichts Morbides, aber nun war er gesättigt mit Wehmut, dieser Ort des lange Vergangenen und weit Entfernten, gesättigt mit dem Schmerz des Wissens um die eigene Sterblichkeit. Und jeden Tag, jeden wertvollen, verstreichenden Tag stand Gary auf einem Hokker neben einer Metallplatte und füllte einen dröhnenden Häcksler mit Kunststoffbrocken.

Irgendwie, irgendwo mußte es doch noch etwas anderes geben.

Er ließ die Traurigkeit zusammen mit den Grabsteinen hinter sich, kaum daß er über den mannshohen Zaun geklettert war, der ihn von seinem Zuhause trennte: Sein hellbrauner Wrangler stand vor der Hecke, still und unberührt wie immer. Gary lachte vor sich hin und lachte über sich selbst, wann immer er an seinem allradgetriebenen Spielzeug vorbeiging. Er hatte es aus Abenteuerlust gekauft, so behauptete er vor den anderen – und auch vor sich selbst, wenn er gerade leichtgläubig war. Es gab nicht viele Feldwege in Lancashire; in den sechs Monaten, die ihm der Jeep gehörte, war er mit ihm genau zweimal von der Straße hinuntergefahren. Sechs Monate, und der Wagen hatte gerade mal dreitausend Meilen runter – das war kaum die Raten wert.

Aber diese Raten waren der wirkliche Grund, warum Gary den Jeep gekauft hatte, und in seinem Inneren wußte er das. Ihm war klargeworden, daß er einen Grund brauchte, um auf diesem Hocker zu stehen und Tag für Tag dreckig zu werden, einen Grund, um sich vom Morgengrauen aus dem Bett lokken zu lassen. Als er den Jeep gekauft hatte, hatte er das große amerikanische Spiel mitgespielt, die Opferung seiner wertvollen Zeit für ein Ding, von dem ihm jemand anders, ein Glauben-Sie-mir-Modell aus einer Glauben-Sie-mir-Welt, erzählt hatte, daß er es wirklich haben wollte. Es schien, als ob auch dieser Jeep nur das Endergebnis einer Anpassung an die Spielregeln war, wie alles andere in Garys Leben.

»Ah, der Weg ins Abenteuer«, brummelte er und klopfte im Vorbeigehen auf einen Kotflügel. Der Regen der gestrigen Nacht hatte auf dem ganzen Jeep Flecken hinterlassen, aber das war Gary egal. Seine staubigen Finger hinterließen oberhalb des Scheinwerfers eine blaue Schliere, doch Gary bemerkte es nicht einmal.

Er hörte die Worte, bevor seine Mutter sie überhaupt ausgesprochen hatte.

»Um Gottes willen«, stöhnte sie, als er hineinging. »Du siehst aus.«

»Ich bin der Geist der Weihnacht!« raunte Gary, hielt seine Arme steif nach vorne, riß die blaugefärbten Augen auf und ging einen Schritt auf sie zu, die schmutzigen Hände nach ihr ausgestreckt.

»Geh weg«, kreischte sie. »Und tu diese verdreckten Sachen gleich in die Wäsche.«

»Siebzehn Wörter«, flüsterte Gary seinem Vater zu, als er an ihm vorbei zur Treppe ging. Es war ihr Insidergag. Tag für Tag gab seine Mutter diese Siebzehn-Wort-Kommentare von sich. Es lag etwas Heimeliges in dieser seltsamen Vorhersagbarkeit, etwas Ewiges und Unsterbliches.

Garys Schritt wurde spürbar leichter, als er die Stufen zum Badezimmer hinaufstieg. Dies war sein Zuhause; wenigstens dieser Teil seines Lebens war richtig, war so, wie es sein sollte. Seine Mutter jammerte und beschwerte sich fortwährend über seinen Job, aber er wußte, daß sie es nur tat, weil sie sich wirklich um ihn sorgte, weil sie etwas Besseres für ihr jüngstes Kind wollte. Sie fand es unvorstellbar, daß ihr Kleiner seine Finger an irgendeine hungrige Gießereimaschine verlieren sollte, die seine Haut und seine Lunge mit einem blauen Staub bedeckte, der vielleicht krebs- oder sonstwaserregend war. (Und war das nicht alles?) So stand ihm Mom bei, auf die einzige Art und Weise, wie sie es konnte, und sie stieß damit nicht auf taube Ohren.

Auch sein Vater war ihm wohlgesonnen und hilfreich. Der ältere Mann im Haus verstand Garys Lebensumstände besser als seine Mutter, das wußte Gary. Dad war schließlich draußen gewesen und hatte Weltklassebälle in die Zustellfächer geworfen. »Das wird schon werden«, versprach er Gary oft, und wenn Dad das sagte, dann war es auch so.

Nur eine Flaute.

Er stand eine ganze Weile vor dem Spiegel und rieb sich mit einer Coldcream den blauen Staub aus der Umgebung seiner grünen Augen. Er fragte sich, ob er irgendwann nicht mehr abgehen würde, ein permanentes Make-up. Es war verblüffend, wie ein Job sein Erscheinungsbild so verändern konnte. Sein Haar schien nicht mehr so zu glänzen wie früher, als ob das schimmernde Schwarz genauso trübe wurde wie seine Hoffnungen und Träume.

Unter dem Strahl der Dusche wurde viel mehr abgewaschen als nur blauer Kunststoff. Verantwortung, Langeweile und Tomo, alles verschwand gemeinsam mit dem Schmutz und dem Staub. Selbst die Gedanken über Sterblichkeit und verschwendete Zeit. Jetzt gehörte der Tag Gary, einfach nur Gary. Nicht den Spielregeln und den schwirrenden Häckslern und den zynischen alten Männern, die in ihrer hoffnungslosen Misere Leidensgenossen suchten.

Die Dusche markierte den Wendepunkt.

»Dave hat angerufen«, rief sein Vater die Treppe herauf, als er das Badezimmer verließ. »Er möchte, daß du am Wochenende für ihn spielst.«

Gary zuckte mit den Achseln – Riesenüberraschung – und ging in sein Zimmer. Eine Minute später kam er in Pullunder, Shorts und Freizeitschuhen wieder heraus, endlich erlöst von seinen Sicherheitsschuhen mit Stahlkappen, von seinen dreckstarrenden Jeans und schweren Handschuhen. Er war schon fast an der Treppe, als er mit den Fingern schnippte und auf der Stelle kehrtmachte.

Er ging zurück in sein Zimmer und holte die zerlesene Ausgabe von J. R. R. Tolkiens **Der kleine Hobbit**. Ja, der Rest des Tages gehörte Gary, und er wollte etwas daraus machen.

»Rufst du ihn zurück?« fragte sein Vater, als er durch die Küche hüpfte. Gary blieb sofort stehen, sein Vater klang sehr dringend.

Sobald er seinen Dad ansah, ein vierzig Jahre älteres Spiegelbild seiner selbst, fiel Gary die Bedeutung des Turnieres wieder ein. Er hatte nie gewußt, wie sein Vater als junger Mann gewesen war. Gary war das jüngste von sieben Kindern, und sein Vater war schon nahe an den Fünfzig gewesen, als er geboren wurde. Aber Gary hatte die Anekdoten gehört; er wußte, daß Dad eine Kanone von einem Ballspieler gewesen war. »Hätt' Profi werden können, dein Vater«, beteuerten die alten Kumpels in den benachbarten Kneipen. »War aber nicht genug Geld drin damals, und er hatte schließlich eine Familie zu ernähren.«

Autsch.

Halt dich an die Spielregeln, wirf deine Weltklassebälle im Postamt.

»Er ist jetzt nicht zu Hause«, log Gary. »Ich ruf' später an.«

»Spielst du für ihn?«

Gary zuckte mit den Achseln. »Die Werkstatt stellt auch ein Team auf. Leo will mich als Linksaußen haben.«

Das freute Dad, und Gary, der ihm gegenüber Respekt und Zuneigung empfand, hätte sich nicht mit weniger zufriedengegeben. Trotzdem vergaß er das Softball-Turnier, kaum daß er das Haus verlassen hatte; es verschwand genauso rasch, wie die Gedanken an die Arbeit unter der Dusche weggespült worden waren. Der Tag war wirklich wunderschön – er konnte das jetzt deutlich sehen, wo sein Blick nicht mehr durch den blauen Staub getrübt wurde –, und Gary hatte sein Lieblingsbuch unter dem Arm.

Er ging die Sackgasse hinunter, den Friedhofszaun zur Rechten und die Nachbarn, die er schon sein ganzes Leben lang kannte, zur Linken. Die Straße endete nur ein paar Häuser weiter, verlor sich in dem Wäldchen, das noch einer dieser besonderen Orte des Heranwachsens war.

Der Wald kam Gary lichter und kleiner vor, als er ihn aus Kindertagen in Erinnerung hatte. Das lag natürlich zum Teil daran, daß Gary jetzt erwachsen war, tatsächlich einfach größer war als früher. Aber zum Teil lag es auch wirklich daran, daß der Wald jetzt lichter und kleiner war. Hier, an der Westseite, waren drei neue Häuser in ihn hineingebaut worden. Im Osten hatte er einem öffentlichen Schwimmbad und einer neuen Schule Platz machen müssen; im Norden hatte man ihn gerodet, um einen Spielplatz anzulegen; und selbst der

Friedhof hatte eine Rolle gespielt und breitete sich im Süden immer weiter aus. Garys Wald wurde von allen Seiten gleichzeitig angegriffen. Er fragte sich oft, was er noch vorfinden würde, wenn er fortging und zwanzig Jahre später wiederkam. Würde dieser Wald, sein Wald, dann nur noch eine Handvoll Bäume sein, umzingelt von Asphalt und Zement?

Dieser Gedanke erschreckte Gary genauso sehr wie die Vorstellung, seine Finger an eine hungrige Gießereimaschine zu verlieren.

Aber noch war das Wäldchen ein idealer Ort für ein wenig Müßiggang und Abgeschiedenheit. Gary ging ein paar Dutzend Meter hinein, dann folgte er einer Feuerschneise in Richtung Norden, und als er an den neuen Häusern und den neuen »Betreten verboten«-Schildern vorbeikam, richtete er seinen Blick starr auf die Bäume. Er stieg einen Hügel hinauf, der bis auf ein paar verbrannte Baumstümpfe und hüfthohe Blaubeerbüsche kahl war. Er vermied es, ganz hinaufzugehen, nicht wegen der Gefahr abzustürzen – es gab in diesem Wäldchen keine Absturzgefahr –, sondern weil man von der Kuppe aus auf die neue Schule hinabblicken konnte, und die lag dort eingebettet, wo einmal sein Lieblingstal gewesen war.

Die Feuerschneise, die inzwischen nur noch ein Pfad durch das Blaubeergestrüpp war, führte in eine dunklere Senke; diese Seite des Hügels wurde von mächtigen Eichen und Ulmen beherrscht. Hier war der Mittelpunkt des Waldes, weit genug entfernt von allen Umgehungsstraßen, um den nie enden wollenden Verkehr nicht mehr zu hören, und so von Bäumen und Gestrüpp überwuchert, daß keinerlei Vorboten des Fortschritts zu sehen waren. Zu dieser Nachmittagsstunde drang hier kein Sonnenlicht hinein, abgesehen von einem einzelnen Strahl, der direkt auf einen nach Westen ausgerichteten, moosbewachsenen Erdhügel fiel.

Müßiggang und Abgeschiedenheit.

Gary ließ sich auf das dichte Moos fallen und betrachtete sein Buch. Das Lesezeichen steckte in einem der hinteren Kapitel, aber er öffnete das Buch wie immer ganz vorn, um einen Blick auf die Einleitung zu werfen, die ein Peter S. Beagle verfaßt hatte. Der Name sagte Gary nichts. Sie war am 14. Juli 1973 geschrieben worden und vollgestopft mit Gedanken, die nur den »radikalen« Sechzigern entsprungen sein konnten. Wie wichtig diese Vorstellungen von »Fortschritt« und »Aussteigen« Gary vorkamen, der mehr als fünfzehn Jahre später in seinem schwindenden Wäldchen saß!

Die letzte Zeile, »So wollen wir den Traumsiedlern zu guter Letzt unseren Dank aussprechen«, war für ihn von besonderem Interesse, rechtfertigte sie doch seine Träumereien und seinen eigenen Eskapismus. Wann immer Gary diese Einleitung und besonders ihre letzte Zeile las, kam es ihm nicht mehr so albern vor, am Häcksler zu stehen und außerirdische Flugzeuge abzuschießen.

Sein Seufzer war voller Dankbarkeit gegenüber dem mittlerweile verstorbenen Tolkien. Ehrfürchtig öffnete er das Buch an der markierten Stelle und tauchte in das große Abenteuer des kleinen Hobbits, Mister Bilbo Beutlin, ein.

Die Zeit wurde bedeutungslos, wenn Gary las. Nur wenn er zurückblätterte, um zu sehen, wie viele Seiten er verschlungen hatte, konnte er abschätzen, ob Minuten oder Stunden vergangen waren. In dieser Jahreszeit würde noch zwei, drei Stunden lang genug Licht auf das Moos fallen, um lesen zu können, und das hieß, sobald es dämmerte, war es Zeit für das Abendessen. Eine genauere Uhr brauchte und wollte Gary Leger nicht.

Er las zwei Kapitel, dann streckte er sich voller Genuß und gähnte herzhaft, verschränkte die Hände hinter dem Kopf und sank auf das natürliche Bett. Er konnte den blauen Himmel zwischen den dichten Baumkronen sehen. Eine einzelne weiße Wolke zog träge von Westen nach Osten, machte sich auf den fünfzig Meilen weiten Weg nach Boston und zum Atlantischen Ozean.

»Fünfzig Meilen?« sagte er laut glucksend und streckte sich wieder. Hier, mit diesem Buch neben sich, hätten es genausogut fünftausend Meilen sein können. Aber dieser Moment der Freiheit war von kurzer Dauer, das war Gary klar. Das Licht wurde schon schwächer, er hatte gerade noch Zeit für ein weiteres Kapitel. Er kämpfte sich in eine sitzende Position hoch – langsam war er zu entspannt – und nahm das Buch zur Hand.

Da hörte er ein kleines Rascheln neben sich. Er kam sofort auf die Füße, ohne jedes Geräusch, hockte zusammengekauert da und blickte in alle Richtungen. Es konnte eine Feldmaus gewesen sein oder, was wahrscheinlicher war, ein Bakkenhörnchen. Oder vielleicht eine Schlange. Gary hoffte, daß es keine Schlange war. Er hatte sich nie mit diesen glitschigen Dingern anfreunden können, obwohl es hier in der Gegend keine Giftschlangen gab, nur Ringelnattern, von denen die meisten sowieso zu klein für einen halbwegs ernsthaften Biß waren. Mit Sicherheit konnte einem eine Maus oder ein Bakkenhörnchen mehr antun. Trotzdem hoffte Gary, daß es keine Schlange war. Wenn er hier einer Schlange begegnete, würde er sich vielleicht nie wieder entspannt auf dieses Moosbett niederlassen können.

Sein besorgtes Spähen ließ ihn etwas völlig Unerwartetes entdecken. »Eine Puppe?« Er sprach es nicht aus, bewegte nur die Lippen, während er die winzige Gestalt anstarrte. Er fragte sich, wie er sie vorhin hatte übersehen können, und wer sie hier verloren hatte, an diesem Ort, der doch ausschließlich für ihn reserviert war. Er ging einen Schritt dichter heran und bückte sich. So ein Modell hatte er noch nie gesehen. »Robin Hood?« flüsterte er, obwohl sie mehr von einem

Elfen hatte, mit scharf geschnittenen Gesichtszügen (unglaublich detailliert!), grün und braun gekleidet, über der Schulter einen Langbogen (einen sehr kurzen Langbogen, versteht sich) und auf dem Kopf eine spitze Mütze.

Gary streckte die Hand aus, schnellte aber verblüfft zurück.

Die Puppe hatte den Bogen von der Schulter genommen! Das konnte alles nur Einbildung sein, aber selbst als er sich schon einen Narren schalt, ließ er die Augen nicht von der lebendigen Puppe. Sie zeigte keinerlei Angst vor ihm, holte nur ruhig einen Pfeil aus dem Köcher und legte ihn auf die Sehne.

Um Gottes willen! Gary klappte der Unterkiefer hinunter; er sah vorwurfsvoll zu dem Buch zurück, als ob es an der ganzen Sache schuld war.

»Wo zum Kuckuck kommst du denn her?« stotterte er. Um Gottes willen! Er sah sich um, da mußte doch jemand im Unterholz stecken, irgend jemand mit einem Projektor. Um Gottes willen!

Es sah aus wie ein Trick aus einem High-Tech-Film: »Helft mir, Obi-wan Kenobi, Ihr seid meine einzige Hoffnung!«

Um Gottes willen!

Die Puppe, der Elf oder was auch immer, schien wenig beeindruckt. Sie legte auf ihn an und schoß.

»Hey!« schrie er und riß eine Hand hoch, um das Geschoß abzuwehren. Sein Verstand sagte ihm, daß dies nur ein weiterer Trick war, ein weiteres Bild, das der unsichtbare Projektor warf. Aber Gary fühlte einen Stich in der Handfläche, der nicht weniger wirklich war als der einer Biene, und als er voller Verblüffung auf den Handteller starrte, steckte ein winziger Pfeil darin.

Um Gottes willen!

»Warum hast du das gemacht?« protestierte Gary. Er sah das kleine Wesen eher neugierig als verärgert an. Es stützte sich lässig auf seinen Bogen, sah zu ihm herauf und pfiff eine kaum hörbare Melodie. Wie ruhig es dastand, angesichts der Tatsache, daß Gary es wie eine aufgerauchte Zigarette zertreten konnte.

»Warum hast ...«, begann Gary wieder, aber dann schwappte eine Welle von Müdigkeit über ihm hinweg und riß ihn beinahe von den Füßen.

War die Sonne schon untergegangen?

Ein grauer Nebel hüllte das Unterholz ein – oder war der Nebel in seinem Kopf?

Er hörte nach wie vor das hohe Pfeifen, klarer jetzt, aber der Rest der Welt schien immer weiter von ihm abzurücken.

War die Sonne schon untergegangen?

Instinktiv wollte Gary nach Hause, zurück zur staubigen Straße. Dieses ... dieses Ding – um Gottes willen, was zum Teufel war das überhaupt? Es hatte auf ihn geschossen! Hatte einfach auf ihn geschossen!

Dieses Ding, was zum Teufel war das?

Als der Geruch von Blaubeeren in seine Nase stieg, wußte Gary, daß er die Senke hinter sich hatte. Er versuchte, auf dem Pfad zu bleiben, lief aber immer wieder in das stachelige Gestrüpp. Er merkte nur an dem plötzlichen Luftzug, daß er fiel. Eine weiche Grassode dämpfte seinen Sturz, aber Gary hätte auch nichts mitbekommen, wenn er auf nackten Zement geknallt wäre. Er war bereits im tiefen Schlummer eines Feengiftes versunken.

Es war Nacht – wie hatte er den Sonnenuntergang verpassen können?

Er kam mühsam auf die Füße und versuchte, sich zu orientieren. Der Duft der Blaubeeren erinnerte ihn daran, wo er war, und er wußte, wie er nach Hause kommen würde. Aber es war Nacht, und er hatte mit Sicherheit das Abendessen verpaßt – erklär das mal einer sorgenvollen Mutter!

Mit bleischweren Gliedern kämpfte er sich bergauf.

Und erstarrte vor Schreck und vor Verwunderung. Ihm fiel der feenhafte Bogenschütze wieder ein, denn da war er, der winzige Geist, und er hatte seine winzigen Freunde mitgebracht. Sie tanzten und wirbelten um Gary herum, sponnen ihn ein in einen schimmernden Kokon aus zartem Gesang und funkelndem Licht.

Um Gottes willen!

Funken. Das Licht verschwamm zu einem einzigen Vorhang, strahlte Ruhe und Frieden aus. Der Feengesang drang an seine Ohren, und Gary mußte sich einfach hinlegen.

Mußte sich hinlegen und schlafen.

Der waldige Wald

Es war Tag – was zum Kuckuck war hier los?

Unter Garys Wange lag Gras. Zuerst dachte er, er war einfach nur eingedöst, und weil es so gemütlich war, blieb er träge liegen. Dann fielen ihm der winzige Bogenschütze und der Tanz der Feen wieder ein, und er riß die Augen auf. Nur mit Mühe gelang es ihm, den Kopf zu heben und sich wenigstens auf die Ellenbogen zu stützen; seine Glieder waren schwer wie Blei, vom Gift oder von was auch immer. Aber er schaffte es und sah sich um, und seine Verwirrung wuchs.

Er befand sich immer noch in dem Blaubeergestrüpp, alle Bäume und Büsche und Pfade waren an ihrem Platz. Trotzdem waren sie irgendwie verändert – Gary wußte das intuitiv. Er brauchte einen Moment, um herauszufinden, was genau anders war, aber als er es einmal erkannt hatte, gab es keinen Zweifel mehr.

Die Farben waren anders.

Die Bäume waren braun und grün, grün waren auch die Gräser und das Moos, und der Pfad war graubraun, aber die Braun- und Grün- und Grautöne waren nicht von dieser Welt. Es lag ein Glanz auf den Farben, sie waren so satt und von pulsierendem Leben erfüllt, wie Gary es nie zuvor gesehen hatte. Er konnte kaum Worte dafür finden, alles war zu lebendig, um wirklich zu sein; es war ein Wald, wie ihn ein surrealistischer Künstler sehen mochte, eine Welt, die noch nicht von der Wirklichkeit und dem Müll der Menschen ausgelaugt war.

Der nächste Schock erwartete Gary, als er seine Aufmerksamkeit von der näheren Umgebung abwandte und über den Hügelkamm schaute, auf die Landschaft hinter der Schule, die ihm sein Lieblingstal genommen hatte. Es waren keine Häuser zu sehen – er war sich ganz sicher, daß er von hier aus schon Häuser gesehen hatte –, sondern nur weit entfernte, steil aufragende Berge.

»Wo kommen die denn her?« Er mußte immer noch ein bißchen desorientiert sein, und bestimmt hatte er bis jetzt noch nie richtig über diesen Hügelkamm hinweggesehen, hatte sich nie gestattet, diese wunderbare Aussicht wahrzunehmen. Natürlich waren diese Berge schon immer dagewesen, redete er sich ein, er hatte nur nie bemerkt, wie hoch und majestätisch sie wirklich waren.

Als hinter ihm ein Zweig raschelte, drehte er sich um. Da stand das Männlein, einen halben Fuß groß, stützte sich lässig auf seinen Langbogen und schenkte ihm kaum Beachtung. »Was bist du?« fragte Gary; er war viel zu verwirrt, um an seinem Verstand zu zweifeln.

Das winzige Geschöpf machte keine Anstalten, ihm zu antworten; er wußte nicht einmal, ob es ihn gehört hatte.

»Was …«, begann Gary wieder, besann sich dann aber eines Besseren. Ja, wirklich, was war das für ein Wesen? Und was war das für ein Traum? Denn daß es nur ein Traum sein konnte, war Gary nicht weniger klar als jedem anderen halbwegs vernünftigen Menschen an der Schwelle zum 21. Jahrhundert.

Bloß, der Traum fühlte sich nicht wie einer an. Es gab zu viele Geräusche und Farben, die Welt war nicht auf einen Ausdruck zurechtgestutzt wie in einem Alptraum. Gary war sich seiner Umgebung bewußt, er konnte sich in jede Richtung wenden und jede Stelle des Waldes klar sehen. Und er hatte noch nie einen Traum gehabt, in dem er mit aller Klarheit wußte, daß er nur träumte; er hatte noch nicht einmal von einem solchen Traum gehört.

»Zeit, es herauszukriegen«, murmelte er. Er hatte sich immer für flink gehalten, hatte auf der High School sogar ein wenig geboxt. Aber sein Ausfall auf das Männlein geriet ihm quälend langsam; es war verschwunden, bevor er auch nur in seine Nähe kommen konnte.

Hartnäckig verfolgte er jedes Rascheln, machte immer wieder einen Satz, wühlte im Laub und zerrte an den niedrigen Büschen.

»Au!« Etwas stach ihn in den Hintern. Er wirbelte herum. Das Männlein stand ein Stück hinter ihm – er hatte keine Ahnung, wie das blöde Ding dorthin gekommen war. Es hielt den Bogen in der Hand und lachte ihn tatsächlich aus!

Ohne das Wesen aus den Augen zu lassen, duckte sich Gary, spannte sämtliche Muskeln an für einen Sprung, der ihn hinter das Ding bringen und ihm den Fluchtweg abschneiden würde.

Dann fielen ihm fast die Augen aus dem Kopf, und er mußte sich hinsetzen. Ein zweites Geschöpf trat neben das erste. Es war größer, maß mindestens zwei Fuß, und Gary kannte es.

Gary war nicht irischer Abstammung, aber das spielte auch

keine Rolle. Dieses Wesen hatte er bestimmt schon tausendmal gesehen, und es war unglaublich, wie treffend die Abbildungen gewesen waren. Es hatte einen Bart, hellbraun wie sein lockiges Haar. Sein Mantel war von demselben Grau wie seine schelmisch funkelnden Augen, seine Kniebundhosen waren grün, und die Schnabelschuhe leuchteten schwarz. Wenn die langstielige Pfeife in seinem Mund nicht Bände sprach, der Tam-o'-Shanter, die berühmte weichfließende Pompon-Mütze aus Schottland, tat es auf jeden Fall.

»Sag einfach, du träumst«, sagte das Wesen. »Und gib dich damit zufrieden. Es spielt keine Rolle.« Gary konnte nur fassungslos zusehen, wie das irische Wichtelmännchen, der Kobold – ein verfluchter Kobold! – den Bogenschützen ansprach: »Groß ist er ja. Aber meinst du wirklich, er paßt?«

Der Bogenschütze zwitscherte etwas, das Gary nicht verstand, aber der Kobold schien befriedigt.

»Na dann, danke für die Mühe.« Er überreichte dem Bogenschützen ein vierblättriges Kleeblatt, offensichtlich der Lohn für die Anlieferung Garys.

Der kleine Bogenschütze verbeugte sich zum Dank, bedachte Gary mit einem spöttischen Kichern, und dann war er weg, verschwand viel zu schnell im Unterholz, als daß Gary seinen Bewegungen hätte folgen können.

»Mickey McMickey, stets zu Diensten«, sagte der Kobold höflich, machte einen tiefen Diener und tippte sich an den Tam-o'-Shanter.

Um Gottes willen.

Der Kobold wartete geduldig.

»Wenn du mir wirklich zu Diensten stehst«, stotterte Gary, denn er war selbst über seine eigene Stimme entsetzt, »dann beantworte mir doch ein paar Fragen. Wie zum Beispiel: was zum Teufel ist hier los?«

»Frag lieber nicht«, riet Mickey. »Du würdest mit meinen

Antworten nicht zufrieden sein. Nicht im Moment. Aber bald wirst du alles verstehen. Im Moment brauchst du nur zu wissen, daß du hier bist, um etwas zu erledigen, und daß du danach zurück nach Hause kannst.«

»Also stehe ich dir zu Diensten, und nicht anders herum.«

Mickey strich sich über den sorgfältig getrimmten Bart. »Nicht mir zu Diensten«, sagte er nach einigem Nachdenken. »Daß du hier bist, ist mein Verdienst, wenn du mir folgen kannst. Du stehst einem Elfen zu Diensten.«

»Dem kleinen Kerl?« Gary zeigte auf den Busch, in dem das Männlein verschwunden war.

»Keinem Waldmännlein. Einem Elfen. Tylwyth Teg.« Er machte eine Pause, als hätten diese seltsamen Worte Gary etwas bedeuten müssen. Da er, abgesehen von einem konfusen Starren, keine Antwort erhielt, fuhr er mit einem Anflug von Verzweiflung fort: »Tylwyth Teg. Das Holde Haus. Nie davon gehört?«

Gary schüttelte den Kopf, sein Mund stand weit offen.

»Du lebst in einer traurigen Zeit, du armer Kerl.« Er zuckte hilflos mit den Achseln, was bei einem so kleinen Geschöpf nicht mehr war als ein Zittern. »Diese Elfen nennen sich Tylwyth Teg, das Holde Haus. Du kannst mir glauben, daß sie das edelste Volk von ganz Faerie sind, wenn auch manchmal ein wenig zu hart. So wie der großartige Elf, den du bald kennenlernen wirst; mit dem ist nicht gut Kirschen essen. Er war's, der mich gefangen hat, verstehst du, damit ich wiederum dich fange.«

»Warum mich?« Gary fragte sich, warum er überhaupt mit diesem ... was auch immer ... redete, und überhaupt. Sprang vielleicht gleich ein Fernsehmoderator aus einem Gebüsch, lachte ihn aus und zeigte auf die versteckte Kamera?

»Weil du die richtige Größe für die Rüstung hast«, sagte Mickey, als würde das alles erklären. »Die Waldmännlein haben deine Maße genommen und gesagt, daß du paßt. Das war die einzige Bedingung, es hätte genausogut jemand anders sein können.«

Er hielt inne und betrachtete nachdenklich Garys Augen. »Grüne Augen? Ah, wie Cedric sie hatte. Ein gutes Zeichen!«

Garys Nicken bedeutete, daß er zwar alles gelten ließ, was Mickey sagte, aber kein Wort verstand. In diesem Moment jedoch war das auch kein besonders dringliches Problem; alles, was er tun konnte, war, diese durch und durch unglaublichen Geschehnisse und diese durch und durch unglaublichen Wesen zu nehmen, wie sie waren. Falls er träumte, na gut; das konnte spaßig werden. Und falls nicht … nun, Gary beschloß, vorerst nicht über diese Möglichkeit nachzudenken.

Worüber er nachdachte, war sein Wissen über Kobolde und die Legenden, die sich um sie rankten. Er kannte die Belohnung für das Einfangen eines Kobolds. Und Traum hin, Traum her, das versprach doch, ein Spaß zu werden. Er führte eine Hand hinter den Kopf, als wollte er sich kratzen, dann sprang er mit einem Satz nach vorn und packte den kleinen Kerl.

»Ha!« Gary stand triumphierend auf. »Ich habe dich gefangen, und du bist verpflichtet, mir deinen Topf voll Gold zu geben! Ich kenne die Regeln, Mister Mickey McMickey.«

»Ts, ts, ts«, kam es von der Seite. Gary drehte sich um. Mikkey lehnte lässig an einem Baumstumpf und blätterte in Garys Exemplar des **Kleinen Hobbit**. Garys Augen wanderten langsam zu seiner Beute; es war eindeutig Mickey, den er in seinen Händen hielt.

»So ein Hurensohn«, flüsterte Gary, denn dies war ein bißchen zu verwirrend.

»Wenn du die Regeln kennst, dann solltest du auch das Spiel kennen«, sagte Mickey – der Mickey, der an dem Stumpf lehnte.

»Bitte?« stotterte Gary.

»Sieh genauer hin, Junge. Und laß den Pilz los, bevor du dir völlig die Hände verdreckst.«

Gary besah sich seine Beute. Soweit er das beurteilen konnte, schien es ein Kobold zu sein, wenn er sich auch etwas wenig bewegte – eigentlich bewegte er sich überhaupt nicht. Gary sah achselzuckend zu dem Kobold beim Baumstumpf.

»Noch genauer«, bat Mickey.

Gary besah sich seine Beute noch etwas länger. Langsam verwandelte sie sich, und Gary erkannte, daß er tatsächlich nur einen großen, schmutzigen Pilz in den Händen hielt. Er schüttelte ungläubig den Kopf und ließ den Pilz fallen, dann sah er, daß **Der Kleine Hobbit** zu seinen Füßen lag, dort, wo er ihn liegengelassen hatte. Er sah zu dem Baumstumpf, dort stand nun ein Pilz angelehnt; er sah wieder zu dem fallengelassenen Pilz, dort stand nun ein Kobold und klopfte sich ab.

»Glaubst du wirklich, daß es so einfach ist, einen Kobold zu fangen?« fragte Mickey säuerlich. »Wie sollte denn dann noch irgendeiner von uns irgendwelches Gold rausrücken können?« Er ging geradewegs auf Gary zu und grapschte sich das seltsame Buch. Gary dachte kurz daran, ihn noch einmal zu schnappen und diesmal nicht mehr loszulassen, aber der Kobold war schneller.

»Laß deine Hände, wo sie sind«, befahl er. »Denk dran, daß ich es war, der dich gefangen hat. Und außerdem, wenn du dir eines von Mickey McMickeys Abbildern krallst, kannst du dir nie sicher sein, wo du deine Hände wirklich hineinsteckst! Ihr Großen Leute wart schon närrisch und tumb, bevor du überhaupt geboren wurdest, sag' ich dir! Und ich sag's dir nur einmal ... wie heißt du noch gleich? ... Verlaß dich nicht drauf, daß ich's dir noch ein zweites Mal sage!«

»Gary.« Er richtete sich auf und entfernte sich vorsorglich einen Schritt von dem unberechenbaren Wicht. »Gary Leger.«

»Schön, dich kennenzulernen, Gary Leger«, sagte Mickey geistesabwesend. Seine Gedanken schienen nur noch bei dem Umschlag des Buches zu sein, einem Bild, das Tolkien selbst gemacht hatte: »Bilbo kommt zu den Hütten der Flußelben«. Mickey nickte anerkennend, dann öffnete er das Buch. Sofort verzog er das Gesicht und fuhr flüsternd mit einer Hand über die Seiten.

»Schon viel besser«, sagte er.

»Was stellst du mit meinem Buch an?« protestierte Gary und bückte sich, um es ihm wegzunehmen. Kurz bevor er es berührte, mußte er jedoch feststellen, daß er seine Hand in das weit aufgerissene Maul irgendeines scheußlichen, dämonischen Untieres steckte. Er zuckte so heftig zurück, daß er fast hintenüberfiel.

»Du kannst dir nie sicher sein, wo du deine Hände wirklich hineinsteckst«, wiederholte Mickey geistesabwesend. Er hatte sich nicht einmal die Mühe gemacht, von dem Buch aufzusehen. »Und im Ernst, Gary Leger, du mußt lernen, genauer hinzusehen, wenn wir dieses Abenteuer heil überstehen wollen. Du kannst doch nicht mit den Drachen spielen gehen, wenn du nicht einmal eine simple Illusion durchschaust. Na, dann komm mal mit.« Und Mickey ging los, ohne die Augen vom Buch zu heben.

»Drachen?« flüsterte Gary und folgte dem Kobold, der keine Antwort gab. »Drachen?« sagte er noch einmal, diesmal jedoch zu sich selbst. Ihn sollte doch eigentlich nichts mehr verblüffen können.

Die Feuerschneise war ebenfalls so, wie Gary sie in Erinnerung hatte, von den Farben einmal abgesehen, die immer noch auf diese unwirkliche Weise pulsierten. Während sie der Schneise in Richtung Hauptstraße folgten, kam Gary der Wald jedoch dichter vor. Auf dem Hinweg hatte er von dieser Stelle aus Häuser sehen können, die Neubauten, die er immer zu übersehen versuchte. Nun hätte er sie gern gesehen, um dieser verrückten Situation einen Anstrich von Normalität zu verleihen, aber so sehr er es auch versuchte, sein Blick vermochte das Gewirr der Blätter und Zweige nicht zu durchdringen.

Als sie am Ende der Feuerschneise angelangt waren, mußte Gary zugeben, daß die Welt sich weit über bislang nicht bemerkte Berge und dichte Baumkronen und seltsame Farben hinaus verändert hatte. Es war nicht länger nur eine Frage der Wahrnehmungsfähigkeit.

Zu Hause in Lancashire endete die Feuerschneise an der unbefestigten Verlängerung der Hauptstraße, die am Haus seiner Eltern vorbeiführte. Von dieser Stelle aus sah man schon den geschmiedeten Friedhofszaun.

Aber hier gab es keinen Zaun, nur weitere Bäume, eine endlose Zahl.

Mickey wartete auf Gary, der verblüfft dastand. »Ja nun, kommst du weiter?« fragte er schließlich.

»Wo ist der Zaun?« fragte Gary. Ihm versagte fast die Stimme.

»Welcher Zaun? Wovon redest du überhaupt, Junge?«

»Vom Friedhofszaun.«

»Warum sollte jemand einen Friedhof mitten in den Wald setzen?« gab Mickey mit einem Lachen zurück. Als er sah, daß Gary nicht mitlachen konnte, hielt er inne und nickte verständnisvoll. »Paß auf, Junge. Wie ich schon sagte – du bist nicht mehr bei dir zu Hause. Du bist nun bei mir zu Hause, im Lande Dilnamarra in dem Wald, den wir Tir na n'Og nennen.«

»Aber ich kenne das Blaubeergestrüpp«, protestierte Gary und glaubte, ihn bei einem logischen Fehler erwischt zu haben. Überraschenderweise machte Mickey nur ein trauriges Gesicht.

»Du glaubst es zu kennen. Du erinnerst dich an die Blaubeeren zu Hause in der Wirklichen Welt, auf einem Flecken wie dem, wo ich dich aufgelesen habe.«

»Es war der gleiche«, sagte Gary störrisch.

»Nein, Junge. Aber es gibt immer noch Brücken zwischen dieser Welt und deiner, Orte wie dein Blaubeergestrüpp, und sie sehen einander ähnlich.«

»Dieser Welt?«

»Du hast bestimmt schon von ihr gehört. Faerie. Die Welt der Märchen.«

Gary hob ungläubig die Brauen, dann beschloß er, den Kobold nicht ernst zu nehmen, und verkniff sich ein Lächeln.

Mickey ging über seine unverhohlenen Zweifel hinweg: »Es gibt Leute, die können über solche Brücken hinübergehen, meistens Waldmännlein, und wenn sie im Kreis um jemanden wie dich herumtanzen, können sie ihn mitbringen. Aber leider, leider werden es täglich weniger Brücken – ich fürchte, deine Welt wird den Zugang nach Faerie bald völlig verloren haben.«

»Das habt ihr schon mal gemacht?« fragte Gary. »Ich meine, Leute aus meiner Welt sind hier herüber …«

»Hörst du mir überhaupt zu? Und hast du nie die Geschichten gehört?« Mickey riß sich die Pfeife aus dem Mund, stemmte beide Fäuste in die Hüften und schüttelte entrüstet den Kopf.

»Ich habe von den Kobolden gehört«, sagte Gary aufmunternd.

»Na, und wo, meinst du, kommen die Geschichten her? All die Geschichten von den Kleinen Leuten und den tanzenden Elfen und den Drachen und ihren goldgefüllten Höhlen? Hast du etwa nicht an sie geglaubt, Junge? Hast du gedacht, das waren bloß Geschichten, die man Kindern am Kamin erzählt?«

»Es ist ja nicht so, daß ich nicht an sie glauben will«, versuchte Gary zu erklären.

»Nicht glauben will?« wiederholte Mickey. »Du meinst wohl, nicht glauben wollte. Du hast keine andere Wahl, als an die alten Märchen zu glauben, jetzt, wo du in einem gelandet bist!«

Gary lächelte nur unverbindlich, obwohl ihm dieses Erlebnis wirklich Spaß machte – egal, was es sein mochte. Bei diesem Gedanken schüttelte er den Kopf. Egal, was es sein mochte? Um Gottes willen!

Er stellte keine weiteren Fragen mehr, als sie den Trampelpfaden folgten, die sich durch die wunderbaren Farben und Düfte dieses waldigen Waldes schlängelten. Einmal hielt er an, um den Kobold, der vor ihm dahinschlurfte, genauer in Augenschein zu nehmen. Mickey lief über eine Schicht brauner, vertrockneter Blätter, aber er machte dabei nicht das kleinste Geräusch. Gary versuchte, es ihm gleichzutun. Verglichen mit dem behenden Mickey, ließ ihn das Knirschen und Knacken unter seinen Füßen sich unbeholfen und fehl am Platze vorkommen.

Obwohl Gary tatsächlich ein Eindringling war, ließ ihn der Wald das nicht spüren. Vögel und Eichhörnchen, ein Waschbär und ein junger Hirsch hüpften geschäftig vorbei und warfen ihm nicht mehr als einen kurzen, verwunderten Blick zu. Gary konnte nicht anders, als sich hier zu Hause zu fühlen; es war ein warmer und verträumter Ort, voller Leben und Behaglichkeit. Und in Garys Augen war es immer noch ein Hirngespinst, ein Traum, von dem keine Gefahr drohte.

Nach einiger Zeit erreichten sie eine kleine Lichtung, in deren Mitte ein gewaltiger, uralter Eichenbaum thronte; Gary vermutete, daß er genau an der Stelle stand, an der man im Zentrum von Lancashire den Donuts-Laden fand. Anscheinend hatte der Kobold dieses Ziel vor Augen gehabt, denn er lief direkt auf den Baum zu, warf sich auf das Moos in seinem Schatten und holte einen Tabaksbeutel hervor.

»Eine Pause?« fragte Gary.

»Wir sind da. Kelsey kommt bald, und dann wirst du mit ihm weiterziehen. Und ich werd' mich absetzen.«

»Du kommst nicht mit?«

Mickey lachte und hätte sich fast verschluckt, weil er gleichzeitig versuchte, seine Pfeife anzuzünden. »Nur du und Kelsey. Es ist seine Mission und nicht meine. Leg eine Rast ein und hab keine Angst. Ich geb' dir ein paar Tips, wie du mit ihm umgehst.« Er zog an seiner Pfeife, bis sie ordentlich durchgeglüht war. Als er fortfuhr, hörte Gary ihm nicht mehr zu.

Ein Lied sank aus den Ästen der großen Eiche herab, es waren hohe, bezaubernd süße Klänge. Kaum wahrnehmbar huschten sie durch Garys Gehör, neckend ... neckend.

Auf der Suche nach ihrem Ursprung ließ Gary seinen Blick die gewaltige Eiche hinaufwandern.

Neckend ... neckend.

Und dann sah er sie, wie sie hinter einem der dicken, tiefer hängenden Äste hervorlugte. Nach menschlichen Maßstäben war sie ein winziges Ding, vielleicht fünf Fuß groß und allerhöchstens hundert Pfund wiegend, mit einem nymphenhaften Gesicht und viel zu klaren Augen und viel zu goldenem Haar.

Und einer viel zu süßen Stimme.

Im ersten Moment bekam Gary nicht einmal mit, daß sie nackt war – nein, nicht nackt, sie trug das zarteste Schleiergewand, das je die Formen einer Frau umschmeichelt hatte. Wieder erklang das kaum wahrnehmbare Necken.

»Was ist los?« fragte Mickey aus weiter Ferne.

Die Melodie war nicht nur ein Geträller, es war eine Nachricht. »Komm zu mir herauf«, bedeuteten die Noten.

Das ließ er sich nicht zweimal sagen.

»Was fürn Haufen Scheiße«, stöhnte Mickey, als er sah, wer Gary da so durcheinanderbrachte. Die Waldnymphe! Er riß sich den Tam-o'-Shanter herunter und schlug sich damit gegen die Schenkel. Er war wütend auf sich selbst. Er hätte doch wissen müssen, daß man einen so verletzlichen jungen Menschen nicht einmal in die Nähe von Leshiyes Jagdgründen brachte.

»Komm runter, Junge«, rief er Gary zu. »Da oben gibt es nichts, was du wirklich haben willst.«

Gary machte sich nicht einmal die Mühe zu antworten; es war klar, daß er das anders sah. Er schwang ein Bein über den tiefsten Ast und kletterte hinauf. Nun war er der Nymphe näher; sie roch süß, sang süß – und sie war so verführerisch in ihrem durchsichtigen Kleid. Ihr Gesang war so einladend, so vielversprechend und neckend, daß Gary nicht widerstehen konnte.

»Hau ab, Leshiye!« rief Mickey hinauf, denn er wußte, daß jeder weitere Appell an Gary auf taube Ohren stoßen würde. »Was wir zu tun haben, ist wichtiger als deine Jagerei. Kelsey kommt gleich, und er wird nicht besonders mit dir zufrieden sein! Kein bißchen!«

Die Nymphe unterbrach nicht einmal ihren Gesang. Gary versuchte auf verschiedenen Wegen, das Gewirr der Zweige zu durchdringen, und endlich schaffte er es.

Da ringelte sich plötzlich eine Riesenschlange um den nächsten Ast, zischte ihn mit weit hervorstehenden Giftzähnen an. Er zuckte zurück und versuchte, wieder hinunterzuklettern, so blind vor Angst, daß er fast vom Baum fiel.

Aber Leshiye sang, und sie erhöhte die Lieblichkeit ihres Gesanges noch durch ihr Lachen. Sie senkte eine Hand, und die Schlange war verschwunden, und für den bezauberten Gary war es, als hätte es nie eine Schlange gegeben. Sofort wollte er wieder weiter hinauf, aber nun begannen die Zweige unter seinen Füßen zu tanzen, sie schaukelten hin und her und schienen sich zu vervielfachen.

Gary sah hinunter zu Mickey, denn er hatte erkannt, daß sowohl die Schlange als auch dies hier nur weitere Illusionszauber waren.

»Was soll das?« rief er wütend. »Willst du, daß ich runterfalle?«

»Laß sie da oben, Junge«, antwortete Mickey. »Du solltest dich nicht mit einer wie ihr zusammentun.«

Gary betrachtete die Nymphe lang und sehnsüchtig, dann drehte er sich abrupt zu Mickey um. »Hast du 'nen Stich?«

Für einen Moment stand Mickey die Verstörung ins Gesicht geschrieben, dann hatte er den Sinn hinter den seltsamen Worten verstanden, und seine engelhaften Züge glätteten sich. »Stopf dir die Ohren zu, Junge«, beharrte er. »Laß dich nicht von ihr betören. Du mußt stark sein; sie ist in diesem Baum zu Hause, und deshalb kann ich ihre Illusionen unmöglich übertreffen.«

Fast hätten Gary diese Warnungen eingeleuchtet – aber dann sah er wieder zu der Nymphe, die nun träge auf einem vorstehenden Ast lag. Ratlos sah er sich um, suchte nach einem sicheren Weg.

Leshiye lachte wieder – innerhalb des melodischen Gefüges ihres nicht enden wollenden Gesangs. Sie bezog ihre Kräfte aus dem Baum – er war ihr Hort – , und so zerstörte sie mit Leichtigkeit Mickeys Labyrinth von Illusionen, und der richtige Weg lag klar und deutlich vor Garys leuchtenden Augen.

Mickey schlug sich erneut mit dem Tam-o'-Shanter gegen den Schenkel und ließ sich besiegt auf das Moos fallen. Es war unmöglich, die Aufmerksamkeit eines jungen Menschenmannes zu gewinnen, der sich den Reizen einer Waldnymphe gegenübersah. »Das wird Kelsey gar nicht gefallen«, murmelte er ernüchtert, und er freute sich nicht gerade darauf, diesem gestrengen und unduldsamen Elfen noch eine schlechte Nachricht zu überbringen.

Inzwischen hatte Leshiye Garys Hand ergriffen und führte ihn höher hinauf, zu einer kleinen, mit Blättern ausgepolsterten Kuhle in der zweiten Verzweigung des mächtigen Stammes.

»Na, was soll's.« Mickey zuckte mit den Schultern, als die beiden nicht mehr zu sehen waren. »Muß ich halt losziehen und jemand anders finden, dem die Rüstung paßt.« Er klopfte die Pfeife am Stamm aus und steckte sie sich wieder in den Mund, dann nahm er Garys Buch in die Hand und setzte sich hin, um ein wenig zu schmökern.

Der Elf

Als der Elf auf die kleine Lichtung trat, die den mächtigen Eichenbaum umgab, verdroß ihn, was er sah. Mickey hatte die Verabredung eingehalten, er saß an den Stamm gelehnt da und war in ein Buch vertieft. Aber er war allein, und das entsprach nicht der Abmachung.

»Ach, bloß ein Haufen Zwerge, die losziehen, um einem lange verlorenen Schatz nachzujagen«, drang Mickeys unbekümmertes Gemurmel an seine feinen Ohren. »Die können auch vor keinem Edelstein oder Goldklumpen haltmachen, und immer müssen sie gleich behaupten, daß er ursprünglich ihnen gehört hat!«

Da spürte Mickey die Gegenwart des Elfen und sah auf. »Einen guten Tag wünsche ich dir, Kelsey!« Er hielt es nicht einmal für nötig, sich zu erheben.

»Wo ist er?« fragte Kelsey. »Es hat mich viel Arbeit gekostet, alles rechtzeitig zu arrangieren, und Baron Pwyll ist kein geduldiger Mann. Du hast versprochen, ihn heute hierherzubringen.«

»Das habe ich auch getan«, sagte Mickey.

Über ihnen erklang ein helles Kichern. Letzten Endes kannte Kelsey den Wald ebensogut wie Mickey, und so fiel es ihm nicht schwer, aus der seltsamen Lektüre des Kobolds und dem Gekicher die richtigen Schlüsse zu ziehen. Er sah hinauf in die alles überragende Eiche.

»Leshiye«, brummte er.

Er drehte sich zu Mickey um, der immer noch von dem Buch gefesselt war. »Seit wann ist er da oben?«

Mickey hielt sich eine Hand an die Brauen und betrachtete den Stand der Sonne. »Zwei Stunden. Das ist wirklich ein Draufgänger!«

Kelsey konnte nicht so unbekümmert damit umgehen wie der Kobold, nicht wenn die Queste davon betroffen war. »Warum hast du ihn nicht aufgehalten?« fragte er zornig. Seine goldenen Augen blitzten.

»Überleg dir mal, was du da verlangst!« gab Mickey zurück. »Ich soll einen gesunden jungen Mann davon abhalten, den Reizen einer Nymphe zu erliegen? Genausogut könnt' ich versuchen, einen Drachen mit meinem Hut zu fangen« – er riß sich den Tam-o'-Shanter vom Kopf und hielt ihn verkehrt herum vor sich – »damit er mir die Suppe aufwärmt.«

Daß der Kobold hier machtlos war, konnte Kelsey nicht abstreiten. Nymphen waren mächtige Gegner, sobald ein junger Mann ins Spiel kam; und Leshiye hatte ihre Verführungskünste wie keine andere Nymphe in ganz Tir na n'Og verfeinert. »Ist er groß genug, um die Rüstung zu tragen?« fragte Kelsey sichtbar angewidert.

Als Mickey nickte, legte der Elf den Langbogen ab und kletterte den Baum hinauf. Mickey schmökerte einfach weiter. Wenn Kelsey damit klarkam, wunderbar, das würde ihm einen Haufen Arbeit ersparen. Und wenn nicht, wenn Gary ihr schon zu sehr verfallen war, um noch gerettet werden zu können, dann konnte Kesley kaum ihn dafür verantwortlich machen. Und Mickey konnte dem Elfen vielleicht sogar noch ein wenig mehr Zeit aus dem Kreuz leiern, um den nächsten passenden Mann zu finden. Wie auch immer, er machte sich keine Sorgen – es gab nur sehr wenig, was einem Kobold wirklich Sorgen machen konnte. Dies war ein sonniger, warmer Tag mit herrlichen Gerüchen, herrlichen Anblicken und einem herrlichen Schmöker. Was brauchte ein Kobold mehr?

Er machte es sich wieder unter dem Baum bequem und fand die Stelle, an der er aufgehört hatte, aber bevor er weiterlesen konnte, plumpste ihm ein Freizeitschuh auf den Kopf.

»Heh!« rief er und sah hinauf. »Was soll denn das!« Der zweite Schuh kam hinterher, direkt auf ihn zu, aber er zeigte rasch auf ihn und flüsterte ein einziges Wort, und der Schuh blieb in der Luft hängen, drei Handbreit über seinem Kopf.

Weiter oben schien eine Rauferei im Gange zu sein. Mickey hörte, wie Gary lautstark protestierte – der Draufgänger lebte also noch – , und auf einmal klang Leshiyes Gesang nicht mehr so verzückt. Nymphen hatten nur wenig Macht über die Tylwyth Teg, denn das Elfenvolk ließ sich nicht so leicht durch Zauberei und Gaukelei blenden wie die Menschen. Mickey nickte erst und schüttelte dann hilflos den Kopf. Er empfand Mitgefühl für die Nymphe, denn genau diese Widerstandskraft war der Grund, daß Kelsey ihn gefangen und in dieses Abenteuer verstrickt hatte.

Einen Augenblick später kam Gary über den Rand der blättrigen Kuhle gekrochen, gefolgt von Kelsey. Gary warf einen jammervollen Blick zurück, aber die Schwertspitze in seinem Rücken wog schwerer als Leshiyes Locken. Langsam ertastete er sich den Weg den Baum hinunter und blickte immer wieder über die Schulter zurück. Wohl wissend, daß er Gary schleunigst so weit wie möglich von der Nymphe wegbekommen mußte, schubste Kelsey ihn ungehalten und ohne große Rücksicht vorwärts.

Leshiye tauchte hinter ihnen auf, immer noch singend.

»Mach, daß du wieder in deine Höhle kommst!« brüllte Kelsey sie an. Er sprang herum, das schimmernde Schwert hoch erhoben, zum Schlag bereit.

Leshiye wich keinen Schritt zurück, obwohl sie nackt war und wehrlos.

»Tu ihr nicht weh!« schnappte Gary. »Wag das ja nicht!«

Kelsey drehte sich um und stellte ihm in aller Ruhe ein Bein. Ein sanfter Stoß genügte, und Gary purzelte den Ast entlang und fiel die letzten zehn Fuß zu Boden. Ohne sich weiter um Gary zu kümmern, fuhr der Elf erneut Leshiye an: »Zurück in deine Höhle!«

Leshiye lachte ihn aus. Sie wußte ebensogut wie er, daß es nur eine leere Drohung war. Kein Angehöriger der Tylwyth Teg würde jemals einem Geschöpf von Tir na n'Og etwas antun, und Leshiye, die Waldnymphe, war ebenso ein Teil dieses Waldes wie jeder Baum und jedes Tier.

Kelsey ließ sein Schwert in die juwelenbesetzte Scheide gleiten, warf der Nymphe vorsorglich noch einen finsteren Blick zu und kletterte dann so leichtfüßig und geschmeidig den Baum hinab, daß Gary seinen Augen kaum traute.

Fast im selben Moment begann Leshiye wieder zu singen.

»Sei still!« brüllte Kelsey. »Und du«, fuhr er Gary an, »ordnest deine Kleider und kommst mit!«

Gary sah zu Mickey, der ihm bedeutete, daß er besser gehorchen sollte. Er hob einen Schuh auf und stieß dann mit dem Kopf an den anderen. Der Schuh hing immer noch dort in der Luft, wo Mickeys Zauber ihn gebannt hatte. Als Gary nach ihm griff, erwartete er, den Widerstand einer unsichtbaren Schnur zu spüren, aber der Schuh glitt ganz leicht in seine Hand.

»Wie?« setzte Gary an, aber als Mickey ihm verschmitzt zuzwinkerte, wußte er, daß er darauf nie eine Antwort bekommen würde.

»Beeilt euch!« sagte Kelsey gebieterisch.

»Wer zum Teufel ist das denn?« fragte Gary den Kobold.

Kelsey drehte sich auf der Stelle um und kam herangestürmt; seine klaren Augen blitzten grimmig, und sein schulterlanges Haar, das sogar noch goldener als seine Augen war, schimmerte prächtig in der Sonne. Kelsey war gut einen Fuß kleiner als Gary und hundert Pfund leichter, dennoch schien er ihn zu überragen, nur durch seine Selbstsicherheit und seinen unverhüllten Zorn.

Mickey schlug sich auf die Wange: »Ich nun wieder! Wo habe ich nur meine Manieren? Gary, mein Junge, darf ich dir Kelsey vorstellen?«

Kelsey warf Mickey einen Blick zu, der an Körperverletzung grenzte.

»Kelsenellenelvial Gil-Ravadry«, berichtigte dieser rasch. »Ein Elfenlord der Tylwyth Teg.«

»Kelsen ...« Gary konnte den seltsamen Namen nicht einmal nachsprechen.

Mickey sah sofort, daß er hier einen Scherz auf Kosten seines derzeitigen Herrn machen konnte. »Du kannst Kelsey zu ihm sagen, Junge«, erklärte er voller Vergnügen. »Wie alle.«

»Gut«, sagte Gary spitz, da er Mickeys Spiel durchschaut hatte. In diesem Augenblick fand er alles gut, was den Elfen ärgerte – den Elfen, der seine Vergnügungen abgewürgt hatte. »Wer hat dich eigentlich auf den Baum gebeten, Kelsey?« setzte er gelassen hinzu.

Doch da mußte er erkennen, daß er zu weit gegangen war.

Kelsey sagte kein Wort, er legte nicht einmal eine Hand auf

den Griff seines edlen Schwertes. Aber der Blick, mit dem er Gary bedachte, brachte den jungen Mann ebensogut zum Schweigen wie eine Drohung mit dem Schwert.

Der Elf ließ seinen Blick noch ein wenig länger auf ihm ruhen, dann drehte er sich abrupt um und schritt davon.

»Junge«, sagte Mickey zu Gary, »du kannst deine Späße mit ihm machen, aber denk dran, daß er dir das Leben gerettet hat.«

Gary sah ihn ungläubig an.

»Sie hätte dich nie wieder gehen lassen. Du wärst da oben gestorben – ein angenehmer Tod, das will ich gar nicht abstreiten.«

Gary sah nicht überzeugt aus.

»Du hättest es nicht mehr lange gemacht. Wenn du Leshiye und ihresgleichen ins Netz gehst, vergißt du zu essen und zu trinken. Vielleicht hättest du sogar vergessen, Luft zu holen, Junge! Du hättest nur noch einen Gedanken im Kopf gehabt, und zwar solange, bis dein Körper unter der Anstrengung gestorben wäre.«

Gary schnürte sich die Schuhe zu. »Ich kann selbst auf mich aufpassen«, erklärte er.

»Das haben bestimmt schon hundert Männer in den Armen dieser Nymphe behauptet. Hundert tote Männer.« Der Kobold kicherte und machte sich daran, dem Elfen zu folgen. Im Gehen zog er den **Kleinen Hobbit** aus der Tasche.

Gary blieb stehen und zerbrach sich den Kopf darüber, ob er nun wieder auf den Baum klettern sollte oder nicht. Um es ihm noch schwerer zu machen, erschien Leshiye über dem Rand der Kuhle und lächelte kokett. Aber sie sah, daß Kelsey nicht allzu weit entfernt wartete, den Langbogen in der Hand, und so sang sie diesmal nicht.

Gary sah ebenfalls zu Kelsey hinüber. Falls er sich auch nur nach dem Baum streckte, würde Kelsey ihm bestimmt einen

Pfeil ins Handgelenk schießen, vielleicht auch irgendwo anders hin, an eine wichtigere Stelle. »Dann gehen wir eben«, sagte er einsichtig und zog sich mit einem kurzem Blick zu Kelsey die Shorts richtig an. Während er den beiden folgte, sah er nicht nur einmal traurig zurück, zurück zu Leshiye in ihrem durchsichtigen Gewand, zurück zu Leshiye, die sich auf einem Ast neben der Kuhle rekelte.

Noch nicht einmal Kelsey tadelte ihn dafür.

Der Elf schritt zügig durch den Wald, und soweit Gary das beurteilen konnte, folgte er keinem bestimmten Pfad. Aber er schien genau zu wissen, wo es hingehen sollte, und Gary hielt es für klüger, ihn nicht mit Fragen zu löchern. Mickeys Gegenwart erwies sich als tröstlich. Ohne von dem **Kleinen Hobbit** aufzuschauen, hüpfte er leichtfüßig dahin, lachte ab und zu oder stieß ein leises »Donnerlittchen!« aus. Gary war erfreut, daß ihm das Buch gefiel. Obwohl Mickey ihn, wie er selbst zugab, gekidnappt hatte, stellte Gary fest, daß er den kleinen Kerl mochte. Als der Kobold erneut lachte, konnte Gary nicht mehr an sich halten. Er schielte über Mickeys Schulter (keine allzu schwierige Angelegenheit), um zu sehen, bei welchem Kapitel er angelangt war.

»Was?« entfuhr es Gary. Was einmal ein ganz gewöhnliches Schriftbild gewesen war, war nun eine Handschrift, noch dazu in einer völlig unbekannten Sprache. Große, schwungvolle Linien hatten die Druckbuchstaben ersetzt und formten Zeichen, die keinem Alphabet ähnelten, das Gary je gesehen hatte. »Was hast du damit gemacht?« fragte er.

Mickey blickte auf, seine grauen Augen tanzten vor Vergnügen. »Womit gemacht?« fragte er unschuldig.

»Mit meinem Buch«, schimpfte Gary und riß es an sich. Er überflog die Seiten – auf allen stand die gleiche unlesbare Schrift. »Was hast du mit meinem Buch gemacht?«

»Ich habe es lesbar gemacht.«

»Es war lesbar.«

»Für dich.« Mickey schnappte sich das Buch wieder. »Aber du kannst es jederzeit lesen – und wer weiß, wieviel Zeit ich dafür habe? Also hab' ich es für mich lesbar gemacht. Und hör auf, dir Sorgen zu machen. Du kriegst es zurück, sobald ich durch bin.«

»Vergeßt das Buch«, sagte jemand vor ihnen. Die beiden sahen auf und erblickten Kelsey, der mit der üblichen strengen Miene neben einer dichtbelaubten Ulme stand. »Das Buch spielt keine Rolle«, sagte er zu Gary. »Du hast Wichtigeres zu tun, als ein bißchen zu lesen.« Er warf Mickey einen mißtrauischen Blick zu. »Hast du ihn über die Queste aufgeklärt?«

»Ich war gerade dabei, wirklich. Aber ich wollte es ihm ganz gemächlich vermitteln, eins nach dem andern, damit er sich damit anfreunden kann.«

»Dafür haben wir keine Zeit«, sagte Kelsey. »In Dilnamarra sind bereits alle Vorkehrungen getroffen. Wir werden bald dort sein und die Artefakte erhalten, und dann sind wir mitten in der Queste.«

»Na gut, na gut.« Mickey klappte den **Kleinen Hobbit** zu und ließ ihn in eine seiner unglaublich tiefen Manteltaschen gleiten. »Du führst uns an, und ich erzähle dem Jungen unterwegs alles.«

»Wir legen jetzt eine Rast ein. Du erzählst ihm alles, bevor es weitergeht.«

Mickey und Kelsey wechselten einige mißtrauische Blicke. Dem Kobold war klar, daß Kelsey nur deshalb eine Rast angeordnet hatte, weil er dann besser überwachen konnte, was Mickey erzählte. »Diese Tylwyth Teg sind wirklich ein gutgläubiger Haufen«, schimpfte Mickey leise. Kelsey lächelte.

»Ich hab' dir ja schon gesagt, daß du hier bist, um einem Elfen zu Diensten zu sein«, begann Mickey. »Und du hast ihn ja bereits kennengelernt, den Kelsenel …« Er stolperte über den langen Namen, sah den Elfen voller Unvermögen an und sagte: »Kelsey«. Es befriedigte ihn zutiefst, das beleidigte Gesicht zu sehen.

»Und du weißt auch, daß Kelsey mich gefangen hat, um dich zu fangen. Er hat sein Leben einer Queste gewidmet – die Tylwyth Teg nehmen solches Zeug sehr ernst, mußt du wissen –, und er braucht einen Menschen von der richtigen Größe, um sie zu erfüllen.«

Gary sah hinüber zu Kelsey, der stolz und gelassen dastand, und fühlte sich wirklich benutzt. Er wollte lautstark gegen diese Behandlung protestieren, aber dann sagte er sich halbwegs überzeugend, daß alles schließlich nur ein Traum war.

»Kelsey ist dazu bestimmt, den zerbrochenen Speer des Cedric Donigarten zu richten«, fuhr Mickey fort. »Keine leichte Aufgabe.«

»Hättest du dir dann nicht lieber einen Schmied krallen sollen?« fragte Gary sarkastisch.

»Oh, du bist nicht hier, um zu schmieden …«, sagte Mickey.

»Der Schmied kommt als nächstes«, unterbrach ihn Kelsey. Seine Worte schienen Mickey ziemlich zu beeindrucken, denn er mußte ein paar Mal ansetzen, um weitersprechen zu können.

»Du mußt ihn halten«, sagte er schließlich. »Der Speer muß in den Händen eines Menschen liegen, während er wieder zusammengeschmiedet wird – und er muß Cedric Donigartens Rüstung tragen. Dafür wurdest du ausgewählt.«

Für Gary ergab das keinen Sinn. »Wer ist Cedric Donigarten?« fragte er. »Und warum kann er seine Rüstung nicht selbst tragen?«

»Wer Cedric Donigarten ist?« fragte Kelsey fassungslos. »Wo hast du den denn her, Kobold?«

»Du hast gesagt, du brauchst einen Mann, dem sie paßt«, schnappte Mickey. »Mehr hast du nicht verlangt.« Mit dem Gefühl, es Kelsey ordentlich gezeigt zu haben, wandte er sich wieder an Gary: »Sir Cedric war der größte aller Könige von Faerie. Er hat in den Goblinkriegen alle guten Völker vereinigt – wenn er nicht gewesen wäre, hätten die Goblins sicher gewonnen. Und stell dir vor, er war auch ein Mensch! Alle guten Völker in allen Landen – Wichte, Elfen, Menschen und Zwerge – kennen die Legende von Cedric Donigarten, und sie geben sie voller Respekt und Bewunderung an ihre Kinder weiter. Es ist traurig, daß den Menschen kein längeres Leben beschert ist.«

»Manchen Menschen«, berichtigte Kelsey ihn.

»Aye«, stimmte Mickey kichernd zu, aber als er fortfuhr, klang seine Stimme wieder ehrfürchtig. »Seit dreihundert Jahren ist Cedric jetzt tot, er wurde in der letzten Schlacht der Goblinkriege von einem Drachen getötet. Und nun ist es an Kelsey, den Toten zu ehren, indem er den mächtigen Speer richten läßt, der in dieser letzten Schlacht zerbrach.«

Gary nickte. »Na schön. Dann bringt mich zu der Rüstung und zu dem Schmied, und dann laßt uns den Toten ehren.«

»Gut gesprochen!« lachte Mickey. Er blickte zu Kelsey und rief: »Weiter geht's!« Er hoffte, daß seine Begeisterung den Elfen anstecken und ihn von der unangenehmen Aufgabe befreien würde, den Rest der Geschichte zu erzählen.

Kelsey verschränkte die Arme über der Brust und wich nicht von der Stelle. »Erzähl ihm von dem Schmied«, verlangte er.

»Ach ja.« Mickey tat so, als habe er diesen völlig unwichtigen Punkt übersehen. »Der Schmied. Wir werden einen Zwerg brauchen. ›Den größten Schmied im ganzen Land‹, verlangt die Legende, und der größte Schmied im ganzen Land ist schon immer einer von den Bärtigen gewesen.«

Gary schien nicht im geringsten beunruhigt, und so klatschte Mickey in die Hände und versuchte, an dem Elfen vorbeizulaufen.

»Erklär ihm das Problem«, sagte Kelsey zornig. Mickey wandte sich rasch wieder Gary zu.

»Verstehst du, Junge, Elfen und Zwerge kommen nicht besonders gut miteinander aus – nicht daß Zwerge überhaupt mit irgend jemandem auskommen. Wir werden uns den Schmied nehmen müssen, den wir haben wollen.«

»Nehmen?« hakte Gary nach.

»Stehlen«, sagte Mickey.

Gary nickte, dann schüttelte er den Kopf und hätte fast lauthals gelacht. Wirklich, er hatte eine wunderliche und wunderbare Fantasie!

»Bist du zufrieden?« fragte Mickey den Elfen.

»Erzähl ihm von dem Schmiedeofen«, antwortete der.

Mickey seufzte. Er machte ein todernstes Gesicht. »Es ist ein ganz besonderer Speer, Junge. Kein Blasebalg kann das Feuer heiß genug machen, selbst wenn wir zwei Bergtrolle dafür nehmen würden. Deshalb, so sagen die Legenden, brauchen wir einen etwas ungewöhnlichen Schmiedeofen.« Er runzelte die Stirn. »Kelsey, diese verdammte Legende ödet mich an.«

»Erzähl es ihm.«

Mickey sah aus, als könnte er die Worte einfach nicht über die Lippen bringen.

»Einen ungewöhnlichen Schmiedeofen«, half Gary ihm auf die Sprünge.

»Ich hab' dir doch schon gesagt, daß du mit den Drachen spielen wirst«, platzte Mickey heraus.

Gary setzte sich auf die Fersen und dachte eine ganze Weile nach. »Laß mich das zusammenfassen«, sagte er und versuchte, Mickeys gewundene Erklärungen zu ordnen. »Du meinst, daß ich den Speer irgendeines toten Königs so lange in den Feueratem eines Drachen halten muß, bis ein entführter Zwerg ihn wieder zusammengeschmiedet hat?«

»Ha!« schrie Mickey triumphierend. »Der Junge hat's kapiert! Weiter geht's, Kelsey.« Er lief wieder los, aber als er sah, daß Kelsey sich nicht rührte und auch Gary ihm nicht folgte, hielt er inne.

»Was denn noch, Junge?« fragte er verzweifelt.

Gary beachtete ihn nicht. Er klatschte sich ein paar Mal sanft auf die Wangen und kniff sich ein- oder zweimal in den Arm. »Also«, sagte er zu niemand Bestimmten, »wenn das hier ein Traum ist, wird es Zeit aufzuwachen.«

Kelsey schüttelte ungehalten den Kopf und funkelte Mickey an. »Wo hast du den her?«

Mickey zuckte mit den Schultern. »Ich hab' ein paar Freunden gesagt, sie sollen mir jemanden bringen, dem die Rüstung paßt, genau wie du gesagt hast. Willst du jetzt kleinlich werden?«

Kelsey nahm Gary in Augenschein. Er war groß und muskulös – größer als jeder andere in Dilnamarra und vielleicht genauso groß wie Cedric Donigarten selbst. Mickey hatte ihm versichert, daß Gary die Rüstung passen würde, und Kelsey bezweifelte es nicht. Und Mickey hatte recht mit seiner Bemerkung über das »kleinlich werden«. Die Legenden sagten nichts über das Benehmen der Person, nur daß sie menschlich sein und die Rüstung tragen mußte. Kelsey ging zu Gary.

»Komm mit«, sagte er. »Du träumst nicht, und wir wollen ebensowenig wie du, daß du hier bist. Erfülle deine Pflicht, und du darfst dorthin zurück, wo du herkommst.«

»Und wenn ich nicht mitkommen will?« wagte Gary zu fragen. Ihm gefiel der herrische Ton des Elfs nicht.

»Oh-oh«, machte Mickey so ernst, daß Gary sich erneut fragte, ob er das Faß zum Überlaufen gebracht hatte.

Kelsey kniff die goldenen Augen zusammen und verzog die Lippen zu einem vollendet niederträchtigen Grinsen. »Dann werde ich dich ächten«, sagte er langsam. »Weil du dich nicht an die Fangregeln gehalten hast. Und dann erhältst du das Brandzeichen der Feiglinge.« Er machte eine dramatische Pause. »Und dann werde ich dich töten.«

Gary fielen fast die Augen aus dem Kopf. Er sah zu Mickey.

»Ich hab' dir doch gesagt, daß die Tylwyth Teg ihre Questen sehr ernst nehmen«, war der einzige Trost, der ihm der Kobold geben konnte.

»Gehen wir jetzt?« Kelsey legte eine Hand auf den Griff seines prächtigen Schwertes.

Gary hegte keinerlei Zweifel an seinen grimmigen Versprechungen. »Führe uns an, guter Elf. Auf nach Dilnamarra.«

Kelsey nickte und wandte sich zum Gehen.

»Gut, daß das geklärt ist«, sagte Mickey, als der Elf an ihm vorbeischritt. »Nun hast du also deinen Mann, und ich kann gehen.«

Im Nu hatte Kelsey das Schwert gezogen. »Nein, kannst du nicht. Du bist für ihn verantwortlich, und du wirst diese Angelegenheit ordentlich zu Ende bringen.«

Obwohl es Gary nicht gefiel, wie verächtlich Kelsey über ihn sprach, war er froh, daß der Kobold noch ein wenig länger bei ihnen blieb. Die Vorstellung, mit Kelsey allein klarkommen zu müssen, ohne Mickeys scharfsinnige Ratschläge und ablenkende Plaudereien, machte ihm nicht gerade Mut.

»Ich habe dich gefangen, Mickey McMickey«, sagte Kelsey. »Und es ist allein an mir, dich freizugeben.«

»Du hast deine Bedingungen gestellt, und ich habe sie erfüllt«, widersprach Mickey.

»Wenn du jetzt gehst, werde ich alles stehen- und liegenlassen, um dich wieder einzufangen«, versprach ihm Kelsey. »Und wenn ich dich wieder kriege – und ich werde dich kriegen – , dann will ich nicht nur deinen Topf voll Gold, sondern sicherheitshalber auch noch deine wortgewandte Zunge.«

»Die Tylwyth Teg nehmen ihre Questen sehr ernst«, prustete Gary heraus.

»Das tun sie wirklich«, stimmte Mickey zu. »Dann führe uns an, mein guter Elf. Auf zum Bergfried Dilnamarra. Aber ich möchte wetten, daß ich dort Hunderten von gierigen Händen ausweichen darf.«

Kelsey ging voran, und Mickey holte den **Kleinen Hobbit** wieder hervor.

»Machst du dir Sorgen wegen des Drachen?« fragte Gary, als er zu ihm aufschloß.

»Ach, der Drache. Hast du je einen Zwerg getroffen, Junge? Der kann einem mehr Ärger machen als so ein alter Wurm, und sein Atem ist fast genauso schlecht. Aber man muß aus jeder Gelegenheit das Beste machen, sag' ich immer. Und falls mein Umgang ein wenig zu wünschen übrigläßt, habe ich ja immer noch ein gutes Buch dabei.«

Gary war viel zu amüsiert, um beleidigt sein zu können.

»Ich dulde kein Versagen!« knurrte Ceridwen. »Dir ist eine Aufgabe gestellt worden, und dir ist eine Belohnung versprochen worden, und trotzdem läuft der Fremdling immer noch frei herum.«

Die Nymphe kicherte verlegen. Leshiye fürchtete Ceridwen nicht, nicht hier im Walde Tir na n'Og, der ihr Kraft gab und in dem die Hexe nicht zu Hause war.

Ceridwen schwieg und starrte Leshiye unheilvoll an. Sie kniff ihre eisblauen Augen zusammen und öffnete sie wieder; diese Bewegung war das einzige Anzeichen dafür, daß sie ihre Zauberkraft heraufbeschwor.

Plötzlich wogten dunkle Wolken am Himmel, und der Wind erwachte pfeifend zum Leben.

Leshiye beherrschte selbst ein paar Kunststücke. Sie schaute zu, wie die Hexe sich immer mehr in ihren Zaubersprüchen verlor, und wartete darauf, daß sich ihre Augen nicht mehr öffneten. Dann schlüpfte sie in ihren Eichenbaum, folgte seinen Säften den Stamm hinab und in die langen und tiefen Wurzeln hinein. Benachbarte Eichenbäume reckten ihr bereitwillig die Wurzeln entgegen, und die Nymphe brachte sich mühelos durch das Pflanzentor in Sicherheit.

Ceridwen entfesselte die Mächte des Unwetters, Blitze schlugen in wahnwitzigem Tempo in die mächtige Eiche ein. Aber so unbändig sie auch waren, sie schafften es kaum, die alte und gewaltige Eiche zu verwunden, durch deren Adern die Lebenskraft der Erde selbst floß. Ceridwens zufriedenes Lächeln verschwand, kaum daß Leshiyes Kichern hinter ihr von jenseits der kleinen Lichtung erklang.

Die Hexe schickte ihr den Sturm nicht hinterher. Sie sah ein, daß sie geschlagen war, hier im fremden Tir na n'Og. »Du tätest besser daran, diesen Wald niemals zu verlassen«, warnte sie die Nymphe. Aber Leshiye kümmerte diese Drohung nicht. Warum sollte sie auch jemals woanders hingehen?

Die Hexe schnaubte beleidigt und warf ihren schwarzen Umhang hoch in die Luft. Als er herabsank, schien Ceridwen unter ihm zusammenzuschmelzen; sie schrumpfte immer mehr zusammen, je näher er der Erde kam. Dann vermischten sich Mantel und Hexe, und ein riesiger Rabe erhob sich in die Luft, wo eben noch Ceridwen gestanden hatte.

Sie stieg über den verzauberten Wald auf und wandte sich in Richtung Dilnamarra. Während sie dahinflog, suchte sie den Erdboden nach der Elfenbande ab. Sie war von Leshiyes Versagen nicht übermäßig enttäuscht; sie hatte nie wirklich daran geglaubt, daß die Queste eines hochwohlgeborenen Elfenlords wie Kelsenellenelvial Gil-Ravadry so leicht zu verhindern war.

Aber Ceridwen war eine erfindungsreiche Hexe. Sie hatte bereits andere, wenn auch weniger feinsinnige Dinge in Bewegung gesetzt. Und selbst unter dem Eindruck dieses ersten Mißerfolges würde sie niemandem empfehlen, auch nur eine Kupfermünze auf das Gelingen von Kelseys Queste zu setzen.

Dilnamarra

Kaum hatten sie den Wald hinter sich gelassen, schien sich nicht nur die Landschaft, sondern sogar die Luft zu verändern. Tir na n'Og war ein strahlender, sonniger Ort gewesen, voller Frühlingsdüfte und zwitschernder Vögel, aber hier, außerhalb des Waldes, lag über allem eine düstere Stimmung. Nebel hing über den von Menschen befestigten Straßen, den welligen Feldern und den kleinen, strohgedeckten Häusern.

Von Hecken und Mauern gesäumte Weiden erstreckten sich über die Hügel; sie waren mit dichtem Gras bewachsen und von Unmengen Schafen und Rindern bevölkert. Kleine Wäldchen sprenkelten die Landschaft, manche Bäume standen in Reihen wie wortkarge Wachen, andere kuschelten sich in dichten, kleinen Gruppen aneinander, als heckten sie gemeinsam etwas aus. Im Grunde war es eine schöne Landschaft, aber sie war von Melancholie durchtränkt, als ob es für die düstere Stimmung noch einen anderen Grund gab als einfach nur den Nebel.

»Paß auf deine Füße auf, Junge«, sagte der Kobold zu Gary.

Gary verstand nicht, was er wollte, die Straße lag doch gerade und eben vor ihnen.

»Du willst doch bestimmt nicht in die Hinterlassenschaften eines Hochlandviechs treten«, sagte Mickey.

»Eines Hochlandviechs?«

»Das ist ein großes zottiges und gehörntes Wesen.«

Gary sah sich beunruhigt um.

»Die Bauern halten sie«, versuchte Mickey ihn zu beruhigen. »Sie sind nicht besonders gefährlich, es sei denn, du ärgerst sie. Manche Leute machen sich einen Spaß daraus, sie umzuwerfen, wenn sie eingeschlafen sind, und das finden sie meist gar nicht lustig.«

»Sie umzuwerfen?« fragte Gary. Ihm dämmerte es langsam, und so war er nicht besonders überrascht, als Mickey auf eine etwas weiter entfernte Weide zeigte. Dort graste friedlich eine zottelige Kuh.

»Eine Hochlandkuh«, sagte Gary langsam.

»Sag' ich doch. So ein Hochlandviech. Und du kannst dir nicht vorstellen, was die für Haufen hinterlassen!«

Gary konnte sich sein Lachen nicht verkneifen. Mickey und Kelsey sahen sich verwundert an, dann gingen sie weiter.

Welche romantischen Gedanken Gary auch zugeflogen sein mochten im Walde Tir na n'Og oder in der nebelverhangenen Hügellandschaft, eine Stunde später wurden sie von der harten Wirklichkeit des dreckstarrenden Dilnamarra ausgelöscht. Für den ahnungslosen Gary war die Veränderung genauso drastisch wie sein ursprünglicher Eintritt in die Welt von Faerie – als hätte sein Traum oder was auch immer sich ins Gegenteil verkehrt, in ein völlig verkehrtes Gegenteil.

Ein viereckiger steinerner Turm beherrschte von einem grasbewachsenen Hügel aus die Ansiedlung; Dutzende von gedrungenen Steinhütten, einige kaum mehr als offene Anbauten, drängten sich in seinem Schatten. Schweine und dürre Kühe liefen frei auf den Straßen herum; ihre Ausdünstungen und ihr Kot, den die Wagenräder mit dem Schlamm der Straßen vermengten, waren nur zwei der Ingredienzen eines umwerfenden Gestankes.

Jung und Alt liefen umher, buckelig und ebenso schmutzig und stinkend wie die Haustiere.

»Heb mich hoch, Junge«, sagte Mickey. Gary sah hinab und erblickte statt des Kobolds ein menschliches Kleinkind, das sein Buch in den Händen hielt. Er betrachtete den Knirps neugierig.

»Du sollst hindurchschauen, hab' ich gesagt!« schimpfte der Knirps. Gary musterte ihn genauer und rief sich vor Augen, wer da vor ihm stehen mußte, rief es sich eindringlich vor Augen. Auf einmal sah er wieder Mickey hinter der Fassade, und so nickte er und hob ihn hoch.

»Ich hab' dich geschnappt«, flüsterte er lächelnd.

»Fängst du schon wieder mit dem Unsinn an?« fragte Mikkey, und auch er grinste dabei. »Falls irgend jemand fragt, ich bin dein Bruder. Und drück uns die Daumen, daß keiner von den Leuten hier meine Tarnung durchschaut. Denn sonst fährt Kelseys Klinge heute noch in menschliches Fleisch.«

Garys Lächeln verschwand. »Das würde Kelsey nicht tun«, sagte er lahm.

»Die Tylwyth Teg sind bei den Menschen hier nicht mehr besonders beliebt«, sagte Mickey. »Kelsey ist nur wegen seiner Queste hier, er schert sich einen Dreck um die armen Teufel von Dilnamarra. Also wehe dem, der ihm in die Quere kommt.«

Gary sah zu Kelsey hinüber, besorgt, daß Mickeys Prophezeiung wahr werden konnte. Auf welcher Seite würde er in einem solchen Kampf stehen? Er schuldete Kelsey keinerlei Treue, selbst Mickey nicht. Wenn der Elf also wirklich seine Waffe gegen Angehörige von Garys eigener Rasse richten sollte …

Er verscheuchte die düsteren Gedanken. Wozu sollte er sich über ungelegte Eier den Kopf zerbrechen?

Sämtliche bejammernswerten Einwohner Dilnamarras

schienen herbeizulaufen, um die seltsame Truppe zu sehen, die da durch die verdreckten Straßen lief. Gary schien mit den Menschen dieser Stadt keineswegs näher verwandt zu sein als Kelsey, denn er war nicht von Krankheiten gezeichnet, hatte keine offenen Wunden, und seine Hände waren nicht geschwärzt von jahrelanger Drecksarbeit. Aus allen Ecken und Winkeln wurden ihnen finstere Blicke zugeworfen. Bettler kamen herbei. Manche humpelten, die meisten jedoch krochen nur durch den Straßenschlamm. Ein Gewirr von schmutzstarrenden, nur aus Haut und Knochen bestehenden Armen, von zitternden verkrüppelten Händen versperrte den dreien den Weg.

Gary hielt den Atem an, als Kelsey auf den vordersten dieser Gruppe zutrat. Von einem Moment zum anderen war ihm klar, daß der Elf diesen erbärmlichen Mann auf keinen Fall niederstrecken durfte; falls er sein Schwert zog, würde Gary ihn festhalten oder niederschlagen oder sonst etwas tun, um das Massaker zu verhindern. Nicht daß er glaubte, wirklich eine Chance gegen den grimmigen Elfen zu haben – er konnte nur nicht einfach dastehen und zusehen.

Es sollte jedoch nicht dazu kommen, denn Mickeys Worte stellten sich als ein wenig übertrieben heraus. Der Elf war über die Störung eindeutig nicht erfreut, aber er zog sein Schwert noch nicht einmal einen Fingerbreit aus der Scheide. Er wischte die ausgestreckten Hände lediglich zur Seite und ging schnurstracks weiter, ohne die Bettler auch nur eines Blickes zu würdigen. Aber das Gewoge der armen Schlucker verebbte nicht. Es floß als ächzendes Gewimmel hinter den dreien wieder zusammen.

Auch Mickey wich den flehenden Blicken aus, er kuschelte sich tief in Garys Armbeuge und hielt die Augen geschlossen. Ihm war dieser Anblick nicht neu, und er hatte schon vor langer Zeit gelernt, ihn zu ignorieren.

Gary jedoch sah die Bettler, konnte sie nicht übersehen, und ihr hoffnungsloser Zustand tat ihm in der Seele weh. Er hatte noch nie eine solche Armut gesehen; bei ihm zu Hause bedeutete arm zu sein, ein mehr als zehn Jahre altes Auto zu besitzen. Und »schmutzig« war das Wort, mit dem Gary sein Aussehen nach einem Tag in der Kunststoffabrik bezeichnete. Wenn er diese Leute ansah, kam ihm seine Benutzung des Wortes plötzlich unangemessen vor.

Falls dies alles tatsächlich seiner Phantasie entsprang, seiner »Zwielichtlaune«, wie jener Mister Beagle in der Einleitung zum **Kleinen Hobbit** schrieb, dann kam Gary sein wirkliches Leben plötzlich ein wenig strahlender vor.

Die Menge zerstreute sich, als Kelsey den Bergfried erreichte. Links und rechts der einzigen, eisenbeschlagenen Tür stand ein grimmig dreinblickender Wächter, und die Blicke, mit denen sie die Reihen der Bettler bedachten, kündeten von abgrundtiefer Verachtung.

»Die Würden des Königtums«, flüsterte Mickey Gary zu. Als Kelsey nähertrat, schnitten ihm zwei gekreuzte Spieße den Weg ab. Er hielt inne und sah die Wachen an.

»Ich bin Kelsenel ...«

»Wir wissen, wer du bist, Elf«, sagte einer der Wächter grob, ein untersetzter, bärtiger Mann.

»Dann laß mich ein. Ich habe mit eurem Herrn zu tun.«

»Er hat angewiesen, daß wir euch hierbehalten sollen«, antwortete die Wache. »Also rührt euch nicht von der Stelle und bleibt schön vor den Spießen.«

Kelsey sah Gary und Mickey an, er platzte fast vor Zorn.

»Ich dachte, die Vereinbarungen waren klar«, sagte Gary, oder besser: es schien, als hätte Gary es gesagt. In Wirklichkeit hatte Mickey von seinen Bauchredner-Fähigkeiten Gebrauch gemacht, um seine kindliche Fassade aufrechtzuerhalten.

»Ich ebenfalls«, fuhr Kelsey fort, der den Trick durchschaut hatte. »Erst vor einer Woche habe ich mit Baron Pwyll gesprochen. Er war mehr als bereit, seine Zustimmung zu geben. Schließlich dürfte die Wiederherstellung von Donigartens Speer während seiner Regierungszeit seinem Namen einen festen Platz in den Liedern der Barden sichern.«

»Dann hat jemand anders mit ihm gesprochen«, sagte Mikkey durch Gary, der gerade selbst etwas hatte sagen wollen. Gary warf ihm einen strengen Blick zu, um ihm zu bedeuten, daß er nicht auf diese Weise mißbraucht werden wollte, aber Mickey führte das Gespräch mit Kelsey fort, ohne auch nur zu stocken. »Wer will nicht, daß du weiterkommst?«

Kelsey schüttelte den Kopf, um diese Möglichkeit wegzuwischen, aber tatsächlich kamen auch ihm langsam Zweifel. Sie hatten ihre Reise noch gar nicht richtig angetreten und waren doch schon zum zweiten Mal auf ein unvorhergesehenes Hindernis gestoßen.

Die eisenbeschlagene Tür öffnete sich quietschend, und ein weniger schmutziger und besser gekleideter Wächter trat heraus. Er flüsterte kurz mit den beiden anderen, dann winkte er Kelsey und seine Gefährten hinein.

Das diesige Sonnenlicht verschwand, kaum daß sich die Tür hinter ihnen geschlossen hatte, denn das einzige Fenster im Erdgeschoß des viereckigen Turmes war viel zu klein, um mehr als einen Streifen Licht hereinzulassen. In allen vier Ekken brannte eine Fackel. Ihr Flackern gab den Wandteppichen mit ihren morbiden Darstellungen von Schlachten voller Blut eine gespenstische Tiefe.

Gegenüber der Tür saß der Baron auf einem juwelenbesetzten Thron. Er trug Kleider, die einmal teuer gewesen, nun aber an mehreren Stellen durchgewetzt waren. Er war ein großer, robuster Mann mit einem Stoppelbart und einem ausdrucksvollen Mund, der sowohl von Ausgelassenheit als auch von Genußsucht zeugte.

Hinter ihm standen unauffällig zwei Wachen und ein schlanker Mann, an dessen wetterfestem Umhang Straßendreck klebte. Der Mann hatte sein Kapuze weit genug nach hinten geschoben, daß Gary verfilztes schwarzes Haar und mißtrauische, stechende Augen erkennen konnte. In seinem breiten Gürtel steckte ein Dolch, auf dem die Hand des Mannes ruhte, als würde sie immer dort liegen.

Gary folgte Mickeys Blick zur Seite des Thrones, wo ein Steinsockel und ein Eisengestell standen; beide waren leer.

»So spricht König Kinnemore«, flüsterte Mickey verächtlich, und Gary begriff, daß dort die Rüstung und der Speer aufgebaut gewesen waren. Auch Kelsey schien wenig erfreut zu sein; er hatte mehr Augen für den Sockel und für die Gestalt hinter dem Baron als für Pwyll selbst.

Dennoch behielt der Elf die Fassung. Stolz trat er vor den Thron und fiel auf ein Knie, um sich tief und ehrerbietig zu verbeugen.

»Meine Grüße, Baron Pwyll«, sagte er. »Wie bei unserem vorangegangenen Treffen vereinbart, bin ich zurückgekehrt.«

Der Baron sah besorgt zu der Gestalt in dem Umhang, dann wieder zu Kelsey: »Die Lage hat sich geändert seit unserem letzten Treffen.«

Kelsey stand auf, starrte ihn wild und unverwandt an.

»Unser guter Prinz Geldion hier – lang lebe der König – «, es lag etwas wenig Enthusiasmus in Pwylls Worten, »hat die Nachricht überbracht, daß die Rüstung und der Speer Cedric Donigartens meinen Besitz nicht verlassen dürfen.«

»Ich habe Euer Wort.«

Pwyll funkelte ihn hilflos und zornig an. »Mein Wort ist aufgehoben worden!« erwiderte er scharf. Hinter ihm fuhren die Wachen hoch, als erwarteten sie plötzlichen Ärger.

Prinz Geldion versuchte nicht einmal, sein überlegenes Lächeln zu verbergen.

»Also seid Ihr nur eine Marionette von Kinnemore?« wagte Kelsey zu fragen.

Pwyll funkelte ihn zornig an.

»Donnerlittchen«, hörte Gary sich selbst flüstern.

Drohend sprang Pwyll von seinem Thron auf, aber Kelsey zuckte nicht einmal mit der Wimper, und so setzte sich der aufbrausende Baron bald wieder. Er konnte Kelseys Vorwürfen nichts entgegenhalten, nicht in diesem Moment, unter diesen Umständen.

»Wo ist Euer Edikt, guter Baron?« sagte Mickey durch Gary. Gary sah wütend nach unten, aber der Knirps schien tief zu schlafen und erwiderte seinen Blick nicht.

Pwylls Zorn richtete sich auf Gary. »Und wer seid Ihr, daß Ihr es wagt, unangemeldet und ohne meine Erlaubnis zu sprechen?«

»Gar – «, begann er, aber Mickey fiel ihm ins Wort.

»Der Träger der Rüstung, das bin ich!« hörte Gary sich selbst erklären, und er fragte sich, warum niemand bemerkte, daß seine Lippen sich nicht im Gleichtakt mit den Worten bewegten. Oder taten sie es? Es war alles zu verwirrend.

»Der, der die Prophezeiungen erfüllen wird, ist gekommen aus weit entfernten Ländern!« fuhr Mickey fort. »Der Träger des Speers, der einem Drachen ins Auge sehen wird! Der Krieger, der nicht eher ruhen wird, als bis die Legenden und seine Aufgabe erfüllt sind! Also frage ich, wo ist Euer Edikt? Und welcher König wagt es, sich gegen die Prophezeiungen von Sir Cedric Donigartens eigenen Zauberern zu stellen?«

Für einen Augenblick saß Pwyll völlig fassungslos da und schnappte nach Luft. Gary sah sich schon tot zu Füßen des Barons liegen. Aber dann brach Pwyll in schallendes Gelächter aus. Er streckte auffordernd eine Hand nach hinten aus, und der Prinz reichte ihm eine Pergamentrolle, die mit den purpurnen Siegelbändern König Kinnemores verschnürt war.

»Und Euer Name, guter Sir Krieger?« erkundigte Pwyll sich mit einem Grinsen.

Ein langer Moment des Schweigens verstrich, und Mickey stupste seinen Träger an. »Gary«, begann dieser hastig und erwartete, jeden Moment unterbrochen zu werden. »Gary Leger.«

Pwyll kratzte sich den stoppeligen Bart. »Und woher, habt Ihr gesagt, kommt Ihr?«

»Aus Bretaigne, hinter den Cancarronbergen«, antwortete Mickey. Sowohl der Baron als auch der Prinz schienen den abrupten Wechsel der Aussprache bemerkt zu haben, aber der Prinz schien sich mehr dafür zu interessieren als Pwyll.

»Nun denn, Gary Leger aus Bretaigne«, sagte Pwyll. »Hier ist mein Edikt, von König Kinnemore persönlich.« Er löste die Bänder, rollte das Pergament auf und räusperte sich.

»An Baron Pwyll vom Bergfried Dilnamarra«, begann er hoheitsvoll mit der sorgfältigen Betonung des Adels. »Es sei mitgeteilt, daß ich, König Kinnemore, aus berufenem Munde erfahren habe, daß die Rüstung und der Speer des Cedric Donigarten, unseres höchst geschätzten Helden, in Kürze die Mauern von Dilnamarra verlassen sollen zum Zwecke einer Expedition, die gewiß ihre Zerstörung mit sich bringen kann. Daher, bei meinem Wort – und mein Wort ist Gesetz –, ist es Euch nicht erlaubt, die Artefakte aus Eurem Besitz zu entlassen.« Plötzlich blinzelte Pwyll und strich das Pergament glatt, als ob darin ein Falz gewesen war, den er vorher nicht bemerkt hatte.

»... solange ihr nicht in Eurer geschätzten Urteilskraft beschließt, besagte Artefakte in jene geeigneten Hände zu geben, von denen die Prophezeiungen berichten.« Pwyll blinzelte wieder voller Erstaunen, und bevor er sich noch rühren konnte, hatte Prinz Geldion sich schon vorgebeugt, um ihm das Pergament zu entreißen.

Pwyll jedoch widersetzte sich. Er hielt das Pergament hoch, damit der Prinz es sehen konnte. »Unter dem Falz«, erklärte er, und seine Stimme spiegelte dieselbe Verwirrung wider, die im Gesicht von Geldion geschrieben stand. »Ich hatte den Falz vorhin nicht gesehen und auch nicht die Klausel.«

Der Prinz bewegte die Lippen, als er die Worte las – Worte, die auch er nie zuvor gesehen hatte.

»Direkt über Eures eigenen Vaters Unterschrift«, sagte Pwyll spitz. »Nun, das läßt die Sache in einem anderen Licht erscheinen, denke ich.«

»Was sind das für Tücken?« fuhr Prinz Geldion Kelsey und Gary an. Bevor er auch nur den Thron umrundet hatte, hielt er jedoch inne, denn da seine Hand immer noch auf dem Griff des Dolches lag, hatte Kelsey die seine ebenfalls an sein scharfes Elfenschwert gelegt. Geldion hatte genug Geschichten über die Tylwyth Teg gehört, um die Nutzlosigkeit seiner Drohung einzusehen.

»Was für Tücken?« sagte er wieder, diesmal an den Baron gewandt.

Pwyll zuckte spöttisch mit den Schultern. »Holt die Rüstung«, befahl er den Wachen. »Legt sie Gary Leger aus Bretaigne an. Wir wollen sehen, wie sie ihm steht.«

»Die Rüstung darf Bergfried Dilnamarra nicht verlassen«, begehrte Geldion auf.»Nur wenn ich es beschließe«, antwortete Pwyll ruhig. »So sprach Euer eigener Vater. Ihr erinnert Euch doch an ihn?«

»Hier ist Zauberei im Spiel!« protestierte Geldion. »Das stand nicht im Edikt; ich habe es selbst niedergeschrieben … nach dem Diktat meines Vaters«, ergänzte er schnell, als er sich der mißtrauischen Blicke bewußt wurde.

»Zauberei?« drängte Mickey sich über Gary rasch dazwischen.

»Mein guter Baron von Dilnamarra, in Euren Landen bin

ich nur ein Fremder. Aber war es nicht ein Edikt Eures eigenen Königs, das die Zauberei zu einer Unmöglichkeit erklärt hat? Hat nicht Euer König Kinnemore gesagt, sie sei nur ein Werkzeug von Verrätern und Teufelsanbetern? Es mag sein, daß ich mich täusche, aber als ich in den Bergen hierher unterwegs war, dachte ich, jeden Gedanken an Zauberei hinter mir zu lassen.«

»Nein, Ihr täuscht Euch nicht«, sagte Baron Pwyll. »Es gibt in Dilnamarra und im ganzen Königreich keine Zauberei, so ließ der König Kinnemore verkünden.« Er sah Geldion ironisch an. »Es sei denn, der Prinz ist in etwas eingeweiht, das wir nicht wissen.«

»Ihr bewegt Euch auf dünnem Eis, Baron Pwyll!« Geldion knüllte das Pergament zusammen und stopfte es in eine Tasche seines Umhangs. »Behaltet die Rüstung, rate ich Euch, bis der König sich der Situation widmen konnte.«

»Wir haben eine Abmachung.« Kelseys goldene Augen bohrten sich in die dunklen Geldions. »Ich werde die mir gegebene Queste nicht um zwei Wochen hinausschieben, nur damit ein Bote nach Connacht und wieder zurück geschickt werden kann.« Er wandte sich an Pwyll. »Ihr habt das Edikt Eures Königs. Haltet Ihr diesen Gary Leger für würdig, die Last der Prophezeiungen auf sich zu nehmen?«

»Zuerst die Rüstung«, sagte Pwyll und zwinkerte Kelsey zu. »Dann werde ich meine Entscheidung verkünden.«

Über alle Maßen empört trat Prinz Geldion gegen den leeren Sockel und verließ humpelnd die Halle.

»Und ihr erwartet wirklich von mir, daß ich in dieser Rüstung herumlaufe?« fragte Gary, während ihm die Diener die schweren, einander überlappenden Platten und Verbindungsstücke des Brustpanzers anlegten. Allein das Gewicht des Kettenhemdes machte bereits seinen Beinen zu schaffen, und er fürchtete, wenn man erst einmal mit ihm fertig war, würde er eine halbe Tonne wiegen.

»Das Gewicht ist ausgezeichnet verteilt«, antwortete Kelsey. »Nicht lange, und du wirst dich in der Rüstung wohl fühlen – sobald sich deine schwachen Muskeln an die Last gewöhnt haben.«

Gary sah den Elfen wütend an, behielt seine Gedanken aber für sich. Er wog doppelt soviel wie Kelsey und war auf jeden Fall viel stärker, und da konnten ihm seine Kommentare gestohlen bleiben, um so mehr, da Kelsey eine feingearbeitete Rüstung aus zierlichen Kettengliedern trug, die viel leichter und beweglicher war als der unförmige Panzer des Cedric Donigarten.

»Kopf hoch, Junge«, sagte Mickey. »Spätestens, wenn die Rüstung zum ersten Mal das Schwert eines Goblins oder die gewaltige Faust eines Trolls abgefangen hat, wirst du über jedes einzelne Gramm froh sein!«

»Und wie, meint ihr, lege ich dieses Ding ab und wieder an, wenn wir einmal für mehrere Tage im Freien übernachten? Ihr erwartet doch wohl nicht, daß ich darin schlafe.«

»Beim ersten Mal ist es am schwierigsten, die Rüstung anzulegen«, erklärte Kelsey. »Wenn das Unterzeug erst einmal nach deinen Maßen gefertigt ist, wird es viel schneller gehen.«

»Jawoll«, kicherte Mickey. »Nur noch ein oder zwei Stunden für den größten Teil. Kelsey und ich werden dir jeden Feind vom Leibe halten, bis du fertig bist.«

Gary hatte für seinen Sarkasmus immer weniger übrig.

»Es ist soweit«, sagte einer der Diener. »Schild und Helm befinden sich dort.« Er deutete zu einer Mauer, vor der die verschiedensten Schilde und Helme auf einem Haufen lagen. »Um den Speer zu bekommen, müßt ihr mit dem Baron sprechen.«

Es war nicht schwierig, in dem Durcheinander die passenden Stücke zu finden. Nur ein Schild trug die Insignien des toten Königs Cedric – einen Greif, der einen Speer in den Klauen hielt –, und nur ein Helm, der mit gehämmertem Gold verziert und von einer riesigen purpurnen Feder gekrönt war, paßte zu den Verzierungen der Rüstung.

Mickey hatte den Helm sofort erkannt, und kaum verließen die Diener den Raum, da löste sich der Helm von dem Haufen und kam vor Garys Nase geschwebt. Gary griff nach ihm, aber seine Bewegungen waren bestenfalls als tapsig zu bezeichnen, und so hatte Mickey keine Mühe, den Helm immer höher steigen zu lassen.

Gary starrte den Kobold wütend an, aber es war Kelsey, der dem Treiben ein Ende machte.

»Du trägst die Gestalt eines Menschenkindes, aber du spielst immer noch den Narren. Wenn der Baron oder der Prinz jetzt hereinkommen, wie sollen wir deinen Trick dann erklären? Hier gibt es keine Zauberei, sagen sie; es sei denn, die Hölle hätte sie hervorgebracht. In Dilnamarra werden Hexen verbrannt.«

Mickey schnippte mit den Fingern, und der Helm fiel herab. Gary, der die Hände in die Hüften gestemmt hatte, um das Gewicht der gepanzerten Arme abzustützen, konnte weder rasch genug ausweichen noch den Aufprall abmildern. Der Helm krachte herunter, rutschte ihm über die Ohren und wurde erst vom stählernen Kragen der Rüstung gebremst. Gary taumelte benommen und konnte nichts mehr sehen. Mickeys Stimme klang weit entfernt und hohl, als er rief: »Halt ihn, Elf! Wenn er umfällt, brauchen wir bestimmt sechs Mann, um ihn wieder hoch zu bekommen!«

Kelseys schmale Finger packten Garys Handgelenk, und er riß den jungen Mann in eine aufrechte Position zurück. Gary tastete nach seinem Kopf, aber Kelsey kam ihm zuvor und drehte den Helm mit einem Ruck richtig herum. Plötzlich war Gary nicht mehr blind. Abgesehen von dem schmalen Schlitz für die Augen kam es ihm vor, als ob man ihm einen Kochtopf übergestülpt hätte. Der Helm saß ziemlich locker – was für einen Schädel mußte dieser Cedric Donigarten gehabt haben! –, aber locker war immer noch besser als knapp.

»Du hast etwas von einem König«, sagte Kelsey. Gary wollte es schon als Kompliment verstehen, da fuhr der Elf fort. »Aber auch du führst dich wie ein Narr auf.« Er reichte ihm den riesigen, schweren Schild und trat neben Mickey. Gary steckte einen Arm durch die Schlaufen und bekam das Gewicht mit einiger Mühe vom Boden hoch. Der Schild verjüngte sich nach unten hin, lief in eine abgerundete Spitze aus – vermutlich, damit man ihn in die Erde stecken konnte –, und er wog mehr als halb soviel wie Gary.

»Baron Pwyll wird nur zustimmen können«, sagte Kelsey zu Mickey. »Die Rüstung sitzt wie angegossen. Wenn er auch nicht Cedrics Format hat, so hat er doch dieselbe Größe.«

Der Beleidigungen müde, wollte Gary einen Schlußstrich ziehen (und außerdem seinem bereits erschöpften Arm eine Pause gönnen), also stieß er die Spitze des Schildes auf den Boden. Unglücklicherweise schlug sie nicht scheppernd auf die Steine, wie er es geplant hatte, sondern erwischte eine seiner Fußspitzen.

Er kniff die Lippen zusammen, um nicht laut herauszubrüllen, und war froh, daß der Helm sein Gesicht verbarg.

Kelsey schüttelte nur ungläubig den Kopf und verließ den Raum, um mit Baron Pwyll zu sprechen.

»Du wirst dich dran gewöhnen«, sagte Mickey hoffnungsvoll und zwinkerte ihm zu, bevor er Kelsey folgte.

»Die Lady wird uns Geschenke geben, hä?« krächzte der große Goblin Geek ins Gesicht.

»Viele Geschenke«, antwortete Geek und nickte blödsinnig mit dem Kopf. »Mylady Ceridwen verlangt, daß wir dem Elfen nix tun, bloß fangen, und dann kriegen wir welche!«

Der große Goblin stimmte in das Kopfnicken ein. Seine bemoosten Hauer bogen sich grotesk um die speichelverklebten Lippen. Erregt drehte er sich zu seinen Spießgesellen um, und sie begannen zu nicken und einander auf die Schultern zu klopfen.

»Gefällt nix«, sagte einer jedoch. »Berge zu weit weg. Leute hier zuviel. Gefällt nix.«

»Dir nix gefällt, du haust ab!« knurrte Geek und baute sich vor dem Abweichler auf. Der große, zahnige Goblin stellte sich Geek zur Seite, und all die anderen spritzten auseinander und hielten ihre groben Speere und Keulen fest umklammert.

»Hat Lady uns geschickt?« fragte der Abweichler frei heraus. »Hat Lady Geek gesagt, mach killekralle?«

Geek setzte zu einer scharfen Erwiderung an, aber da rauschte der große Goblin schon an ihm vorbei und schnitt ihm das Wort ab.

»Geek weiß, was Lady Ceridwen will!« sagte das Monster und ballte seine krumme Faust und trieb sie dem Abweichler tief ins Maul.

Der kleine Goblin fiel hintenüber, wurde aber von den anderen wieder nach vorn auf die Füße geschubst. Schwankend stand er da, kaum noch bei Bewußtsein, aber mit der den Goblins eigenen Starrköpfigkeit und Dummheit brachte er ein weiteres »Gefällt nix« heraus.

Diese Worte versetzten die ohnehin aufgedrehte Bande in einen plötzlichen Taumel gewalttätiger Raserei. Der große Goblin schlug zuerst zu, ließ seinen riesigen Unterarm auf den Schädel des Abweichlers krachen. Wieder fiel der kleine Goblin um, und diesmal waren die anderen weit davon entfernt, ihm aufzuhelfen. Sie fielen über ihn her, stachen und schlugen mit ihren Speeren und Keulen zu. Der gefallene Goblin brachte noch ein paar Protestschreie heraus und dann ein paar leiderfüllte Quiekser, die sich rasch in blutersticktes Gegurgel verwandelten.

Die Bande schlug noch auf ihn ein, als er längst tot war.

»Geek weiß, was Lady Ceridwen will!« sagte der große Goblin wieder, und diesmal erhob niemand das Wort gegen ihn. Respektvoll umringte die Menge Geek, um seinen weiteren Anweisungen zu lauschen.

»Die gehn in Stadt«, erklärte er. »Aber Lady sagt, die bald wieder rauskommen. Wir krallen die im Wald, krallen den Elfen und killen die Menschen.«

Die Goblins wiegten die dicken Köpfe und grölten zustimmend, trommelten mit ihren Speeren und Keulen gegen Bäume und Steine und den nächsten Goblin und alles, was sich sonst noch anbot.

Goblins zum »Killekralle« zu animieren, war nie besonders schwierig.

Als sie Dilnamarra in östlicher Richtung verließen, fand Gary die Rüstung in der Tat schon etwas bequemer. Mit großen Schritten ging er neben Mickey her und war überrascht, wie wenig Geräusche die Rüstung von sich gab, wenn man bedachte, daß sie zu mehr als der Hälfte aus Metall bestand und seit Jahrhunderten nicht mehr benutzt worden war.

Kaum hatte Baron Pwyll unter dem heftigen Protest des Prinzen seine vorläufige Zustimmung erteilt, da hatten sie die Artefakte genommen und den Bergfried noch in der Abenddämmerung verlassen. Da der Prinz so versessen darauf war, sie aufzuhalten, und der Baron sich vielleicht doch noch einmal Gedanken über sein Dilemma machen mochte, hatte Kelsey nicht bis zum Morgen warten wollen. Inzwischen war die Sonne hinter dem Horizont verschwunden, und der übliche dünne Nebel war aus den südlichen Mooren heraufgezogen. Träge wehte er über die Straße und nahm ihnen noch mehr die Sicht. Obwohl Mickey beständig vor sich hin brummelte, verlangsamte Kelsey seine Schritte nicht.

»Wir hätten die Nacht im Bergfried verbringen sollen«, sagte der Kobold immer wieder. »Ein warmes Bett und ein gutes Essen hätten uns allemal gutgetan.«

Gary schwieg; er ahnte, daß Kelsey kurz vor einer Explosion stand. Schließlich, nach dem vielleicht hundertsten derartigen Genörgel, platzte dem Elfen der Kragen.

»Wenn wir im Bergfried Dilnamarra übernachtet hätten, wären wir dort nicht mehr rausgekommen«, schimpfte er. »Geldion hatte vor, uns aufzuhalten, und dafür hätte ihm mehr als eine Wache zur Verfügung gestanden.«

»Er wäre nie offen gegen uns vorgegangen«, sagte Mickey. »Nicht auf Pwylls eigenem Grund und Boden.«

»Vielleicht nicht. Aber vielleicht hätte er Pwyll überzeugen können, uns aufzuhalten, bis die Angelegenheit mit dem Edikt vollständig aufgeklärt ist. Ich ziehe den Hut vor deiner List im Empfangssaal, aber die vorgegaukelte Schrift wird niemanden lange zum Narren halten.«

»Überschätzt du die Menschen nicht ein wenig?« Mickey räusperte sich verlegen, als Gary ihn anstarrte.

Aber die Ereignisse im Bergfried hatten Gary ziemlich verwirrt, und er hatte viel zu viele Fragen, um sich über Mickeys unbeabsichtigten Affront aufzuregen. »Was für eine vorgegaukelte Schrift?« wandte er sich an Kelsey.

»Siehst du, was ich meine?« kicherte Mickey.

Nun mußte selbst Kelsey lächeln. »Der Prinz hat das Edikt nach eigenem Eingeständnis selbst aufgesetzt. Mickey hat nur ein paar Worte hinzugefügt.«

Gary starrte den selbstgefälligen Kobold zweifelnd an.

»Und diese Tatsache macht uns zu Geächteten«, fuhr Kelsey fort, mehr an Mickey als an Gary gerichtet. »Nun ist die Straße unser einziger Zufluchtsort, und je mehr Distanz wir zwischen uns und Prinz Geldion bringen, desto größer sind unsere Chancen.«

»Du meinst, **deine** Chancen«, murmelte Mickey.

Kelsey ließ es dabei bewenden. Und wenn Mickey noch so sehr herumjammerte, seine Bedeutung für die Queste ließ sich gar nicht hoch genug einschätzen. Ohne seinen Illusionszauber hätte Kelsey die Rüstung und den Speer nie aus Dilnamarra herausbekommen.

»Noch drei Stunden, dann machen wir Rast«, sagte er und schulterte die Ledertasche, die den alten Speer enthielt. Die Waffe war fast genau in der Mitte zerbrochen, und obwohl die beiden Teile nebeneinander lagen, war die Tasche fast genauso groß wie der Elf.

Gary war mehr als nur ein wenig neugierig auf den Anblick der legendären Waffe – in der Feste hatte nur Kelsey einen Blick darauf geworfen –, aber er wollte den Elfen nicht bedrängen. Er hievte den schweren Schild hoch und griff nach dem wenig bemerkenswerten Speer, den man ihm in die Hand gedrückt hatte, und trottete Kelsey hinterher.

Mickey sah ihnen nach und trat mit dem Schnabelschuh nach einem Stein. »Mickey McMickey«, sagte er leise, »diesmal hast du dich aber fein reingeritten.« Dann zuckte er mit den Schultern und trottete los.

Kreuzwege

Sie schlugen ihr Lager weit ab der Straße auf, da sie befürchteten, daß der Prinz mit seinen Männern nach ihnen suchte. Kelsey übernahm für den Rest der Nacht die Wache.

Ernst und ruhig saß er da, die blanke Klinge quer über den Schoß gelegt. In Gary regte sich nicht einmal ein Hauch von Ritterlichkeit. Der beschwerliche Marsch hatte ihn völlig erschöpft, und nach dem matschigen Spektakel von Dilnamarra hatte er allmählich genug von diesem ganzen verrückten Traumgebilde. Dilnamarra unterschied sich völlig von allen Städten, die seine Phantasie jemals heraufbeschworen hatte. Nach dem Anblick von soviel Leid und wirklicher Armut konnte er Lancashire und sein eigenes Leben nie wieder in einem so schlechten Licht sehen.

Aber wie dorthin zurückgelangen? Wenn er mitten in einem Traum einschlief, versuchte er sich selbst zu überzeugen, dann war es doch nur logisch, anschließend in der Realität aufzuwachen.

»Wer aufwachen will«, flüsterte er vor sich hin, »muß schlafen gehen.«

Während Gary die Decken ausbreitete und sich von den wuchtigeren Teilen der Rüstung befreite, lauschte Mickey seinem Selbstgespräch. »Sie werden sich nie ändern, diese großen Leute aus der Wirklichen Welt«, kicherte er und nahm einen tiefen Zug aus seiner langen Pfeife.

Gary wußte, daß Mickey ihn auslachte, ihn und seine Hoffnung, nach Hause zurückzukehren, und er wußte auch, daß es keinen Anlaß zu dieser Hoffnung gab. Trotz all seiner logischen Einwände begann er langsam zu kapieren, daß dies hier Ernst war. Dennoch drehte er sich zu Mickey um und beharrte störrisch auf seinem gewohnten Weltbild.

»Bald bist du verschwunden«, versicherte er dem Kobold.

Mickey kicherte wieder, zauberte eine kleine Lichtkugel herbei und schlug den **Kleinen Hobbit** auf. Nachdem er ihn noch eine Weile angestarrt hatte, streckte Gary sich auf den Decken aus und versuchte, den Kobold aus seinen Gedanken zu verbannen.

Wann immer die Nebelschwaden aufrissen, erhaschte Gary einen flüchtigen Blick auf den Abendhimmel. Unzählige Sterne waren über den Himmel verstreut, ein bezaubernder Anblick, den Gary durch den Schlitz seines Visiers jedoch nur ahnen konnte. Der Nebel war zäh, hing wie ein Leichentuch über der Landschaft und deckte die frischen und wunderbaren Ausblicke zu, die einer Welt der Zwielichtlaunen wirklich gut zu Gesicht gestanden hätten.

Obwohl das Ziel nur knapp verfehlt worden war. Tir na n'Og war strahlend und fröhlich und warm und erfüllt von Liedern, ein Wald, der dieses Wort wirklich verdiente. Orte solchen Zaubers gab es in Garys Welt nicht, jedenfalls nicht, soweit ihm bekannt war. Und auch wenn das bäuerliche Land von Faerie ein wenig schlicht war, so war es doch unbestreitbar saftig und unverdorben.

Aber das rauhe Dilnamarra überschattete den Wald und die Felder, seine knallharte Realität zerstörte die Harmonien von Waldesgesang und Landstraße.

Gary wischte diese Gedanken beiseite. Er konzentrierte sich auf seinen Jeep und den Friedhof und den Hocker neben der Häckselmaschine, und er hoffte, daß er nicht zu spät kam, um wenigstens ein kaltes Abendessen zu bekommen, hoffte, daß seine Eltern sich nicht allzu viele Sorgen gemacht hatten.

Dann sah er wieder den Nebel, silbern im Sternenlicht, und Kelsey hielt schweigend Wache, und Mickey las eifrig in seinem Buch. Seit wie vielen Stunden war er hier? Und zwar nicht unterbrochenen und episodenhaften, sondern wirklichen Stunden, angefüllt mit sowohl aufregenden als auch banalen Ereignissen, mit lauter kleinen Details, die er niemals im Reich der Träume vermutet hätte.

Gary wußte, daß dies kein Traum war. Schlicht und einfach. Er fragte sich, ob er wohl gestorben war oder verrückt geworden. Hatte ihm seine Neigung zu Fantasyromanen und Tagträumereien das Bewußtsein getrübt? Hatten ihn seine Konflikte mit dem Ernst des Lebens durchdrehen lassen? Ihm fiel ein Film mit Jack Nicholson ein, in dem hilflose Psychotiker verloren und ohne jede Hoffnung herumwanderten, und er fragte sich, ob sie vielleicht auch in ihr eigenes Land der Märchen, ihr eigenes Faerie hinübergegangen waren.

Und was nun? Welche »Realitäten« erwarteten Gary Leger nun? Würde er eine lange Reihe von farblosen Städten wie Dilnamarra vorfinden oder eine Welt voller Zauber, eine Welt voller Tir na n'Og-Wälder und Kobolde und ernster Elfen und Waldnymphen?

Der Nebelschleier riß auf, und Gary bekam den bisher besten Blick auf das Sternengeflimmer. Dann verschwand es wieder. Seine körperliche Erschöpfung hatte über das Durcheinander in seinem Kopf gesiegt, und er war in den Schlaf hinübergedämmert.

Kaum hatte Gary die Augen aufgeschlagen, da wußte er, daß er im Freien lag. Er vermutete – hoffte – für einen kurzen Moment, daß er sich in dem heimatlichen Wald hinter seinem Zuhause befand, zwischen der Schule und dem Friedhof und den langsam vordringenden Häusern, aber diese Hoffnung verschwand, sobald ihm der Essensgeruch in die Nase stieg und Mickeys loses Mundwerk an die Ohren drang.

»Pilzeintopf macht dir 'nen schönen dicken Bauch«, sagte er zu Kelsey.

»Beeil dich damit«, sagte dieser. »Wir haben heute noch viele Meilen vor uns, und es wird warm werden. Ich fürchte, unser Freund wird alle paar Minuten eine Pause einlegen müssen.« Es klang wenig schmeichelhaft.

»Du urteilst zu hart über den Jungen«, sagte Mickey. »Wenn du in diesem mannsgroßen Eimer herumlaufen müßtest, würdest du auch gern viele Pausen einlegen.«

»Ich trage ebenfalls einen Kettenpanzer.«

»Angefertigt von den Tylwyth Teg«, gab Mickey zurück. »Garantiert wiegt dein ganzer Anzug weniger als auch nur Donigartens Helm!«

»Beeil dich mit dem Essen«, schnarrte Kelsey. Sein Tonfall bewies, daß ihm die Argumente ausgegangen waren. »Ich möchte aufbrechen, bevor die Sonne ganz aufgegangen ist.«

»Aye, du bist aufgewacht!« grüßte Mickey, als er sah, wie Gary auf den Decken saß und sich streckte. »Das ist gut, nun kriegst du ein gutes Essen in den Bauch!«

Gary sah sich immer noch ungläubig um, auf seinem Gesicht spiegelte sich eine Mischung zwischen Verwirrung und aufsteigendem Ärger.

»Ich hab' dir gesagt, daß du nach Hause gehen kannst, sobald du deine Aufgabe erfüllt hast«, sagte Mickey voller ehrlichem Mitgefühl. »Ich hab' dir gesagt, daß du nicht träumst. Ich hab' dich nicht angelogen.«

Immer noch nicht in der Lage, sich mit all dem abzufinden, schüttelte Gary langsam den Kopf und knabberte an seiner Oberlippe.

»Nenn es einen Traum, wenn es dir dann besser geht«, riet Mickey. »Und ganz gleich, wie du es nennst, genieß es!«

»Ich fand die Stadt eher ungenießbar.«

»Dann denk an den Wald, an Leshiye.« Mickey blinzelte ihm verschmitzt zu. »Ich weiß, daß dir das gefallen hat.«

Diese Bemerkung zauberte ein Lächeln auf Garys Gesicht, und der Pilzeintopf schmeckte tatsächlich gut und machte satt. Wenig später waren sie wieder auf der Straße. Kelsey führte sie mit kräftigen Schritten an, und Gary hatte seine Mühe, den lose sitzenden Helm richtig herum aufzubehalten und mit der Spitze des schweren Schildes nicht ständig den Boden zu pflügen.

Bald versuchte Gary nicht einmal mehr, den Schild oben zu

behalten. Der Tag war heiß und trübe, feucht vom Nebel und schmerzhaft hell. Das Unterzeug von Garys Rüstung war patschnaß, der Schweiß brannte in seinen Augen. Oft hielt er an und steckte einen Finger durch den Sehschlitz des Helmes, um den Schweiß aus den Augen zu reiben, aber das brachte kaum Erleichterung, denn seine Finger waren ebenso schweißüberströmt wie sein Gesicht.

»Nimm den Helm ab und häng ihn über den Speer«, schlug Mickey vor, als er sah, wie Gary litt. Kelsey wirbelte sofort herum.

»Oh, laß ihn!« rief Mickey, um dem Elfen den Wind aus den Segeln zu nehmen. »Bei dieser Hitze fällt er sonst tot um in diesem Aufzug, und was hast du dann noch von ihm auf deiner Queste?«

Kelsey kehrte ihnen den Rücken zu und ging weiter, und Mickey lächelte selbstgefällig. Er half Gary, den unhandlichen Helm am Speer zu befestigen, und als sie Kelsey folgten, ging es Gary viel besser. Seine gehobene Stimmung hätte noch eine ganze Weile angehalten, aber gegen Mittag erreichten sie eine Stelle, wo sich inmitten der ansonsten nicht erwähnenswerten Felder zwei Feldwege kreuzten. An allen vier Ecken der Kreuzung war je ein hoher Mast aufgestellt.

Männer, die man am Hals aufgehängt hatte, hingen von den Masten herab. Längst tot und aufgebläht, schaukelten sie langsam in der milden Brise.

Gary ließ Speer und Schild fallen und preßte die Hände auf den rebellierenden Magen. Selbst Kelsey, der in seinem entschlossenen Schritt innehielt, um hinaufzusehen, schien von dem gräßlichen Anblick berührt.

»Arme Teufel«, sagte Mickey. »Schneid sie ab, Kelsey, bitte.«

Der Elf griff schon nach seinem Schwert, dann aber schüttelte er den Kopf.

»Schneid sie ab!« platzte Gary heraus, was ihn fast sein Frühstück loswerden ließ.

»Ich kann nicht!« rief Kelsey. »Niemand in ganz Faerie würde das wagen, nur ein Tylwyth Teg. Wenn ich sie also herunterhole, wird Prinz Geldion genau wissen, daß wir hier entlang gekommen sind. Als hätte ich meinen Namen auf die Straße geschrieben! Ich möchte nicht, daß der Prinz in unsere Nähe kommt.«

Gegen diese praktische Überlegung konnten Gary und Mickey schlecht etwas einwenden.

»Was haben sie getan?« fragte Gary düster. »Waren es Verbrecher? Und warum hat man sie hier draußen aufgehängt, so weit weg von der Stadt?«

»Vielleicht konnten sie ihre Steuern nicht bezahlen«, brachte Mickey heraus. »Oder sie haben etwas gesagt, das dem Prinzen nicht gefallen hat. Oder sie haben für ihre Kinder ein Stück Brot gestohlen. Gewöhn dich an den Anblick, Junge. So etwas wird dir an vielen Kreuzwegen begegnen.«

»Sie knüpfen sie immer an Kreuzwegen auf«, sagte Kelsey. »Denn falls der rachsüchtige Geist eines Gehenkten zurückkehrt, um Gerechtigkeit zu finden, so weiß er nicht, welchen Weg er einschlagen soll.«

»Rachsüchtige Geister«, grummelte Mickey. »Diese armen Teufel hatten im Leben nicht genug Kraft zum Kämpfen, woher sollten sie sie im Tode haben.«

»Laßt uns von hier verschwinden«, sagte Kelsey, und die beiden ließen sich das nicht zweimal sagen.

Lange nachdem sie den Kreuzweg hinter sich gelassen hatten, sah Mickey, daß Garys Züge immer noch verhärtet waren.

»Laß dich davon nicht zu sehr quälen, Junge. Sicher war es ein scheußlicher Anblick, aber wir haben ihn jetzt hinter uns.«

Garys Gesichtsausdruck veränderte sich nicht. »›Nenn es

einen Traum‹, hast du gesagt. Soll ich es einen Traum oder einen Alptraum nennen?«

Zum ersten Mal wußte der Kobold nicht, was er erwidern sollte.

»Du hast gesagt, ich hätte schon vom Lande Faerie gehört«, fuhr Gary fort und versuchte dabei, ruhig zu bleiben und seinen aufsteigenden Ärger zu verbergen. »Und das habe ich auch, in alten Sagen – und Märchen. Aber wenn man diesen Geschichten glaubt, ist die Welt der Elfen und Kobolde ein verzauberter Ort, friedlich und schön, und kein Ort, an dem ein Mann an einem Kreuzweg aufgeknüpft wird, weil er für seine hungrigen Kinder ein Stück Brot geklaut hat.«

»Aye«, stimmte Mickey düster zu. Seine grauen Augen verschleierten sich, und er schien in eine unbestimmbare Ferne zu blicken. »Und so war es auch einmal, bevor jemand namens Kinnemore den Thron bestiegen hat …«

»Genug!« rief Kelsey, der auf sie gewartet und zufällig ihr Gespräch mit angehört hatte. Er starrte Mickey zornig an, dann wandte er sich Gary zu. »Die Politik und die Belange dieses Landes gehen dich nichts an. Du bist hierhergebracht worden, um eine kleine Rolle in einer Queste zu spielen, mehr nicht. Ob dich die Sehenswürdigkeiten von Faerie erfreuen oder dir den Magen umdrehen, ist für mich völlig ohne Belang.«

Gary nahm diese Schelte ohne Erwiderung hin, denn er begriff, daß die Bemerkungen, die er mit Mickey ausgetauscht hatte, bei Kelsey einen Nerv getroffen hatten. Er konnte nicht mehr tun, als Kelseys hilflose Frustration zu akzeptieren. Der Anblick der Gehenkten hatte den Elfen ebenso tief getroffen wie ihn, vielleicht sogar tiefer, denn nur zu offensichtlich paßten Bilder wie dieses oder das der gekrümmten Bettler von Dilnamarra nicht mit Kelseys anspruchsvollen Vorstellungen darüber zusammen, wie die Welt zu sein hatte.

Mickey und Gary sahen sich schulterzuckend an, als Kelsey weiter ausschritt, und auf den folgenden Meilen wechselten sie kein Wort mehr miteinander. Für Gary war alles heiß und einsam und schrecklich. Seine Gedanken wanderten zurück zu seiner eigenen Welt, zurück nach Tir na n'Og, verloren sich letzten Endes im Nichts. In seiner tiefen Trance bemerkte er nicht einmal, daß Kelsey sich gebückt hatte, um den Boden nach etwas abzusuchen.

Glücklicherweise packte Mickey ihn, bevor er den Elfen über den Haufen lief.

»Was hast du gefunden?« fragte Mickey.

»Spuren«, sagte Kelsey leise. Er sah sie ernst an. »Goblinspuren.«

»Goblins, hier?« Mickey legte eine Hand an die Stirn und spähte zu den entfernten Bergen hinüber. »Sie sind fünf Tage entfernt. So weit wandern Goblins nicht.« Er sah Gary an, als erwartete er seine kompetente Zustimmung.

»Goblinspuren«, wiederholte Kelsey. Es klang endgültig.

Mickey sah sich um, sah zu den Bergen und wieder zu Kelsey. Dann verstand er. »Du meinst, es ist kein Zufall?«

Kelsey antwortete nicht sofort, aber ihm war anzusehen, daß Mickey seiner Meinung nach ins Schwarze getroffen hatte. Sie waren gerade einmal den zweiten Tag unterwegs und hatten auf Schritt und Tritt Schwierigkeiten gehabt. Zuerst die Nymphe, dann der Prinz und nun der Beweis, daß sich eine Bande Goblins (und keine kleine Bande, nach der Anzahl der Spuren zu urteilen) fast einhundert Meilen weit aus ihren Berglöchern getraut hatte.

»Wir werden es früh genug erfahren.« Kelsey beobachtete den Stand der Sonne. »Wenn die Goblins immer noch in der Nähe sind, wird die Nacht sie wohl zum Vorschein bringen.«

»Während wir gut sichtbar mitten in dieser Ebene hocken«, seufzte Mickey.

»Das nicht«, sagte Kelsey. »Aber der Kuhknäuelwald ist noch ein paar Meilen entfernt. Wir müssen uns beeilen, um ihn mit dem letzten Tageslicht zu erreichen.«

Gary behagte die Vorstellung nicht, sich beeilen zu müssen. Aber noch weniger behagte ihm die Vorstellung, Goblins zu treffen. Er setzte seinen Helm wieder auf und lief, so schnell es ging. Kelsey und Mickey halfen ihm, wo sie nur konnten; Kelsey nahm ihm sogar ab und zu den schweren Schild ab.

Als sie ankamen, war es schon so spät, daß die Bäume nicht mehr waren als schwarze Silhouetten vor einem dunkelgrauen Hintergrund. Dank seiner scharfen Augen führte Kelsey sie dennoch mit Leichtigkeit in das Dickicht hinein, und bald fand er eine Lichtung, auf der sie relativ sicher ihr Lager aufschlagen konnten.

»Macht kein Feuer«, sagte er und sah Mickey nachdrücklich an. »Auch keine leuchtenden Kugeln. – Gary, du behältst die Rüstung an und deinen Speer nahe bei dir. Sollten wir gezwungen sein zu fliehen, vergiß kein einziges Stück der alten und unersetzlichen Artefakte.«

Kelsey schien ebensosehr sich selbst wie den anderen Mut zuzusprechen, als er leise hinzufügte: »Der Wald wird uns verbergen.«

Sowohl Mickey als auch Gary wurden den Gedanken nicht los, daß die dichten Bäume von Kuhknäuel ebensogut andere Dinge verbergen konnten.

In den Untiefen seines unruhigen Schlafes hörte Gary, wie Kelsey entsetzt aufschrie. Er öffnete die Augen gerade rechtzeitig, um zu sehen, wie etwas in den Busch neben dem Elfen krachte. Ein geisterhaftes Licht lag über der Lichtung – Mikkeys Werk, vermutete Gary –, und alles schien sich zu langsam zu bewegen.

»Lauf!« rief Kelsey ihm zu, und Mickey ergänzte: »Um dein Leben, Junge!«

Auf einen Schlag war Gary hellwach und klar, aber als er versuchte, in der unförmigen Rüstung aufzustehen, bewegte sich sein Körper nur schwerfällig. Kelsey kam herbeigerannt; überall war Gebrüll und Getrampel, wildes Gejohle und Gekrächze.

Gary ergriff die freie Hand des Elfen und kämpfte sich hoch, hielt nur kurz inne, als er sah, daß Kelseys Schwert von Blut troff. Als hätte er sein entsetztes Zögern bemerkt, riß Kelsey ihn mit überraschender Kraft auf die Beine, stülpte ihm den Helm über, drückte ihm Speer und Schild in die Hände und schob ihn Mickey hinterher.

Nur einen Sekundenbruchteil später war der Elf wieder in den Kampf verwickelt. Gary drehte sich nach ihm um, aber der Helm war nicht richtig festgezurrt und folgte der Bewegung seines Kopfes nicht.

»Hier lang!« schrie Mickey weit vor ihm. »Mach dir keine Sorgen um Kelsey!«

Als sie die Lichtung und damit Mickeys magisches Licht hinter sich gelassen hatten, sah Gary nur noch schattenhafte Umrisse. Er stolperte und krachte durchs Unterholz und versuchte verzweifelt, den flinken Kobold einzuholen. Die edle Rüstung fing sämtliche Schläge problemlos ab, und so schaffte er es schließlich. Mickey saß lässig auf einem niedrig hängenden Zweig und starrte den Weg zurück, den sie gekommen waren.

Geistesabwesend winkte Mickey ihn vorbei, und Gary rannte blind vor Entsetzen weiter, wagte nicht, langsamer zu werden. Jeder Baum sah bedrohlich aus; in jedem Zweig sah Gary den schwertschwingenden Arm eines Goblins, der ihn niedermähen wollte. Jeder Busch schien ein zusammengekauerter Dämon zu sein, der nur darauf wartete, ihm ins Gesicht zu springen und ihn zu verschlingen. Er versuchte, seiner Panik Herr zu werden, versuchte, wieder zu Atem zu kommen.

Er versuchte es wirklich.

Mickey dachte sorgfältig über die nächsten Schritte nach. Falls Kelsey zu aufgeregt war, um eine Täuschung zu durchschauen, dann konnte sie ihm gefährlich werden. Aber die Goblins waren überall, sie tollten und brüllten herum, und sie konnten im Dunkeln sehen.

Kelsey mochte es schaffen zu fliehen, Mickey würde es ganz bestimmt, aber Gary Leger war verloren, wenn Mickey sich nicht sofort etwas einfallen ließ.

»Wedel, wedel, Bäume im Nebel«, sang er und wedelte mit den Händen, um den meistgebrauchten Trick gegen Möchtegern-Fänger heraufzubeschwören. Eine simple Illusion, aber eine gemeine.

Jeder Baum zwischen Mickey und der Lichtung schien sich drei Fuß nach links zu bewegen.

Kelsey brauchte nicht lange, um zu verstehen, was geschehen war. Er sah einen Goblin, der einen Satz zur Seite machte und geradewegs in eine mächtige Eiche hineinrannte und anschließend schwankend zu Boden sackte. Ein anderer Goblin, einer mit gewaltigen Zähnen, kam schnurstracks auf ihn zu, drehte sich jedoch im letzten Moment nach rechts und wurde von einem niedrigen Ast abgefangen. Sein Genick brach mit einem scheußlichen **Knacks!**, und er blieb reglos liegen.

In diesem Moment wurde Kelsey bewußt, daß es gar nicht so schlecht sein mochte, einen Kobold dabeizuhaben. Er begann, im Bogen am Rand der Lichtung entlang zu laufen, bremste aber ab, als ein weiterer Goblin an einen weiteren Baum geriet. Das Geschöpf stand verwirrt da und kratzte sich den Kopf, und Kelsey, der nichts von einem sauberen Kampf hielt, sobald es gegen Goblins ging, ließ seine Klinge prompt durch die deckungslosen Rippen fahren.

Dann schlug er sich ins Unterholz und lief vorsichtig um Mickeys beeindruckende Illusionen herum.

Zum ersten Mal in seinem Leben begriff Gary Leger wirklich, was Angst war. Er hörte die Goblins, viele Goblins; sie schienen ihm unmittelbar auf den Fersen zu sein, und nun hatte er auch noch seine Freunde verloren! Was sollte er tun, wenn die Goblins ihn einholten? Er hatte keine Ahnung, wie man mit einem Speer kämpfte, und er konnte sich in der Rüstung kaum bewegen.

Gary war zwar weit über das Gebiet hinausgelangt, in dem Mickeys Täuschung wirksam war, aber das spielte kaum eine Rolle. Es war ohnehin zu dunkel, um etwas erkennen zu können, schon gar nicht mit dem losen Helm, der ihm beständig auf die Schultern knallte; vor lauter Angst konnte er kaum einen Gedanken fassen. Er blieb mit dem Schild in einem Gebüsch hängen und stolperte. Zwar fand er seine Balance rasch wieder, aber der Ruck hatte den Helm herumgedreht, und nun war der Sehschlitz hinten.

Gary begriff, was geschehen war, und wollte abbremsen und das Ding wieder herumdrehen, aber das Gekeuche und die Rufe der Goblins in seinem Rücken trieben ihn weiter. Eine Wurzel brachte ihn ins Stolpern, und er torkelte vorwärts. Irgendwie schaffte er es, auf den Beinen zu bleiben.

Als er wieder aufrecht weiterhetzte und endlich sogar den Helm wieder richtig hingedreht hatte, seufzte er erleichtert. Sein Seufzer erstarb in der gleichen Sekunde, in der er den tiefhängenden dicken Ast erblickte, der ihm im Weg war. Hätte er den Helm nicht herumgedreht, wäre es ihm zumindest erspart geblieben, alles auch noch kommen zu sehen.

Ein dumpfer Gong, ein wuchtiger Schlag – und dann lag er

plötzlich auf dem Rücken und staunte, wie hübsch heute Nacht die Sterne doch waren. Merkwürdig, daß er die Sterne immer noch sehen konnte, Myriaden von Sternen, war ihm doch der Sehschlitz durch den Aufprall wieder nach hinten gerutscht.

»Bleib liegen und rühr dich nicht!« hörte er Mickey sagen. Mühsam hob er den Kopf und rückte den gewaltigen Helm gerade noch soweit zurecht, daß er den Kobold vorbeihetzen sehen konnte. Mickey hielt an und sang ein leises Lied, gestikulierte dabei mit seiner kleinen, aber plumpen Hand in Garys Richtung. »Bleib liegen und rühr dich nicht!« sagte er noch einmal nachdrücklich, und dann verschwand er im dichten Unterholz.

In seiner Benommenheit begriff Gary überhaupt nichts – bis er das Gekrächze und Gejohle und die stampfenden Tritte hörte und sich seiner monströsen Verfolger entsann. Sein erster Impuls war, aufzuspringen und abzuhauen, aber das Gejohle klang schon viel zu nahe. Die Goblins hätten ihn spätestens nach den ersten Metern erwischt, vielleicht sogar schon, bevor er überhaupt auf die Füße gekommen wäre. Mickeys Worte hallten in seinem Kopf nach, und er war klug genug zu begreifen, daß er nur dann eine Chance hatte, wenn er sich auf den Kobold verließ. Er blieb liegen und rührte sich kein bißchen.

Die Goblins blieben dicht beieinander. Mit jedem Schritt und jedem Baum, den sie sicher hinter sich brachten, stieg ihre Zuversicht. Sie waren aus dem Gebiet der verzauberten Bäume heraus, auch wenn sie die Spur des flinken Elfen verloren hatten. Aber das bekümmerte Geek und seine bärbeißigen Kumpane kaum, denn sie wußten, welchen Fluchtweg der Mensch eingeschlagen hatte – und vor ihnen gab es nur einen einzigen Pfad durch das undurchdringliche Unterholz. Ebenso wie Elfen konnten Goblins im Dunkeln sehen, während Menschen in einem dichten und finsteren Wald nach Sonnenuntergang völlig hilflos waren.

Doch es war ausgerechnet ihre gute Nachtsichtigkeit, die die Goblins hereinlegte. Geek führte sie an, rasend und johlend auf jedes mögliche Versteck am Wegrand eindreschend. Sie sprangen über die Wurzeln, duckten sich unter den Ästen und trampelten über einen unscheinbaren Erdhügel hinweg.

Gary, der unscheinbare Erdhügel, hätte fast laut aufgeschrien, als die Goblinhorde über ihn hinwegtrampelte. Einer der Goblins blieb mit dem Fuß zwischen Helm und Brustpanzer hängen und schlug der Länge nach hin, direkt auf Garys Beine. Gary dachte schon, nun sei alles vorbei, aber das Geschöpf stand einfach nur auf, wischte sich irgendwelchen eingebildeten Dreck von der schmutzigen Tunika und rannte weiter den Pfad hinunter.

Und schon waren sie verschwunden, ihr Gejohle verklang in der Ferne. Gary versuchte nicht einmal aufzustehen. Er lag einfach nur da, hilflos, und konnte beim besten Willen nicht damit aufhören, panisch nach Luft zu schnappen. Er hatte keine Ahnung, was er tun oder wohin er gehen konnte, und vor allen Dingen fürchtete er, daß er seine Gefährten nicht wiederfinden würde oder daß sie womöglich tot waren.

»Steh auf!« rief jemand rauh. Gary erkannte Kelseys Stimme, dann hörte er das Trippeln von Füßen und hatte das Gefühl, daß sich der Elf über ihn beugte.

Kelseys Seufzer war ebenso voller Zorn wie voller Mitleid. »Armer Kerl, welche gewaltige Bestie hat dir das angetan?« Er starrte auf den Helm. »Hat dir im wahrsten Sinne des Wortes den Hals umgedreht …«

Gary tastete nach dem großen Helm, um ihn zurechtzurükken, und der Elf fuhr entsetzt zurück.

»Mir geht's gut«, versuchte Gary zu erklären und schaffte es endlich, das sperrige Ding zu bewegen.

»Man ist bloß auf ihm herumgetrampelt, mehr nicht«, fügte Mickey hinzu, als er neben dem Elfen aus dem Unterholz schlüpfte. »Für die blöden Goblins war er nur irgendein Hubbel.«

»Dann steh auf«, grollte Kelsey verlegen und zog Gary unsanft auf die Füße.

»Sie werden bald zurückkehren«, sagte Mickey.

»Warum sind sie überhaupt hier gewesen?« fragte Kelsey mit grimmiger Miene.

Mickey nickte, er verstand, worauf Kelsey hinauswollte. Ihnen waren zu viele Hindernisse begegnet, als daß man sie noch als Zufälle abtun konnte. Jedes für sich – die Nymphe, der Prinz, selbst die Goblins – konnte als eine von vielen, auf einer solchen Reise normalen Gefahren angesehen werden, alle zusammen aber erweckten den Eindruck einer Verschwörung.

»Und wer könnte mit ihnen allen gesprochen haben?« fragte Mickey.

»Mit wem?« fragte Gary, der gern an ihrem Gespräch teilgenommen hätte.

»Wer besitzt gleichermaßen das Ohr von Königen wie von Goblins?« ignorierte ihn Mickey. »Und wer in aller Welt könnte Leshiye zu etwas anstiften?«

Kelsey brauchte gar nicht zu antworten; sie wußten beide, daß es nur eine mögliche Lösung gab.

»Da hast du also deine Antwort«, knurrte Mickey, plötzlich barsch und düster. Gary sah ihn erstaunt an, diesen Zug hatte er an dem normalerweise fröhlichen Wicht noch nie gesehen.

Auch jetzt sprach Kelsey kein Wort. Schweigend ging er voraus und suchte nach einem Platz, an dem sie ihr Lager aufschlagen konnten.

Sie zogen sich unter die tiefhängenden Zweige einer riesigen Pinie zurück. Trotz dieser relativ sicheren Abgeschiedenheit fühlten sich weder Kelsey noch Mickey unbefangen. Mickey beschwor ein wenig Licht herauf und griff nach dem Buch, aber Kelsey war im selben Moment über ihm.

»Hebe den Zauber auf«, flüsterte er sanft, aber bestimmt.

»Man kann es von draußen nicht sehen«, erwiderte Mickey. »Willst du hier wirklich im Dunkeln herumsitzen?« Er zeigte zu Gary. »Garantiert übersteht der da die Nacht dann nicht, ohne sich selbst zu verletzen.«

Mehr als Mickeys Worte traf Gary der Ausdruck auf Kelseys Gesicht. Dem Elfen schien es kaum möglich zu antworten; sein kantiges Gesicht war von tiefen Falten durchfurcht, so sehr mahlten seine Kiefer aufeinander. Gary zugewandt, setzte er zum Sprechen an, riß dann aber die goldenen Augen weit auf, grinste seltsam und schüttelte den Kopf.

»Bloß ein bißchen schmökern?« fragte Mickey, denn er hatte Kelseys Blick verfolgt und hoffte, der witzige Anblick – die Abdrücke schmutziger Goblinfüße liefen über Garys ganze Rüstung – hatte ein wenig dringend notwendige Erleichterung gebracht.

Kelsey trat an den natürlichen Vorhang, schob ein paar Zweige zur Seite und spähte hinaus. Mickey deutete dies als Einverständnis. Rasch steckte er sich seine Pfeife in den Mund und schlug das Buch auf.

Gary hätte gern erfahren, zu welchen Schlüssen sie wegen dieser unbekannten Verschwörung gekommen waren, aber er traute sich nicht, auch nur ein Wort zu sagen. Er setzte sich hin und machte es sich an dem Baumstamm so bequem wie möglich. Diesmal sah er ein, daß es besser war, nicht mehr abzulegen als den Helm. Er hoffte, daß er erneut Schlaf finden konnte – und daß der ihn diesmal zurück in seine eigene Welt bringen würde.

Aber er glaubte nicht daran. Was immer es war – Wahnsinn, Tod oder vielleicht eine verrückte, aber doch wirkliche Reise –, nun war er restlos überzeugt, daß es kein Traum war.

Kaum war er eingenickt, da stieß Kelsey ihn an. Als er das ernste Gesicht des Elfen sah, fragte Gary sich sofort, was er wohl diesmal falsch gemacht hatte.

»Du nimmst dies.« Kelsey zeigte ihm die lange Ledertasche, in der der legendäre Speer lag. Er öffnete sie an einem Ende und holte die berühmte Waffe heraus. Sie war pechschwarz, und selbst im Dämmerlicht schimmerte die polierte Spitze, als ob in ihr eine glimmende Lampe verborgen war.

Gary konnte seinen Blick kaum von der kunstvoll gearbeiteten Spitze abwenden. Ihre Grundform war ein Dreieck, so lang und fast so dick wie einer seiner Unterarme. Die Klingen waren mit kleinen Widerhaken versehen, und die beiden hinteren Enden waren verlängert und nach vorn gebogen. Altertümliche, wunderbar gearbeitete Runen, verschlungene Bilder von edlen Kriegern und grauenerregenden Untieren zierten das schwarze Metall von Spitze und Schaft.

»Wenn er zusammengeschmiedet ist, wird er doppelt so groß sein wie du«, sagte Kelsey. Er reichte ihm die blanke Waffe, um ihn die Kraft des Eisens spüren zu lassen.

Gary ergriff sie vorsichtig. Sie sah aus, als würde sie hundert Pfund wiegen, aber als Kelsey sie losließ, erschien sie Gary überraschend leicht.

Und hervorragend ausbalanciert – er hatte das Gefühl, er würde den Speer hundert Yards weit werfen können.

»Der Zauber«, sagte Kelsey, als er in Garys verwirrtem Gesicht las. Vielleicht zum ersten Mal, seit Gary ihn kennengelernt hatte, lächelte der Elf wirklich. Er nahm die Waffe, ließ sie wieder in die Tasche gleiten und band sie zu.

»Du willst, daß ich sie trage?« fragte Gary.

»Unsere Schwierigkeiten sind noch nicht vorbei«, sagte

Kelsey. »Selbst wenn wir den Goblins entwischen, werden auf unserem Weg weitere Gefahren warten. Ich folge der mir bestimmten Queste, aber ich habe auch mein Wort gegeben, die Artefakte König Cedrics zu schützen. Sollten uns die Goblins angreifen, werde ich sie ablenken. Dann mußt du Speer und Rüstung zu Baron Pwyll zurückbringen.« Seine Worte duldeten keinen Widerspruch.

»Gib mir dein Ehrenwort«, verlangte er.

Gary nickte, und der Elf entfernte sich.

Gary war stolz, daß Kelsey ihm eine so wichtige Aufgabe übertragen hatte, doch letzten Endes beunruhigte ihn dieses untypische Verhalten nur noch mehr. Hier kündigten sich große Gefahren an; Gefahren, die selbst seine neuen Freunde, die so überlegen schienen, in Angst und Schrecken versetzten.

Mickey zerstreute Garys Befürchtungen nicht gerade, als er ihm im nächsten Moment den **Kleinen Hobbit** gegen die Brust warf und ein schallendes »Oh, puuuh!« ausstieß.

»Was ist los?« fragte Gary und hob das Buch auf.

»Nennt der sich wirklich Historiker, dein J. R. R. Tolkien?« fragte Mickey ungläubig. »Und was für eine hochgestochene Art, sich nur mit seinen Initialen zu schreiben! Hat er Angst, seinen vollen Namen zu benutzen?«

Ein gestottertes »Was?« war alles, was Gary herausbekam.

»Lies die gekniffte Seite!« antwortete Mickey. Gary fand die Markierung mit Leichtigkeit, aber er konnte keine der geschwungenen Runen entziffern, mit denen Mickey die Blockbuchstaben ersetzt hatte.

»Sonnenlicht verwandelt Trolle zu Stein?« stieß Mickey aus und sah Gary fassungslos an. »So ein Haufen Blödsinn! Jeder Trottel weiß, daß die Trolle selbst dieses Gerücht in die Welt gesetzt haben. Sie sind's doch, die Trollstatuen aufstellen, damit die Leute denken, es wären vom Sonnenlicht verwandelte

Trolle! Wie viele dumme Reisende haben sich schon zu den Trollen umgedreht, die sie verfolgten, haben mit dem Finger auf sie gezeigt und gelacht, als die Sonne über den Rand lugte? Wie viele dumme Reisende haben sich dann im hungrigen Maul eines Trolls wiedergefunden?«

»Wovon zum Teufel sprichst du?« rief Gary.

Kelsey sprang zwischen die beiden; seine blitzenden Augen ermahnten sie, daß Stille ihr Verbündeter war.

Mickey wedelte hastig mit der Hand, und **Der Kleine Hobbit** entzog sich Garys Griff und schwebte zurück zu dem Kobold. »Mister J. R. R. Tolkien, Historiker«, murmelte er boshaft. »Wie viele dumme Reisende werden wohl gefressen, weil sie einen Haufen Blödsinn gelesen haben?«

Gary konnte Kelsey nur verlegen angrinsen.

Der unruhige Elf lächelte nicht zurück.

Blutbesudelt

Die drei ungleichen Gefährten brachen im Morgengrauen auf, nachdem sie ein Mahl aus Beeren und Brot zu sich genommen hatten. Kelsey führte sie fern der Straße durch ein Gewirr von Unterholz. Der Elf und der Kobold kamen in dem holprigen Gelände mit wenig Mühe voran und verursachten nur ab und zu ein Rascheln. Gary in seiner schweren Rüstung jedoch stolperte und krachte bei jedem Schritt, brach zarte Zweige ab und verübte wilde Gemetzel an den vielen unglücklichen Pflanzen, die ihm im Weg waren.

»Wir bringen ihn lieber auf die Straße«, sagte Mickey nach sehr kurzer Zeit.

»Die Goblins könnten die Straße überwachen«, antwortete Kelsey grimmig.

»Besser, die Goblins töten ihn, als daß er sich selbst umbringt. Außerdem, bei dem Lärm, den er veranstaltet, weiß der ganze Wald, daß wir kommen.«

Kelsey bedachte Gary mit einem weiteren seiner inzwischen altbekannten verächtlichen Blicke. Gary wollte ihm widersprechen, wollte versichern, daß er dies durchstehen konnte. Unglücklicherweise blieb er genau in diesem Moment mit seinem Fuß an einem weiteren Baumstumpf hängen. Schwer und geräuschvoll ging er zu Boden, und bevor der Elf sich an die Arbeit machte, Gary aufzuhelfen, verkündete er resigniert, daß die Straße wohl sicherer wäre.

Von seinem verletzten Stolz einmal abgesehen, erging es Gary auf der ebenen Straße besser als im Dickicht; jedoch wurde der Tag bald sehr heiß, besonders im dicken Unterzeug der Rüstung. Gary hatte gehofft, daß sich sein Körper langsam an das Gewicht gewöhnen und sich, von der Hitze einmal abgesehen, in dem Ding einigermaßen wohlfühlen würde. Aber mittlerweile hatte er den Eindruck, daß sich die Rüstung sogar noch schwerer und schlechter ausbalanciert anfühlte als am Tag zuvor. Er konnte sich diese Veränderung nicht erklären – bis plötzlich Mickey sichtbar wurde, der es sich auf seiner Schulter bequem gemacht hatte.

»Du sitzt da schon die ganze Zeit«, warf Gary ihm vor.

»Du hast es überhaupt nicht bemerkt«, sagte Mickey. »Gegen deine Rüstung bin ich doch leicht wie eine Feder. Wäre ich unsichtbar geblieben, hättest du mich den ganzen Weg nach Dvergamal getragen, ohne dich auch nur einmal zu beschweren.«

»Dvergamal?« Das seltsame Wort lenkte Gary von seinem Unmut ab.

»Des Zwerges Stimme«, erklärte Mickey. »So wird das Felsengebirge genannt, in dem wir auf die Erdgeborenen treffen werden, auf die Zwerge.«

Gary ließ sich die Erklärungen einen Moment durch den Kopf gehen; er fragte sich, ob er diese seltsamen Namen nicht schon einmal in seiner eigenen Welt gehört hatte. »Hey, warum bist du nicht einfach unsichtbar geblieben?« fuhr er Mickey an und unternahm den halbherzigen Versuch, den lästigen Kobold von seiner Schulter zu wischen – bei Mickeys unheimlicher Flinkheit und den einengenden Schulterstücken der Rüstung eine mehr als vergebliche Mühe.

»Ich hab' noch einiges zu lesen«, sagte Mickey gelassen und brachte den **Kleinen Hobbit** zum Vorschein. »Das klappt wohl kaum, wenn das Buch und ich nicht zu sehen sind. Und, was dagegen?«

Gary erwog allen Ernstes, sich in die Böschung fallen zu lassen, nur um den nervenden Kobold eins auszuwischen, aber Kelsey fuhr sie plötzlich heftig an.

»Seid still«, fauchte er. »Wir bewegen uns auf gefährlichem ...« Plötzlich hielt er inne, und Gary sah, wie er seinen drahtigen Körper anspannte.

Es ging alles viel zu schnell für Garys Augen. Plötzlich hielt der Elf sein Schwert in der Hand und schnellte empor, die tödliche Klinge hoch erhoben. Aus dem dicht belaubten Ast über ihm erklang ein Quieken, dann purzelte ein Goblin herunter und blieb tot zu seinen Füßen liegen.

Etwas schlug gegen Garys Seite. Als er hinuntersah, lag auf dem Boden ein krummer Pfeil, dessen Spitze an seiner Metallrüstung zerbrochen war.

»Mickey«, entfuhr es Gary. Der Kobold war weder zu sehen noch zu spüren.

Gejohle und Geschrei erhob sich in den Bäumen am Straßenrand, und dann waren die Goblins über ihnen.

Trotz allem, was er schon über Kelseys Fähigkeiten im Kampf gehört hatte, hätte er sich nie etwas so Präzises und Vollendetes wie die Bewegungen des Elfenlords vorstellen können. Kelsey tanzte zu einer Musik, die aus dem Pfeifen seines Schwertes und den Schreien der Getroffenen bestand.

Als erstes griff ein riesiger, fetter Goblin an, nahm ihn von hinten in den Schwitzkasten. Als hätte er die Bewegung erwartet, ließ Kelsey seinen Schwertarm nach vorn schießen und entzog ihn so dem Griff des tumben Tieres. Das Schwert tauchte zwischen Kelseys Beine hindurch und fuhr zwischen den Beinen des Goblins nach oben.

Das Monster ließ los, und zwar sofort.

Von vorn kamen zwei Goblins herangestürmt, sie hielten ein Netz zwischen sich ausgebreitet. Kelsey duckte sich tief und ließ sie sehr nahe herankommen, dann schnellte er hoch, kam mit seinen Füßen auf der Oberkante des Netzes auf und riß es mit sich hinunter. Die taumelnden Goblins ruderten hilflos mit den Armen, und Kelseys Schwert fuhr erst nach links, dann nach rechts. Die glänzend silberne Klinge war nun in Purpur getaucht, und zwei weitere Goblins brachen zusammen.

Gary war so gefesselt von dem Spektakel vor seinen Augen, daß ihm kaum bewußt wurde, in welcher Gefahr er sich befand. Er konnte die Goblins kaum abhängen, ja er konnte noch nicht einmal darauf hoffen, den Straßenrand zu erreichen und sich im Unterholz zu verstecken.

Ein Pfeil prallte gegen seinen Helm. Rasch wandte er sich zur Seite (eine Bewegung, die der lose Helm nicht mitmachte). Trotzdem sah er noch genug, um zu erschrecken. Denn der Goblin mit dem Bogen stürmte auf ihn zu, stieß ein wildes Gebrüll aus und hielt eine stachelige Keule hoch über seinen grauenhaften Kopf.

Etwas schlug gegen die andere Seite von Garys Kopf, rückte ihm den Helm im Vorbeiflug wieder gerade, und Gary konnte die Szene klar sehen. Der schwere Stein krachte direkt in das Gesicht des angreifenden Goblins. Der Kopf des Monsters ruckte mit einem knackenden Geräusch nach hinten, und es knallte auf den Boden.

»Ah, guter Schuß!« gratulierte Mickey sich irgendwo hinter Gary.

Inzwischen hatten drei weitere Goblins den gewandten Elfen umzingelt und kamen mit vorsichtigen Bewegungen näher. Sie hatten die Zeit auf ihrer Seite, denn es hielten sich noch viele ihrer Genossen abwartend in der Umgebung verborgen, und von allen Seiten erscholl Gejohle und Gekreische, als weitere der üblen Geschöpfe heranpreschten, um an dem Kampf teilzunehmen.

»Lauf!« rief der Elf Gary zu. »Zurück nach Dilnamarra!« Kelsey ging auf seine drei Gegner los, schlug dann einen Haken und brach durch, huschte auf Gary zu.

Gary drehte sich um und walzte davon. Was um alles in der Welt sollte er tun, wenn Kelsey und die Goblins ihn überholten?

Aber Kelsey hatte etwas anderes vor. Er hatte ihn fast eingeholt und die Goblins mit Absicht herankommen lassen, da drehte er sich plötzlich um und warf sich mitten zwischen sie.

Die entsetzten Geschöpfe hatten noch nicht einmal ihre Speere bereit, und sie sollten auch keine Gelegenheit mehr dazu bekommen. Mit seinem Schild schlug Kelsey den zur Linken nieder. Dann machte er einen Ausfall nach rechts, und sein Schwert erwischte ein weiteres Monster sauber an der Kehle. Das dritte begrub er in einer festen Umarmung unter sich und zwang es zu Boden.

Immer noch kamen Goblins aus dem Unterholz, aber sie befanden sich viel zu weit vorn auf der Straße – die Falle war zugeschnappt, noch bevor die Gefährten die erste Reihe der Goblins im Rücken gehabt hatten –, und so hatte Gary freie Bahn zurück in die Richtung, aus der er und seine Gefährten gekommen waren.

Und Gary rannte, so schnell er konnte, und es dauerte eine ganze Weile, bis er sich fragte, warum Kelsey nicht mitkam. Er wagte es, anzuhalten und sich umzudrehen, und da sah er den Elfen, wie er sich mit einem Feind im Staub wälzte, während ein anderer Goblin benommen versuchte, wieder auf die Beine zu kommen. Und ein Dutzend weiterer Monster kam die Straße heruntergestürmt.

»Lauf weiter!« schrie Mickey aus dem Dickicht am Straßenrand. «Du kannst nichts für ihn tun, Junge, außer die wertvollen Stücke zu retten!«

Gary scherte sich nicht um die Rüstung, nicht einmal um den legendären Speer, der den Leuten hier so wichtig war. Seine Gedanken waren nur bei Kelsey, der ihm vielleicht noch kein richtiger Freund geworden war, der sich aber doch selbstlos den Goblins entgegengeworfen hatte, nur damit er fliehen konnte. Gary hatte sich nie für besonders mutig gehalten, und in diesem schrecklichen Moment war er wahrhaftig zu Tode erschrocken, aber er konnte Kelsey nicht einem solchen Schicksal überlassen. Verzweifelt holte er mit dem Speer aus.

»Schleudert ihn nicht!« erklang eine Stimme in seinem Kopf. **»Mit welcher Waffe wollt Ihr kämpfen, wenn der Speer verloren ist?«**

Aber Gary hatte keine Zeit zu diskutieren, er holte mit dem Speer aus und lief los, und ein Urschrei brach über seine Lippen, der ebensosehr ein Ausdruck von Angst wie von Wut war. Der benommene Goblin wollte gerade auf den ringenden Elfen losgehen, da sah er Gary kommen und stürzte ihm mit einem Freudengeheul entgegen.

»Na, was?« stöhnte Gary und versuchte, seitwärts auszuweichen. Aber er geriet ins Stolpern und krachte gegen einen gewaltigen Baum. Kaum hatte er sich wieder aufgerappelt, da holte er erneut mit dem Speer aus, voller Angst vor dem heranstürmenden Monster.

»Schleudert ihn nicht!« erklang die innere Stimme wieder.

»Was dann?« fragte Gary schweigend.

»Haltet ihn empor und kämpft mit ihm!«

Gary drückte den Speer gegen die Seite des schweren Schildes und fragte sich, wie er die Waffe mit einer Hand so gut handhaben sollte, daß er den Goblin damit abwehren konnte.

Das Monster war schon so nahe heran, daß er den Speichel sehen konnte, der von den spitzen gelben Zähnen hinunter auf die dicke Unterlippe troff.

»Nicht so!« schrie es in ihm.

Seine hilflose Erstarrung schien als Antwort zu genügen, denn rasch wurde ihm erklärt: **»Gegen den Baum, haltet das Ende des Speeres gegen den Baum.«**

Gary versuchte zu verstehen. Aber er verlor zuviel Zeit, der Goblin war doch schon heran.

»Jetzt!« gellte es. Es war eindeutig ein Befehl, und als Gary ihn befolgte, dachte er nicht länger über seine Schritte nach.

Geistlos kam der Goblin herangewalzt, den Speer nach vorn gestreckt. Garys Waffe fand Halt an dem Baum, und sein Schild wehrte den Speer des Goblins nach oben und zur Seite ab. Dann war das Monster zum Greifen nahe, sein Atem schlug ihm heiß und faulig ins Gesicht, und seine rotgeäderten Glubschaugen starrten ihn durchdringend an.

Geek führte die Goblinmeute die Straße hinab. Zwar errang der Elf in seinem Ringkampf die Oberhand, aber selbst wenn er ihn gewann, würde er sich doch nicht mehr rechtzeitig erholen können, um Geeks Meute zu entkommen. Der Plan wurde so wundervoll ausgeführt, Lady Ceridwen konnte nur entzückt sein!

Plötzlich wurde die Straße vollständig von einem riesigen Spinnennetz versperrt. Geek kreischte auf (selbst den Goblins jagen die gnadenlosen Riesenspinnen einen Schrecken ein), ließ seinen Speer fallen und riß die Arme vors Gesicht, dann stürzte er kopfüber in das Gewirr. Seine Kumpane neben ihm teilten sein Schicksal, und die hinterdreinkommenden blieben stehen und schauten dumm aus der Wäsche.

Schließlich war Kelsey über dem Goblin und nagelte dessen Speer mit dem Schild auf den Boden. Er befreite sich aus der hartnäckigen Umklammerung, kam auf die Knie und holte mit dem Schwert aus.

Der verlorene Goblin wimmerte und hielt sich verzweifelt einen Arm übers Gesicht. Kelseys scharfe Klinge fuhr stracks durch den Arm und stracks durch das Gesicht.

In der Erwartung, einer Übermacht gegenüberzustehen, sah Kelsey die Straße entlang. Was er statt dessen erblickte, zauberte ein Lächeln auf seine befleckten Lippen. Ein Dutzend Goblins rollte zappelnd umeinander, eingesponnen in ein vorgegaukeltes Netz. Ein paar mehr standen aneinandergedrängt dahinter und kratzten sich die feisten Schädel.

Dann hörte Kelsey ein Horn, weit hinter sich, und den herannahenden Donner von Pferdehufen.

»Das Netz wird sie nicht ewig zum Narren halten«, flüsterte Mickey neben ihm. »Wir sollten abhauen.«

Das Geschöpf riß sein Maul weit auf, in einem lautlosen Schrei der Qual. Als Gary in den gähnenden Rachen hinter den gelben Zähnen starrte, fürchtete er, verschlungen zu werden. Die Züge des Goblins verzerrten sich grotesk, und in einigen unvermittelten Krämpfen würgte er Blut hervor.

Da begriff Gary, daß er immer noch den Speer hielt, gerade nach vorn gestreckt, und trotzdem die pumpende Plauze des Goblins an genau dieser Hand spürte.

»Um Gottes willen«, entfuhr es ihm.

Der Goblin zuckte heftig, erbrach einen Blutschwall und erschlaffte. Gary ließ den Speer los und sah wie gebannt zu, als das tote Ding zur Seite kippte. Die vordere Hälfte des Speeres ragte mit Blut, Schleim und Gekröse beschmiert aus dem Rücken des Monsters.

Eine ganze Weile stand Gary völlig erstarrt da, holte nicht einmal Luft.

»Gut gemacht, junger Sproß«, lobte ihn die Stimme in seinem Kopf, aber Gary wollte keinen Applaus, fühlte sich nicht wie ein Held, sondern nur, wie sein Magen rebellierte.

Er vergrub das Gesicht in den schweißnassen Händen und versuchte, wieder soweit zu Kräften zu kommen, daß er die besudelte Waffe herausziehen konnte.

Der Klang von heranpreschenden Reitern brachte ihn in die Wirklichkeit zurück. Ein gutes Dutzend Ritter kam heran, mit wehenden Bannern und vorgehaltenen Lanzen. Die nahe Rettung vor Augen, verschwand Garys Entsetzen sofort. Er hob einen Arm und jubelte ihnen durch den anwachsenden Tumult zu.

Etwas krachte ihm schwer auf den Rücken, und das Geäst hinter ihm schien sich zu erheben und ihn zu packen. Zuerst dachte er, ein Goblin hätte ihn angefallen, aber die Hand auf seiner Brust war nicht knotig und rauh, sondern feingliedrig und stark zugleich.

»Was?« wollte er fragen, aber da wurde sein Kopf hart zurückgerissen und ihm ein scharfes, blutbesudeltes Schwert an die Kehle gelegt.

»Still«, flüsterte Kelsey ihm ins Ohr, aber dieser Befehl war mehr als überflüssig, denn die Klinge sprach eine viel deutlichere Sprache.

»Prinz Geldion«, sagte Mickey. »Ich denke, der Kampf sollte fair sein.« Er sah zu den Goblins hinüber und zwinkerte einmal. Kaum verschwand das illusionäre Netz, da standen sie auf und sahen sich ihrer neuen Nemesis gegenüber, Prinz Geldion und seiner Wache.

Die ersten Augenblicke der Schlacht verliefen nach dem Willen der Ritter. Die Lanzen trafen ins Schwarze, die Hufe zertrampelten die hilflos durcheinanderrennenden Goblins. Aber noch immer kamen weitere Monster aus dem Wald, um sich am Kampf zu beteiligen, und bald fanden sich der Prinz und seine Männer von einer Welle von Monstern überspült. Ein Reiter wurde unter einer ganzen Traube aus Goblins begraben, und er und sein Pferd waren verschlungen, bevor sie auch nur zu Boden gegangen waren.

»Wir müssen ihnen helfen!« brüllte Gary und bäumte sich unter Kelseys Griff auf.

Kelsey schlug ihm gegen den Helm und setzte sich mit seinem ganzen Gewicht auf Gary, um ihn unten zu halten. »Wer auch immer gewinnt, wäre in der Tat erfreut, uns so leicht zu bekommen«, sagte der Elf voller Ingrimm.

»Die Reiter suchen nach uns?«

»Sieht ganz so aus, Junge«, sagte Mickey. »Was für Geschäfte sollten Prinz Geldion sonst auf den Weg nach Osten bringen? Ganz Dilnamarra weiß, daß wir zu den Bergen wollen.«

Draußen auf der Straße setzten die Goblins ihren Angriff fort, aber die Ritter waren furchtlose Kämpfer und schienen mehr als nur die Stellung zu halten.

»Wir sollten uns auf den Weg machen«, sagte Kelsey. »Die Goblins können jederzeit die Flucht ergreifen, und wenn der Prinz ahnt, daß wir in der Nähe sind, werden wir nicht so leicht davonkommen.« Er kroch von Garys Rücken und führte ihn, immer noch kriechend, tiefer ins Unterholz. Bald waren sie auf den Beinen und entfernten sich vorsichtig in Richtung Osten, parallel zur Straße, aber tief verborgen in den Schatten des dichten Waldes.

»Ich glaube, deine Queste wird uns noch ganz schön Arbeit

machen«, sagte Mickey, als sie den Schlachtenlärm weit hinter sich gelassen hatten. »Deine Feinde kommen von beiden Seiten, scheint mir.«

»Warum sollte der Prinz ...«, begann Gary, aber Kelsey unterbrach ihn.

»Und beide wollen das gleiche erreichen«, stimmte er Mikkey zu. »Aber sie arbeiten nicht Hand in Hand – und das ist unsere Chance.«

»Aye«, sagte Mickey. »Die eine Hand behindert die andere.«

»Worüber redet ihr?« fragte Gary. »Und warum sollte der Prinz ...«

»Das geht dich nichts an«, unterbrach Kelsey ihn erneut.

»Wenn jemand versucht, mich umzubringen, geht mich das sehr wohl etwas an«, sagte Gary schärfer, als er je zu dem Elfen gesprochen hatte.

Überraschenderweise schalt ihn Kelsey weder, noch warf er ihm einen seiner bedrohlichen Blicke zu. »Du hast dich gut geschlagen«, sagte er vielmehr aufrichtig. »Dein Mut hat mich ebenso überrascht wie dein Geschick im Umgang mit dem Speer.«

Gary zuckte ein wenig verlegen mit den Schultern. »Da mußt du Mickey danken. Er hat mir während des ganzen Kampfes gesagt, was ich tun sollte.«

Kelseys Blick drückte nicht weniger Verwirrung aus als das Gesicht des Kobolds. »Hab' ich das?« fragte Mickey verwundert.

»Na, du hast mir jedenfalls geholfen.« Gary machte nun ebenfalls ein verwirrtes Gesicht, er ahnte, daß an seiner Vermutung etwas nicht stimmte. »Merkwürdig, daß dein Akzent weg war, als du telepathisch mit mir gesprochen hast.« Er versuchte, der Sache mit Logik auf den Grund zu gehen. »Ich habe noch nie darüber nachgedacht, aber ich finde, es klingt vernünftig. Wir denken alle auf dieselbe Art und Weise, selbst wenn wir die Worte unterschiedlich aussprechen, und ich habe ja keine Worte gehört, sondern Gedanken. Klingt doch vernünftig.«

Mickey nahm einen langen Zug aus seiner Pfeife und nickte Kelsey zu. »Das war nicht ich in deinem Kopf«, sagte er.

»Wann hat das mit den inneren Stimmen angefangen?« fragte Kelsey.

»Während des Kampfes«, sagte Gary beunruhigt.

»Und was trägst du auf deinem Rücken?«

»Nur den Spe – « Gary tastete nach der Ledertasche, zog sie nach vorn. »Dieses Ding kann sprechen?« flüsterte er.

»Ding?« erscholl eine Stimme in seinem Kopf.

»Natürlich kann er nicht sprechen«, sagte Mickey. »Aber seine Zauberkraft ist stark, eine der stärksten im ganzen Land.«

»Er ist beseelt?« fragte Gary.

»Aye, für seinen Träger schon«, antwortete Mickey. »Und du wärest gut beraten, auf ihn zu hören – er hat mehr Schlachten hinter sich als wir alle zusammen.«

Gary schwang die Ledertasche wieder nach hinten, als wollte er sie verdrängen.

»Sei froh«, sagte Kelsey. »Du hast nun einen Verbündeten, der dich gut durch die Fährnisse geleiten wird, die vor uns liegen.« Er wirbelte herum, als von der Straße her ein Horn erscholl, einmal, zweimal. »Und hinter uns«, fügte er grimmig hinzu.

»Der Prinz hat gewonnen«, sagte Mickey. »Kein Goblin könnte so klare Töne hervorbringen.«

»Dann laßt uns hoffen, daß seine Verluste so groß sind, daß er die Verfolgung abbricht«, sagte Kelsey. »Kuhknäuel liegt bald hinter uns, und zwischen dem Wald und den Bergen kommt nur noch freies Feld.«

Ein Bild drängte sich Gary auf. Wie sie über die von Hecken gesäumten Felder hetzten, wie er stolperte und sich mit jedem Hindernis abmühen mußte, während die mächtigen Ritter auf ihren Streitrossen mit Leichtigkeit herankamen. Dieses Abenteuer nahm immer mehr die Züge eines Alptraums an, in dem Gary langsam, viel zu langsam versuchte, seinen Häschern zu entkommen.

Wie Kelsey angekündigt hatte, ließen sie wenig später den Wald hinter sich. Die Berge türmten sich nun viel näher vor ihnen auf und schienen deutlich weniger als die fünf Tagesreisen entfernt zu sein, die Mickey bei den Goblinspuren genannt hatte.

Aber im Laufe des Tages verstand Gary, welcher Täuschung er aufgesessen war. Die Landschaft war uneben, sie hob und senkte sich in regelmäßigen Wellen, bildete oft richtige kleine Schluchten, und nach vier Wegstunden schienen die Berge noch genausoweit entfernt wie beim Verlassen des Waldes.

Kelsey führte sie in nördlicher Richtung von der Straße weg, denn er hatte keine Lust, allzu nahe an die Stadt Braemar heranzukommen.

»Vielleicht warten dort weitere Fallen auf uns«, stimmte Mickey bereitwillig zu.

Kurze Zeit später kamen sie an einen Fluß, der schnell von den Bergen herunter Richtung Westen floß. »Der Oustle«, erklärte Mickey. »Er führt uns fast bis nach Dvergamal, obwohl wir vorher abbiegen dürften, um die Stadt Drochit zu umgehen.«

Kelsey nickte.

Obwohl es hier keine Straße gab, kamen sie gut voran, und auf dem Weg hinter ihnen tauchten keine Häscher auf, weder Goblins noch Ritter.

Im Südwesten stolperte Geek aus Kuhknäuel heraus und in ein Gebiet dichter Moosteppiche und dunstverhangener Sümpfe hinein. Es konnten nicht mehr viele seiner Horden am Leben sein, vielleicht war er sogar der einzige. Er ließ sich auf einen Flecken Moos plumpsen und stützte das spitze Kinn in die groben Hände.

»Teufel, Teufel«, murmelte er.

Er hatte keine Ahnung, was er Lady Ceridwen sagen sollte. Sie würde mit Sicherheit nicht gerade zufrieden sein.

»Teufel, Teufel«, zischte er. »Blöder Prinz.«

In der Nähe raschelte etwas, seitlich von ihm, und er sprang auf und dachte schon, die Ritter hätten ihn gefunden. Aber es war nichts zu sehen. Vielleicht hatte nur der Wind in den Birken gespielt.

Als er sich wieder umdrehte, fiel er fast in Ohnmacht. Ein blauschwarzes Licht tanzte dort auf und ab, wo er eben noch gesessen hatte. Als es langsam Gestalt annahm, mußte Geek kräftig schlucken. Er wußte, was das Spektakel zu bedeuten hatte.

Lady Ceridwen stand vor ihm.

»Mein lieber Geek«, schnurrte die Hexe wie eine Katze. »Erzähl mir, was geschehen ist. Wer hat meinem Geek ein Leid zugefügt?«

»Männer«, sagte Geek. »Viele Männer, Prinzenmänner. Was haben die im Wald zu suchen?«

»Vielleicht«, Ceridwen machte einen Schmollmund, ihre strahlenden Augen schienen in weite Ferne zu blicken, »haben sie für mich gearbeitet.« Ihr Blick fiel mit voller Kraft auf den plötzlich erzitternden Geek. »Vielleicht haben sie getan, was ich ihnen gesagt hatte, anstatt sich einzumischen!«

»Geek hat's für Lady gemacht«, jammerte er und warf sich auf die Knie, bedeckte ihre zarte Hand mit sabbernden Küssen.

Angeekelt wich die Hexe einen Schritt zurück. »Warum warst du hier?« fragte sie ruhig.

»Geek krallen Elf und killen Mann«, ereiferte er sich. »Für Lady. Geek nehmen Rüstung – für Lady!«

»Hat Lady Geek gesagt, er soll das tun?« erwiderte sie ruhig.

Der Goblin schüttelte den Kopf. »Geek gedacht … «

»Hat Lady Geek gesagt, er soll denken?« fragte sie, und ihre Stimme wurde immer lauter, als sie ihren Zorn nicht mehr verbergen konnte.

Der Goblin wußte nicht, was er sagen sollte.

Ceridwen trat zurück und zog einen dünnen Zauberstab aus dem Ärmel.

»Lady!« flehte Geek, und dann sagte er nichts mehr, denn Frösche haben kein besonders großes Sprachvermögen.

Ceridwen bückte sich und hob das bejammernswerte Geschöpf beiläufig auf. Sie hatte ihn einfach in einen nahegelegenen Tümpel werfen wollen, aber dann entschied sie sich anders und lief weiter, streichelte Geek und versprach ihm viele Abenteuer.

Die gnadenlose Hexe trug den Goblinfrosch zur anderen Seite des kleinen Sumpfes hinüber, wo, wie sie wußte, eine dicke Schlange zu Hause war.

Dvergamal

Die nächsten Tage bescherten ihnen eine angenehme Reise, obwohl Kelsey ein flottes Tempo anschlug, sie erst lange nach Sonnenuntergang ihr Lager aufschlagen ließ und sie vor der Morgenröte wieder hinaustrieb. Seit der Schlacht im Kuhknäuelwald hatte Gary nichts gegen die Eile des Elfen einzuwenden, aber Mickey konnte es ihnen natürlich nicht ersparen, auf Schritt und Tritt seine dahingemurmelten Kommentare abzugeben.

Der Weg zu den Ausläufern des Gebirges führte durch hügeliges, aber nicht zerklüftetes Gelände; und nachdem Gary den ersten Ärger mit der ungewohnten Rüstung hinter sich hatte, fand er, daß er eigentlich ganz gut mit dem unförmigen Stück zurechtkam.

Dann erreichten sie Dvergamal.

Die steilen, schroffen und völlig kahlen Berge schienen eine Barriere zu sein, die kein Mensch jemals zu überwinden vermochte. Klippen wuchsen dreitausend Meter in die Höhe, gefolgt von Schluchten, die noch dreitausend Meter tiefer abfielen, und die ganze Wegstrecke war ein verwirrendes Durcheinander aus engen, gefährlichen Pfaden. Kelsey schien sich seiner Sache sicher genug, denn er wählte einen Pfad aus und lief stracks voran. Mickey folgte ihm auf dem Fuße und hob nicht einmal die Nase aus dem **Kleinen Hobbit.**

Nur die Scham über seine eigene Angst gab Gary den Mut, den beiden zu folgen. Dennoch trug jeder Schritt über tiefe Erdspalten hinweg oder an Abhängen entlang nur wenig dazu bei, ihn zuversichtlicher zu machen, und er ertappte sich ständig bei der Grübelei, wie dick eine Rüstung wohl sein mußte, um einen ziemlich sicher verdammt tiefen Sturz abfangen zu können.

Wo Kelsey hüpfte, wanderte Mickey geistesabwesend, und Gary kroch. An kleinen Erhöhungen, die der Elf mit einem einzigen Sprung, Griff und Schwung nahm und Mickey einfach hinaufschwebte, mußte Gary erst bedroht und dann geschoben und gezerrt werden, nur um hinüberzukommen.

Und die ganze Zeit über mußte der arme Gary in tödliche Tiefen hinuntersehen, und je weiter die kleine Truppe in das Dvergamalgebirge vordrang, desto tödlicher wurden sie.

Manchmal liefen die drei auf einem schmalen Grat entlang, von dem es links und rechts steil hinabging. Oder sie verschwanden in unmöglich engen Spalten, die zwanzig Fuß tief und gerade mal ein paar Fuß breit waren, und über ihnen ragte das scharfkantige Gestein hoch empor.

In dieser ersten Nacht in den Bergen lagerten sie mangels anderer Möglichkeiten im Freien, in der Wand eines Berges, wo der Felsvorsprung am breitesten war – das bedeutete etwa fünf Fuß. Ein starker Wind vereitelte nicht nur jeden Versuch, ein Feuer zu machen, sondern drohte auch ständig, sie in einem unachtsamen Moment von dem Vorsprung zu fegen.

Als der Himmel sich gnädig aufhellte und Kelsey zum Aufbruch mahnte, waren Garys Augen mit den schwarzen Ringen einer schlaflosen Nacht geschmückt.

»Laß uns heute etwas langsamer gehen«, bat Mickey, als er Garys Zustand sah. »Schlapp sollte man Dvergamal nicht durchqueren.«

Kelsey sah Gary an und schnaufte laut. »Die Reise ist anstrengend«, schimpfte er aufbrausend. »Warum hast du nicht geschlafen?«

Gary starrte ihn hilflos an.

»Er ist solche Höhen nicht gewöhnt«, sagte der Kobold. »Sei nicht so hart mit dem Jungen; du hast ihm in diesen Tagen viel abverlangt, und er hat sich nur selten beschwert.«

Kelsey schnaufte noch einmal, aber als sie weitergingen, schlug er ein gemächlicheres Tempo an.

Der Tag war schon etwas fortgeschritten, als der große Rabe sie erblickte und mit einiger Beunruhigung zur Kenntnis nahm, wie überraschend weit sie gekommen waren. Leshiye, Geldion und Geek hatten Ceridwen nichts genutzt, und nun mußte sie einen anderen Stein finden, den sie Kelsey in den

Weg legen konnte. Sie kannte sein Reiseziel, und ihr wachsender Respekt für den einfallsreichen Elfen erhöhte nur ihre Befürchtung, daß er auch die nächsten Barrieren überwinden würde – Zwergenechos, geschleuderte Felsblöcke und schlüpfrige Pfade.

»Aber wie weit wirst du kommen, wenn die Bergleute erfahren, daß du Geno entführen willst?" krächzte der Rabe. »Und was wird Kelsey tun, wenn es keinen Geno mehr gibt?« Ceridwen gingen mehrere verschlungene Möglichkeiten durch den Kopf, als sie sich den Aufwinden überließ und sich ihrerseits auf die Suche nach den einsiedlerischen Zwergen machte.

»Ab jetzt dürfen wir nicht mehr reden«, flüsterte Mickey Gary zu, als sie einen hohen, scharfen Grat überwanden. »Die Berge um uns herum haben Ohren, und sie sind mehr Feind als Freund.« Der Kobold hielt einen Stummelfinger an die vorgestülpten Lippen, zwinkerte Gary zu und huschte wieder an seinen Platz hinter Kelsey.

Lange Schatten fielen über die zerklüfteten Berge, als der Wind dunkle Wolkenfetzen über ihren Köpfen vor sich hin trieb.

Einige Wolken waren auch schon über ihnen, ließen Gipfel unter grauen Schleiern verschwinden. In jedem Winkel gab es scharfkantige Spalten und Felsnadeln, und das Wasser von Morgenregen und Morgennebel sammelte sich zu Bächen, die überall hinabplätscherten, manchmal von dräuenden Wolken verdüstert, manchmal gleißend im Sonnenlicht.

Gary fragte sich, was für eine Kraft diese Region geformt, welche Macht die Erde so zerschmettert und zerrissen hatte. Er hatte sich solche Landschaften schon vorgestellt oder in Büchern über die Urzeit gesehen, hatte von den gewaltigen Spannungen gelesen, die die Kontinente geteilt und die Gebirge aufgetürmt hatten, und von der außergewöhnlichen Schärfe von Gestein, das noch nicht jahrtausendelang von Wind und Wasser geglättet und abgeschliffen worden war.

Und er stand mitten in dieser einmaligen, majestätischen Landschaft, die sich in seinem Herzen mit den gewaltigen Flecken Sonnenlicht und Mickeys warnenden Worten zu einem beklemmenden Gefühl der Fremdheit verband. Wie unscheinbar war er gegen die Felsen Dvergamals! Er beugte sich über den Rand des schmalen Weges und fühlte eine Kraft in den Bergen selbst, die ihn auszulöschen vermochte, bevor er auch nur mit den Augen zwinkern konnte.

Was für Geschöpfe konnten diesen Ort ihr Zuhause nennen? Ihn beschlich die Vorstellung, daß hinter jedem Stein unglaublich mächtige Ungetüme hockten oder von jedem Felsvorsprung auf ihn herabschauten.

Seine Befürchtungen hatten ihn langsamer gehen lassen, und als er es bemerkte, waren Mickey und Kelsey schon so viel weiter vorn, daß sie im nächsten Moment außer Sicht geraten konnten.

»Wartet auf mich!« rief Gary, ohne an die Worte des Kobolds zu denken.

»Wartet auf mich!« kam eine Antwort von der Seite.

»Mich«, warf ein entfernter Fels zurück. »Mich... mich... mich... mich... mich?... mich!«

Gary schaute hin und her, die Heftigkeit der Echos und ihr sich ständig verändernder Ausdruck erschreckten und verwirrten ihn.

»Ich hab' dir doch gesagt, du sollst den Mund halten!« schimpfte Mickey.

»Halten ... halten ... hal ... hal ... halten ... ten ... ten«, grummelten die Echos durch jedes Tal.

Kelsey und Mickey kletterten zu Gary zurück. Ihren Gesichtern war zu entnehmen, daß es sich in der Tat um mehr als gewöhnliche Echos handelte. »Was ist das?« flüsterte er rauh.

»Das«, schien jemand aus dem Verborgenen zu antworten. »Das … dadadada … das?«

»Dvergamal«, hauchte Mickey. »Die Stimme der Zwerge. Sie spielen mit uns, wie sie es mit allen tun, die in ihren Bergen den Mund aufmachen.« Zum Ende hin war seine Stimme lauter geworden, und die Echos machten daraus einen antwortenden Gesang.

»Ach, haltet eure Klappen!« schrie Mickey.

»Haltet eure Klappen… eure Klappen… haltet sie lieber! … eure Klappen.«

»Haltet sie lieber?« fragte Gary ungläubig.

»Zwerge müssen überall ihren Senf dazugeben«, sagte Mickey trocken.

»Kommt weiter«, sagte Kelsey. »Und seid still – sonst werden sie jeden unserer Schritte beobachten.«

»Ja, kommt nur«, antworteten die Echos, die keine Echos waren.

»Und seid still … still … still … schhhh!«

Garys Beklemmung war noch größer geworden, deshalb versuchte er um so ehrgeiziger, mit Kelsey und Mickey Schritt zu halten.

In einer tiefen Klamm, mitten im Geröll, gratulierten die beiden stimmbegabten Zwerge einander.

»War ein Spaß, das«, gluckste Dvalin, ein gutgebauter Zwerg mit einem wilden schwarzen Haarschopf auf dem breiten Schädel, aber ohne den dünnsten Flaum auf Wangen und Kinn. Nicht nur er war hocherfreut gewesen, als sich die Fremden in den Bergen bemerkbar gemacht hatten, sondern auch sein Bruder Durin – ein uraltes Exemplar, grauhaarig und mit einem so langen Bart, daß er sich ihn in die Stiefel hätte stecken können, wenn er es denn gewollt hätte. In diesem Monat war es an ihnen, die Pässe zu bewachen, eine normalerweise öde Pflicht, und so war das Echospiel eine willkommene Abwechslung.

»Wenn sie sich an die Höhenzüge halten, erwischen wir sie noch einmal an der Nordseite«, vermutete Dvalin und rieb seine steinernen, dicken Hände aneinander. Es klang wie das Knirschen von Felsen.

»Und wenn sie sich unten halten, wird ihr Weg sie direkt an uns vorbeifuhren«, fügte Durin hinzu und rückte seinen breiten Gürtel zurecht, um den Bart zu straffen. »Vielleicht sollten wir ein paar der anderen holen …«

»Und ihnen auf Schritt und Tritt folgen!« vollendete Dvalin den Satz; er hielt die Idee für überaus großartig. Er wollte gerade gehen, da flatterte ein riesiger Rabe herunter und landete direkt vor seiner hervorstehenden Nase auf einem Felsen.

Die beiden Zwerge schrien erschreckt auf und rannten umher, krachten gegeneinander und gegen Felsbrocken – das Geräusch war immer das gleiche – und fummelten ihre Waffen aus dem Gürtel, Durin seine Hacke, Dvalin seine Axt.

»Bei allem Felsgeblock!« heulte Durin einen Moment später, als er seinen Verstand wieder beisammen hatte. Er rückte erneut seinen Gürtel zurecht. »Es ist bloß ein Vogel!«

»In der Tat, bloß ein Vogel!« gab Ceridwen spöttisch zurück und bescherte den Zwergen damit einen weiteren krachenden Tanz.

»Bruder«, sagte Dvalin sehr langsam und befingerte seine kleine, aber gefährlich aussehende Axt, »hat dieser Vogel zu uns gesprochen?«

»Seid ihr noch nie einem sprechenden Raben begegnet?« Ceridwen legte ihren kleinen schwarzen Kopf schief. »Das Gedächtnis von Zwergen ist nicht so gut, wie die Geschichten behaupten!«

»Sprechende Raben!« heulten die Brüder einander an, und die Steine warfen ihren Schrei wieder und wieder in einem echten Echo zurück.

»Wir bitten tausendmal um Verzeihung.« Durin verbeugte sich so tief, daß sein silbriger Bart die Erde berührte.

»Von deiner Art ist niemand mehr in Dvergamal gesehen worden, seit unsere Großväter Kinder waren«, fügte Dvalin hinzu und verbeugte sich ebenfalls, so tief es ging.

»Mag sein, aber einen seht ihr jetzt«, sagte Ceridwen etwas schärfer als beabsichtigt. »Einer ist gekommen, um euch dies zu sagen: Nehmt euch vor dem Elfen, dem Mann und dem Wicht in acht, die ihr so schön genarrt habt. Besonders vor dem Elfen. Sein Name ist Kelsenellenelvial.«

»Elfen haben so bescheuerte Namen«, sagte Durin trocken.

»Und er sucht nach einem Schmied«, fuhr Ceridwen fort.

»Nein, nein«, sagte Dvalin. »So etwas tun wir nicht. Nicht für einen Elfen, um keinen Preis der Welt!«

»Er hat nicht vor zu bezahlen. Er will einen Schmied entführen, und zwar …«

»Geno!« riefen die Zwerge wie aus einem Munde, und sie sprangen auf und wackelten durch das Geröllfeld, bis sie es endlich hinter sich gelassen hatten.

»Das werden wir ja sehen!« sagte Dvalin.

»Und hab Dank, o großer sprechender Rabe«, fügte Durin hinzu, verbeugte sich erneut und kullerte davon.

Ceridwen sah ihnen nach, bis sie in den Schatten verschwunden waren, dann flog sie davon, um ihren Erfolg weiter abzusichern.

Wenig später machte Kelsey in einer kleinen Höhle halt, die sie vor den Augen und Ohren der Berge verbarg, zumindest hoffte er es. »Wir sind fast da«, erklärte er, als Mickey und Gary hereinkamen. »Ich habe das Zwergenmal gesehen.«

»Das Zwergenmal?« Gary mußte einfach fragen.

»Spuren auf dem Gestein«, sagte Mickey. »Ich habe noch nie einen Zwerg gesehen, der an einem schönen Stück Stein vorbeigehen konnte, ohne davon zu kosten.«

Diesmal behielt Gary seine Fragen für sich.

»Sie wissen, daß wir hier sind«, fuhr Kelsey fort und machte eine Pause, als erwartete er, erneut unterbrochen zu werden. »Seit einer von uns beschlossen hat, es ihnen zu verraten.« Seine goldenen Augen fixierten den schusseligen Gary. »Aber Reisende sind nicht allzu ungewöhnlich in Dvergamal, und die meisten tun alles, um den Zwergen aus dem Weg zu gehen.«

»Sie werden uns nicht erwarten«, sagte Mickey. Kein vernünftiger Mensch würde je nach ihnen suchen.

Kelseys unbarmherziger Blick heftete sich auf den Kobold. Der Elf zog eine Landkarte aus einer Tasche seines Umhanges und breitete sie auf dem Boden aus. »Wir sind hier.« Er zeigte auf einen der unzähligen Berge. In Garys Augen sahen sie alle gleich aus, aber er wollte Kelseys Aussage nicht bezweifeln.

Kelsey ließ seinen Finger ein Stückchen wandern. »Hier sind die Findlingsfälle. Und hier sollten wir auch irgendwo Geno Hammerwerfer finden.«

»Irgendwo?« wagte Gary zu fragen. »Wie kannst du dir da sicher sein?«

Kelsey sah ihn lange, sehr lange reglos an. Dann steckte er die Karte ein und ging zum Ausgang der Höhle. »Kommt. Wir müssen zu dem Schmied und wieder zurück, bevor die Schatten die Berge verschlingen. Ich habe nicht vor, mit einem Gefangenen noch nach Sonnenuntergang in dieser Gegend zu sein.«

»Und was ist, wenn wir noch ein paar anderen Zwergen über den Weg laufen, außer diesem Geno?« fragte Gary den Kobold, bevor der dem Elf hinterhertrippeln konnte.

»Ich hab' dir schon gesagt«, antwortete Mickey ernst, »daß sich Zwerge und Elfen nicht so gut verstehen.«

Die drei waren kaum auf den Pfad zurückgekehrt, da erschütterte ein tiefes Rumpeln den Berg. Es kam direkt aus seinem Innern und war laut wie ein Donnerschlag. Kelsey und Mickey sahen sich besorgt an, dann aber eilte der Elf weiter, schneller als zuvor. Sie waren nun dabei, den Grat eines zweigeteilten Gipfels zu überqueren, und fühlten sich schrecklich ungeschützt.

Ein Pfad zweigte von dem ihren ab, führte tief zwischen die Zwillingsspitzen hinunter. Kelsey dachte einen Moment nach, dann stürmte er bergab. Die tiefer gelegenen Wege schienen ihm sicherer zu sein. Nach einem Dutzend seiner langen Schritte öffnete sich jedoch plötzlich direkt vor ihm die Erde. Und als wäre es das Maul eines Tieres, schnappte das Loch wieder zu. Kelseys unheimliche Beweglichkeit rettete ihn, denn obwohl ihn das jähe Aufbrechen erschreckt hatte, schaffte er es mit einer Drehbewegung, sich zur Seite zu werfen.

Das erdige Maul öffnete und schloß sich wie der Mund eines hungrigen Kindes, das sich anstrengte, ein Häppchen zu erreichen, das ihm aufs Kinn gefallen war.

»Könnte es sein, daß sie wissen, warum wir hier sind?« fragte Mickey.

Kelsey antwortete nicht. Er lief um das schnappende Maul herum und weiter den Pfad hinunter, das Schwert gezogen und bei jedem Schritt schimpfend.

»Na komm, Junge«, sagte Mickey. »Und geh nicht so dicht an den Mund heran.«

Gary beobachtete die schnappende Erde, bis er den Mut fand weiterzugehen. Er konnte sich keine Macht vorstellen, die in der Lage war, den Erdboden so zum Leben zu erwekken, und darum hielt er das Maul für eine Illusion. Dieser Verdacht gab ihm jedoch nicht den Mut, über die Öffnung hinwegzuschreiten und seine Theorie zu beweisen.

Als sie ihren Weg fortsetzten, versuchte Gary sein Möglichstes, aber in der schweren Rüstung konnte er mit dem rasenden Kelsey nicht Schritt halten. Und, was schlimmer war als die drohende Trennung, im selben Moment hörte Gary, wie sein Klirren und Trampeln von allen Seiten als Echo zurückgeworfen wurde.

Er wußte genau, daß diese Echos nicht natürlichen Ursprungs waren. Er glaubte, ein Kichern gehört zu haben, aber als er sich umdrehte, sah er nicht mehr als einen Haufen zerborstener Felsbrocken. Er schüttelte den Kopf, jetzt hörte er schon Gespenster.

Da erhob sich einer der Felsbrocken vom Boden.

»Mickey!«

Garys Schrei kam im richtigen Moment. Der Stein flog schneller werdend durch die Luft und hätte sicher Kelseys Hinterkopf zerschmettert, wenn der Kobold nicht gewesen wäre. Er fuhr herum, zeigte auf den herannahenden Stein und hielt ihn in der Luft an. Der Zauber war gekontert.

»Lauft, schnell!« befahl Kelsey und eilte davon. Weitere Felsen zitterten, als erwachten sie zum Leben, und erhoben sich in die Luft. Die drei Gefährten stürzten wie wild davon, um ein Versteck zu finden oder einfach nur außer Reichweite zu gelangen.

Diesmal hatte Gary nichts dagegen, daß Mickey plötzlich auf seiner Schulter saß.

»Lauf weiter, Junge«, trieb Mickey ihn an und wedelte mit einem Finger in der Luft herum. »Ich schnapp' mir jeden, der von hinten kommt!«

Zu Garys Bestürzung waren sie bald wieder auf einem ungeschützten Grat, mit einem tiefen Abgrund zur Linken. Der Hang fiel nach rechts sanfter ab, und Gary beschloß, dort hinunterzulaufen. Aber Mickey schien seine Gedanken gelesen zu haben, denn er wies ihn an, direkt hinter Kelsey zu bleiben und den Entscheidungen des Elfen zu vertrauen.

Bald vernahmen sie ein dumpfes, gleichmäßiges Rauschen, und dann erblickten sie auch schon die ewigen Dunstschwaden der riesigen Findlingsfälle, nicht weit zur Linken des einigermaßen geraden Pfades. Gary wagte es nicht, nach hinten zu schauen; er konnte aus Mickeys Grollen und seinen wilden, zuckenden Bewegungen schließen, daß die fliegenden Steine immer noch hinter ihnen her waren.

Weit vor ihnen blieb Kelsey plötzlich stehen und schlug mit seinem wertvollen Schwert gegen einen Felsbrocken, der den Weg säumte. Gary begriff das erst, als er dicht genug heran war, um den Arm zu sehen, mit dem der Fels nach dem vorbeilaufenden Elfen gegriffen hatte!

»Zwergenzauber«, murmelte Mickey, dann brüllte er: »Duck dich, Junge!«

Gary zog den Kopf ein und stolperte vorwärts; es war ihm nicht möglich, seinen Schwung zu bremsen.

Der Brocken verfehlte ihn knapp. Er schoß an ihm vorüber und krachte dann heftig in den Felsen, der Kelsey festhielt. Beide Steine brachen entzwei, und die Wucht schleuderte Kelsey der Länge nach zu Boden.

Um sein Gleichgewicht kämpfend, rumpelte Gary vorbei und konnte nur noch eine Hand nach dem benommenen Elfen ausstrecken. Ein weiterer Stein kam geflogen und streifte ihn am Schienbein. Der Erdboden bebte und donnerte, und Mickey stürzte von seiner Schulter.

»Kelsey!« schrie Gary und kam direkt an der Kante des Hanges zum Stillstand. Er drehte sich besorgt nach seinem Elfengefährten um, aber als ihm das Felsgestein unter den Füßen wegbrach, hatte er genug mit sich selbst zu tun.

Er hörte, wie Kelsey seinen Namen rief. Mickey, der zwei

riesige Steine bewegungslos in der Luft hielt, fuhr erschreckt zu ihm herum.

Dann zerrte Wind an ihm und riß schmerzhaft seinen Arm nach hinten, der immer noch in den Schlaufen des Schildes hing. Gary stürzte tiefer und geriet in den feinen Dunst der Wasserfälle, die sich in mehreren Strömen über den Abgrund ergossen.

Dieser entsetzliche Augenblick kam Gary überhaupt nicht wie ein Traum vor. Der Wasserschleier und der rauschende Luftzug waren allzu wirklich; er wußte, daß er nicht geborgen in seinem eigenen Bett aufwachen würde. Das fortwährende Tosen der Findlingsfälle übertönte seine jämmerlichen Schreie.

Und dann knallte er mit einer Wucht, die ihm jeden Knochen im Leib durchschüttelte, in einen See, der durch einen steinernen Damm vom Tumult der Fälle verschont blieb. Alles schien in Zeitlupe abzulaufen, als Gary sich abstrampelte, ohne zu wissen, wo die Wasseroberfläche war. Er stieß mit dem behelmten Kopf gegen Felsen; die Strömung, die Schmerzen und das Gewicht der Rüstung machten ihm jede Bewegung schwer. Dann blieb sein Fuß an einem Felsen hängen, und sein Schwung rollte ihn herum und brachte Kopf und Schultern aus dem kalten Wasser heraus.

Gary keuchte und spuckte, während das Wasser aus seinem Helm troff. Er hatte seine Sinne noch soweit beisammen, daß er seinen Schildarm über einige Steine legte und das schwere Stück in Sicherheit brachte. So hing er am Ufer, und es kam ihm vor, als vergingen viele Minuten. Schließlich zog er sich halb aus dem See, bekam immerhin soviel seines Gewichtes auf die Felsen, daß er nicht wieder zurückrutschen konnte.

Er hörte nichts als die donnernden Fälle, fühlte nichts als das harte Gestein und die schneidende Kälte des Wassers, und sein langes Haar klebte ihm naß vor den Augen. Irgendwie schaffte er es, einen seiner tauben Finger durch den Sehschlitz zu stecken und das Haar zur Seite zu wischen.

Und dann bot sich ihm ein wahrhaft wundersamer Anblick. Überall um ihn herum schoß das Wasser in Dutzenden von Kaskaden die dreißig Meter hohe Klippe herunter, die durch den Dunstschleier kaum zu sehen war. Gewaltige Felsbrocken ragten aus den Wasserbecken empor, trotzten wie unbeugsame Wächter dem nicht nachlassenden Ansturm der prasselnden Fluten. Hier in diesen Becken, wo die von winterlichem Schmelzwasser angeschwollenen Bergbäche zusammenströmten, lag der Ursprung des Oustle.

Aus Garys Blickwinkel war es außerdem möglich, hinter den größten der Fälle zu schauen. Statt der zu erwartenden Felswand war eine Höhle zu sehen, erleuchtet vom lodernden Feuer einer offenen Feuerstelle. Gary kämpfte sich ein wenig zur Seite, um einen besseren Einblick zu bekommen. In dem kleinen Raum standen ein Tisch, darauf ein leerer Teller und ein großer Krug, und eine Werkbank, übersät mit Werkzeugen zur Metallverarbeitung: Zangen, Hämmer und dergleichen.

Der einzige Bewohner stand krummbeinig, aber breitschultrig vor der offenen Feuerstelle und schwang einen gewaltigen Hammer, was seinem dünnen, sehnigen Arm nicht schwerzufallen schien. Unter einer groben Strickmütze hing sandfarbenes Haar glatt herab, und er warf ständig den Kopf nach hinten, als wollte er einige Strähnen aus dem Gesicht schütteln. Er war höchstens halb so groß wie Gary und wiederum doppelt so groß wie Mickey, aber er strahlte eine Standfestigkeit aus, eine kraftvolle Anwesenheit, die Gary selbst aus dieser Entfernung verspürte.

Gary erkannte ihn als einen Zwerg; aber er konnte sich nicht sicher sein, ob es **der** Zwerg war. Aber wenn dies nun der berühmte Geno war? Was würde der arrogante Kelsey sagen, wenn Gary da einfach hineinmarschierte und den Schmied entführte? Erst in diesem Augenblick bemerkte er, daß er seinen Speer im Wasserfall verloren hatte. Er lehnte sich zurück, um die hohe Klippe hinaufzuschauen – erstaunlich, daß er den Sturz überhaupt überlebt hatte –, und begriff nun auch, daß er jede Verbindung zu seinen Gefährten verloren hatte.

»So ein harter Bursche wird er ja nicht sein«, sagte er sich und zog sich schwerfällig weiter aufs Ufer. Er wollte einfach hineinschleichen und den Zwerg mit der bloßen Hand entführen, doch dann hielt er verblüfft inne, noch bevor er das Wasser ganz verlassen hatte. Ein großer Rabe sauste im Sturzflug am Wasserfall entlang und landete in dem kleinen Raum, hinter dem Rücken des ahnungslosen Zwerges.

Garys Verblüffung wuchs, als der Rabe seine Form veränderte, immer länger und flacher wurde und sich schließlich in eine lange, schwarze Schlange verwandelte. Sie kroch auf den Zwerg zu, schien dann aber ihre Absicht zu ändern und wandte sich dem Tisch zu. Sie ringelte und kringelte sich an dem Bein in der Mitte des Tisches hinauf und glitt über den schmalen Rand zu dem Krug.

»Was zum Teufel?« war alles, was Gary herausbekam, als die Schlange ihre beachtlichen Giftzähne über den Rand des Kruges hängte und ihr Gift in das Getränk des Zwerges rinnen ließ.

Gary schaffte es endlich, sich auf den Bauch zu drehen. Er mußte hinter den Wasserfall gelangen. Er versuchte aufzustehen, kam aber nicht allzu weit. Mit einem lauten Scheppern fiel er auf die Knie und erstarrrte. Aber weder der Zwerg noch die Schlange schienen ihn gehört zu haben – natürlich hatten sie ihn nicht gehört, bei diesem Getöse.

Die Schlange hatte ihr Werk beendet, sie glitt zurück auf

den Boden, durchquerte den Raum und verschwand in einer Felsspalte.

Der Zwerg hatte sein Werk ebenfalls beendet. Er drehte sich um – sein Gesicht war glattrasiert, seine Augen waren groß und blaugrün –, und er ging zum Tisch.

Gary rief ihn an, aber er schien nichts zu hören.

»Kann ihn das nicht trinken lassen«, knurrte Gary, hob einen Stein auf und warf sich vorwärts, krabbelte und kullerte die letzten paar Fuß bis zum Eingang der Höhle; seine Sorge um den Zwerg war stärker als sein aufrichtiger Respekt vor den mächtigen Fällen.

Als Gary in Reichweite kam, hatte der Zwerg den Krug bereits in der Hand, aber Gary warf den Stein trotzdem, vielleicht hatte er ja Glück. Das Geschoß prallte an der Schläfe des Zwergs ab und richtete nur wenig Schaden an, aber durch den Ruck wurde der vergiftete Trunk zu Boden geschleudert.

»Was?« röhrte der Zwerg, und da Gary durch den Rand der Höhle etwas von den tosenden Fällen abgeschirmt war, hörte er ihn deutlich. Mit Müh und Not kam er auf die Füße und fiel gegen die Wand der Höhle, erschöpft und von blauen Flecken übersät, und er wußte, daß er dem kleinen Schmied eine Erklärung schuldig war.

Der Zwerg, der durch den Stein nicht einmal benommen schien, drehte sich zu ihm um und stemmte die dicken Fäuste in die Seiten, gegen das breite Leder seines juwelenbesetzten Gürtels.

»Vergiftet«, keuchte Gary, ohne gegen die grummelnden Echos anzukommen, und der stahläugige Zwerg starrte ihn reglos an.

Als Gary erkannte, daß er nicht gut genug zu verstehen war, stieß er sich von der Wand ab.

So erfuhr er, warum Geno Hammerwerfer diesen Namen trug.

»Du hast meinen Met verschüttet!« röhrte der Zwerg, und er schleuderte den Hammer mit einer solchen Leichtigkeit, daß Gary nichts davon mitbekam – bis der Hammer mitten auf die Stirnplatte seines Helms knallte. Er grunzte und fiel gegen die Wand zurück. Als sich vor seinen Augen nichts mehr drehte, sah er einen zweiten Hammer auf sich zuwirbeln, und bevor dieser ihn auch nur erreicht hatte, sah er dahinter schon einen dritten, einen vierten.

»Warte!« kreischte Gary und versuchte vergeblich, den schweren Schild hochzuhieven. Die Hämmer schlugen ein – eins, zwei, drei –, wieder mitten zwischen die Augen.

Wellen der Benommenheit rollten über Gary hinweg, und die Echos der Schläge rollten zwischen seinen Ohren hin und her. Ein weiterer Hammer traf ins Schwarze, dann noch einer – hatte dieser Höllenzwerg denn einen unendlichen Vorrat?

Gary fand sich auf dem Hintern sitzend wieder. Er schaute durch den schmalen Schlitz des Helmes – der nicht annähernd so exakt war wie zuvor – und sah den Zwerg einen Hammer von unvorstellbarer Größe heben. Den würde selbst Cedrics magischer Helm nicht abwehren können, begriff Gary, aber in seiner Benommenheit fiel ihm nichts ein, was den Zwerg daran hindern konnte, ihm den Rest zu geben.

Dann platschte es laut, und Kelsey schwang sich an einem Seil in die Höhle hinein. Sein Schwung ließ ihn stracks bis zu dem Zwerg fliegen, und die beiden rollten über den Boden.

Dann erschien Mickey, er schwebte tatsächlich mit einem Regenschirm durch den Wasservorhang! Er landete leichtfüßig und schnippte mit den Fingern, worauf der Regenschirm sich schloß und in seinem Ärmel verschwand. Lässig blinzelte er Gary zu.

Kelsey kam zuerst hoch, hielt dem Zwerg sein Schwert vor das Gesicht. »Ich hab dich!« erklärte er. Der immer noch kniende Zwerg spukte ihn an. Dann ergriff er mit seinen knotigen Händen den Boden und schüttelte ihn, wie vielleicht eine Magd ein Kissen aufschüttelte. Der Boden bäumte sich unter Kelsey auf und warf ihn Hals über Kopf zurück. Er rollte sich ab, kam ohne sein wertvolles Schwert wieder auf die Beine und krachte gegen eine Wand.

Etwas zerrte an Garys Rücken. Er sah verwundert zu, wie sich ein Ledergurt auf seiner Brust von alleine löste. Dann zerrte wieder etwas, und zwischen seinen Füßen erschien die Tasche, die den Speer des Cedric Donigarten enthielt. Gary verstand, wer der Urheber dieser seltsamen Vorgänge war, als er sah, daß Mickey eine Hand zur Tasche ausstreckte und sie auf magische Weise heranzog.

Kelsey stand an die Wand gelehnt da, und als der wütende Zwerg den steinharten Schädel senkte und auf ihn losstürmte, sah Gary den benommenen Elfen schon zerschmettert am Boden liegen.

Aber jetzt war Mickey am Zug. Die Speertasche schoß durch den Raum, nur eine Handbreit über dem Boden, schoß direkt zwischen die wirbelnden Füße des Zwergs. Er schlug der Länge nach hin, und Kelsey fand einen Halt über dem Kopf und hob rasch die Beine hoch.

Mit einem enormen **Krack!** knallte der bartlose Zwerg gegen die Wand. Er wurde ein paar Schritte zurückgeschleudert und schaffte es dennoch irgendwie, das Gleichgewicht wiederzufinden.

»Ich hab' dich, Geno Hammerwerfer!« rief Kelsey wieder, und er sprang vor und zog unter seinem grünen Umhang eine Kette hervor, die an jedem Ende mit einer Schelle versehen war. Der fassungslose Zwerg rührte sich nicht, als Kelsey ihm die Kette umlegte und die Schellen um seine Handgelenke schnappen ließ.

»Ich hab' dich«, sagte Kelsey erneut. »Und bevor du deine Freiheit wiedererlangst, mußt du mir einen Wunsch erfüllen.«

Der Zwerg untersuchte kurz und unauffällig die Schellen und die lose geschlungene Kette. Er hatte relativ viel Bewegungsfreiheit, die Kette schleifte sogar ein ganzes Stück hinter ihm über den Boden. Er sah Kelsey an und lächelte breit, zeigte ein großes Loch, wo einmal ein Zahn gewesen war.

Kelsey schien seine Gedanken gelesen zu haben. **»Biellen«**, flüsterte er, gerade als Geno loslaufen wollte. Er schaffte nicht einmal einen Schritt, da hatte sich die magische Kette schon verkürzt und ihm die Arme auf dem Rücken festgezurrt. Sein Zahnlückenlächeln ging gemeinsam mit seinem Gleichgewicht dahin; es wurde durch einen großäugigen Blick des Unverständnisses ersetzt, als er der Länge nach umfiel.

»Gehen wir«, erklärte der Elf triumphierend, hob sein Schwert auf und legte Geno die Klinge an den dicken Hals. »Nach den rechtmäßigen Regeln des Einfangens bist du an mich gebunden. Ich werde keinen weiteren Widerstand dulden.« Er zog den Zwerg auf die Füße, während Mickey sich um Gary kümmerte.

»Scheußlich eingedellt, der Helm«, sagte er. »Ich hoffe, dein Kopf sieht nicht genauso aus.«

»Ja ... äh, nein«, antwortete Gary ein wenig abwesend. Er hatte dem Einfangen aus der Ferne zugesehen, mit den Gedanken immer noch bei wirbelnden Hämmern und hübschen Sternen – es schien in diesem wundersamen Land unglaublich viele Sterne zu geben!

Mit Mickeys Hilfe schaffte er es, auf die Beine zu kommen,

und als er erst einmal schwankend dastand, merkte er, wie sehr ihn die Fälle und die Hämmer und das Kriechen über die spitzen Felsen hinweg aufgerieben hatten. Jeder Muskel seines Körpers fühlte sich an, als wäre er über die Grenzen seiner Belastbarkeit hinaus beansprucht worden. Aber er hatte keine Zeit zu jammern, nicht jetzt, wo sie Geno gefangen hatten und zweifelsohne schon viele andere listige Zwerge in der Nähe waren und hinterhältige Zaubereien ausheckten, um ihnen den Rückweg unmöglich zu machen.

Hastig hob Kelsey Genos Hämmer und einige schwere Handschuhe auf, die bei dem Schmiedeofen lagen; dann war alles zum Aufbruch bereit.

»Ich habe meinen Speer verloren«, sagte Gary. Drei Augenpaare richteten sich auf ihn. »Im Wasserfall«, erklärte er. »Vielleicht ist er jetzt schon im Fluß, eine Meile weit weg.«

Mickey sah zu Geno. »Speer?« fragte er. Der Zwerg nickte zu einem Kämmerchen hinüber, kaum mehr als ein Spalt in der Wand. Mickey bedachte ihn mit einem mißtrauischen Blick, dann richtete er einen Finger auf den Spalt. Ein Dutzend verschiedener Waffen folgten purzelnd seinem magischen Ruf: Schwerter, Äxte, eine große Hellebarde und ein Speer. »Besser als der, den du verloren hast«, murmelte Mikkey und ließ die mit einer Eisenspitze versehene Waffe in Garys Hände schweben.

Als er merkte, wie gut der von dem Zwerg hergestellte Speer ausbalanciert war, konnte Gary nur zustimmen.

»Nun sollten wir uns auf den Weg machen.« Kelsey starrte in die blaugrauen Augen des Zwergs. »Wo geht's lang?«

Geno nickte zu einem schmalen Tunnel in der hinteren Wand hinüber. Gary starrte die Wand verblüfft an und verglich den Anblick mit dem Bild, das sich ihm geboten hatte, als er vor dem flammenerleuchteten Raum aus dem Wasser gekrabbelt war.

»Diese Öffnung war vorhin nicht da«, protestierte er voller Angst vor diesem neuen Trick, denn er erinnerte sich noch lebhaft an das beißende Erdmaul beim Hochweg.

Mickey sah ihn an und nickte dann Kelsey zu. Dieser lief – Gary konnte es kaum glauben – schnurstracks in den Tunnel hinein.

Kelsey hatte die Schwelle kaum überschritten, da schnappten die Wände zu, schlossen sich spitze steinerne Zähne um ihn.

Geno Hammerwerfer brach in ein Freudengeschrei aus.

»Nein!« schrie Gary und schoß vorwärts.

Mickey stellte sich ihm in den Weg. »Hat man dir nicht beigebracht, durch den Nebel zu schauen?« Gary verstand nicht, bis ihm der wirkliche Kelsey, der immer noch neben Geno stand, auf die Schulter klopfte.

Dem Zwerg verging das hinterhältige Grinsen, mit steinerner Miene stand er da.

»Gesetz ist Gesetz«, schalt Mickey ihn.

»Du verweigerst dich den Fangregeln?« fügte Kelsey voller Zorn hinzu. »Du bringst Schande über dein Volk und dein Handwerk? Geno Hammerwerfer, du bist der beste Schmied in ganz Faerie; du solltest deine Pflichten in dieser Angelegenheit kennen.«

»Keine faire Jagd!« bellte der Zwerg und stampfte mit einem seiner schweren Stiefel auf den Boden. Er versuchte, die Arme über seiner breiten Brust zu verschränken, aber dies ließen die Schellen natürlich nicht zu.

»Was soll das heißen?« fragten Kelsey und Mickey wie aus einem Munde.

»Du hast mich gekriegt«, sagte Geno. »Aber du warst nicht der erste Angreifer. Gesetz ist Gesetz!« imitierte er schnarrend den Kobold. »Und nach den Regeln darf nur der erste Angreifer die Gefangennahme vollziehen!«

»Wer …«, begann Mickey, aber die Frage beantwortete sich von allein; Gary war der einzige, der vor Kelsey in der Höhle gewesen war.

»Du hast alles kaputtgemacht!« brüllte Kelsey den armen, verwirrten Menschen an. »Wer hat dir erlaubt, selbst …«

»Ich habe nichts gemacht!« protestierte Gary.

»Steingeblubber!« Geno sah aus, als wollte er Gary beißen. »Er hat einen Stein nach mir geworfen – genau ins Gesicht!« Der Zwerg machte einen Schritt zur Seite und trat gegen eben jenen Stein, der immer noch verräterisch neben dem Krug lag, mitten in der Höhle.

»Ich verlange eine Erklärung!« sagte Kelsey.

»Ich hab' nicht versucht, ihn zu fangen«, stammelte Gary.

»Dann wolltest du mich töten, oder was?« bellte Geno. »Auch das nimmt dem Elfen das Recht der Gefangennahme …«

»Nein!« schrie Gary. Er sah hilflos zu Mickey, dem einzigen, von dem er sich noch Unterstützung erhoffte. »Ich wollte ihn nur davon abhalten, den Met zu trinken.«

»Noch schlimmer, als mich zu töten!« grollte Geno.

»Er war vergiftet«, sagte Gary.

»Vergiftet?« sagte Mickey erschreckt. »Raus damit, Junge. Woher solltest du das wissen können?«

»Ich hab's gesehen.« Nun hörten ihm alle zu, selbst der empörte Zwerg. »Der Rabe … ich meine, die Schlange. Also es war ein Rabe, als er angeflogen kam, aber er verwandelte sich in eine Schlange, um zu dem Krug zu kriechen. Sie wollte zuerst zu dir«, er zeigte auf den Zwerg, »ich weiß nicht, vielleicht dachte sie, daß ihr Zwerg nicht schmecken würde.«

»Das klingt glaubhaft genug«, platzte Mickey kichernd heraus.

»Dann kroch sie zu dem Becher. Ich hab's gesehen, ehrlich. Die Schlange hängte ihre Giftzähne über den Rand und träufelte ihr Gift hinein. Ehrlich.«

»Märchengeschichten!« knurrte Geno.

»Das sagst ausgerechnet du«, gab Gary zurück.

Kelsey und Mickey sahen einander lange und voller Ernst an.

Sie hatten einen ganz bestimmten Verdacht, wer für ihre ständigen Probleme verantwortlich war. Und wenn dieser Verdacht richtig war, klang Garys Geschichte gar nicht mehr so unglaubwürdig.

Im nächsten Moment verlor der Vorgang jedoch seine Wichtigkeit, denn die Mauer am Ende der kleinen Höhle öffnete sich weit, und ein Dutzend krummbeiniger Zwerge rauschte herein, die alle möglichen scheußlich anzusehenden Knüppel schwangen. Im Nu hatten sie die Gefährten umzingelt, und einer von ihnen, ein buckliger Kerl mit grauen Haaren und grauem Bart, fragte Geno beiläufig: »Welchen sollen wir zuerst umbringen?«

»Halt, Durin«, antwortete Geno. Obwohl er Garys Geschichte nicht recht glauben mochte, wollte er doch seinen Ruf nicht aufs Spiel setzen.

Kelsey umfaßte den Griff seines Schwertes fester, brachte die Klinge dichter an Genos ungeschützte Kehle heran. Nur Mickey schien guter Dinge zu sein und kramte seine Pfeife hervor.

»Sagt mir doch«, bat er, als setzte er die Stücke eines Puzzlespieles zusammen, »wer hat euch verraten, daß wir hier sind?«

Durin und sein schwarzhaariger Bruder tauschten verwunderte Blicke aus. »Wir haben euch selbst entdeckt«, sagte Dvalin ehrlich – und der Frage absichtlich ausweichend. »Als ihr die Hochwege entlang seid.«

»Und ihr attackiert jeden vorbeiziehenden Wanderer?« fragte Mickey. »Denn meine Freunde und ich sind tatsächlich angegriffen worden, und zwar mit Zwergenzauber!«

»Diebe!« schnauzte Dvalin ihn an.

»Und woher habt ihr unsere Absichten gekannt?« fragte Mickey, nahm einen tiefen Zug und gab sich völlig unbekümmert. »Wer hat euch verraten, daß wir wegen Geno gekommen sind?«

Die beiden Brüder sahen einander achselzuckend an und fragten sich, was das für eine Rolle spielte. »Es war ein großer sprechender Vogel«, sagte Durin.

»Ein Rabe?« Mickey sah zu Gary und nickte ihm zu.

Beide Zwerge nickten wie wild mit den Köpfen.

Mickey wedelte mit dem Finger, und der umgestürzte Krug richtete sich auf. »Es ist noch ein bißchen Met dringeblieben«, sagte er und hielt Geno den Krug hin. »Ein Schluck gefällig?«

Geno trat den Stein zu seinen Füßen quer durch den Raum. »Verdammt!« brüllte er.

»Was ist los, Bruder-Erz?« rief Durin, und alle Zwerge rissen ihre Waffen hoch. »Wen wollen sie umbringen?«

»Niemanden!« grummelte Geno. »Ich bin auf faire Weise gefangen worden, so scheint es; ich bin gebunden, an diesen Elfen« –, es klang wie ein Schimpfwort – »und ich schulde diesem elendigen Menschenvieh mein Leben!«

»Nein!« schrien mehrere Zwerge zugleich, und sie gingen mit erhobenen Waffen einen weiteren Schritt auf die Gefährten zu. Aber Geno kannte die Fangregeln nur zu gut; als bester Schmied von ganz Faerie hatte er ihre Bürde oft genug auf seine steinharten Schultern nehmen müssen.

Kurze Zeit später verließen sie die Findlingsfälle, begleitet von einem bewaffneten Trupp nicht sonderlich glücklich dreinschauender Zwerge. Die krummbeinigen Krieger versuchten jedoch nicht im geringsten, Kelseys Aufbruch zu verhindern, und das, obwohl er Geno fest im Schlepptau hatte.

Gary hatte das Ganze nicht richtig verstanden, und nachdem die anderen Zwerge verschwunden und die Gefährten wieder auf den offenen Wegen waren, konnte er seine Unwissenheit nicht länger ertragen.

»Warum haben sie uns gehen lassen?« fragte er Mickey, der es sich erneut auf seiner Schulter bequem gemacht hatte und im **Kleinen Hobbit** las.

»Warum fühlt sich dieser Hobbit schuldig, nachdem er dem armen Teufel in der Höhle den Ring abgeluchst hat?« fragte Mickey, ohne auch nur einen Moment zu zögern. Er hielt ihm das aufgeschlagene Buch hin.

Gary mußte nur kurz darüber nachdenken, er kannte die Geschichte so gut wie keine andere. »Bilbo hat im Rätselraten nicht fair gespielt. Er hat gemogelt, und das ist fast so, als hätte er den magischen Ring gestohlen. Allerdings«, setze Gary rasch hinzu, um seinen Lieblingshelden zu verteidigen, »wenn er den Ring zurückgegeben hätte, wäre er zum Abendessen geblieben, wenn du verstehst, was ich meine.«

»Und da hast du die Antwort«, sagte Mickey. »Denn er fühlt sich trotzdem schuldig. Faerie ist auch so ein Land mit uralten Gesetzen. Und Gesetz ist Gesetz, Junge. Sie zu brechen, würde dich vor den Augen aller anderen ehrlos machen. Und was ist man ohne Ehre, frage ich dich. Selbst dieser arme Teufel, dieser Gollum, ein hundertfacher Dieb und Mörder und damit ein ganzes Stück schlimmer als unser Geno, hätte es sich zweimal überlegt, im Rätselspiel zu schummeln.«

Gary fragte sich, wie viele Leute seiner eigenen Welt sich ihrem Fänger ergeben hatten, nur um einer so wenig greifbaren Sache wie der Ehre willen. Und Geno hätte das getan, obwohl er in einem Kampf offensichtlich überlegen gewesen wäre.

»Eine Frage noch«, bat er Mickey, der schon wieder zu lesen begonnen hatte und nun aufsah. »Du hast gesagt, die Illusionen würden bei den Zwergen nicht wirken, aber in der

Höhle hast du Geno mit dem Bild von Kelsey, der in den falschen Tunnel läuft, total zum Narren gehalten.«

»Stimmt, Illusionen wirken nicht besonders gut bei Zwergen. Aber ich habe Geno das gezeigt, was er am liebsten gesehen hätte. Jeder Trick funktioniert viel besser, wenn er dem Herzenswunsch deines Opfers entspricht. Selbst wenn dein Opfer ein Zwerg ist.«

Gary nickte, das war logisch genug. »Wohin jetzt?« fragte er mit einem Blick nach vorn, zu Kelsey und dem Zwerg.

»Du hast gesagt, eine Frage«, erinnerte ihn Mickey.

Gary sah ihn flehend an.

»Quer durchs Gebirge nach Osten«, sagte Mickey. »Die Wege sind eben und werden nicht mehr so schwierig sein, wenn Geno zu den Steinen spricht. Dann nach Norden, nach Gondabuggan, um einen Gnomendieb anzuheuern – Gnomen sind die zweitbesten Diebe der Welt.«

Gary hatte so seine Vermutung, welche Rasse noch über den Gnomen rangierte, aber er behielt sie für sich.

»Dann zurück in die südlichen Ausläufer von Dvergamal; die Ebene und die Craghs hinauf zu einem Ort, den man den Daumen des Riesen nennt.« Seine Stimme wurde zu einem geheimnisvollen Flüstern, als er weitersprach: »Dort wirst du dem Wurm begegnen.«

Ceridwen sah die wenigen Meilen nach Dvergamal hinüber, wo Kelseys Truppe gute Fortschritte machte. Die Zauberin hatte die Hochburg der Zwerge hinter sich gelassen, bald nachdem die Gefährten von den Fällen aufgebrochen waren. Solange sie von den Zwergen beschützt wurden, noch dazu in ihrem Zuhause, dem Hochland, konnte die Zauberin nicht viel gegen Kelsey ausrichten. Sie mußte die Gruppe irgendwie dazu bringen umzukehren, mußte sie ins westliche Flachland vor den Bergen bekommen und so ein wenig Zeit gewinnen.

Sie stand unter einer Stechpalme neben einem unscheinbaren grauen Stein, der von toter Erde umgeben war; ein Ort, den sie sich vor langer Zeit gut eingeprägt hatte. »Wach auf, Altes Weib«, befahl sie sanft. »Ich kenne deine Gestalt und brauche dich jetzt.«

Ein langer, ereignisloser Moment ging vorüber.

»Wach auf, Altes Weib!« rief Ceridwen nun lauter. Sie griff in eine Tasche ihres schwarzen Mantels und zog einen kleinen Beutel hervor, ließ ihn in den Händen hin- und herwandern, denn er verströmte eine bittere Kälte.

»Der Sommer ist lange vorbei, und der Herbst geht zu Ende«, log sie, öffnete den Beutel über dem Stein, und magische Eiskristalle rieselten darüber. Fast im selben Moment erbebte der Stein. Seine Farbe veränderte sich von stumpfem Grau hin zu eisigem Blau, und er begann zu wachsen und sich zu verwandeln.

Rasch ragte er weit über die Zauberin hinaus, zwanzig Fuß hoch und immer noch wachsend. Er nahm die Gestalt einer alten Frau an, weißhaarig und einäugig, mit einer Haut so blau wie das Eis des Winters an einem klaren Tag. Trotz ihrer Größe war es eine jämmerliche Gestalt, unglaublich mager und in ein zerlumptes kariertes Gewand gehüllt.

»Cailleac«, flüsterte Ceridwen, offenbar tief beeindruckt.

Die Riesin sah sich verwundert um. «Allerheiligen ist noch nicht vorbei.« Ihre Zähne waren braungefleckt. »Was ist das für ein Trick?« Dann sah sie nach unten und schien Ceridwen zum ersten Mal wahrzunehmen.

»Ach, die Zauberin«, sagte sie, als ob diese Worte alles erklärten.

»Ich brauche deine Hilfe«, erklärte Ceridwen.

»Meine Zeit ist noch nicht gekommen«, antwortete Cailleac zornig.

»Nur in Dvergamal«, sagte Ceridwen rasch. »In den Bergen,

wo der Wind selbst in den Tagen des Hochsommers schneidend kalt bläst. Es ist nur ein kleiner Gefallen, den ich von dir erbitte, dann kannst du in deine Träume zurückkehren.«

Cailleac betrachtete die frisch erblühten Blumen und das grüne Kleid des Sommers und fühlte sich unwohl. Ceridwen warf ihr erneut eine Handvoll des frostigen Staubes entgegen, und das schien sie zu beruhigen.

»Tu dies für mich, und ich werde dein Ruhelager den ganzen Sommer durch behüten. Meine Diener werden es für dich kalt halten und dich wecken, wenn Allerheiligen vorbei ist.«

»Nur in den Bergen?« fragte Cailleac vorsichtig zustimmend.

Ceridwen lächelte und nickte. Damit hatte sie alle Zeit gewonnen, die sie brauchte.

Die Gefährten lagerten auf einem flachen Felsen in einer Senke zwischen hochaufragenden Bergspitzen. Eine steife Brise wehte in dieser Nacht, der zweiten seit ihrem Aufbruch von den Findlingsfällen, und es war auch ein wenig frostig, aber das schien die erschöpfte Truppe nur zu erfrischen. Gary, Mickey und Geno saßen am Feuer, und Gary war froh, die schwerfällige Rüstung einmal ablegen zu können. In der Begleitung eines Zwergs zu sein und das Ehrenwort der anderen Zwerge zu haben, sie ruhig ziehen zu lassen, hatte Kelsey für sicher genug befunden. Die Steine würden Geno jede Annäherung eines Feindes verraten, lange bevor dieser eine Bedrohung darstellen konnte. Der Elf hatte Geno sogar die Fesseln abgenommen; er wußte, daß die Ehre den Zwerg fester band, als es jedes Metall je tun konnte.

Gary ließ den Zwerg nicht aus den Augen. Geno unterschied sich sehr von seinesgleichen (jedenfalls von denen, die Gary gesehen hatte), er sah jünger aus, beinahe jungenhaft, trotz seiner offensichtlichen Stärke. Sein ungekämmtes Haar glänzte, und seine blaugrauen Augen strahlten klar und neugierig. Seine Zahnlücke erinnerte Gary an einen seiner spitzbübischen Neffen drüben in der anderen Welt, an einen Jungen, dessen Lächeln zwangsläufig Ärger bedeutete.

»Seit wann bist du schon Schmied?« fragte Gary, über seine eigenen Worte überrascht. Er hatte in aller Stille das Alter des merkwürdigen Zwergs schätzen wollen.

Geno sah ihn scharf an und antwortete nicht. Mickey unterbrach seine Lektüre und sah Gary ebenfalls an.

»Ich meine«, stammelte Gary voll plötzlicher Beklemmung, »ist das alles, was du tust?«

Der Zwerg stand auf und verschwand aus dem Schein der Flammen.

»Was ist los?« fragte Gary, an Mickey gewandt. Der Kobold kicherte und steckte die Nase wieder ins Buch.

»Womit habe ich ihn beleidigt?« drängte Gary, der die Angelegenheit nicht unter den Teppich kehren wollte.

»Glaubst du wirklich, er war zu einem Schwätzchen aufgelegt? Er ist eingefangen worden, Junge.«

»Das bist du auch, aber du warst immer noch freundlich genug«, sagte Gary empört und wischte die schwarzen Haare zurück, die ihm ins Gesicht hingen.

»Ich bin ein Kobold. Ich bin dazu da, eingefangen zu werden. Bringt ein bißchen mehr Aufregung ins Leben der Leute, weißt du?«

»Quatsch. Du warst genauso unglücklich wie Geno – bist es höchstwahrscheinlich immer noch –, aber letzten Endes warst du … bist du … anständig genug, mit deinen Weggefährten zu reden.« Er sagte das sehr laut, damit auch Geno es hörte. »Und wenn wir schon dabei sind, ich bin ebenfalls eingefangen worden.«

»Geno ist dir verpflichtet, und darüber ist er nicht besonders glücklich.«

Gary hatte keine Ahnung, was der Kobold meinte.

»Du hast ihm das Leben gerettet.« Mickey lachte gutmütig über Garys ständige Verwirrung, der junge Mann schien rein gar nichts in Faerie zu kapieren. »Gesetz ist Gesetz, und du kannst mir glauben, es gibt auch Regeln fürs Lebenretten.«

»Er kommt mit uns mit; ich dachte, das wäre bereits die Vergeltung.«

»Er kommt mit, damit er Kelseys Wunsch erfüllen kann, nicht deinetwegen. Dies ist Kelseys Queste, nicht deine.«

Geno kam wieder zurück in den Feuerschein, er starrte Gary ausdruckslos an.

»Ich verlange rein gar nichts von dir!« rief Gary unvermittelt, weil er das Starren nicht länger ertrug.

Geno johlte höhnisch und stürmte mitten durch die tanzenden Flammen. Im Nu war er über Gary und drückte ihn flach auf den Boden.

»Das hättest du nicht sagen sollen«, bemerkte Mickey und wandte sich wieder seiner Lektüre zu.

Gary wollte nicht wahrhaben, wie fest ihn der Zwerg gepackt hatte. Er bäumte sich auf und strampelte, ohne etwas ausrichten zu können, und die ganze Zeit grinste Geno heimtückisch über ihm, zeigte die Lücke in seinen Zahnreihen.

»Laß mich …«, begann Gary, aber Geno gab ihm eins vor den Schädel.

»Was ist denn hier los?« Kelsey kam mit blankgezogener Klinge ans Feuer gestürmt.

»Der Junge hat den Zwerg beleidigt«, sagte Mickey abwesend.

Geno sprang von Gary hinunter, knurrte Kelsey an und ging – wieder mitten durch das glühende Holz – zurück an seinen Platz auf der anderen Seite des Lagerfeuers. Er drehte sich um, setzte sich mit einem Plumps und bedachte Gary aufs neue mit seinem vorwurfsvollen, bedrohlichen Starren.

Er hörte nicht mehr damit auf; Gary schlief schließlich mit diesem Bild vor Augen ein.

Irgendwann noch vor der Dämmerung erwachte er bibbernd, denn der Wind war schneidend kalt geworden. Mikkey und die anderen waren schon wach und versuchten eifrig, das Feuer zwischen den heftigen Böen wieder zu entzünden.

»Sind wir so weit oben?« fragte Gary, als er sich zu ihnen gesellte.

Geno und Kelsey schenkten ihm wie immer keine Beachtung, und wie gewohnt übernahm Mickey die Erklärungen.

»So weit oben nicht. Und selbst wenn wir zwischen den höchsten Gipfeln von Dvergamal wären, wäre es zu kalt für diese Jahreszeit. Aber keine Sorge, gleich haben wir das Feuer soweit, und gleich danach geht auch schon die Sonne auf.«

Die Dämmerung setzte wenig später ein, aber sie war grau und ohne Wärme, die Sonne blieb hinter dichten Wolken verborgen. Der Wind ließ ein wenig nach, doch blieb die Luft so kalt, daß die Gefährten kleine Wölkchen ausatmeten.

»Es riecht nach Schnee«, sagte Mickey. Kelsey schien diese Aussicht nicht zu erfreuen. Er ließ sie ohne Frühstück aufbrechen.

Nicht einmal eine Stunde später rieselten die ersten Flokken vom Himmel.

Kelsey sah Geno fragend an – schließlich war der Zwerg hier zu Hause –, der aber sagte nichts und schien genauso verwirrt zu sein wie die anderen.

»Gehen wir weiter oder kehren wir um?« fragte Mickey. »Wir haben einen Weg von einer Woche vor uns, aber nur zwei Tagesreisen hinter uns.«

»Das Wetter kann unmöglich so bleiben«, erwiderte Kelsey. »Es ist Sommer – selbst Dvergamal erwärmt sich unter seinem freundlichen Hauch.«

Wie zur Antwort pfiff der Wind laut durch die Bergtäler.

Um die Mittagszeit fielen die Flocken dichter, und viele Steine wurden gefährlich rutschig, waren überzogen von kaum sichtbarem Eis. Dann begriffen die Gefährten, was geschehen war.

Geno richtete sich plötzlich kerzengerade auf, als hätte ihn jemand gerufen. Er eilte zu einer höhergelegenen Stelle zurück, die sie eben passiert hatten, und spähte durch den immer noch dichter werdenden Schneesturm in die Ferne.

»Cailleac Bheur!« rief der Zwerg, und es waren seine ersten Worte, seit sie die Höhle beim Wasserfall verlassen hatten.

Bei dieser Enthüllung fielen Mickey und Kelsey fast hintenüber. Als sie sich wieder gefaßt hatten, rannten sie zu dem Zwerg, dicht gefolgt von Gary.

Gary spähte durch den Sturm zu den entfernten Gipfeln. Er sah etwas, aber er wollte es einfach nicht glauben.

»Cailleac Bheur!« rief Geno wieder.

»Das Alte Weib!« übersetzte Mickey für Gary.

Gary sah genauer hin, und er begann einzusehen, daß der Anblick keine Gaukelei des Wetters war. Kaum erkennbar im Schneetreiben, ließ sich eine riesige Frau vom Wind von Berggipfel zu Berggipfel tragen. Sie stützte sich auf einen gigantischen Stock und wurde von einigen großen Reihern begleitet.

»Bestimmt hast du schon von der Blauen Hexe gehört«, sagte Mickey zu Gary. »Sie ist es, die den Winter bringt, die die Ernten vernichtet und den Erdboden gefrieren läßt. Ihre Berührung bringt Land und Leuten den Tod, Junge.«

»Es ist Monate vor ihrer Zeit«, protestierte Kelsey.

Aber die Worte des Elfen waren Schall und Rauch, denn die Blaue Hexe kam näher und ließ auf ihrem Weg schneebedeckte Gipfel zurück, wo eben noch nackter Fels gewesen war.

»Wir sollten auf den tiefergelegenen Wegen bleiben«, sagte Kelsey und führte sie unerbittlich dem anwachsenden Sturm entgegen.

Mickey und Geno tauschten Blicke, die Gary Leger nicht gerade beruhigten. Er glaubte, schon einmal von der Blauen Hexe gehört zu haben, in einem Märchen vielleicht, und er erinnerte sich dunkel daran, daß es nicht angenehm gewesen war, von ihr zu hören.

Die Temperatur sank weiter. Kelsey führte sie auf die tieferen Wege, aber selbst dort bildete sich eine Schneedecke. Sie stapften und stolperten dahin, schlitterten über vereiste Felsen und kämpften mit dem schneidend kalten Wind. Schließlich sah sogar der Elf ein, daß sie nicht auf der geplanten Route bleiben konnten.

»Wir geraten immer tiefer in ihren Sturm hinein«, sagte Mickey. »Selbst wenn Cailleac bloß ein bißchen durcheinander ist und spazierengeht, bringst du uns direkt vor ihre mörderischen Füße! – Und, Kelsey, wir wissen beide, daß sie nicht bloß verwirrt spazierengeht.«

Der Elf wandte sich an Geno. »Bring uns zurück nach Westen. Auf dem schnellsten Weg, den du kennst.«

»Dazu hast du mich nicht verpflichtet«, gab der Zwerg zurück, um seine Erleichterung zu verbergen.

»Uns zu retten heißt, dich selbst zu retten. Zwergen ergeht es nicht besser als Elfen, wenn sie Cailleac in die Quere kommen.«

Genos Grunzen war voller Haß, aber er machte kehrt und wies sie an, ihm zu folgen. Er legte eine atemberaubende Geschwindigkeit vor, und der arme Gary mußte sich wieder einmal gehörig anstrengen, um nicht abgehängt zu werden.

Mickey machte es sich auf seiner Schulter bequem und malte ihm flüsternd aus, was alles passieren konnte, wenn er zu weit zurückblieb.

Zuerst sah es so aus, als ob die kleine Truppe dem Sturm entkommen könnte, denn die Wege waren sanft und eben. Dann aber, als der Weg beschwerlicher wurde und sie langsam ermüdeten, holten die Böen sie wieder ein, zerrten an ihnen und heulten so bedrohlich wie ein Rudel hungriger Wölfe. Schnee wirbelte um sie herum, so daß sie nur noch ein paar Fuß weit sehen konnten. Dann kamen sie auf einem steilen, schmalen Hang ins Rutschen, vereiste Steine unter sich und einen tiefen Abgrund zur Rechten.

Als sie das untere Ende des Hanges erreichten, rief Kelsey Warnungen, Gary schrie, und der Kobold klammerte sich nicht nur ans Leben, sondern erwürgte Gary fast, denn der Pfad machte eine scharfe Kurve nach rechts, und es sah aus, als ob sie geradewegs in den Abgrund stürzen würden.

Geno jedoch kannte die Gegend gut, und er lauschte lieber dem Raunen der Steine, als daß er sich von dem abhängig machte, was er sah. Er sprach zu dem Berg, und in der Kurve wuchs eine geschwungene, glatte Steinplatte empor, die die kopflosen Gefährten abfing und sie dann gefahrlos weiter den Pfad hinabschlittern ließ. Wann immer sie an eine scharfe Kurve kamen, sorgte der Zwergenzauber für eine steinerne Erhöhung, die sie auf der Serpentine hielt.

Aber der Schnee wurde tiefer, und sie mußten ihre Marschgeschwindigkeit immer wieder verringern. Garys Füße und Beine wurden taub, und oft spielte er mit dem Gedanken, sich einfach hinzuwerfen und zu warten, daß der Blizzard ihn begrub.

Dann machte Geno eine allseits willkommene Ankündigung. »Höhle!« rief er, und er glitt um einen Felsbrocken herum in eine kleine Öffnung hinein.

»Wir können uns nur eine kurze Rast erlauben«, sagte Kelsey.

»Meine Beine sind taub«, erwiderte Gary scharf. »Wenn wir gleich wieder rausgehen, werde ich es nicht mehr lange machen.«

»Ich würde es ebenfalls vorziehen zu rasten«, gab der Elf zur Antwort. »Und am Feuer sitzend abzuwarten, daß der Sturm sich legt.« Er sah Mickey an, der zustimmend nickte. »Aber ich fürchte, Cailleac führt etwas ganz Bestimmtes im Schilde. So tief im Gebirge werden die Wege vor Sonnenuntergang unpassierbar sein, und dann werden wir nirgendwo mehr hingehen können.«

»Wir können hier nicht bleiben und abwarten«, stimmte Mickey zu.

»Wer redet denn davon?« fragte Geno beleidigt, der gerade im hinteren Teil der Höhle herumgeschnüffelt hatte. »Ich jedenfalls werde nicht wieder dort hinausgehen.« Er zeigte auf das Weiß jenseits der Höhlenöffnung.

Alle drei sahen ihn neugierig an.

»Macht ein Feuer«, wies er sie an. Er ging wieder weiter hinein in die niedrige Höhle, legte eine Schulter gegen einen Felsvorsprung und stemmte sich mit aller Kraft hinein. Zum Erstaunen und zur Erleichterung der anderen rutschte der Fels zur Seite und gab einen dunklen Tunnel frei, der sich in westlicher Richtung hinabschlängelte. »Ihr könnt euch ebensogut aufwärmen, während wir rasten«, sagte er nonchalant.

Kelsey hatte immer etwas Brennholz dabei, und so hatte er bald ein kleines Feuer entfacht. Wie sie alle wußten, würde es nicht ewig halten, also drängten sie sich dicht herum, um soviel Wärme wie möglich abzubekommen.

»Wie weit reicht der Tunnel?« fragte Kelsey. Nun, da die Gefahr gebannt war, wandte er sich wieder dem zu, was die Zukunft bringen mochte. In der Tat konnte sich diese Rast als

Galgenfrist erweisen, dann nämlich, wenn sie immer noch zu tief im Innern von Dvergamal wieder an die Oberfläche kommen und über ihnen weiterhin der Sturm der Cailleac toben würde.

»Weit«, antwortete Geno.

»Du hast uns alle gerettet«, sagte Gary aufrichtig.

»Halt den Mund!« fuhr der Zwerg ihn an. »Mich habe ich gerettet.«

»Wir sind nur zufällig dabeigewesen, so daß du uns ebenfalls gerettet hast«, fügte Mickey voller Verständnis für die Gefühle des Zwergs hinzu.

Geno rieb sich brüsk die Hände, strich sich die Haare aus der Stirn und stürmte in die Schatten.

»Halt dich zurück, Junge«, flüsterte Mickey Gary zu. »Mit dem kannst du keine Freundschaft schließen, und wenn du ihn zu sehr verärgerst, wird er uns im Dunkeln verhungern lassen.«

»Zeit zum Aufbruch«, sagte Kelsey, der vor den beiden begriffen hatte, daß Geno bereits im Tunnel war. Er suchte in dem erlöschenden Feuer nach einem Stück Holz, das groß genug war, um als Fackel dienen zu können. Aber es war nicht mehr viel übrig, und so verzog er nur unbehaglich das Gesicht und zuckte mit den Schultern.

»Bleib einfach dicht hinter Gemo«, beruhigte Mickey ihn.

Kelsey betrachtete seinen Langbogen und die glühende Asche.

»Er wäre in ein paar Minuten verbrannt«, sagte Mickey rasch. »Und dann hättest du weder Licht noch deinen Bogen.«

Kelsey zuckte immer noch beunruhigt mit den Schultern und verschwand in der Dunkelheit.

»Elfen mögen Höhlen nicht besonders«, sagte Mickey, als er seinen üblichen Platz auf Garys Schulter einnahm.

»Das hab' ich mir gedacht«, antwortete Gary leise.

Tief und dunkel, so dunkel, daß Gary nicht die Hand vor Augen sehen konnte, sie nicht einmal erahnen konnte.

Tief und dunkel.

Garys Seufzen war nicht zu überhören, als Mickey über seinem Kopf ein Licht hervorzauberte, um lesen zu können.

»Mach das aus!« knurrte Geno nach hinten.

»Wir sind nicht alle Zwerge, ja?« konterte Mickey. »Unsere Augen sehen nicht viel mehr als Dunkelheit. Wenn du willst …«

Geno rauschte heran, rannte Kelsey fast über den Haufen und stellte sich auf die Zehenspitzen, um sein Gesicht wenigstens auf die Höhe von Mickeys Knien zu bringen. »Mach das aus«, knurrte er.

Kelsey, der ebenfalls sehr froh über das Licht war, war kurz davor, sich einzumischen, aber der Zwerg hätte ihm eh nicht zugehört.

»Hier unten schlafen dunkle Dinge«, sagte Geno. »Große dunkle Dinge. Wollt ihr, daß sie aufwachen?«

Mickey und Gary sahen zu Kelsey, der schwitzte, so unwohl fühlte er sich in dem Tunnel. Gary konnte kaum glauben, daß dies der beeindruckende Elf war, den er kennengelernt hatte. Als Geno sich umdrehte und ebenfalls zu Kelsey sah, wandte dieser sich schulterzuckend ab.

Widerwillig ließ Mickey das Licht verschwinden.

»Gut so«, grummelte Geno. »Und nun bleibt direkt hinter mir; wenn ihr euch hier verlauft, kommt ihr nie wieder hinaus.«

Mühselig und langsam ging es weiter, Gary und selbst der bewegliche Kelsey stolperten oft. Geno mußte wirklich jede Einzelheit genießen. Einmal ging es plötzlich ein Stück hinunter, und Gary krachte mit seinem Helm gegen einen tiefhängenden Stein. Mickey schrie auf und flog von seiner Schulter.

»Zieh den Kopf ein«, sagte Geno ein bißchen spät. Mickey zauberte eine Lichtkugel herbei, nur um zu Gary zurückzufinden, und der Zwerg, der viel zu amüsiert war, um ihn auch nur anzufahren, lief weiter und verbarg sein Kichern kaum.

Gary war noch nie so tief unter der Erde gewesen. Er hatte noch nie unter Platzangst gelitten, aber als er sich nun der Tausenden von Tonnen Gestein über seinem Kopf bewußt wurde, zögerte er bei jedem Schritt. Die Luft wurde angenehm warm – wenigstens etwas –, aber Gary konnte kaum atmen vor Angst, ihm war die Kehle wie zugeschnürt. Er fürchtete, jeden Moment laut schreien oder blind in die Dunkelheit rennen zu müssen.

»Alles in Ordnung, Junge?« fragte Mickey, als er sein Keuchen hörte.

Als Gary nicht einmal antwortete, zauberte Mickey eine Lichtkugel herbei.

»Mach das aus!« grollte es erwartungsgemäß von vorn.

»Warte«, sagte Kelsey, der ebenfalls genug von der Dunkelheit hatte. »Halt den Zauber aufrecht.« Er wandte sich an Geno. »Lieber wecke ich eine Horde Dämonen auf, als noch länger blind zu sein. Ich mache mir nicht viel aus eurem Zwergenreich, guter Schmied.«

»Schön für dich«, gab Geno zurück. »Und wenn wir die dunklen Dinge aufwecken, werde ich gern zur Seite treten, damit du sie allein bekämpfen kannst!«

»Halt den Zauber aufrecht«, wiederholte Kelsey, und Mickey zuckte mit den Schultern und holte den **Kleinen Hobbit** heraus, um wie immer das Beste aus jeder Lage zu machen.

Als sie schließlich weitergingen, vermochte Gary nicht zu entscheiden, ob er lieber Licht hatte oder nicht. Wann immer Wände und Decke sich um sie herum enger schlossen, hatte er das Gefühl, als würden sie bald ersticken, und wann immer der Tunnel breiter und weiter wurde, zielten von oben

Stalaktiten auf ihn, und die Hügel von Stalagmiten erinnerten an die Dämonen, von denen Kelsey gesprochen hatte.

Aber sie kamen besser voran, nun wo sie nicht mehr blind vor sich hin schlurfen mußten und nicht mehr ständig mit den Zehen irgendwo anstießen. Selbst Geno wurde unbekümmerter, besonders als der Tunnel zu guter Letzt wieder aufwärts führte.

Wie viele Meilen sie zurücklegten, während die Stunden verstrichen, mochte nur der Zwerg wissen, aber der Weg verlief fast schnurgerade, und alle außer Geno waren sehr überrascht, als sie schließlich das schwindende Tageslicht vor sich erblickten und am westlichen Rand von Dvergamal hinauskamen, nicht mehr weit von den Ausläufern entfernt.

»Wir sind eine Strecke von fast zwei Tagen in einem halben Tag zurückspaziert«, sagte Mickey mit unverhohlener Bewunderung.

Seine Behauptung sollte sich als wahr erweisen, aber die Gefahr lag noch nicht vollständig hinter ihnen. Der Sturm der Blauen Hexe hatte selbst diese Gegend gestreift. Eine dichte Schneedecke lag vor dem Tunnelausgang, und immer noch fiel neuer Schnee aus den tiefen, grauen Wolken.

»Wir haben nichts davon, wenn wir warten«, sagte Kelsey. »Laßt uns weitergehen, und zwar schnell, bevor uns die Kälte noch einmal schwächen kann.« Da er sich über ihren genauen Standort nicht im klaren war, überließ er Geno weiterhin die Führung.

Der frischgefallene Schnee war den schweren Fußtritten Geno Hammerwerfers nicht gewachsen. Der Zwerg nahm in jede Hand einen Hammer und pflügte sich wild voran, preschte durch Verwehungen, die mehr als doppelt so groß waren wie er, und zerschlug jedes Stück Eis, das er finden konnte. In seinem Kielwasser hatten die anderen es leichter, obwohl der Blizzard sich steigerte und der Wind schneidend kalt war und dem zierlichen Kelsey für jeden Schritt nach vorn einen zur Seite abverlangte. Mickey steckte wohlweislich das Buch ein (die Seiten wären völlig durchnäßt worden) und klammerte sich mit beiden Händen an Garys Helm fest.

Geno, der ihnen den Weg bahnte, und die Gebirgsausläufer vor Augen, kamen sie schnell voran, und ihre Hoffnungen stiegen. Vielleicht waren es das schnelle Tempo und die erwachende Zuversicht, die Gary ein wenig unvorsichtig machten; und auf einer abschüssigen, rutschigen Strecke geschah das Unglück dann.

Durch eine hohe natürliche Mauer vor der vollen Wucht des Sturms geschützt, lag der Weg nicht allzu tief unterm Schnee. Besorgt trippelten die Gefährten hintereinander her, Geno ging voran, danach folgte Kelsey und dann Gary, mit einem etwas entspannteren Mickey auf der Schulter.

Der Kobold bereute sofort, sich nicht mehr festgeklammert zu haben, als Gary ausrutschte und, immer schneller werdend, das Gefälle hinunterschlitterte. Er ruderte in seiner Rüstung herum wie eine Schildkröte, die auf dem Rücken lag. Kelsey brachte sich mit einem leichtfüßigen Sprung in Sicherheit, aber Geno, der wie auf den früheren Serpentinen damit beschäftigt war, Blockiersteine herbeizurufen, bemerkte Gary erst im letzten Moment.

Der Zwerg fuhr herum und wappnete sich, indem er alle Muskeln anspannte, als Gary in ihn hineindonnerte. Die Wucht des Zusammenpralls schleuderte Mickey kopfüber davon. Sie kamen alle zum Halt, Mickey saß nun auf Geno, und Genos Füße baumelten über einer tiefen Schlucht.

»Du hast uns beide fast umgebracht!« fuhr der Zwerg Gary an.

»Uns drei, meinst du wohl.« Mickey wollte noch mehr sagen, aber die Worte verwandelten sich in ein Kreischen, als ihn eine Windböe erfaßte und von Genos Rücken fegte.

»Mickey!« schrie Gary und robbte heran, um in die Schlucht hinabsehen zu können. Der Kobold trudelte hinab, sein Tam-o'Shanter flog davon – und dann öffnete sich der Regenschirm, ein kleines Hoffnungszeichen.

Aber in der schmalen Schlucht tanzte und wirbelte der Wind, und Mickeys Regenschirm wurde hin- und hergeschüttelt und klappte schließlich zusammen. Ein erneuter Schrei und das Bild von Mickey im Sturzflug verschwanden, verschwanden hinter dem tanzenden, tödlichen Schnee.

»Mickey«, flüsterte Gary.

»Der Kobold kennt viele Tricks«, sagte Kelsey, aber es klang nicht sonderlich zuversichtlich.

Gary starrte nur weiter in den Abgrund.

»Wie können wir dort hinunterkommen?« fragte Kelsey.

Der Zwerg zeigte auf die andere Seite der schmalen Schlucht. Der Weg setzte sich nach einer Unterbrechung von zehn Fuß fort; die Schlucht war tatsächlich nur ein Riß, die Stelle, an der der uralte Berg auseinandergebrochen war.

Ohne ein Wort zu sagen, ging der Zwerg in die Knie und hechtete hinüber, krumme Beine unter einem Rumpf wie ein Felsbrocken. Er knallte gegen die Klippe auf der anderen Seite, fand aber mit seinen kräftigen Händen rasch festen Halt und kletterte mühelos zurück auf den Pfad.

Kelsey folgte ihm – zwei kurze Schritte und ein anmutiger Sprung, der ihn noch ein ganzes Stück über die Schlucht hinaus brachte.

Gary sah sie voller Verwunderung an, dann senkte er seinen Blick wieder in den Abgrund. Er wußte, daß die andere Seite nur zehn Fuß entfernt war, aber wie riesig wurde diese Entfernung, wenn es dazwischen ein paar hundert Fuß hinunter ging. Ohne den Schnee und die Rüstung hätte er den Sprung wohl geschafft, wenn er soviel Mut hätte zusammenkratzen können, es überhaupt zu versuchen.

»Du mußt herüber!« rief Kelsey wie aus weiter Ferne durch den Blizzard. »Wenn wir zu langsam sind, wird uns Cailleacs Sturm unter sich begraben.«

»Du vergißt, was ich anhabe«, rief Gary. »Ich könnte kaum halb so weit springen!« Er hörte Geno und Kelsey reden, verstand aber kein Wort.

»Ich werde dir ein Seil zuwerfen«, sagte Kelsey, nachdem in Garys Augen eine halbe Ewigkeit vergangen war. »Binde es fest um dich.«

Gary konnte sich nicht vorstellen, was das für einen Nutzen haben sollte. Wenn er zu kurz sprang, ließ es ihn doch einfach gegen die andere Seite der Schlucht schwingen, auf daß er sich jeden Knochen im Leib brach.

»Warte die Welle ab!« hörte er Genos rauhe Stimme.

»Welle?« Seine Rückfrage klang nicht so, als ob Gary mit einem Reichtum an Vertrauen gesegnet war.

»Du wirst wissen, wann du springen mußt!« versprach der Zwerg, und dann vernahm Gary seinen schmeichelnden Gesang, so schmeichelnd, wie Genos kratzige Reibeisenstimme nur klingen konnte. Die Erde unter Garys Füßen erwachte zum Leben, sie wogte und rollte wie das Meer.

Gary fühlte, wie sich die Flut aufbaute, jede Woge war stärker als die vorhergehende und zerbrach und zersplitterte das Eis. Die Erde ächzte unter der Anstrengung, und er glaubte seinen Augen nicht zu trauen, als sich hinter ihm eine riesige Welle aufbaute. Nun, da er die Anordnungen des Zwergs verstand, wartete er, bis sie unter ihm war, dann, wohl wissend, daß sie ihn in die Schlucht werfen würde, wenn er nichts tat, nahm er all seinen Mut zusammen und sprang, so weit er konnte.

Er hatte den Moment genau abgepaßt; er segelte hoch und weit und überwand mühelos die Schlucht, segelte sogar noch über Kelsey und Geno hinweg. Er war so froh, den Abgrund hinter sich zu haben, daß er gar nicht an sein neues Problem dachte.

Die Landung.

Stolpernd und holpernd kam er herunter. Da er keine Chance hatte, auf den Füßen zu bleiben, warf er sich rasch auf eine Schneeverwehung, die weich wie ein Kissen aussah. Daß der erste Eindruck wirklich täuschen kann, begriff Gary, kaum daß er die fingerbreite Schneeschicht durchstoßen hatte, die den Felsen bedeckte.

Völlig reglos lag er auf der harten Erde, bemerkte die Kälte nicht, bemerkte nicht einmal, wie weiß der schneeige Himmel war.

Da waren nur wieder die Sterne.

Nach vielleicht einer Stunde fühlte er, wie jemand seinen Arm packte, und dann flog er wieder, flog auf die Füße. Er hatte keine andere Wahl, als gegen die Benommenheit anzukämpfen, denn kaum hatte er begriffen, daß er wieder stand, da gingen Kelsey und Geno auch schon weiter.

Die drei waren erst wenige Minuten lang gelaufen, da hielt Geno plötzlich an und legte ein Ohr gegen die Felswand. Er machte einen Schritt zurück, als würde er überdenken, was der Berg ihm erzählt hatte. Dann griff er nach einer losen Steinplatte, die etwa die Form eines Tellers hatte, und wuchtete sie von der Wand auf den Weg. Gary schüttelte angesichts dieser Leistung den Kopf. Obwohl die Platte einige hundert Pfund wiegen mußte, hatte Geno sie mühelos bewegt.

»Steigt auf«, sagte der Zwerg, als die Platte vor ihnen lag. »Ab hier ist der Weg vereist.«

Kelsey sprang sogleich auf, Gary aber war nicht so angetan von der Vorstellung, einen schmalen Bergpfad hinunterzurodeln, besonders wenn auf der einen Seite eine tiefe Schlucht gähnte. »Bleib hier, wenn du willst«, sagte Geno und begann, den Schlitten anzuschieben. »Aber ich kann dir nicht versprechen, daß ich wiederkomme, wenn der Sturm sich gelegt hat, nur um deinen steifgefrorenen Körper zu bergen.«

Gary rannte los, hechtete nach dem Schlitten und erwischte ihn gerade noch. Bis er es endlich schaffte, seinen ganzen Körper auf den Schlitten zu hieven, waren sie schon hundert Fuß gerodelt. Er zwängte sich auf den schmalen Platz zwischen Kelsey und dem Zwerg.

Geno saß hinter ihm und konnte kaum etwas sehen. Als Gary begriff, daß Geno steuerte, war er etwas unglücklich über die Sitzverteilung, aber der Zwerg hatte seine Augen ohnehin geschlossen und bat voller Konzentration den Berg, sie zu führen.

Ihre Geschwindigkeit nahm mit jedem Fuß zu, den sie den steiler werdenden Bergpfad hinabschossen. In jeder Rechtskurve rutschten sie wieder ein ganzes Stück den Berg hinauf, und in jeder Linkskurve bog sich der Weg günstigerweise (absichtlich?) nach oben, so daß sie nicht hinausgeschleudert werden konnten.

Der Wind dröhnte in Garys losem Helm, und der Sehschlitz bot nicht genug Schutz, so daß ihm die Tränen nur so aus den Augen flossen. Die ganze Welt verschwamm zu einem surrealistischen Wirrwarr, Bergspitzen waberten ineinander und rauschten vorbei. An manchen Stellen schien der Weg regelrecht in den Berg geschnitten zu sein, und die Rodler tauchten tief in die Dunkelheit zwischen den hohen Wänden. Einen Augenblick später kam der Schlitten auf der anderen Seite wieder hinaus, und das Licht kehrte zurück.

Als sie mitten durch eine bizarre Felslandschaft rasten, kam es Gary vor, als hätte jemand ein Stroboskop eingeschaltet. Das Licht blitzte und flackerte, als sie durch die Schatten zischten, unter einem kleinen, natürlich entstandenen Rundbogen hindurchzischten und sich durch einen kurzen, engen Tunnel schlängelten.

Als vor ihnen erneut eine Schlucht gähnte, schrie Geno völlig überflüssigerweise »Festhalten!« Schon segelten sie durch die Luft, und der Berg schien hinter ihnen zu verschwinden. Gary hatte kaum seinen Magen wiedergefunden, da schlugen sie auch schon auf, um nun einen freiliegenden, sanften Hang entlangzuschießen. Der Wind zerrte an ihnen, versuchte, sie rechtsüber zu werfen.

»Dagegenlehnen!« brüllte Geno, und gemeinsam bekamen sie die rechte Seite des Schlittens in die Höhe, legten ihr vereintes Gewicht gegen den tosenden Sturm.

Die ganze Welt schien in die Höhe zu schießen, als der Weg jäh steil abfiel. Der Wind, gegen den sie sich gelehnt hatten, war plötzlich verschwunden, der Schlitten geriet außer Kontrolle, drehte sich um sich selbst. Gary fiel hinunter, sah Kelsey abspringen und mußte entsetzt zuschauen, wie Geno mit dem hüpfenden Schlitten auf eine nackte Felswand zuschoß.

Der Zwerg warf sich hin und her und strampelte mit den Füßen und schaffte es, den Schlitten vor sich in die Luft zu bekommen.

Kracks!

Der Schlitten knallte gegen die Wand und zersprang in tausend Stücke. Danach kam Geno, aber mit den Füßen voran, und er war wieder auf den Beinen, bevor Gary oder Kelsey sich auch nur gefangen hatten.

»Eine tolle Fahrt«, sagte Kelsey.

Gary sah ihn zweifelnd an.

»Wie lange hätten wir wohl gebraucht, wenn wir diese vereiste Strecke gelaufen wären?« erklärte der Elf. »Wir sind fast im Tiefland, Dvergamal liegt bald hinter uns.«

»Was ist mit Mickey?« Gary sah seine beiden Gefährten an.

»Der Weg führt im Kreis herum«, sagte Geno. »Wir werden bald unterhalb der Stelle sein, wo er abgestürzt ist.«

Kelsey sah zum düsteren Himmel hinauf, und sein zweifelnder Gesichtsausdruck zeugte davon, daß er nicht glaubte, ihren verschwundenen Freund so leicht wiederzufinden. Zwar ging in dieser Zeit des Jahres die Sonne nicht allzu früh unter, aber die Wolkendecke war so dicht, daß das Licht an diesem Spätnachmittag bereits schwand.

Hier unten war der Schnee tiefer, aber die Pfade waren recht eben, und da Geno ihnen wieder einen Weg bahnte, kamen sie gut voran. Nach etwa einer Stunde fand Kelsey Mikkeys Tam-o'-Shanter, aber sie sahen kein weiteres Lebenszeichen des Kobolds, und ihre Rufe verhallten ungehört im Sturm.

Ein dunkles Zwielicht legte sich über sie, Gary hatte beinahe jede Hoffnung aufgegeben. Und dann sahen sie am Wegesrand ein helles Glühen – nicht das Flackern eines Feuers, sondern das beständige Glühen eines magischen Lichtes. Sie liefen hin und standen vor einer Schneeverwehung – einem leuchtenden Schneehaufen, in dem sich der Umriß eines Kobolds abzeichnete.

»Mickey!« schrie Gary, und Kelsey und er begannen trotz ihrer tauben Hände, wie wild den Schnee zur Seite zu schaufeln. Seit Mickeys Absturz waren mehr als zwei Stunden vergangen, und so brauchten sie einander nicht ihre Befürchtung mitzuteilen, daß er so tief im Schnee begraben nicht überlebt haben konnte.

»Meint ihr, ich wär' da drin geblieben?« erklang hinter ihnen eine Stimme. In einem kleinen Loch auf der windgeschützten Seite der Felswand erschien Mickey. »Da hätt' ich ja einen Monat gebraucht, um wieder aufzutauen!« Sein Blick fiel auf Kelseys Gürtel, und er lächelte breit. »Ah, gut, du hast meinen Hut gefunden!«

Ein »Nicht zu fassen!« war alles, was Gary herausbekam, und seine Bemerkung war sogar die einzige, so baff waren Kelsey und der Zwerg.

Wenig später ließen sie mit den letzten Ausläufern von Dvergamal auch die letzten Reste des Sturms hinter sich, und es schien, als spazierten sie vom Winter in den Sommer hinüber, denn selbst Cailleac hatte im Sommer nur wenig Macht über die Tiefebenen. Gary konnte den Effekt nur damit vergleichen, wie er einmal an einem Dezembertag von Boston nach Los Angeles geflogen war.

Sie schlugen ein gemütliches Lager auf, und Kelsey verschwand mit seinem Langbogen, um wenig später mit ein paar Kaninchen zurückzukehren.

»Du hast mich da oben gerettet«, sagte Gary zu Geno und sah zurück zum steil aufragenden Dvergamal.

Genos blaugraue Augen blitzten zornig auf. »Mich habe ich gerettet«, beharrte er.

»Nein. Nicht bei der Schlucht, in die Mickey gestürzt ist. Ich wäre nie hinübergekommen, und du hättest ohne mich weitergehen können. Aber das hast du nicht getan. Du hast deine Zauberei eingesetzt, um mir hinüberzuhelfen.«

Geno ließ sich seine Worte durch den Kopf gehen, dann spuckte er Gary auf den Freizeitschuh und stapfte davon.

Kelsey kam herbei und machte ein finsteres Gesicht. »Paß auf, daß du ihn nicht von zu vielen Pflichten entbindest!« fuhr er den verwirrten Gary an; es war eine unverhohlene Drohung. Dann verschwand auch er.

Gary sah hilflos zu Mickey; der hatte die Arme über der Brust verschränkt und sah nicht besonders zufrieden aus.

»Nun hast du dir was eingebrockt«, schimpfte der Kobold. »Du hast den Zwerg aus seiner Verpflichtung entlassen, und nun schuldet er dir gar nichts. Ich würde mit Geno nicht allzu viel reden, Junge – kann gut sein, daß er dir sonst die Zunge herausreißt.«

»Warum ist er so gemein?« fragte Gary.

»Er ist ein Zwerg«, antwortete Mickey prompt, als würde

das alles erklären. Als er sah, daß Gary ihm nicht folgen konnte, fügte er hinzu: »Zwerge mögen niemanden, der nicht auch ein Zwerg ist! Im übrigen ist er eingefangen worden, und wem gefällt das schon.«

Insgeheim lehnte Gary Mickeys Ansichten ab. Warum auch immer, Geno hatte sich die Mühe gemacht, ihn zu retten, sie alle zu retten, und das »Er ist ein Zwerg«-Argument konnte gegen diese Tatsache einfach nicht bestehen.

Trolle

Über den Leib der Schlange liefen kleine Wellen, als ihre Muskeln den hilflosen Frosch langsam tiefer in den Schlund zogen. Der Frosch wehrte sich verzweifelt, aber er war nur ein harmloses, schwaches Ding und der großen, schwarzen Schlange nicht gewachsen.

Dies war der natürliche Gang der Dinge, aber Geek, dem in einen Frosch verwandelten Goblin, kam er überhaupt nicht natürlich vor.

Bald würde sich der ausgerenkte Kiefer vor seinen Glubschaugen schließen, und dann würde die ganze Welt dunkel sein. Er hatte früher schon verdauende Schlangen gesehen und wußte, daß es sehr lange dauern würde, bis er vollständig zersetzt war. Wie lange würde er noch in diesem schrecklichen Zustand am Leben bleiben?

»Lieber Geek«, hörte er jemanden sagen – war es Lady Ceridwen? »Wir haben keine Zeit für solche Spielchen!«

»Spielchen?« wollte er die böse Zauberin anbrüllen, aber sein Schrei geriet zu nicht mehr als einem atemlosen Quaken, als die Schlange ihr fair besiegtes Opfer fester packte.

Dann sah Geek die Spitze eines Zauberstabs vor seinen

Glubschaugen. Die Schlange begann zu fliehen und schleppte ihn mit sich. Ceridwen stieß einige Worte aus, und dann ertönte ein **Popp!**, etwas riß, und Geek war wieder ein Goblin und lag bäuchlings auf dem sumpfigen Boden.

»Seid gesegnet, Lady!« schmeichelte er und wollte vor ihre Füße kriechen. Aber er war immer noch in den Körper der drei Meter langen Schlange verwickelt; zwar waren ihr Kopf und einiges von ihrem Leib bei der Verwandlung zerrissen worden, der Rest aber klebte immer noch an seinen Hüften und Beinen. Er winselte voller Ekel und versuchte strampelnd freizukommen.

»Wirst du bitte aufhören, mit der Schlange zu spielen?« sagte Ceridwen ruhig. »Auf uns wartet eine Menge Arbeit. Und komm aus diesem Schlamm heraus! Du bist der persönliche Diener von Lady Ceridwen! Bemüh dich, auch so auszusehen!«

Geek verkniff sich die Flüche, mit denen er die Zauberin belegen wollte; statt dessen bedeckte er ihre schmutzigen Füße mit schmeichelnden, schleimigen Küssen. Sie trat ihm ins Gesicht, und er dankte ihr wieder und wieder.

»Ich habe sie wieder aus Dvergamal herausbekommen«, sagte die Zauberin. »Wir müssen sie auf der Ebene erwischen, bevor sie im Süden um die Berge herum gelangt sind und zu den Crahgs aufbrechen.« Sie fixierte den Goblin mit ihren kalten, grausamen Augen. »Du mußt sie fangen.«

Geek fiel fast hintenüber; damit also sollte er sein Versagen bezahlen. Er betrachtete die zerfetzten Überreste der schwarzen Schlange und dachte daran, daß eine Menge solcher Kreaturen in diesem Sumpf lebten, noch viel schlimmere Kreaturen.

»Geek geht Goblins helfen holen«, stammelte er.

»Goblins?« Ceridwen lachte. »Ihr würdet verlieren, genauso wie ihr auf der Straße verloren habt.« Die eisblauen Augen blitzten wieder unheilverkündend auf. »Wir werden größere Dinge als Goblins brauchen, um Kelsenellenelvial und seine Freunde aufzuhalten – und sie haben jetzt auch noch einen Zwerg dabei.«

»Größere?« wagte Geek zu fragen, obwohl er die Antwort wirklich fürchtete.

»Du wirst für mich ins Gebirge gehen, in ein Tal im Norden, das Reisende und sogar die Zwerge meiden.«

Geek erblaßte, er begriff langsam, warum sie ihn gerettet hatte.

»Dort leben Freunde von mir, deren Unterstützung du gewinnen mußt«, sagte die Hexe gelassen, als handle es sich nur um eine kleine Erledigung.

»Lady ...«, begann Geek und dachte, daß er es dann vorziehen würde, ein Frosch zu sein.

Ceridwen ignorierte sein Gewinsel völlig. »Sie sind groß genug, um jemanden wie diesen lästigen Elfen zu fangen«, fuhr sie fort. »Und gerissen genug, um sich von diesem Kobold nicht zum Narren halten zu lassen.« Ihre Erklärungen waren völlig überflüssig, Geek wußte genau, daß sie von Trollen redete. Von fürchterlichen Trollen, denen selbst die mächtige Ceridwen nicht gegenübertreten wollte.

»Lady ...«, keuchte er.

»Versprich ihnen einhundert Goldstücke und ein Dutzend fetter Schafe. Ein praller Beutel und Hammelfleisch, das sollte sie auf Trab bringen. Zweihundert Goldstücke und zwei Dutzend Schafe, wenn sie weder den Elfen noch einen seiner Freunde umbringen. Ihr sollt sie nur fangen und zu mir schaffen.«

»Trolle werden mich auffressen!« heulte er.

»Ach, Geek!« Ceridwen lachte. »Immer denkst du nur ans Spielen! Sie werden dich nicht essen, wenn du ihnen genug versprichst.«

»Geek bringt Gold?« fragte er hoffnungsvoll.

Sie lachte erneut, lauter. »**Bringt** Gold?« fragte sie ungläubig. »**Verspricht** Gold, mein lieber Geek. – Oh, na schön«, setzte sie hinzu, als Geek nicht aufhörte, eine Schnute zu ziehen. Er lächelte voller Hoffnung, aber das Grinsen verschwand, kaum daß Ceridwen ihm ein einzelnes Goldstück in die Hand gedrückt hatte.

»Gib ihnen das«, sagte sie. »Und versprich ihnen den Rest.«

Geek sah nach Westen, zu den hohen, schneebedeckten Gipfeln, dann zurück zu der zerfetzten Schlange hinter sich, und er fragte sich ernsthaft, welches Schicksal ihm lieber war.

Die Angelegenheit war längst entschieden.

Ceridwen sprach einige Worte und machte ein oder zwei Handbewegungen, und von einem Moment zum anderen fand sich Geek weit von dem Sumpf und der Ebene entfernt wieder. Zerklüftete, schneebedeckte Berge umgaben ihn, ragten so weit hinauf, wie er sehen konnte.

»Nein, Lady, nein«, wimmerte er mit klappernden Zähnen, obwohl Ceridwen ihn nicht hören konnte und sich eh nicht darum geschert hätte.

Zögernd machte er sich auf den Weg durch das kleine, bewaldete Tal, das abgeschieden an der Südgrenze von Dvergamal lag. Der Sturm der Cailleac Bheur hatte sich gelegt, und die Temperaturen entsprachen fast wieder der Jahreszeit, aber trotzdem waren die Pfade immer noch tief unterm Schnee begraben. Der arme Geek kam nur schwer voran, seine berechtigten Befürchtungen behinderten ihn ebensosehr wie die vereisten Wege. Irgendwie begann er sogar, sich nach dem ausgerenkten Kiefer der Schlange zu sehnen. Er hatte nur selten mit Trollen zu tun gehabt, besonders mit den riesigen und fiesen Bergtrollen, die immer hungrig waren und sich wenig darum scherten, was oder wen sie sich zwischen die gelben Reißzähne schieben konnten.

Der bedauernswerte Goblin umrundete einen Bergrücken

und versuchte, so leise wie möglich zu sein. In der Ferne murrten und knurrten die Trolle (Trolle murrten und knurrten den ganzen Tag), und er sah den flackernden Schein ihres Lagerfeuers. Dann versank die Welt in Dunkelheit, als der Arme plötzlich einen Sack über den Kopf bekam. Binnen einer Sekunde wurde er an den Füßen hochgerissen und über eine riesige Schulter geworfen.

»Zehntausend Goldstücke und eine Million Schafe!« kreischte er voller Entsetzen, als der ekelhafte Mundgeruch eines Trolls durch den schmutzigen Sack drang. Er schaffte es, eine Hand aus dem Sack zu bekommen und dem Troll sein einziges Goldstück anzubieten, die Münze, die Ceridwen mit der magischen Aussicht auf unermeßliche Reichtümer belegt hatte.

Am nächsten Tag standen die Gefährten früh auf. Eine unangenehme Stille machte sich breit, erwuchs aus der uneingestandenen Angst vor ihrer mächtigen Nemesis und der wachsenden Verdrießlichkeit des barschen Zwergs. Niemand wagte es, ihn um Hilfe beim Packen zu bitten, und er bot es ihnen auch nicht an.

Kelsey ging mit grimmigem Gesicht voran, ohne ein Wort zu sagen. Er hatte kaum ein Dutzend Schritte getan, da lief Mickey an ihm vorbei und schnitt ihm den Weg ab. »Wohin willst du eigentlich?« fragte er. »Du brauchst einen Gnomen, und die hausen in Gondabuggan; das liegt aber im Norden, nicht im Süden.«

Kelsey starrte ihn unverwandt an.

»Gnome sind die zweitbesten Diebe«, fuhr Mickey etwas kleinlaut fort, denn er begann allmählich zu verstehen.

»Die Zweitbesten werden nicht genügen«, sagte Kelsey ruhig.

Mickey zog seine grauen Augen zu Schlitzen zusammen. »Das geht weit über meine Pflichten hinaus«, murrte er.

»Dann lauf«, sagte Kelsey unnachgiebig, und er schien sich schon lauter Möglichkeiten auszumalen, wie er Mickey das Leben weit schwerer machen konnte.

Mickey war nicht sonderlich überrascht. Er hatte von Anfang an erwartet, daß Kelsey ihm immer mehr abverlangen würde. Elfen waren normalerweise heitere, freundliche Wesen, besonders im Umgang mit den Kleinen Leuten, aber ihre Questen schienen ihnen jeden Frohsinn auszutreiben.

Der Kobold nahm einen tiefen Zug aus seiner Pfeife und ließ Kelsey vorbei. Er reihte sich neben Gary ein, ohne ein Wort zu sagen, und wenig später hatte er es sich wieder auf der Schulter des jungen Mannes bequem gemacht, das Buch in der Hand.

Gary hatte nichts gegen diese Vertraulichkeit. Nach seinen Fehlern in der vergangenen Nacht und dem Zorn, den ihm sowohl Kelsey als auch Geno entgegengebracht hatten, war er froh über die Gesellschaft.

An diesem Tag trotteten sie vor sich hin und redeten kaum miteinander. Kelsey blieb vorn, weit vorn, seine Hand ruhte meist auf dem Griff des Schwertes, und die anderen folgten ihm ungeordnet. Geno grummelte ab und zu vor sich hin und spuckte oft aus, gewöhnlich in Garys Richtung. All dies kam Gary wenig bemerkenswert vor und langweilte ihn gehörig, mit einer Ausnahme. Manchmal sah er, wie Mickey etwas, das einer Pfeife ähnelte, an die Lippen führte. Wenn er hineinblies, kam jedoch kein Laut aus dem kleinen silbernen Instrument, jedenfalls keiner, den Gary hören konnte, doch er fragte den Kobold nicht danach und beschloß, sich nicht unnötig den Kopf darüber zu zerbrechen.

Statt dessen versuchte er, sich auf sein eigenes Dilemma zu konzentrieren. Er glaubte nicht einmal mehr ansatzweise, daß dies ein Traum war. Aber was dann? Die einzige Antwort, die ihm einfiel, die einzig mögliche Lösung war, daß er an fortgeschrittenem Wahnsinn litt. Er versuchte mehrmals, durch die Fassaden seiner Gefährten zu schauen und hinter ihnen Menschen aus seiner eigenen Welt zu erkennen.

Er gab bald auf; nichts deutete darauf hin, daß irgend etwas sich irgendwie verändert hatte. Wenn er wahnsinnig geworden war, dann konnte er diese Erkrankung selbstverständlich nicht einfach beiseiteschieben.

Deshalb beschloß er, bis zum Ende mitzuspielen, und gelobte, das Abenteuer so weit als möglich zu genießen.

Aber er konnte nicht aufhören, an seine Eltern zu denken – und an den Kummer, den er ihnen zweifelsohne bereitete.

Gary wußte sofort, daß sich etwas Ungewöhnliches anbahnte, als er später in der Nacht sah, wie Mickey aus dem Lager schlich, die seltsame silberne Pfeife in der Hand. Er folgte Mickey auf Umwegen, denn er wollte weder ertappt werden, noch wollte er, daß der flinke Kobold außer Sichtweite verschwand. Mickey verschwand trotzdem, wie immer – und ohne größere Anstrengungen, vermutete Gary. Allein und verlassen stand er da und starrte hilflos in das dunkle Gestrüpp eines Wäldchens.

Er wollte schon aufgeben und ins Lager zurückkehren, da hörte er ein seltsames Schwirren, gefolgt von der Stimme des Kobolds. Langsam kroch er auf die Stelle zu, und als er im Licht des Vollmonds Mickeys Gegenüber erblickte, riß er die Augen weit auf – es war das Waldmännlein, das den vergifteten Pfeil auf ihn abgeschossen und damit dieses ganze Abenteuer in Gang gesetzt hatte.

»Du weißt, was zu tun ist«, hörte er Mickey flüstern. Die hell klingende Antwort des Männleins war viel zu schnell, als daß Gary auch nur ein einziges Wort erkennen konnte.

»Es ist schon ein Kreuz«, stimmte Mickey zu. »Aber es gibt keine Möglichkeit, da rauszukommen, ohne mir den Zorn der

Tylwyth Teg zuzuziehen, und ich habe keine Lust, in Roberts Höhle zu marschieren, ohne ein paar Trümpfe im Ärmel zu haben.«

Gary flüsterte leise den Namen Robert; damit konnte Mikkey doch nicht den Drachen meinen! Wieder antwortete das Männlein so schwirrend und schnell, daß Gary nichts verstand.

»Ich werd' ihn da schon wieder rauskriegen, mach dir mal keine Sorgen!« sagte Mickey so nachdrücklich, wie Gary ihn noch nie gehört hatte. »Aber zuallererst möchte ich da selbst wieder rauskommen, und zwar mit heiler Haut.«

Das Männlein verbeugte sich schwirrend und verschwand im Gebüsch. Mickey starrte einige Augenblicke vor sich hin, dann seufzte er tief und holte seine Pfeife hervor.

Gary hielt es für das beste, ihn nicht auf das seltsame Zusammentreffen anzusprechen, und so sagte er nichts, als Mikkey später in das Lager zurückgeschlendert kam, und auch nicht am nächsten Tag, als sie über die Hügel östlich der Berge wanderten.

Wenn schon die Stimmung nicht angenehm war, so war es wenigstens das Wetter, und sie kamen weiterhin gut voran, an diesem Tag und auch am nächsten. Als schließlich der südliche Rand von Dvergamal in Sicht kam, verschärfte Kelsey das Tempo noch mehr.

Aber dann hielt Geno plötzlich inne und schnüffelte in der Luft herum. Mickey ließ sein Buch sinken und richtete sich kerzengerade auf, und selbst Kelsey drehte sich neugierig zu dem Zwerg um. Geno schien sie überhaupt nicht zu bemerken. Er stand völlig still da, den Kopf im Nacken, die Nase in der Luft, und schnüffelte.

»Was ist?« fragte Kelsey und zog sein Schwert.

Gary fühlte, wie die Spannung stieg.

»Oh-oh«, hörte er Mickey flüstern.

Geno blickte nach links, dann nach rechts, dann wirbelte er herum, suchte mit seinen großen, runden blaugrauen Augen jeden Winkel ab.

Kelseys goldene Augen blitzten. »Was ist?« drängte er mit wachsender Besorgnis.

Geno begegnete offen seinem Blick. »Trolle«, sagte er.

»Oh-oh«, machte Mickey wieder.

»Jetzt reicht's«, knurrte Gary, an den Kobold gewandt. »Seit wir Dilnamarra verlassen haben, werde ich das Gefühl nicht los, daß du und Kelsey mehr wißt, als ihr mir erzählt. Was ist los? Wer ist hinter uns her und warum?«

»Das würdest du nicht verstehen«, antwortete Mickey. »Es ist nicht von Bedeutung …«

»Entweder du sagst es mir jetzt, oder ich mache bei diesem Abenteuer nicht mehr mit, und ihr könnt mich direkt nach Hause schicken«, fuhr Gary ihn an. Er warf seinen Speer zu Boden, nahm die Tasche mit Donigartens Speer von der Schulter und ließ auch sie fallen, dann verschränkte er die gepanzerten Arme herausfordernd vor der Brust.

»Sag's ihm, während wir laufen«, bat Kelsey den Kobold. Geno stand immer noch reglos und schnüffelnd da und wirkte von Augenblick zu Augenblick besorgter.

Als er sah, daß selbst der standfeste Zwerg den Mut verlor, ging Garys Argumenten die Luft aus. Er hob seine Sachen auf, und schon zogen sie los, Geno voran, die Berge im Rücken.

»Wir glauben, daß es Ceridwen ist«, sagte Mickey und nahm seinen gewohnten Sitzplatz ein.

»Ihr habt die Zauberin erzürnt!« rief Geno. Er kam schlitternd zum Halt und fuhr herum, mit wilden Augen und gefletschten Zähnen. »Sie war es, die Cailleac geweckt hat«, sagte er wütend.

Mickey nickte ernst.

Geno wandte sich an Kelsey. »Du hast nichts davon gesagt,

daß wir uns mit Ceridwen und ihresgleichen anlegen werden!« brüllte er. »Du hast die Hexe nicht einmal erwähnt!« Gary hörte dem Gespräch nur halbherzig zu, seine Gedanken kreisten um den Namen der Hexe. So viele Namen in diesem verzauberten Land kamen ihm irgendwie bekannt vor, und er war sich ganz sicher, daß er von Ceridwen schon früher gehört hatte, in seiner eigenen Welt.

»Ich habe nicht gewußt, daß die Hexe mit im Spiel ist«, sagte Kelsey aufrichtig. »Erst als ich Cailleac über die Gipfel von Dvergamal ziehen sah, war ich wirklich überzeugt, daß die Gefahren, denen wir begegnet sind, nicht bloße Zufälle waren.«

»Denn nur die Hexe kann Cailleac wecken«, schloß Geno grimmig.

»Und die Trolle?« warf Mickey ein und brachte sie alle zu der Einsicht, daß es wohl nicht so günstig war, in diesem Moment herumzusitzen und zu diskutieren.

Die Erinnerung ernüchterte Geno. Er wirbelte herum und schnüffelte besorgt in alle Richtungen. »Trolle«, wiederholte er. »Und nicht allzu weit weg.«

Wie auf ein Zeichen rochen auch die anderen plötzlich die widerlichen Ausdünstungen.

»Lauft!« schrie Kelsey und rannte gemeinsam mit Geno voran. Immer wieder hielt er inne und spornte Gary an. Nun, wo er sich an die Rüstung gewöhnt hatte, bereitete ihm das tatsächlich keine Schwierigkeiten mehr, aber trotzdem wurde der Gestank der Trolle immer kräftiger und schien von allen Seiten zu kommen.

Geno führte sie auf eine kleine, unbewachsene Anhöhe. »Sie sind überall!« erklärte er, nahm seine beiden Lieblingswurfhämmer aus dem breiten Gürtel und arrangierte die anderen so, daß er leicht herankam. »Bereitmachen zur Verteidigung!«

Kelsey nahm den Langbogen von der Schulter und spannte ihn rasch, während Mickey von seinem Hochsitz hüpfte und das Gelände begutachtete, um herauszufinden, welche Tricks er anwenden konnte. Gary versuchte angestrengt, beschäftigt auszusehen, obwohl er keine Ahnung hatte, was zu tun war. Er nahm den Speer in beide Hände und prüfte die Balance, und dann fuhr er dummerweise mit dem Finger die Metallspitze entlang (statt nur darüber), was einen blutigen Strich hinterließ. Wenn Kelsey, Geno und sogar Mickey so besorgt wegen der Trolle waren, dann konnte er nur beten, daß die verzauberte Waffe auf seinem Rücken ihm beistand, wenn der Kampf begann.

Und dann stand Gary still und stumm und starrend da und fragte sich, wie ein Troll wohl aussah.

Es dauerte nicht lange, bis er es herausfand. Eine riesige, menschenähnliche Gestalt erschien auf einem Hügel hinter ihnen und kam auf Beinen, die so dick waren wie der Stamm einer ausgewachsenen Eiche, auf sie zugetrampelt. Ein zweiter Troll erschien, ein dritter.

»Drei im Norden«, sagte Gary, durch den Sehschlitz seines Helmes schielend.

»Vier in dieser Richtung«, korrigierte Mickey. Dem Blick des Kobolds folgend, wandte Gary sich nach links und erblickte einen weiteren Troll, der so dicht heran war, daß er näher in Augenschein genommen werden konnte. Er war ganze zehn Fuß groß, vielleicht sogar größer, und hatte sich verfilzte Felle um den grünen, warzenübersäten Körper gehängt. Während die Beine und der Rumpf unglaublich dick waren, waren die Arme lang und dünn, wie geschaffen dafür, die langen, krummen Fingernägeln in fliehende Beutetiere zu schlagen. Zottiges Haar, gelbe Augen und noch gelbere Zähne vervollständigten den scheußlichen Anblick. Als Gary es schließlich schaffte, den Blick von dem näherkommenden Ding abzuwenden, vollendete er seinen Rundblick. Zwei weitere Trolle hatten die Gefährten überholt und kamen nun von vorn, aus südlicher Richtung, und ein siebter Troll erschien auf dem Hügel im Osten, begleitet von einem kleineren Wesen.

»Hast du das Sonnenlicht bemerkt?« fragte Mickey sarkastisch. »Wenn du wieder zurück in deiner eigenen Welt bist, dann erzähl deinem Mister Tolkien mal, daß du Trolle gesehen hast, die im Sonnenlicht herumgelaufen sind.«

»Keine normale Jagdtruppe.« Geno beobachtete, wie die Trolle sie einkreisten. »Diese Gruppe versteht sich darauf, ihre Beute zu fangen.«

»Als Teil dieser Beute bin ich nicht entzückt, das zu hören«, sagte Mickey.

»Noch haben sie uns nicht«, erklärte Kelsey und warf ihm einen finsteren Blick zu. Er nahm sich des Trolls im Westen an, der ihnen am nächsten war, und die Sehne seines Langbogens sirrte in rascher Folge, als er dem Monster eine wahre Pfeilsalve entgegenschickte.

Die Fechtkunst des Elfen während des Goblinüberfalls hatte Gary schon beeindruckt, aber jetzt staunte er noch mehr. Kelsey hatte seinen fünften Pfeil abgeschossen, bevor der erste den herannahenden Troll auch nur erreichte.

Der Elf hatte nahezu meisterhaft gezielt, dennoch schienen die kleinen Pfeile nur wenig auszurichten. Einer zerbrach an der Schulter in zwei Teile, ein anderer streifte den Hals und hinterließ eine leicht blutende Wunde. Aber für den Troll schienen die Pfeile nur kleine Unannehmlichkeiten zu sein, er schlug nach ihnen, wie Gary vielleicht nach ein paar lästigen Mücken geschlagen hätte.

Doch dann machte Kelsey den Schritt von nahezu meisterhaft zu meisterhaft und schickte einen Pfeil direkt ins Auge. Gequält heulte der Troll auf, schwankte und sackte zu Boden, lag kreischend und strampelnd da, und seine klauenbewehrten Hände und ausschlagenden Füße rissen große Stücke Gras aus dem Boden.

Geno nahm die beiden Trolle aufs Korn, die von Norden her kamen. Hämmer wirbelten durch die Luft, knallten mit gewaltiger Wucht gegen die Angreifer.

»Au!« schrie der erste, den der Hammer direkt an der Spitze seines Stummeldaumens erwischt hatte.

»Mein Nase!« schniefte der andere. »Er mir Nase zerbrochen!« Selbst aus zwanzig Metern Entfernung hörte Gary den Knorpel knacksen, als das Monster seinen riesigen Rüssel mit beiden Händen ergriff und nach hinten bog, um den Blutschwall einzudämmen.

Die beiden Trolle duckten sich, waren plötzlich mehr daran interessiert, dem Strom der Hämmer auszuweichen, als den Hügel zu stürmen.

Gary sah zwischen seinem Speer und den Trollen hin und her, die sich von hinten und von Osten näherten. Die drei hinter ihm waren keine unmittelbare Gefahr, sie hatten eine Zickzackroute eingeschlagen, um einem breiten Riß auszuweichen, der zwischen ihnen und dem Hügel lag. Gary war kurz zuvor ungehindert über genau dieselbe Stelle gelaufen. So brauchte er nicht erst das konzentrierte Gesicht des Kobolds zu erblicken, er wußte ohnehin, daß es eine von Mickeys Illusionen war.

Der Troll im Osten jedoch, der seinen kleinen Begleiter (den Gary nun als Goblin identifizierte) weit hinter sich gelassen hatte, bewegte sich ungehindert, und da Kelsey und Geno mit ihren eigenen Gegnern zu tun hatten und Mickey mit seiner Illusion beschäftigt war, blieb nur Gary übrig, um das Monster aufzuhalten.

Er betrachtete seinen Speer.

»Denkt nicht einmal im Traum daran, ihn zu werfen«, erklang die Stimme in seinem Kopf.

»Das tue ich nicht!« erwiderte Gary scharf – und laut.

»Ich bitte tausendmal um Verzeihung. Nun faßt Euch ein Herz, junger Krieger. Ich werde Euch anleiten.«

Gary war froh über die Hilfe, aber es wollte ihm nicht recht gelingen, sich ein Herz zu fassen. Der Troll hatte gerade einmal den Fuß des Hügels erreicht, doch schon jetzt waren seine bösartigen, gelben Augen auf einer Höhe mit seinen eigenen. Und das Monster kam immer weiter herauf, einen riesigen Knüppel in der Hand.

»Schlagt zu, bevor er auch nur sicher steht!« beschwor ihn der Speer des Cedric Donigarten, und Gary schlug zu. Er stürmte voran und stieß dem Troll den von Zwergen geschmiedeten Speer in die mächtige Brust. Die Spitze drang nur einen Fingerbreit ein, dann verbog sie sich.

»Verflucht!« Der Troll hielt überrascht inne und sah an sich hinab.

Gary fackelte nicht lange. Seinem Instinkt folgend ging er in die Knie und schnellte dann empor, rammte dem Troll den schweren Schild gegen Gesicht und Brust.

Der törichte junge Mann prallte benommen zurück, er bekam keine Luft mehr, und jeder Teil der metallenen Rüstung dröhnte und vibrierte.

»Schlagt nie mit einem Schild nach einem Bergtroll!« schalt ihn Cedrics Speer.

Gary bekam die Worte kaum mit. Er kniete nur da und sah, daß der Speer neben ihm lag, und dann erblickte er links und rechts von sich unglaublich große Füße mit unglaublich dikken Knöcheln. Irgendwo weit hinten in seinem sich drehenden Kopf begriff er, daß der Troll, der da breitbeinig über ihm stand, mit dem Knüppel ausholte, um ihn zu zerquetschen.

»Hoch! Hoch!« schrie der beseelte Speer auf seinem Rükken.

Der Schrei mochte vieles bedeuten, aber Gary ließ sich erneut von seinem Instinkt leiten, als er den Zwergenspeer fest in beide Hände nahm und senkrecht nach oben stieß. Er vernahm ein schwaches, schmatzendes Geräusch, und dann stellte sich der Troll auf die Zehenspitzen. Er stöhnte kraftlos, fiel hintenüber, und der Speer wurde Garys Händen entrissen.

Es erleichterte ihn, sich gut geschlagen zu haben, aber als er sich beifallheischend umschaute, mußte er einsehen, daß es nicht an der Zelt war, sich selbst auf die Schulter zu klopfen.

Geno hatte keine Wurfhämmer mehr und mußte sich den beiden Trollen nun im Nahkampf stellen. Einen großen Hammer in jeder Hand, flitzte er umher, zwischen ihren Beinen hindurch oder um sie herum, und er schlug und prügelte auf sie ein, wann immer er durch die Deckung kam.

Kelsey konnte ihm jedoch nicht zur Seite springen, denn inzwischen hatten sich zwei Trolle ihren Weg durch Mickeys Irrgarten gebahnt und stürmten ihm entgegen.

»Zwei Trolle?« murmelte Gary. »Nur zwei?« Ihm stellten sich die Nackenhaare auf, und er fuhr herum, brachte den Schild eher reflexhaft als aufgrund einer bewußten Entscheidung hoch.

Dort, direkt hinter sich, fand er den vermißten Troll, und er sah auch den niedersausenden Knüppel. Die schwere Waffe krachte auf den Schild, daß die Gurte nur so knallten und Gary fast den Arm brachen, dann erwischte sie ihn seitlich am Kopf. Der Helm drehte sich ein paarmal und blieb schließlich verkehrt herum sitzen.

Donigartens Speer flehte ihn an zu handeln, flehte ihn an, sich zu ducken und wegzurollen oder sich den Hügel hinunterfallen zu lassen.

Aber es spielte keine Rolle mehr. Gary sah und hörte nichts.

Der Boden stürzte ihm entgegen, um ihn aufzufangen, aber selbst davon merkte er nichts.

Kelseys Schwert wirbelte und schwirrte durch die Luft, beschrieb neckende große Bögen, um dann nach vorn zu schießen, gegen Trollhände und Trollgesichter und jedes andere Ziel, das sich dem Elfen bot. Die beiden Trolle, die auf ihn losgingen, hatten ein Dutzend Wunden, aber es waren nur Kratzer, denn ein Elfenschwert ist eine zierliche Waffe und für den Kampf mit lebenden Bergen nicht unbedingt geschaffen.

Immerhin gelang es Kelsey, sie auch mit reinen Verteidigungsstrategien viele Minuten lang in Schach zu halten, doch er wußte, daß etwas Dramatisches passieren mußte, wenn seine Freunde und er die Oberhand gewinnen wollten. Zwei Trolle waren erledigt – der, den er mit dem Pfeil geblendet hatte, und der, dem Gary den Unterleib durchstochen hatte –, aber damit blieben noch fünf. Einer war gerade damit beschäftigt, Gary in ein grobes Netz einzuwickeln; die übrigen zwei hatten mehr als genug mit Geno zu tun.

Es war an der Zeit, hart vorzugehen.

»Zingeln!« rief einer seiner Gegner und wich zur Seite aus. Sein Kumpan bewegte sich nach kurzem Überlegen zur anderen Seite, so daß Kelsey sich nun zwischen den beiden befand. Der Elf hatte eine Menge Mühe, sie so auf den Seiten zu halten, daß er jede ihrer Bewegungen sehen konnte. Sie sprangen auf ihn zu und wichen zurück, schwangen wild die Knüppel und hofften auf eine Lücke in seiner Deckung.

Kelsey tauchte unter einem plumpen Knüppelschlag weg, aber anstatt wieder in eine Verteidigungsstellung zurückzufedern, stürmte er stracks nach vorn. Der überrumpelte Troll kam nicht mehr dazu, den Knüppel auch nur für den Anflug einer Verteidigung hochzureißen, sondern ruderte wie panisch mit dem freien Arm, um sich Kelsey vom Leib zu halten.

Der Elf stach mit aller Wucht zu. Die Klinge wand sich wie

eine Schlange, als sie auf die steinharte Brust traf, aber es war eine magische Klinge, und so brach sie nicht. Als sie durch die Rippen fuhr, holte der Troll pfeifend Luft, dann fiel er nach hinten und griff sich an die Brust.

Sein Kumpan brüllte auf und schleuderte seinen Knüppel, aber Kelsey hatte das Brüllen gehört und ließ sich nicht überraschen. Er schützte seinen Kopf mit den Armen, warf sich zur Seite und wich dem schweren Geschoß gerade noch aus. Dann war der Troll heran, bekam ihn mit einem Hechtsprung an einem Bein zu fassen. Rasch kam das Ungetüm wieder auf die Knie und versuchte mit aller Kraft, Kelsey im Kreis herumzuschleudern.

Durch die unglaubliche Kraft des Trolls hob Kelsey tatsächlich vom Boden ab. Aber als Veteran von Hunderten von Schlachten bewahrte er die Fassung, lehnte sich gegen die Fliehkraft nach vorn und hackte, so fest er konnte, auf die Hand ein, die ihn hielt. Finger fielen zu Boden, und er kam frei und wirbelte durch die Luft. Da er beweglich wie eine Katze war, landete er mühelos und wollte sich sofort wieder in den Kampf stürzen.

Doch dann bekam er einen Stiefel ins Kreuz und wurde auf dem Gras festgenagelt. Er hatte das Gefühl, unter einem Berg begraben zu sein; er konnte sich nicht einmal herumdrehen.

»Quetsch ihn, Earl!« schrie der Troll, der ihn losgelassen hatte. »Er hackt meine Finger!«

Geno Hammerwerfer war kein Anfänger in Sachen Trollkampf. Die Trolle waren die schlimmsten Feinde der Zwerge von Dvergamal, und wann immer eine ihrer Jagdgesellschaften in die Nähe der donnernden Findlingsfälle kam, pflegte Geno den Angriff selbst zu leiten.

Nur waren die Chancen immer besser gewesen. Zum ersten Mal stand Geno einer Überzahl von zwei zu eins gegenüber, und das hieß letzten Endes zwanzig zu eins. Aber er ließ sich nicht einschüchtern, sondern grummelte und spuckte und benutzte jeden Trick, den man ihm je für den Kampf mit dem Riesenvolk beigebracht hatte.

»Dich schmier' ich mir aufs Brötch-«, begann einer der Trolle, hielt aber abrupt inne, als ihm ein geschleuderter Hammer zwei Zähne ausschlug. Der Troll spuckte den Hammer aus, und Geno lief rasch hinüber, denn er kämpfte lieber beidhändig.

Als der andere Troll sah, daß Geno zu dem Hammer wollte, folgte er ihm mit ausgestreckten Händen.

»Blöd!« lachte Geno und fuhr herum, und er lachte sogar noch lauter, als er die steif ausgestreckten Finger sah.

»Das wird wehtun!« versprach er, und er ließ seine beiden Hämmer der Reihe nach auf die Fingerspitzen knallen. Plötzlich verspürte der Troll wenig Verlangen, nach dem Zwerg zu greifen – oder überhaupt nach etwas zu greifen.

Aber Geno war noch nicht fertig. Er rannte zwischen den Beinen des Trolls hindurch, drehte sich aber sofort um und rannte wieder nach vorn. Die Sache lief wie geschmiert; der blöde Troll schaute immer noch über die Schulter nach hinten, als Geno ihm einen Hammer in die Kniescheibe trieb.

Fassungslos starrte Kelsey seine eigenen Arme an, als sie sich in peitschende Tentakel verwandelten, die in scheußlich gezahnten Klauen endeten. Der Troll, der über ihm stand, zuckte überrascht zurück und hob seinen Fuß weit genug hoch, daß Kelsey wieder atmen konnte.

Dann sah der Elf Mickey neben dem gewaltigen Körper des Trolls stehen, den Gary niedergestreckt hatte. Kelsey formte mit den Lippen ein leises Dankeschön, dann aber schrie er warnend auf. Ein Goblin schlich auf den Kobold zu, einen Sack in der Hand.

Aber Kelsey hatte genug eigene Probleme. Kaum war Mikkey in dem Sack, da löste sich die Tentakelillusion auf. Der Troll knurrte und drückte wieder zu, kräftiger als zuvor.

»Quetsch ihn, Earl!« kreischte der verwundete Kumpan, und Kelsey glaubte, sein letztes Stündlein habe geschlagen. Dann aber bückte Earl sich und packte ihn mit beiden Händen, entriß ihm das Schwert und steckte ihn in ein riesiges Netz, in dem Gary hing.

»Ich hab' ihn, ich hab' ihn!« gluckste Geek vor Vergnügen und hielt den Sack mit dem Kobold an seiner Schnur empor. Aber dann wurde der Sack schlaff, als wäre der Kobold irgendwie verschwunden. Sprachlos befühlte Geek den Sack und war so töricht, ihn zu öffnen.

Eine langstielige Pfeife schnellte hervor, mitten zwischen Geeks Augen, und er ließ den Sack los.

Mickey war sehr zufrieden mit sich – bis eine riesige Hand nach ihm griff.

»Nee, du bleibst hier, du Schwindler!« grollte der Troll, hielt sich mit der einen Hand den Unterleib und drückte Mikkey mit der anderen ein wenig zusammen.

»Noch so'n Schwindel, und ich quetsch dich!« warnte er, und das ließ sich Mickey nicht zweimal sagen.

Der Troll umklammerte sein zerschlagenes Knie und hüpfte auf seinem heilen Bein auf und ab. Aber jedesmal, wenn er landete, schlug Geno ihm mit dem Hammer auf die Zehen.

Der Troll mit der Zahnlücke schlich sich von hinten an Geno heran, einen Knüppel in der Hand.

»Leise wie Blitz und Donner!« rügte der Zwerg und warf sich zur Seite, gerade als der Troll zuschlug. Der Knüppel erwischte den hüpfenden Kumpanen am heilen Bein und ließ das arme Monster wie eine Lawine den Hügel hinunterstürzen.

Das trieb den Troll mit der Zahnlücke bis zur Weißglut, er drosch und prügelte tiefe Beulen in den weichen Boden, aber bei all seiner Wut erwischte er nicht ein einziges Mal auch nur annähernd den Zwerg. Geno sprang herum und duckte sich, er schien verzweifelt zu sein, tatsächlich aber nutzte er jedes Manöver, um einen Konterschlag anzubringen. Einmal kam er neben dem Knüppel hoch und erwischte den Troll an der Hand, ein andermal nutzte er den heruntersausenden Knüppel zu seinem Vorteil aus, indem er einen Hammer darüberwarf, als er wieder hochfederte. Der blöde Troll sah das Geschoß erst, als es ihm aus dem Gesicht fiel, einen weiteren Zahn mitnehmend. Im Bruchteil einer Sekunde bückte Geno sich nach dem Hammer und kam kampfbereit wieder hoch.

Nun war der Troll vorsichtiger. Er beugte sich zu dem Zwerg herunter und hielt sich dabei den Knüppel schützend vors Gesicht.

Geno zuckte mit den Schultern und schleuderte einen Hammer gegen den Knüppel, der wiederum in das Gesicht des Trolls klatschte. Das Monster röhrte und holte mit dem Knüppel aus, genau wie Geno es erwartet hatte. Er sprang dem Troll geradewegs ins Gesicht, klammerte sich mit einer Hand an den verfilzten Haaren fest und drosch mit seinem letzten Hammer wie wild zu. Er durchschaute den dummen Troll völlig und konnte jeden seiner Schritte voraussehen, und so sprang er einfach zur Seite zurück, als der schwere Knüppel angerauscht kam.

Der Kopf der Trolls wurde nach hinten geschleudert, der Knüppel fiel auf die Erde. Für einige Augenblicke stand das Monster reglos da und schielte Geno an, dann ging es wie ein gefällter Baum zu Boden.

Aber nun kam Earl herangestampft, gefolgt von seinem Kumpan mit den sieben Fingern und einem vorsichtig laufenden Troll, der einen kleinen Sack trug.

»Tut mir leid, daß ich gehen muß«, rief Geno seinen gefangenenen Gefährten zu. »Aber fair ist fair!« Er sah seinen Vertrag als erfüllt an, er hatte nie zugestimmt, an der Seite des Elfen zu sterben. Aber als Geno sich zum Gehen wandte, erkannte er, daß sein Rückzug nicht so ohne weiteres vonstatten gehen konnte. Ein Troll, in dessen einem Auge ein Pfeil steckte und in dessen anderem Mordlust glomm, hatte sich hinter Geno aufgebaut, und der erste Troll, den er erledigt hatte, war auch wieder auf den Beinen, humpelnd zwar und sich das Knie haltend, aber doch dabei, ihm den Weg abzuschneiden.

Die Jagd und der Kampf dauerten etliche Minuten. Geno ließ den einen Hammer hierhin knallen, den anderen dorthin klatschen und brachte jeden einzelnen Troll mehr als einmal zu Boden. Aber sie waren in der Überzahl, und schließlich warf Earl dem widerspenstigen Zwerg einen Sack über den Kopf.

Ynis Gwydrin

Es verging geraume Zeit, bis Gary Leger wieder die Augen öffnete. Er hing mit Kelsey verheddert in einem Netz, das an Stangen baumelte, die sich zwei Trolle über die Schulter gelegt hatten. Von seinen schrecklich pochenden Kopfschmerzen einmal abgesehen, fiel ihm als erstes der Zustand ihrer Häscher auf, denn obwohl die Trolle gesiegt hatten, waren sie doch nicht unbeschadet davongekommen. Es waren jetzt nur noch sechs, nicht sieben, und jeder einzelne war von frischen, grausigen Verletzungen gezeichnet. Dem vorderen Träger des Netzes fehlten ein paar Finger der rechten Hand, dem hinteren war der Kopf so bandagiert, daß ein Auge bedeckt war.

Das Netz wurde auf jeder Seite von Trollen flankiert. Gary

erkannte den vorsichtig Gehenden zu seiner Linken als denjenigen, der seinen Speer zwischen die Beine bekommen hatte. Der Troll zur Rechten humpelte schwer und bückte sich oft nach seiner Kniescheibe. Die letzten beiden Monster gingen gemeinsam mit einem dürren Goblin voraus. So eingeschnürt wie Gary war, konnte er die drei nicht besonders gut sehen, aber er bemerkte, daß einer der Trolle einen großen Sack trug, den er gegen jeden Baum am Straßenrand schmetterte. Aus dem Gegeifer, Gefluche und Getrampel, das jedem dieser Schläge unweigerlich folgte, schloß Gary bald, daß Geno es sogar noch schlechter getroffen hatte als er.

»Wir haben verloren, oder?« ächzte er, sobald er überhaupt wieder etwas sagen konnte. Sein Mund fühlte sich an, als hätte man ihn mit Watte vollgestopft, und seine Kehle war wie ausgedörrt.

Wie lange war er wohl ohnmächtig gewesen?

Kelsey fuhr herum, so daß eines von Garys Beinen sehr unangenehm verdreht wurde.

»Wir haben uns besser als die meisten gegen die Trolle gehalten!« sagte er grimmig.

»He, Mund halten!« knurrte der Troll hinter ihnen, und er schüttelte die Stangen, daß das Netz kräftig hüpfte. Kratzige Schnüre zogen sich um Gary zusammen, rutschten durch die Spalte in der Rüstung und schnitten ihm in die Haut.

»Wenigstens ist Mickey entkommen«, flüsterte er hoffnungsvoll, nachdem einige Minuten vergangen waren.

Kelsey schüttelte den Kopf. »Ist er nicht. Der große Troll dort vorne hat ihn.«

»Earl hatn!« knurrte der Troll zur Rechten, der ihr Gespräch zufällig mitbekommen hatte. »Inner Tasche. Selbst der kleine Schwindler kommt nich aus Earls Tasche raus!«

Der hintere Troll ruckte noch einmal heftig an den Stangen, und Gary verfiel in Schweigen, so miserabel fühlte er sich.

Hatten sie vor, ihn in einem großen Topf zu kochen? Und was würde sein Tod in diesem Land namens Faerie in der wirklichen Welt bedeuten? Angeblich starben Leute, die von ihrem Tod träumten, durch den Schock wirklich. Gary hatte das nie geglaubt, aber er war auch nicht besonders wild darauf, die Theorie zu überprüfen.

Und was noch schlimmer war, er glaubte absolut nicht daran, daß dieses Abenteuer ein Traum war. All die kleinen Details wie der Strick, der ihm in die Kniekehle schnitt, waren zu vielfältig und zu realistisch – und konnte ein Traum überhaupt so lange dauern? Waren diese Trolle also Krankenpfleger, die sogenannten »Männer in den weißen Kitteln«?

Gary verscheuchte die absurden Gedanken. Er wollte lieber auf sein tiefes Gefühl vertrauen, daß alles genau so war, wie es ihm erschien, daß er wirklich in dem verzauberten Lande Faerie war. Erzähl da noch einer was von absurden Gedanken!

Die Trolle rumpelten mit großer Geschwindigkeit über die Hügelketten, durch ein kleines Wäldchen und dann viele Meilen weit über offenes Land – selbst verwundete Trolle konnten ihrer langen Beine wegen große Entfernungen zurücklegen. Sie liefen die ganze Nacht hindurch, ohne zu lagern, und am nächsten Morgen waren sie wieder in den Bergen. Obwohl Gary völlig die Orientierung verloren hatte, war er sich sicher, daß diese Gipfel nicht zu Dvergamal gehörten. Sie waren nicht so zerklüftet und bedrohlich, aber immer noch rauh genug.

»Penllyn«, flüsterte Kelsey grimmig, und der Name kam Gary bekannt vor, wenn er ihn auch nicht recht einordnen konnte. Kelsey verfiel in Schweigen, wahrend die Trolle weiterwalzten, durch enge Pässe und einen Tunnel hindurch und über Berggrate hinweg, die Gary bestimmt eine halbe Stunde Kletterei gekostet hätten, über die die Monstren aber einfach hinwegstapften. Der arme Geno war nach wie vor am schlimmsten dran. Einmal warf der Troll den Sack auf den Boden und zerrte ihn an einer Leine hinter sich her. Seine Kumpane stimmten ein gehässiges Gelächter an, als er ihn absichtlich auf die spitzesten Steine krachen ließ.

Während der ganzen Tortur bedachte Geno sie mit einem nicht enden wollenden Schwall von Flüchen, der durch den Sack nur wenig gedämpft wurde, er versprach ihnen Vergeltung und ließ keine Schmerzen erkennen.

»Gwydrin! Gwydrin!« kreischte Geek, der Goblin, wenig später. Bei dieser Ankündigung wurden die Trolle sichtlich nervös, am meisten aber schien sich der dicht mit Gary zusammengezwängte Kelsey zu fürchten, mehr als Gary es je zuvor bei ihm erlebt hatte.

»Was ist Gwydrin?« flüsterte Gary, aber der Elf antwortete nicht.

Dann umrundete die Truppe einen hoch aufragenden Felsen, und ein großer Bergsee breitete sich vor ihnen aus; die ihn umgebenden Gipfel spiegelten sich in dem kristallklaren Wasser. In der Mitte erhob sich eine Insel, weit entfernt und kaum zu sehen, und sie erfüllte Gary trotz ihrer geringen Größe mit Schrecken. Irgendwie ahnte er, daß sie ihr Bestimmungsort war, als verströmte die Insel selbst irgendwelche bösartigen, lockenden Energien.

»Gwydrin!« kreischte Geek wieder. Er stürzte ans Ufer hinunter und führte die Trolle zu einigen kleinen Booten, die hinter hohen Gräsern verborgen lagen.

»Packt sie in die Boote«, schrillte er. »Wir bringen sie zur Lady.«

»Wo ist Belohnung, Goblin-Ding?« krächzte Earl und warf den Ruderbooten einen wenig liebevollen Blick zu – in den Augen eines Trolls waren die Boote wirklich klein!

»Lady zahlt!« versprach Geek.

»Goblin zahlt!« korrigierte Earl. »Oder Earl ißt Goblin!«

»Zweihundert?« fragte Geek angewidert.

»Zehntausend du gesagt!« heulte der siebenfingrige Troll und ließ sein Ende des Netzes mit einem Plumps fallen. Geek scheute vor dem brutalen Kerl zurück, aber es gab kein Entkommen.

»Yeah«, fügte Earl hinzu und schlug dem Goblin so fest aufs Kreuz, daß er flach auf die Nase fiel. »Und ne Million Schafe!« Earl bückte sich, hob den armen Geek am Kopf hoch und schüttelte ihn nur zum Spaß ein wenig durch. »Wo sind Schafe?«

Der Goblin dachte nicht einmal daran, sich zu wehren. Earls Hand umspannte seinen Kopf vollständig, und er wußte, daß der mächtige Troll nur einmal zuzudrücken brauchte, um ihm den Schädel wie eine Nuß zu knacken.

Da erscholl weit draußen auf dem See ein Kreischen, das Kreischen eines großen Vogels. Trolle wie Gefangene beobachteten den schwarzen Fleck, der hoch in den klaren Himmel aufstieg und im Näherkommen größer wurde. Der große schwarze Vogel krümmte sich zu einem fedrigen Ball zusammen und hielt im Sturzflug auf die spiegelnde Wasseroberfläche zu. Im letzten Moment spreizte er seine Schwingen und ließ sich von seinem Schwung rasch ans Ufer tragen, wo er direkt vor Earl und seinem Gefangenen landete.

»Was ist …«, begann Earl, aber er wurde von einem blendenden Lichtblitz unterbrochen. Als er wieder etwas sehen konnte, stand Lady Ceridwen vor ihm, kalt und streng und unglaublich schön zugleich in ihrem schimmernden schwarzen Kleid.

»Was ist …«, begann Earl wieder, aber ihm versagte die Stimme. Er hatte völlig vergessen, was er sagen wollte.

»Gut«, schnurrte Ceridwen. »Ihr habt sie lebend mitgebracht.« Sie betrachtete Kelsey und Gary eingehend, um dahinterzukommen, ob noch mehr Gefangene in diesem Gewirr von Stricken und Schnüren steckten. Dann erblickte sie den großen Sack und die Blutspuren darauf.

Wie auf ein Stichwort versetzte der Troll dem Sack einen Stoß, und Geno begann wieder mit seinen Beschimpfungen.

»Und der Kobold steckt da auch drin?« fragte sie.

»Ist in meine Tasche«, grummelte Earl, dessen Mißtrauen allmählich wieder die Oberhand gewann.

»Lebend?«

»Ich weiß das«, erwiderte er scharf. »Ihr könnt rausfinden, wenn ihr mir Gold und Schafe gebt.«

»Zweihundert Goldstücke und zwei Dutzend Schafe«, sagte Ceridwen.

»Zehntausend, hat der gesagt!« berichtigte Earl und verpaßte Geek einen Schlag.

»Und ne Million Scha-«, wollte der siebenfingrige Troll hinzufügen, aber Ceridwens eisiger Blick ließ ihm die Worte auf der Zunge gefrieren.

Ceridwen sah ihren Goblinsklaven mit grimmiger Miene an.»Einhundert Goldstücke und ein Dutzend Schafe war mein Angebot«, erklärte sie sowohl dem entsetzten Goblin als auch den Trollen. »Das Doppelte, wenn sie alle am Leben bleiben. Das war mein Angebot, und das bleibt mein Angebot.«

Die Trolle brummelten und grummelten, und jeder hoffte, daß ein Kumpan den ersten Schritt gegen die unverschämte Hexe unternahm. Ceridwens Ruf verlockte nicht gerade zu ungestümen Handlungen, und das galt selbst für eine Horde Bergtrolle.

»Zehntausend!« knurrte einer von ihnen schließlich. Es war derjenige, den Gary niedergestreckt hatte. »Oder wir euch alle essen!« Er machte einen Schritt auf die Hexe zu, aber sie sprach nur ein paar Worte, und schon mußte er feststellen, daß er nicht mehr ging, sondern hoppelte.

»Sie hat nen Hase draus gemacht!« Dem siebenfingrigen Schreihals fielen fast die Augen aus dem Kopf. Und wirklich, wo eben noch ein zwölf Fuß großer Bergtroll gestanden hatte, saß jetzt ein langohriger Häschen-Troll, nicht viel größer als einer von Earls dicken Daumen.

Gary sah staunend zu, wie die Trolle murrend herumstapften. Sie waren nicht gerade entzückt.

Aber sie wandten sich auch nicht gegen die Hexe mit dem rabenschwarzen Haar.

»Ist der Kobold am Leben?« fragte sie Earl noch einmal.

Earl steckte eine Hand in die Tasche und zog einen sehr durchgeschüttelten, aber lebendigen Mickey McMickey hervor. Er hielt den benommenen Kobold zwischen Daumen und Zeigefinger in die Höhe und schüttelte ihn kräftig: »Pieps was.« Mickey fiel so schnell nichts ein, und fast hätte Earl ihn erneut durchgeschüttelt, aber da hob Ceridwen bremsend die Hand.

»Zweihundert Goldstücke und zwei Dutzend fette Schafe«, stimmte sie zu.

»Zehn ...«, begann der siebenfingrige Troll, aber ein Blick von Earl und seinen drei verbliebenen Kumpanen setzte der Beschwerde ein Ende.

»Wir Zwerg behalten?« fragte Earl. »Freunde wollen Pastete.«

»Behaltet den Zwerg«, erwiderte Ceridwen, und Earl lächelte breit. Nichts schmeckte besser als Zwergenpastete, nicht einmal zwei Dutzend fetter Schafe.

Aber dann erwog die Hexe die Vorteile, den besten Schmied der Welt als Gefangenen auf ihrer Insel zur Verfügung zu haben, und sie änderte ihren Entschluß. »Ich nehme den Zwerg«, sagte sie.

Gary war klar, was nun kam, aber er bekam trotzdem eine Gänsehaut, als Earl bettelte: »Wir den Mann behalten?«

»O nein«, sagte Ceridwen. »Weder den Mann, noch den Elf, noch den Kobold, fürchte ich.«

»Und Pastete?«

Ceridwen dachte kurz nach, warf Geek einen Blick zu, der ihn an den Rand einer Ohnmacht brachte, und verkündete dann ihre Lösung. »Kaninchen sind gut für Pasteten.«

Mit typischer Trolltreue fielen die vier Monster hinter Earl über den langohrigen Häschentroll her.

»Nicht groß genug!« grollte der siebenfingrige Troll, nur um sich im nächsten Moment selbst hoppelnd wiederzufinden. Hakenschlagend versuchte er verzweifelt, den gierigen Trollhänden zu entkommen.

»Jetzt groß genug?« fragte Ceridwen Earl, als das zweite Trollhäschen schließlich an den Schlappohren gepackt in der Luft zappelte.

Earl erbleichte, rang sich ein Lächeln ab und nickte dümmlich.

Ceridwen schnippte mit den Fingern, und zwei Boote kamen aus dem Schilf getrieben. »Schafft die Gefangenen in das viereckige«, befahl sie. Die Trolle schauten in die Luft und warteten wieder darauf, daß ein anderer den ersten Schritt machte.

»Sofort!« rief Ceridwen, und die Trolle purzelten durcheinander, so schnell wollten sie bei den Gefangenen sein. Geno flog als erster mit einem Krachen ins Boot, dann kamen Gary und Kelsey und schließlich Mickey, der es in der letzten Sekunde schaffte, seinen Sturz mit einem verzauberten Regenschirm abzumildern.

Ceridwen bewegte die Hände, und Linien aus blauem Licht schossen aus dem Rand des Bootes empor, bildeten einen magischen Käfig.

»Und schafft ihre Ausrüstung in das andere Boot«, sagte Ceridwen.

Earl zog die Schultern hoch, als würde er sie nicht verstehen, was bei seinem breiten Kreuz beeindruckend aussah. »Ausrüs-?« stotterte er in der Hoffnung, wenigstens mit den wertvollsten Stücken davonzukommen.

»Hopp, hopp«, drohte Ceridwen. Ein Schwert, zwei Schilde, ein Speer, eine Ledertasche, verschiedene Bündel und ein Dutzend Hämmer flogen in das Boot.

»Und nun noch den Hut des Schwindlers!« hörte Ceridwen sich befehlen, obwohl sie es weder ausgesprochen noch auch nur beabsichtigt hatte. Bevor sie irgend etwas sagen konnte, ließ Earl schon Mickeys Tam-o'-Shanter ins Boot segeln.

Ceridwen funkelte Mickey mit ihren eisblauen Augen an, aber er zuckte nur mit den Schultern, und da ihr sein listiger Trick eigentlich gefallen hatte, beließ sie es dabei.

Als Geek das Gefängnisboot über den See schleppte, machten die Gefährten noch nicht einmal den Versuch zu entkommen.

»Schon wieder gefangen«, grummelte Geno. »Und diesmal darf ich für diese miese Hexe arbeiten.«

»Die Last des Ruhms«, sagte Mickey und fing sich einen bösen Blick ein.

»Wir werden nicht lange auf Ceridwens Insel bleiben«, versprach Kelsey.

Gary ließ sie reden, er interessierte sich mehr für die Insel. Ein Schloß überragte alles, und seine Wände glitzerten im Sonnenlicht wie Glas. Eine ganze Weile saß Gary nur da und starrte das prachtvolle Gebilde an, geblendet von seiner Schönheit.

»Die Glasinsel«, erklärte Mickey und trat neben ihn.

»Ynis Gwydrin«, erwiderte Gary lässig. Aus Mickeys plötzlichem Aufhorchen schloß er, daß der Kobold nicht erwartet hatte, daß er diesen Ort kennen würde.

»Woher weißt du das?«

»Volksmärchen. Ich hab' darüber in irgendeinem Buch gelesen. So geht es mir mit vielen Dingen und Orten hier, dich eingeschlossen.« Er runzelte die Stirn in dem Versuch, das alles zu begreifen; in seinen grünen Augen spiegelte sich das Gefunkel der glitzernden Wellen von Loch Gwydrin.

»Die Namen klingen sehr fremdartig«, erklärte er nach einer Weile. »Aber ich bin mir sicher, daß ich sie schon einmal gehört habe.« Er sah Mickey fragend an. »Ergibt das irgendeinen Sinn?«

»Aye«, bejahte Mickey zu seiner Erleichterung. »Viele sind aus deiner eigenen Welt gekommen und mit ›Volksmärchen‹, wie du sie nennst, wieder dorthin zurückgekehrt.«

»Und Penllyn«, fuhr Gary fort. »Dieser Name kommt mir auch bekannt vor, aber ich glaube, so heißt ein Ort in meiner Welt.«

»Kann gut sein. Es gibt viele Orte, die auf der Grenze zwischen Faerie und deiner Welt liegen, und noch viel mehr Orte teilen sich denselben Namen, wenn auch lange nicht mehr so viele wie früher. Es ist eine traurige Geschichte.«

»Und was weißt du über Ynis Gwydrin?« fragte Kelsey, der ihnen zugehört hatte.

»Ich kann mich nur an den Namen erinnern. Und daß es ein verzauberter Ort gewesen ist.«

»Es **ist** ein verzauberter Ort«, berichtigte Mickey ihn. »Wenn auch nicht so wie früher. Die Insel gehört jetzt Ceridwen, und das bedeutet für Leute wie dich und mich nichts Gutes.«

»Wir werden nicht lange auf Ceridwens Insel bleiben!« sagte Kelsey mit mehr Nachdruck als zuvor, aber sein Versprechen kam allen leer vor, denn Geeks Boot hatte bereits Grund unter dem Kiel, und der trostlose Strand war nur noch wenige Meter entfernt.

Ceridwen war bereits da. Auf einen Wink ihrer zarten

Hand rutschten beide Boote den Strand hinauf. Ein zweiter Wink löste den Käfig aus blauem Licht auf, und die Gefährten gingen einer nach dem anderen an Land.

»Willkommen auf Ynis Gwydrin, Kelsenellenelvial Gil-Ravadry«, sagte die Hexe mit einem höflichen Knicks. »Ihr sollt Eure Habe zurückbekommen, möge die Insel Euch gefallen.«

»Ihr gebt mir mein Schwert zurück?« fragte der Elf mißtrauisch.

»Es kann ihr nichts antun«, erklärte Mickey. »Keine von sterblichen Händen gefertigte Waffe kann Lady Ceridwen verwunden, selbst wenn es Elfenhände waren.«

»Wie wahr«, schnurrte die Hexe. »Und wie günstig für mich!«

Kelsey schwieg und dachte an die mannigfaltigen Möglichkeiten, auf Ynis Gwydrin einen verheerenden Schaden anzurichten und danach zu fliehen. Ceridwen lächelte, als hätte sie seine Gedanken gelesen. Wie der Blitz fuhr sie herum und bewegte die Arme, und ihre Stimme überschlug sich, als sie rief:

»Elf und Zwerg und Mensch und Wicht,
diesem Ort entkommt ihr nicht.
Wenn ihr ins blaue Wasser springt,
als Säure es euch gleich durchdringt.

Und jedes Boot, das ihr euch wählt,
euch damit übers Wasser quält,
in viele Teile klein, und in die Säure fallt ihr rein.

Und solltet ihr die Vögel fragen,
ob sie euch durch die Lüfte tragen,
dann schicke ich euch einen Blitz,
auf daß die Säure fröhlich spritzt!«

»Nicht besonders gut«, kommentierte Mickey trocken.

Ceridwen hörte auf zu lachen und warf ihm einen bösen Blick zu. »Aber effektiv, das kannst du glauben!« Keiner von ihnen, nicht einmal Geno, wollte es auf einen Versuch ankommen lassen.

»Wie lange sollen wir hier festgehalten werden?« grollte der Zwerg. »Ich habe zu arbeiten, viele Verträge wollen erfüllt sein.«

»Hundert Jahre lang«, antwortete Ceridwen. »Oder bis der da« – sie zeigte auf Gary – »gestorben ist. Ynis Gwydrin ist jetzt eure Heimat. Richtet euch ein. Es gibt Höhlen, die dir gefallen könnten, guter Zwerg, und meine unermüdlichen Sklaven haben es sogar geschafft, ein paar Hütten zu errichten. Bei Euren Kampfkünsten, mächtiger Elfenlord, solltet Ihr Euch ein oder zwei der Bauwerke sichern können.«

»Warum habt Ihr Euch eingemischt?« fragte Kelsey herrisch. »Es sind nicht Eure Angelegenheiten, Hexe Ceridwen!«

»Aber ja«, antwortete sie. »Ich kann es Euch nicht gestatten, den Speer zu richten und Erinnerungen an längst vergangene Helden wachzurufen.«

»Eure Marionettenfäden haften wohl nicht allzugut an Kinnemore?« fragte Mickey verschmitzt.

»Am König schon«, sagte Kelsey und erinnerte sich an Prinz Geldions Auftritt. »Aber nicht am gemeinen Volk. Sie fürchtet, die Leute könnten sich auf Cedrics Erbe besinnen und einen Weg aus dem Schlamassel finden.«

»Ihr seid ein Narr, Kelsenellenelvial Gil-Ravadry«, zischte Ceridwen.

»Sagt Kelsey zu ihm«, schlug Mickey vor, aber sie schenkte ihm keine Beachtung.

»Schon immer sind die Elfenlords von Faerie Narren gewesen!« fuhr Ceridwen fort. »Ihr singt alte Lieder und spielt mit Legenden herum, während ich …« Plötzlich brach sie ab, denn sie wollte ihnen nicht zuviel verraten – auch wenn sie jetzt ihre Gefangenen waren.

»Komm mit, Geek!« Sie hob die Tasche mit dem Speer auf und rauschte davon, dicht gefolgt von dem Goblin.

Die Gefährten vermochten in der Tat nicht viel auszurichten. Geno holte einen Hammer aus Geeks Boot und warf ihn der Hexe hinterher, aber bevor er sie auch nur erreichte, verwandelte er sich in eine Krähe und flog einfach davon.

So schlugen die abgekämpften Gefährten ein Lager auf, setzten sich in den Sand und starrten bedrückt auf das gegenüberliegende Ufer. Da direkt hinter dem Wasser steile Berge emporragten, schien es gar nicht so weit entfernt zu sein, aber die Überfahrt hatte mehrere Minuten gedauert, und so hatten sie mindestens eine halbe Meile zurückgelegt. Nach Ceridwens Zauberspruch hätte es genausogut eine ganze Welt entfernt sein können.

Die Pause verschaffte Gary die Gelegenheit, über sein Schicksal und die Konsequenzen seines seltsamen Abenteuers nachzudenken. Er rutschte hinüber, um neben Mickey zu sitzen, der den **Kleinen Hobbit** fast durch hatte.

»Zu schade, daß ich nicht auch noch den restlichen Zyklus dabeihabe«, sagte er. »Damit könntest du locker ein oder zwei Wochen verbringen.«

»Kann gut mit Wörtern umgehen, dein Mister Tolkien«, stimmte Mickey zu, ohne auch nur aufzusehen.

»Mickey«, sagte Gary düster und legte dem Kobold eine Hand auf die Schulter. Nun sah Mickey auf, und er wußte mit einem Blick, daß seinem gefangenen Menschen gehörig der Schuh drückte.

»Wie viele Tage … ich meine, ich bin hier schon eine Weile …«

Mickeys plötzliches Gelächter stimmte Gary nicht gerade froh.

»Keine Sorge, Junge. Die Zeit läuft anders in Faerie. Als die Männlein um dich herumgetanzt sind, haben sie gegen den Uhrzeigersinn getanzt.«

»Gegen den Uhrzeigersinn?«

»Wenn sie gegen den Uhrzeigersinn tanzen, läuft die Zeit in Faerie schneller als in deiner eigenen Welt. Wenn sie im Uhrzeigersinn tanzen, flitzt sie drüben richtig. Dann wäre ein Tag hier soviel wie ein Dutzend Jahre in deiner Welt. Aber sie haben gegen den Uhrzeigersinn getanzt, als sie dich herbrachten, und so wirst du zu Hause lange, lange Zeit nicht vermißt werden.«

»Aber was passiert ...«, stotterte Gary, nach den richtigen Worten suchend. »Ich meine, wenn ich hier sterbe, wache ich dann drüben auf? Ich habe darüber bis jetzt wirklich nicht nachgedacht ... naja ... höchstens im Kampf mit den Goblins, und ganz kurz in dem Moment, wo ich über die Schlucht gesegelt bin. Aber was passiert?«

Mickeys beruhigendes Lächeln erstarb. »Nein, Junge«, antwortete er leise. »Wenn du hier stirbst, dann stirbst du. Sie werden deine Leiche nicht finden – nur wenn ich mir etwas einfallen lasse, um dich dorthin zurückzubringen, wo dich meine Waldmännlein geschnappt haben. Ich hab' dir schon mal gesagt, daß das kein Traum ist.«

Gary mußte an die schreckliche Möglichkeit denken, hier zu sterben, und an das Leid, das dies seinen Eltern bereiten würde. Er stellte sich vor, wie sie im Wald hinterm Haus vor seinem von Schwertern zerhackten Körper standen, völlig verstört, und um sie herum stand die halbe Polizei von Lancashire und hatte keine Erklärung parat.

Wie viele ungeklärte Todesfälle ...? Gary verwarf die schier endlosen Möglichkeiten dieser konfusen Theorie, er wollte sich lieber auf seine eigene Zwangslage konzentrieren.

»Und was passiert, wenn Ceridwen uns für ein Jahr hierbehält, oder sagen wir für zehn, und dann bringst du mich zurück?«

»Wie ich schon sagte, in deiner Welt wird nur wenig Zeit vergangen sein, selbst wenn du zehn Jahre in Faerie warst.«

»Aber werde ich älter geworden sein?« Gary glaubte, eine faszinierende Möglichkeit in Sachen Unsterblichkeit aufgetan zu haben. Mickey zerstörte sie sofort.

»Ja«, sagte er und kicherte bei dem Gedanken. »Man würde dir die zehn Jahre ansehen. Viele, die nach langen Jahren in Faerie nach Hause zurückkehren, denken sich die unmöglichsten Begründungen aus, warum ihr Haar über Nacht grau geworden ist.«

»Aber es werden keine zehn Jahre werden oder hundert«, drängte Gary und schaute zu Kelsey hinüber, der nicht weit entfernt dasaß und in den dunkler werdenden Himmel starrte. »Ihr werdet mich hier rausbringen.«

»Ceridwen ist ein mächtiger Feind«, sagte Mickey ohne jede Zuversicht. Aber es war leicht zu sehen, daß Gary ein wenig Zuspruch brauchte. »Na ja, Junge«, schloß der Kobold daher, so heiter er konnte. »Kelsey wird sich schon etwas ausdenken, um die Hexe zu schlagen.«

Gary lächelte und bedeutete Mickey, zu seiner Lektüre zurückzukehren; dann schaute er wie der Elf schweigend ins Zwielicht hinauf.

Der Inselboß

Die Nacht verlief ruhig – jedenfalls beinahe. Irgendwann vor der Dämmerung erwachte Gary aus seinem wohltuenden Schlaf, um festzustellen, daß das Lager von allen Seiten von gelben Augen beobachtet wurde.

Kelsey und Geno waren bereits wach, er konnte ihre dunklen Umrisse neben sich ausmachen.

Die gelben Augen kamen langsam näher.

»Mach es etwas heller«, flüsterte Kelsey, und mit einem Fingerschnipsen des Kobolds wurde das ganze Gelände in weiches Licht getaucht. Erschreckt sprangen Ceridwens schmuddelige Sklaven zurück, dann begannen sie, mit den krummen Keulen gegen ihre behelfsmäßigen Schilde zu schlagen und Sand in die Luft zu werfen. Nicht einmal Kelsey und Mickey hatten je einen so zusammengewürfelten Haufen gesehen. Schmutzige Menschen, Goblins, ein Troll und selbst ein Zwerg standen Schulter an Schulter (oder Schulter an Hüfte) da und hatten das Lager vollständig umzingelt. Gary hatte keine Ahnung, ob sie ihnen einen Kampf liefern oder sie als die neuesten Sklaven in ihrer Lumpenarmee begrüßen wollten, und er hätte nicht sagen können, was ihm lieber gewesen wäre.

Der lärmende Haufen beruhigte sich, kaum daß sich die erste Aufregung über das Licht gelegt hatte, und die Reihe wurde wieder fest geschlossen. Die Sklaven warfen einander zögernde Blicke zu, bis schließlich ein häßlicher, kräftig gebauter Mann in voller (wenn auch ziemlich verrosteter) Montur mutig hervortrat.

»Jacek«, erklärte er und wies mit dem Daumen auf seine tonnenförmige Brust. Mit einer großartigen Geste hieb der Hüne sein schweres Schwert in den weichen Erdboden. »Dies ist Jaceks Insel.«

»Sieht nach Kelseys Kragenweite aus«, sagte Mickey, und der Elf nickte grimmig. Ohne auch nur einen Anflug von Angst zu zeigen, trat er Jacek mit festem Blick entgegen.

»Ich habe gehört, dies sei Ceridwens Insel«, sagte er zu dem Prahlhans.

»Schloß ist Ceridwens. Insel gehört Jacek.«

Der schmuddelige Zwerg trat nun ebenfalls vor, sah Geno scharf an und strich sich derweil über den dichten, blauen Bart.

»Ihr kennt euch?« fragte Mickey.

»Nicht aus meinem Clan«, antwortete Geno, ohne die Augen von seinem Gegenspieler zu nehmen. Wie Geno hatte der Fremde verschiedene Hämmer im breiten Gürtel stecken. Bedächtig zog Geno zwei Hämmer und schleuderte sie senkrecht in die Luft. Nach nur kurzem Jonglieren fügte er einen dritten hinzu. Der andere Zwerg tat es ihm nach und kam im gleichen Moment wie Geno beim vierten an, dann brachte er einen fünften ins Spiel und hatte Geno überholt.

»Zwerge haben eine ganz eigene Art, einander herauszufordern«, erklärte Mickey Gary.

»Nun gut, Jacek«, sagte Kelsey gelassen. »Wie es scheint, hast du deine Insel nicht länger für dich allein, denn Ceridwen hält uns hier fest.«

»Ihr schließt euch Jacek an!« röhrte der häßliche Mann. »Ihr dient Jacek, und Jacek läßt euch am Leben.«

Kelsey sah Mickey und Gary an, und sein Grinsen sprach Bände. Die beiden wußten genau, daß Jacek gleich eine Lektion erteilt bekommen würde.

»Ich glaube nicht«, sagte Kelsey. Jacek wollte sich zu seinen Leuten umdrehen, aber da blitzte Kelseys Klinge auf und schnitt ihm ins Ohr. Der häßliche Mann wirbelte herum. Blut am Ohr und an den Fingern, sein Gesicht eine Maske der Entrüstung.

Gary begriff, daß Kelsey den Mann hätte töten können, als er sich abwandte, aber er verstand seine Vorsicht. Der Elf wollte vermeiden, daß der ganze Haufen und besonders der Troll zu kämpfen begann, und er hoffte, daß ein fairer Sieg über Jacek der ganzen Geschichte ein Ende machen würde.

Der Schnitt ins Ohr erfüllte seinen Zweck. Viel zu wütend,

um an seine Verbündeten zu denken, brüllte Jacek auf und holte zu einem gewaltigen Schlag aus.

Kelsey war zu beweglich für eine so schwere Waffe. Leichtfüßig sprang er zurück, dann wieder nach vorn und schnitt mit einem gezielten Stoß einen Riemen von Jaceks zerdelltem Brustpanzer durch, so daß eine ungeschützte Stelle entstand. Kelsey konnte den Zug jedoch nicht vollenden, denn Jacek brachte das Schwert mit seiner unglaublichen Kraft schon wieder hoch und drängte ihn zurück.

Jacek rückte vor, hielt das Schwert mit beiden Händen vor sich. Kelsey bewegte sich zur Seite, und Jacek folgte ihm, er war so klug, den flinken Elfen auf eine Schwertlänge entfernt zu halten.

Ein heftiger Ausfall ließ Kelsey sich zur Seite werfen. Er fiel auf ein Knie, und Jacek stürmte heran, und seine Klinge fuhr auf den Elfen hinab. Gary schrie auf, er glaubte Kelsey verloren, aber der warf sich Jacek entgegen, rollte in den toten Winkel des Schlages, kam wieder hoch, erst neben, dann hinter dem Mann, und schlug ihm dabei ins Bein.

Jacek knurrte, die Verletzung schien ihm nicht viel auszumachen. Aus seinen Narben konnte Gary schließen, daß er in seinem kriegerischen Leben schon viel schlimmere Treffer erlitten hatte.

Abseits des Hauptkampfes waren Geno und der schmuddelige Zwerg immer noch dabei, mit fünf Hämmern zu jonglieren. Als der schmuddelige Zwerg sah, daß sein Anführer in Schwierigkeiten war, warf er unvermittelt einen Hammer gegen Kelsey. Vollauf beschäftigt, sah Kelsey ihn nicht einmal kommen.

Aber Geno sah ihn. Er schleuderte ebenfalls einen Hammer, und dieser erwischte das Geschoß des schmuddeligen Zwerges mitten im Flug und lenkte es harmlos ab.

Gary und Mickey, ja selbst Kelsey und Jacek wandten sich

den Zwergen zu. In einem Gewirr von Bewegungen, denen keiner so richtig folgen konnte, bewarfen sich die kindsgroßen Gegner mit ihren Hämmern. Funken flogen, als einige in der Luft aufeinandertrafen; Geno grunzte, als er an der Brust erwischt wurde, und der schmuddelige Zwerg grunzte, als ihm dasselbe geschah.

Dann erklang inmitten des Durcheinanders ein scharfes **Knacks!,** und beide Zwerge standen da und sahen einander für einen langen, schweigsamen Moment an, jeder den letzten Hammer in der Hand. Gary war sich nicht sicher, was geschehen war, aber dann entdeckte er den dünnen Blutfaden, der die Stirn des schmuddeligen Zwerges hinunterlief. Ohne noch einen Laut von sich zu geben, fiel er vornüber in den Sand.

Ein Goblin machte einen Satz nach vorn, aber Geno holte nur mit seinem Hammer aus, und schon trat die Kreatur den Rückzug an. Gary war dennoch klar, daß sich der Haufen nicht allzu lange zurückhalten würde, die Sklaven traten unruhig auf der Stelle und sahen sich um.

»Mach dich zum Kampf bereit«, sagte Mickey neben ihm.

»Ich bring' erst dich um und dann deinen Zwerg!« versprach Jacek. Er ließ eine Reihe wilder, waagerechter Hiebe folgen, die Kelsey auf Trab hielten und zurückdrängten, ihn aber nicht ernsthaft in Schwierigkeiten brachten. Jacek setzte seinen wütenden Angriff fort, wirbelnd, schlagend, fluchend. Aber Kelsey hatte bald genug von dem Spiel. Das schwere Schwert fuhr ein wenig zu flach durch die Luft, und der flinke Elf sprang darüber hinweg und stürzte nach vorn, rammte Jacek den Schild gegen die Schläfe, bevor dieser sich auch nur fangen konnte.

Kelsey blieb direkt neben dem Mann, direkt vor dessen heransausender Rückhand. Er ließ sich auf die Knie fallen und nahm das Schwert so in die Hand, daß die Klinge nach unten zeigte. Jaceks schweres Schwert fuhr gefährlich dicht über seinen Kopf hinweg, aber Kelsey hatte damit gerechnet, daß es ihn verfehlen würde, und so zuckte er nicht einmal mit der Wimper. Er stach mit aller Kraft nach hinten, und seine Klinge fuhr tief in die Lunge des selbsternannten Inselbosses.

Jacek schnappte nach Luft und versuchte, sein Schwert wieder nach oben zu bringen. Kelsey kam hoch, drehte sich um und schlug mit dem Schild gegen Jaceks Arm, um die gefährliche Waffe abzuwehren. Sie standen nun Nase an Nase, kaum einen Fingerbreit voneinander entfernt, und Jaceks Atem schlug heiß in Kelseys Gesicht.

Der Elf zog eine Grimasse und riß den Griff seines Schwertes steil nach oben, zerschnitt Jacek die Eingeweide.

»Bring dich um«, versprach der riesige Mann, aber seine Drohung verlor sich in einem flachen Keuchen und einem Blutschwall. Er zuckte ein paar Mal heftig, dann stieß Kelsey ihn kurzerhand zu Boden, wo er reglos liegenblieb.

»Sind hier noch mehr Männer, die die Insel für sich beanspruchen?« fragte Kelsey gelassen. Der Goblin trat wieder vor, blickte zu dem Troll hinüber und murmelte etwas. Geno hatte die Nase voll von ihm. Sein letzter Hammer erwischte den häßlichen Goblin seitlich am Kopf und brach ihm sauber das Genick.

»Tu so, als hättest du noch mehr«, flüsterte Mickey Geno zu, und der Zwerg lachte und ließ seine (leeren) Hände wirbeln. Illusionäre Hämmer flogen auf die Sklaven zu. Sie zogen die Köpfe ein, machten kehrt und rannten, und die Hämmer folgten ihnen unvorstellbar weit durch die Nacht.

Bald war die ganze Streitmacht in wilder Flucht, rannte mit aller Kraft Richtung Süden. Geno wollte sich ausschütten vor Lachen, Mickey stimmte mit ein, und als Kelsey seine Klinge an Jaceks Hose säuberte, huschte auch über sein Gesicht ein zufriedenes Lächeln.

»Hört auf«, verlangte Gary, und seine grünen Augen zogen sich zu Schlitzen zusammen, als er den amüsierten Zwerg betrachtete.

Geno wandte sich ruckartig zu ihm um.

»Hast du einen echten?« fragte er Mickey brummend und streckte ihm eine Hand entgegen, als erwartete er von dem Kobold einen Hammer, den er auf Gary werfen konnte.

»Sie sind tot«, sagte Gary. Seiner Meinung nach erklärten diese Worte alles.

»Sie haben darum gebeten zu sterben«, sagte Kelsey scharf. »Wäre es dir lieber, wenn Geno und ich jetzt dort lägen?«

»Aber ihr habt euch darüber nicht so zu freuen«, protestierte Gary.

»Er war bloß ein Mensch«, fauchte Kelsey. »Wenn du so viel für ihn empfindest, dann bestatte ihn im See oder schaufle ihm ein Grab.« Der Elf ging davon, Geno im Schlepptau. Gary sah zu Mickey, doch auch der hatte diesmal keine Antworten für ihn parat.

Also begrub Gary Jacek, und den Zwerg und den Goblin ebenfalls. Während der ganzen Arbeit dachte er an seine Eltern und fragte sich, welches Leid sie zu erdulden hatten, falls er nie zu ihnen zurückkehrte. Er stellte sich sein Foto an Telefonzellen und auf Milchkartons vor, auf Flugblättern, die seine Eltern vor Einkaufszentren verteilten, weil sie verzweifelt nach Hinweisen suchten, was mit ihm geschehen war.

Als er am Morgen zu den anderen ging, waren seine Augen blutunterlaufen. Dennoch sprach ihn niemand darauf an, und er begann langsam zu glauben, daß sie sich einen Dreck um ihn scherten.

Der Tag verging ohne Zwischenfälle; nichts geschah, außer daß kleine, vom Wind erzeugte Wellen auf den Sand liefen und die Berge außer Reichweite blieben. Auch die Nacht brachte keine Aufregungen mit sich, keine Geräusche in der

Dunkelheit und keine gelben Augen, die den Lagerplatz beobachteten.

Am nächsten Morgen hatte Gary begriffen, daß die Langeweile ihr größter Feind war; Langeweile, die zu Gleichgültigkeit führte, und Gleichgültigkeit würde sie alle schließlich wie Jacek und seine erbärmliche Bande werden lassen.

Gary befürchtete, daß sie noch viele, viele ruhige Tage und Nächte vor sich hatten. Er hatte Kelsey in ernsten Notlagen erlebt, im Kampf gegen zahlenmäßig überlegene Goblins und Trolle, und der Elf hatte Feuer in den goldenen Augen gehabt, hatte grimmig gerungen und gekämpft, selbst wenn alles verloren schien. Nun aber sah Kelsey besiegt aus. Er saß am Strand und starrte vor sich hin.

Starrte einfach nur vor sich hin.

An diesem Tag beendete Mickey den **Kleinen Hobbit.** »Schöne Geschichte«, murmelte er und gab das Buch zurück, aber als Gary noch antworten wollte, um ein wenig mit ihm zu plaudern, spazierte er auch schon davon.

Geno war noch der lebhafteste, er stampfte herum und fluchte und warf Hämmer auf jedes Ziel, das sich ihm bot. Aber er wechselte mit niemandem ein Wort, weder mit Gary noch mit Mickey oder Kelsey, und wann immer Gary in seine Nähe kam, hob er drohend einen Hammer.

Gary schnaufte und rauschte davon, wütend und besorgt zugleich. Er hatte das Gefühl, eingemauert zu sein. Er war nahe daran, Ceridwens Zauberspruch zu überprüfen und ins Wasser zu springen, aber so ganz reichte sein Mut doch nicht aus. »Kann ich nicht ein bißchen spazierengehen?« fragte er Mickey etwas später.

»Geh nach Norden«, empfahl ihm der Kobold. »Und zieh lieber die Rüstung wieder an.« Er nickte quer über den Strand zu dem Haufen hinüber.

Erst da kam Gary Leger die Sache merkwürdig vor. Obwohl Ceridwen sich gar nichts aus seinem zwergengeschmiedeten Speer gemacht und auch den anderen ihre Waffen gelassen hatte, hatte sie ihm demonstrativ den zerbrochenen Speer weggenommen. Warum nicht auch die Rüstung? Sie war doch bestimmt genauso wertvoll.

»Ceridwens Sklaven laufen hier überall rum, und ich würd' mal schätzen, daß die meisten so üble Gesellen sind wie die, mit denen wir uns geschlagen haben«, fuhr Mickey fort, ohne Garys verwundertes Gesicht zu sehen.

Gary nickte, ging aber ohne die Rüstung los.

»Und halt dich vom Schloß fern!« rief Mickey. »Es ist bewacht, bild dir da bloß nichts ein!«

Aber auch wenn das gläserne Schloß Garys Neugierde erregt hatte, wollte er momentan nicht einmal in seine Nähe. Er blieb am Strand, untersuchte die Ufer in der Hoffnung, Ceridwens Rätsel irgendwie zu lösen, und dachte über das Geheimnis nach, das den gestohlenen Speer umgab. Die Entfernung zum gegenüberliegenden Ufer war im Norden und Westen viel kleiner, aber Gary sah keine Möglichkeit, in diese Richtung zu fliehen. Steile Klippen ragten direkt aus dem Wasser empor, und selbst wenn es seinen Freunden und ihm gelingen sollte, den kürzeren Weg über das Wasser zu schaffen, würden sie mehr Zeit brauchen, als sie je hätten, um von dem See wegzukommen. Gary wußte, daß es nur einen Weg gab, nämlich den, den sie gekommen waren, aber er hatte keine Ahnung, wie sie das schaffen sollten.

Eine Stunde später kletterte er in den schroffen Felsen einer Landzunge herum, gefährlich dicht über der Wasseroberfläche. Er war zu frustriert, um sich wirklich zu fürchten, spuckte einfach hinein in den See, der wie Säure brennen würde, und kletterte trotzig sogar noch weiter hinaus. Dann warf er sich plötzlich flach auf den Bauch, starrte mit weit aufgerissenen Augen in die Lagune hinter den Felsen. Viele Yards vom

Ufer entfernt und trotzdem nur bis zur Hüfte im Wasser, stand dort ein Monstrum, das selbst die Bergtrolle ausgestochen hätte, ein Riesenkerl, der dreimal so groß wie Gary war.

Er war schlank, aber gewaltig, und er schien sich ein paar Fische fangen zu wollen; die großen Hände klatschten ins Wasser, kamen aber immer wieder leer herauf.

Gary sah ihm für einige Minuten zu, erfüllt von Aufregung und Entsetzen zugleich, dann fand er den Mut, sich auf die Knie zu erheben und rückwärts zu krabbeln. Er wußte, daß es nur eine Frage der Zeit war, bis das Ungetüm zu ihm herüberschauen würde, und er fühlte sich auf den Felsen völlig schutzlos, ganz ohne Speer und ohne Rüstung (auch wenn er keine Ahnung hatte, was die mickrige Waffe, von Zwergen geschmiedet oder nicht, gegen dieses Monstrum überhaupt ausrichten sollte!).

Er hatte es schon fast bis zum Strand geschafft, längst froh darüber, daß er die schwerfällige Rüstung nicht trug, als das Monstrum ihn sah.

»Boh, hey!« rief es mit einem dröhnenden Bariton.

Gary hielt nicht an, um zu antworten. Er bahnte sich kletternd und hüpfend einen Weg über die letzten Felsen, sprang auf den Sand und rannte los, angespornt durch die lauter werdenden Platscher, mit denen das Ungetüm durch die Lagune kam.

Der Sand zog an Garys Beinen und bremste ihn – wieder fühlte er sich wie in diesem Traumzustand, wo man unfähig ist, vor seinem Verfolger davonzulaufen. Ein Bild seiner Eltern schoß ihm durch den Kopf, wie sie fassungslos auf ihren Sohn hinabstarrten, der zerquetscht in den Blaubeerbüschen im Wald hinterm Haus lag.

Dann hörte er das Platschen nicht mehr und wagte es, nach hinten zu schauen, in der Hoffnung, das Monster hätte es sich anders überlegt. Aber es hatte die Verfolgung nicht aufgegeben; zu seiner Überraschung und Bestürzung hatte das riesige Ding es schon bis zum Strand geschafft und war beinahe über der Felszunge.

»Warum mußte ich auch hier langlatschen?« schalt er sich selbst. Er senkte den Kopf und rannte los, wohl wissend, daß der Riese mit seinen Riesenschritten nur allzu schnell neben ihm sein würde.

Sein Atem ging stoßweise. Gary lief auf das Wasser zu, aber dann fiel ihm glücklicherweise der Fluch wieder ein. In dieser Richtung gab es kein Entkommen. Nun sanken seine müden Füße sogar noch tiefer in den Sand. Er hörte die schweren Fußtritte herannahen, unentrinnbar herannahen.

Sie waren direkt hinter ihm!

Gary warf sich herum, um seinem Verhängnis ins Auge zu sehen. Das Ungetüm ragte über ihm empor, rührte aber keinen Finger mehr; es hechelte fast genauso schlimm wie Gary. »Boh, du rennst schnell«, sagte es.

»Nicht schnell genug«, flüsterte Gary vor sich hin, während er nach Fluchtmöglichkeiten Ausschau hielt. Rasch zeigte er zum Wasser, brüllte »Ein Wal!«, und kaum drehte sich das dusselige Monstrum um, da raste er wieder los.

»Wo?« fragte es, ohne den Trick zu durchschauen. Bis es sich wieder zu Gary umwandte, war er schon ein ganzes Stück weg. »Hey, warte!« rief es, und die Jagd begann von neuem.

Seine einzige Chance war, sich irgendwo zu verstecken, also lief er vom Ufer weg, auf die nackten Steine jenseits des Strandes zu.

Das Ungetüm stapfte heran, der weiche Sand bereitete seinen großen Füßen keine Mühe. »Boh, hey!« rief es ein paarmal.

Der erste große Stein war nur noch zwanzig Fuß entfernt.

Kelsey sprang hervor, das Schwert in der Hand. An der anderen Seite des Steins erschien Geno, jonglierte mit drei Hämmern. Gary fiel fast um vor Erleichterung. Er drehte sich zu dem Ungetüm um. Es kam immer noch näher, aber gemäßigten Schrittes, vorsichtiger.

»Boh, hey«, sagte es wieder.

Geno warf ihm einen Hammer ans Schienbein.

»Bo … autsch!« röhrte es und bückte sich nach dem Bein. Ein weiterer Hammer traf es an der Schulter, und sowohl Kelsey als auch Geno beschrieben einen Bogen, um es in die Zange zu nehmen.

Große Vögel kreischten und stürzten vom Himmel herab, um dem Ungetüm in den Kopf zu hacken; Krabben mit riesigen Scheren wühlten sich aus dem Sand und schnappten nach seinen nackten Zehen. Das Monstrum kreischte und jammerte und platschte.

Gary war nur die Sekunde lang verblüfft, die er brauchte, um zu begreifen, daß Mickey hier irgendwo steckte. »Wo bist du, Mickey?« rief er.

Der Kobold wurde sichtbar, lässig auf einen Stein zur Rechten gefläzt. »Diese Sorte ist größer als Trolle«, sagte er. »Aber nicht so schwer zu foppen. Kannst froh sein, daß wir nach dir geschaut haben, Junge.«

Gary wollte Mickeys Einschätzung nicht so recht teilen. Wieder knallte dem Ungetüm ein Hammer an den Kopf, und es heulte auf. Kelsey war hinter ihm, mit erhobener Klinge, bereit zu einem vernichtenden Schlag. Das erbärmliche Monstrum hatte viel zu sehr mit Genos Hämmern und Mickeys verwirrenden Illusionen zu kämpfen, um auch nur zu bemerken, daß der Elf hinter ihm war.

»Hör auf!« schrie Gary Mickey an.

Der Kobold warf ihm einen verwunderten Blick zu. »Was hast du?«

Wieder einmal wußte Gary nicht, wie er es erklären sollte.

Der Riese hatte ihm nichts getan, und nun, wo er nicht mehr so schutzlos war, hatte Gary sogar das Gefühl, daß der Riese ihm gar nichts hatte tun wollen. »Hör einfach auf!« brüllte er Mickey an, so laut, daß auch Kelsey und Geno aufmerksam wurden, und er wirbelte herum und rauschte auf die Kämpfenden zu. Als Mickeys Illusionen verschwanden, gratulierte Gary sich im stillen dazu, aber noch war der Riese nicht außer Gefahr.

»Hinter dir!« rief Gary zu seinem eigenen Erstaunen, als Kelsey erneut das Schwert hob und angriff. Der Riese sprang herum, und Kelsey brach seine Attacke ab und hüpfte zurück; der Blick, mit dem er Gary bedachte, hätte töten können.

Gary war das egal. Er rannte direkt über den Sand zu dem Riesen und kam schlitternd zum Halt, breitete die Arme weit aus. Geno zückte einen weiteren Hammer, aber Gary drohte ihm mit dem Zeigefinger und sagte: »Nein.« Erstaunlicherweise ließ der schroffe Zwerg den Hammer sinken und kratzte sich das bartlose Kinn.

Gary und der Riese sahen sich zum zweiten Mal in die Augen.

»Was tust du da?« begehrte Kelsey zu wissen.

»Ich glaube nicht, daß er mir was tun wollte«, antwortete Gary. »Er war beim Fischen, als ich ihn sah. Er ist auch ein Gefangener, oder?«

»Aber ein gefährlicher, das laß dir gesagt sein«, antwortete Mickey und kam heranspaziert. Sicherheitshalber blieb er ein Stück hinter Gary stehen. »Riesen sind dafür bekannt, daß sie sich aus deinesgleichen ein Essen machen.«

»Boh, ihn essen?« Der Riese zuckte zurück, und ein angeekelter Ausdruck huschte über seine gewaltigen, aber jungenhaften Züge: Grübchen, Schmollmund und Augen so strahlend wie der Himmel eines knackigen, klaren Wintertags.

»Das hab' ich mir gedacht«, sagte Gary erleichtert.

»Wie kommt's, daß ich euch noch nie gesehen habe?« fragte der Riese in seinem langsamen, bedächtigen Tonfall.

»Wir sind noch nicht so lange hier. Ich heiße Gary Leger, und dies sind ...«

»Genug!« fuhr Kelsey dazwischen. »Dein Leben wurde dir gelassen, Riese. Nun verschwinde, bevor du den Biß meiner Klinge zu spüren bekommst.«

»Ich hab' auch noch ein paar Hämmer!« fügte Geno hinzu und begann, mit drei weiteren zu jonglieren.

»Das kannst du dir schenken!« knurrte Gary und fragte den Behemoth: »Wie heißt du?«

»Boh, Tommy«, antwortete er und sah nervös zwischen dem Elfen und dem Zwerg hin und her. Er hielt seine gewaltigen Hände hoch, so daß man den fehlenden Daumen sah. »Tommy Ein-Däumling.«

»Also, Boh Tommy«, sagte Geno sarkastisch. »Ich glaube, du solltest jetzt besser verschwinden.«

»Guten Tag, Tommy Ein-Däumling«, sagte Gary weniger zu dem Riesen, als vielmehr, um Geno zurechtzuweisen. »Der Kampf tut mir leid.«

»Das ist ein Riese, Junge«, warnte Mickey. »Ein Schurke und Mordbube, laß dir das gesagt sein. Riesen sind nicht so furchtbar wie Trolle, aber sie taugen nichts und können mächtige Feinde sein. Laß ihn gehen und komm – das ist für alle besser.« In den Augen des Kobolds stand ehrliche Besorgnis.

»Vielleicht solltest du wieder fischen gehen, Tommy Ein-Däumling«, schlug er vor.

»Wo ist der Wal?« fragte der Riese Gary. »Tommy hat keinen einzigen Wal gesehen.«

»Da war auch kein Wal«, bekannte Gary. »Ich wollte dich nur austricksen. Ich habe Angst gehabt.«

»Boh, ach«, nuschelte der Riese. »Die meisten Leute haben Angst vor Tommy.«

»Willst du ihnen das vorwerfen?« fragte Mickey.

Der Riese zuckte mit den Schultern, wandte sich ab und ging langsam davon. Gary wollte ihn zurückhalten, aber Geno und Kelsey bauten sich rasch vor ihm auf, und Geno trat ihm mit seinen schweren Stiefeln absichtlich auf die Schuhspitzen.

»Ruf ihn zurück, und mein nächster Hammer gibt dir ein Küßchen!« versprach der Zwerg und drückte einen seiner Wurstfinger gegen Garys Nase, um die Worte zu unterstreichen. Gary versuchte, ihn zur Seite zu schieben, aber Geno kam ihm mit einem Schubser zuvor, und da seine Füße immer noch unter denen des Zwerges klemmten, fiel Gary in den Sand. Er hechtete zur Seite, um Genos Spucke auszuweichen.

Kelsey sagte nichts, aber seine zusammengekniffenen Augen sprachen Bände, und Mickey hatte wie schon nach dem vorgestrigen Kampf keine Antworten für Gary parat.

Als sie in ihr Lager zurückkehrten, wartete Ceridwen auf sie, oder besser gesagt, sie wartete auf Kelsey.

»So hast du Jacek also besiegt«, schnurrte sie und legte ihm vertraulich eine Hand auf die Schulter. Kelsey fegte sie hinunter, ohne ihrem Blick zu begegnen.

»Ich hatte gehofft, daß es so kommen würde«, fuhr sie fort. »Jacek war brutal wie ein Tier. Die Sklaven werden mehr leisten, wenn du sie anführst.«

»Ich werde deine elendigen Sklaven nicht anführen.«

»Warten wir's ab«, sagte Ceridwen ruhig. Sie legte ihre Hand wieder auf seine Schulter und strich ihm dann einige Strähnen seines schimmernden, goldenen Haares aus dem Gesicht.

»Und ich werde dir in keinerlei Weise zu Diensten sein!« schrie er sie an und entfloh tatsächlich ihrer unleugbar verführerischen Berührung.

»Ich konnte dich deine Queste nicht vollenden lassen«, erklärte sie, und Gary schien es, als entschuldigte sie sich fast dafür. »Das verstehst du doch.«

»Ich verstehe mehr, als du denkst«, gab Kelsey hintersinnig zurück.

»So nicht«, erwiderte Ceridwen scharf und trat hartnäckig wieder an ihn heran. »Du hast keine Ahnung, wie lange hundert Jahre auf einer einsamen Insel dauern können, Kelsenellenelvial Gil-Ravadry. Deine Leute werden nicht nach dir suchen – nicht hier. Du hast nur mich.« Ihre Hand strich wieder durch die goldenen Locken, liebkoste ihn sanft. Kelsey versuchte erneut, sich zu entziehen, aber diesmal packte die Hexe fest seine Haare und zog ihn so leicht heran, als wäre er eine Feder.

Gary war entsetzt über die Kraft, die Ceridwen an den Tag legte; neben ihr wirkte Kelsey regelrecht unscheinbar. Mickey und Geno starrten in die Luft, nur Gary konnte die Augen nicht abwenden.

Die böse Hexe bog Kelseys Hals herum, als wollte sie ihm das Genick brechen. »Zieh dein Schwert und vernichte mich!« zischte sie ihm ins Gesicht.

Seine Hand fuhr an den Schwertgriff, zuckte aber sofort wieder zurück, und der Elf sackte voller Verzweiflung zusammen.

»Du bist mein Sklave«, knurrte Ceridwen mit einer schauerlichen, dämonischen Stimme. »Mein Spielzeug. Ich werde mit dir tun, was mir gefällt und wann immer es mir gefällt!« Mit nur einer Hand schleuderte sie Kelsey durch die Luft, zum Ufer hin. Er landete im Sand, gefährlich nah an der Wasserlinie, und als er sich abrollte, tauchte ein Ellenbogen ins Wasser.

Er schrie auf und warf sich herum, schlug sich auf den brennenden Arm. Falls Gary oder einer der anderen Zweifel an Ceridwens Zauberspruch gehegt hatte, nun waren sie ausgelöscht, denn Kelseys Rüstung und Ärmel waren bis auf die Haut weggebrannt, und das tödliche Wasser hatte sie ja gerade einmal benetzt.

»Ich werde bald Arbeit für dich haben«, sagte die Hexe zu Geno, ohne den verwundeten Elfen weiter zu beachten.

»Wie ihr wünscht, Mylady.« Der braunhaarige Zwerg verbeugte sich tief. Ceridwen lachte meckernd und warf ihren schwarzen Umhang hoch über den Kopf. Als er herabsegelte, veränderte sich ihre Form, und sie war abermals ein Rabe und erhob sich in die Luft, um zu ihrem gläsernen Schloß zurückzukehren.

Tommy Ein-Däumling

Die Mahlzeiten waren fad, die Tage heiß und lang und die Nächte leer.

Jeder Tag, der vorüberging, vertiefte Garys Gefühl der Einsamkeit. Er konnte sich nicht erinnern, wann Mickey zum letzten Mal einen Witz gerissen hatte, ja nicht einmal, wann er zuletzt aus freien Stücken mit Gary gesprochen hatte. Dem Kobold schien noch etwas anderes als ihre Gefangenschaft auf der Seele zu liegen. Das einzige, was Gary einfiel, war die erste Nacht, nachdem sie Dvergamal verlassen hatten, der heimliche Handel, bei dem er Mickey und das Waldmännlein beobachtet hatte. Was auch immer, Mickey schwieg.

Kelsey ebenfalls. Als Gary dem goldhaarigen Elfen zum ersten Mal begegnet war, in Leshiyes Baum, da hatte er zu ihm mit Ehrfurcht aufgesehen, mit einer aufrichtigen Bewunderung, die in ihren ersten Feuerproben nur gewachsen war. Nun aber entpuppte sich Kelsey in Garys Augen als ein ganz gewöhnliches Geschöpf, das sich hilflos und schwach in die

Niederlage fügte. Er saß da und betrachtete das Wasser und den Himmel, saß da und tat nichts, was ihnen die Flucht ermöglicht hätte. Auch konnte Gary die unbekümmerte Art nicht vergessen, mit der Kelsey Jacek getötet hatte, einen Menschen getötet hatte, ohne auch nur einen Anflug von Erbarmen zu zeigen. Das würde Gary nie wieder vergessen.

In den nächsten Tagen stellte er fest, daß er ausgerechnet Genos Gesellschaft bevorzugte. Der schroffe Zwerg antwortete eher mit Spucke als mit Worten auf seine Fragen, und einmal warf er sogar einen Hammer nach ihm (aber Gary hatte seine Kunstfertigkeit im Hammerwerfen oft genug gesehen, um zu wissen, daß Geno es nicht ernst meinte, anderenfalls hätte er sich wirklich eine eingefangen). Aber, und das zählte, Geno fügte sich nicht, er war nicht bereit, sich zu ergeben. Trotz seiner geheuchelten Unterwürfigkeit vor ein paar Tagen versprach er, es der Hexe irgendwie heimzuzahlen.

Gary glaubte ihm aufs Wort.

Und eines grauen, aber schrecklich heißen Tages hatte Gary Leger die Nase voll. »Was hast du vor?« fragte er Kelsey, der wie üblich am Ufer saß.

Der Elf sah ihn ausdruckslos an. Wie bleich er war, und wie dünn und schmutzig. Er schien gerade genug zu essen, um nicht tot umzufallen.

»Was hast du vor?« wiederholte Gary.

»Was soll ich vorhaben?« fragte Kelsey abwesend und starrte wieder in die Ferne.

»Von dieser Insel wegzukommen!« sagte Gary schärfer, als er eigentlich gewollt hatte.

»Du verstehst nicht, mit wem wir es zu tun haben«, warf Mickey ein, der in der Nähe saß. »Ceridwen hat uns, Junge. Aus ihren Klauen kommen wir nicht wieder raus.«

»Dann war's das, oder wie?« stutzte Gary. »Ihr gebt alle auf? Wir werden hier einfach bloß herumsitzen, bis wir tot sind?« Er überdachte seine Worte, dann brachte er es auf den Punkt: »Oder besser, bis ich tot bin. Ihr lebt alle länger als ich, richtig? Ihr könnt die hundert Jahre abwarten …«

»Ich hab' keine Lust, hier hundert Jahre rumzusitzen, Junge«, sagte Mickey ohne allzuviel Nachdruck.

»Ich auch nicht!« brüllte Geno. Die krummen Beine weit gespreizt, stand er da, die knotigen Hände auf den breiten Gürtel gestemmt (der nun fünf weitere Hämmer aus der Hinterlassenschaft des schmuddeligen Zwergs enthielt) und die graublauen Augen bedrohlich zusammengekniffen. »Ich zahl's der Hexe heim!«

»Ach, spar dir dein großes Geschrei«, schimpfte Mickey. »Du kannst überhaupt nichts gegen Ceridwen und ihresgleichen machen, und das weißt du ganz genau.«

»Ich werde das nicht akzeptieren«, knurrte Gary und zeigte mit dem Finger auf Kelsey. »Du schuldest mir das!«

»Ich schulde dir gar nichts.« In der Stimme des Elfen schwang mehr Resignation als Zorn mit, und auch dafür hätte Gary ihn am liebsten kräftig durchgeschüttelt.

»Ich habe es deinem Befehl zu verdanken, daß ich hierhergeschleppt wurde.« Gary kochte. »Und deinem Tun«, fügte er hinzu und zeigte anklagend auf Mickey. »Ihr teilt euch beide die Verantwortung, für mich zu sorgen und mich heil wieder dorthin zu bringen, wo ich herkomme.«

Kelsey baute sich vor Gary auf, und seine goldenen Augen hatten plötzlich mehr Feuer als in den ganzen letzten Tagen.

»Mach mich fertig«, forderte Gary ihn auf und war sich wirklich nicht sicher, was der Elf tun würde. »So machst du das doch immer, oder? Mutiger Kelsey«, zischte er höhnisch, »aber nur so lange mutig, wie er weiß, daß er seinem Gegner überlegen ist.«

»Du bist an mich gebunden durch die Fang-«, begann Kelsey, aber Gary wollte die alte Leier nicht mehr hören.

»Erspar's dir«, fuhr er ihn an. »Ich bin durch gar nichts an dich gebunden!«

»Ruhig Blut, Junge«, sagte Mickey leise. Er war sichtlich fassungslos über Garys Ausbruch und fürchtete, daß Kelsey ihn wirklich töten würde.

»Wenn du ihn umbringst, läßt die Hexe uns vielleicht gehen«, überlegte Geno folgerichtig.

Gary ließ sich weder von Mickeys väterlichem Rat noch von Genos kaltblütiger Logik ablenken. »Du hast mich entführt – anders kann man es nicht nennen«, fuhr er fort. »Da kannst du dir so schöne Namen ausdenken, wie du willst, aber du hast mich aus meiner Welt und meinem Zuhause entführt. Also mach mich fertig, Kelsenellene … ach, wie zum Teufel du auch heißt. Mach mich fertig, bring dein Verbrechen zu Ende!«

Kelseys goldene Augen blitzten, er biß die Kiefer zusammen und ließ seine Hand langsam auf den Schwertgriff sinken. Aber Gary hatte ihn erwischt, denn der Elf fühlte sich in der Tat für ihre Zwangslage verantwortlich. Er wandte sich ab und setzte sich wieder in den Sand.

»Das habe ich erwartet«, murmelte Gary und ging davon. Mickey lief rasch hinter ihm her.

»Spring nicht zu hart mit ihm um«, sagte er, als sie ein Stückchen entfernt waren. »Ceridwen hat ihm eine bittere Pille zu schlucken gegeben.«

»Wir müssen zurückschlagen«, sagte Gary.

»Wenn du meinst, daß das so einfach ist, dann hast du zu viele von diesen Büchern gelesen.« Er klopfte gegen Garys Tasche, in der **Der kleine Hobbit** steckte. »Nicht alle Geschichten in Faerie enden so schön, nicht alle Drachen strecken wegen eines gut gezielten Pfeils gleich alle viere von sich.«

»Und deshalb wollen wir es gar nicht erst versuchen?« fragte Gary höhnisch.

Mickey schwieg.

»Ich nehme die Rüstung und meinen Speer«, erklärte Gary. »Die hab' ich mir verdient, und ihr braucht sie ja nicht mehr.«

»Du gehst woanders hin?« Nun schien Mickey wirklich beunruhigt zu sein.

»Weg von hier. Vielleicht kann Tommy mir helfen.«

»Bring den Riesen aber nicht mit. Vergiß Kelsey und denk an Geno – Zwerge und Riesen kommen nicht gut miteinander aus.«

»Zwerge kommen mit niemandem gut aus«, erinnerte Gary ihn, und zum ersten Mal seit vielen Tageen teilten sie ein Lächeln miteinander.

Gary fand den Riesen in derselben Lagune, er war zufrieden am Fischen, und diesmal benutzte er statt seiner gewaltigen Hände eine Stange.

»Was gefangen?« rief Gary ihn an, und Tommys große Augen leuchteten auf, als er ihn erkannte.

»Komm, wir fischen zusammen«, schlug er glückselig vor. Gary kletterte zum Strand hinunter und wäre fast hineingesprungen, aber zum Glück erinnerte er sich an den Fluch. Er fragte sich, warum Ceridwen den Riesen nicht ebenso verflucht hatte. Es war kaum vorstellbar, daß jemand so Sanftmütiges wie Tommy mit der bösen Hexe gemeinsame Sache machte.

Er kletterte zum Strand hinunter und traf Tommy dort, wie er mit einem Arm voll Fischen aus dem Wasser kam.

»Tommy macht's jetzt besser«, sagte der Riese. »Hat einen Klebestock!«

»Klebestock?« wiederholte Gary und besah sich die Stange genauer. Sie war dünn und hohl, fast acht Fuß lang, und er verstand Tommys Beschreibung, als er die klebrige Substanz am unteren Ende sah.

Tommy lächelte und drückte die Spitze gegen einen herumliegenden Stein. Als er den Stock anhob, blieb der Stein fest daran hängen.

»Wo hast du die gefunden?« fragte Gary, vielleicht konnte er die Substanz irgendwann einmal gebrauchen.

Tommy zeigte zu einem dichten Flecken Schilf und Gestrüpp am anderen Ende der Lagune. Gary lief sofort hin, und der Riese folgte ihm. Es gab hauptsächlich zwei Sorten Schilfrohr: grünes, das mit der klebrigen Substanz gefüllt war, und hohles braunes, wie Tommy es zum Fischen benutzt hatte.

»Tommy macht einen für dich, dann können wir zusammen fischen.«

Gary lächelte und schüttelte den Kopf. »Ich kann nicht ins Wasser.«

»Es ist nicht kalt.«

Gary lächelte wieder nur und versuchte gar nicht erst, es zu erklären.

Den Rest des Tages verbrachten sie plaudernd; Tommy zeigte ihm alle Geheimnisse in der Umgebung der Lagune, die er sich zur Heimat auserkoren hatte. Gary fühlte sich völlig geborgen, sogar bevor Tommy ihm versicherte, daß niemand es wagen würde, hierher zu kommen und sie zu belästigen.

Der redselige Riese war eine willkommene Abwechslung für Gary, und Gary sogar eine noch willkommenere für den einsamen Tommy. Eifrig erzählte er Gary alles über sich, an das er sich erinnern konnte. Er erzählte vom Leben der Riesen in der Welt hinter dem See und davon, wie seine Eltern von hysterischen Bauern gejagt und getötet worden waren. Tommy war entkommen, hatte nur einen seiner Daumen eingebüßt, aber er hatte nicht gewußt wohin, denn zu der Zeit war er noch ein junger Riese gewesen. Einsam und verlassen war er über Ceridwen gestolpert, und sie hatte ihn zur Insel mitgenommen und ihm versprochen, daß er hier sicher sein würde.

Zuerst wußte Gary mit Ceridwens untypischer Barmherzigkeit nichts anzufangen, aber als Tommy fortfuhr und die ersten »Soldaten« erwähnte, an deren Seite zu kämpfen sie ihm befohlen hatte, da wurde Gary klar, daß Tommy für sie nur ein neues Stück in ihrer Sammlung von Sklaven gewesen war.

»Dann gab Ceridwen Tommy einen neuen Boß, einen Mann namens Jacek, und einen Zwerg – der stinkt – namens Gomer«, fuhr der Riese fort und machte ein verdrießliches Gesicht. »Keine netten Leute. Jacek ist gemein. Er tut viel weh.«

»Jetzt nicht mehr«, versicherte Gary ihm und war froh, daß Tommy keine freundschaftlichen Gefühle für die Schurken hegte. »Er wollte Kelsey wehtun, meinem Elfenfreund, aber Kelsey hat ihn im Schwertkampf getötet.«

Tommy ließ sich die Nachricht lange durch den Kopf gehen, dann beschloß er, daß es eine gute war.

»Und nun lebst du ganz allein«, überlegte Gary. »Wie lange schon?«

Tommy begann, mit seinen neun Fingern zu zählen, aber es waren nicht genug. »Zehn Jahre«, beschloß er, das Gesicht verwirrt in Falten gelegt. »Nein, zwanzig.« Er zuckte hilflos mit den Schultern. »Lange.«

»Ist das nicht langweilig?«

Wieder zuckte er nur mit den Schultern.

»Warum bist du dann geblieben? Es muß doch noch mehr Riesen wie dich in den Bergen hinter dem See geben.«

Der Riese hielt die Frage für albern. »Tommy kann nicht schwimmen. Und kein Boot ist groß genug für Tommy.«

»Wie praktisch für die gute Ceridwen«, murmelte Gary vor sich hin. Tommy hörte ihm nicht zu. Er sah sich um, als wollte er sich vergewissern, daß niemand sie belauschte, dann brachte er seinen Kopf dicht an Garys heran.

»Einmal ist Tommy von der Insel weggegangen«, flüsterte er so leise, wie ein Riese flüstern kann. »Wasser geht über Tommys Kopf, aber Tommy springt richtig weit hoch und atmet, springt hoch und atmet.«

»Du hast es ganz hinüber geschafft?« Gary spürte förmlich, wie sich ein paar Ideen entwickelten.

Der Riese blickte wieder über die Schulter, dann drehte er sich zurück zu Gary und grinste von Ohr zu Ohr. »Ja! Aber Tommy kam gleich wieder – wollte die Lady nicht verrückt machen!«

»Natürlich nicht«, stimmte Gary eilfertig zu, aber was er in diesem Augenblick dachte, hätte Ceridwen gar nicht gefallen.

In dieser Nacht schlief er in Tommys Höhle, oder besser: er verbrachte sie dort, denn er bekam kaum ein Auge zu. An diesem einen Tag mit Tommy Ein-Däumling hatte er nicht wenig gelernt, und er war felsenfest davon überzeugt, daß ihm das einen Fluchtweg aufzeigen würde. Als er von Tommys Seedurchquerung gehört hatte, hätte er ihn fast gebeten, ihn hochzuheben und hinüberzutragen. Aber das hätte nicht funktioniert. Selbst wenn er Tommy hätte überreden können, was er bezweifelte, so sprachen die Äußerungen über das »richtig weit hoch«-Springen, nur um den Kopf aus dem Wasser zu bekommen, nicht gerade für die Mitnahme von Passagieren; nicht, wenn ihm schon ein Wasserspritzer die Haut wegbrennen konnte!

Aber die Lösung lag direkt vor ihm, Gary spürte es. Wie Puzzleteile, die nur darauf warteten, an den richtigen Platz gerückt zu werden.

Mit diesen Gedanken schlief Gary schließlich ein, spät in der Nacht.

Als er die Augen öffnete, war es nicht Tommy, der auf ihn

herunterschaute, sondern Ceridwen. Garys erste Vermutung war, daß die Hexe irgendwie seine Gedanken gelesen hatte und gerade im Begriff war, ihn in ein Kaninchen oder sonst ein harmloses, kleines Geschöpf zu verwandeln. Einen Augenblick später begriff er jedoch, daß sie genauso überrascht war, ihn zu sehen. Sie rief nach Tommy, der zurück zur Höhle gehüpft kam.

»Was hat er hier zu suchen?« fragte sie scharf.

»Ich wollte Tommy besuchen«, antwortete Gary, bevor dieser sich verplappern konnte. »Ich habe noch nie einen Riesen getrofffen – ich war neugierig.«

Ceridwen überdachte seine Worte, dann schenkte sie ihm ihr entwaffnendes Lächeln. »Gut, daß du eine neue Bekanntschaft gemacht hast«, sagte sie mit derselben kehligen Stimme, die sie ein paar Tage zuvor schon an Kelsey erprobt hatte. »Du wirst für sehr lange Zeit hier sein – dein ganzes Leben lang, genau gesagt. Also kannst du deinen Aufenthalt ebensogut genießen.«

Die feinsinnigen Anklänge ihrer letzten Bemerkung wollten Gary nicht gefallen, um so weniger, da sie so dicht bei ihm stand. Anscheinend stand ihm seine Verachtung ins Gesicht geschrieben, den Ceridwens Miene verfinsterte sich, und sie wandte sich ruckartig von ihm ab.

»Auf dem Schloß muß eine Mauer repariert werden«, sagte sie zu Tommy. »Kümmere dich darum.«

»Tommy repariert sie«, versicherte der Riese.

»Und bring den Zwerg mit«, fügte sie hinzu. »Laß dir von ihm helfen. Ich möchte sehen, ob Geno Hammerwerfer seinem guten Ruf gerecht wird, bevor ich ihm eine der wichtigeren Aufgaben übertrage, die ich im Kopf habe.«

Tommy wollte widersprechen, er wollte nichts mit dem grimmigen Geno zu tun haben, aber Gary bedeutete ihm, ruhig zu bleiben. Ceridwen sah die Verwirrung in Tommys Gesicht und begriff sogleich, daß der hinter ihr stehende Gary der Grund dafür war.

»Gut«, schnurrte sie und wandte sich Gary zu. »Du spielst die Rolle des Vermittlers und machst das Leben für alle leichter.«

»Ich tu', was ich kann«, sagte Gary ruhig.

»Für lange, lange Zeit«, erinnerte sie ihn mit ihrer kehligen Stimme, und ihre vollkommenen, leckeren Lippen wölbten sich zu einem anzüglichen Lächeln. Sie ließ ihren Blick eine Weile auf dem kräftigen, jungen Mann ruhen, dann wandte sie sich wieder an Tommy.

»Ich werde einige Tage fort sein. Ich erwarte, daß die Mauer bis zu meiner Rückkehr repariert ist. Und wenn ich zurück bin«, fuhr sie fort und warf kokett einen Blick über ihre Schulter zu Gary, »dann werden du und ich vielleicht Freundschaft schließen.«

Das alte Sprichwort vom Schneeball in der Hölle schoß Gary durch den Kopf, aber er hielt lieber den Mund. Wieder fürchtete er, daß die Hexe seine Gedanken lesen konnte, aber dann war sie verschwunden, von einem Moment zum anderen, und ein großer Rabe schwebte über dem stillen See.

Es bedurfte einiger Überzeugungskraft, aber schließlich hatte er Tommy so weit, daß er mit zu Geno kam. Der Riese wollte den impulsiven Zwerg wirklich nicht wiedersehen, auch nicht den mürrischen Elfen, aber er, der so verzweifelt ein wenig Gesellschaft brauchte, hatte bereits einiges Vertrauen zu Gary entwickelt, und Gary versprach ihm, daß nichts Schlimmes geschehen würde.

Kaum waren sie in Sichtweite des Lagers, da wünschte Gary sich, dieses Versprechen nie gegeben zu haben, denn das erste, was sie zu sehen bekamen, waren Kelsey, den Bogen in der Hand, und Geno, mit Hämmern jonglierend, und alle beide sahen Tommy haßerfüllt an.

»Du wartest besser hier«, schlug Gary vor, und Tommy ließ sich das nicht zweimal sagen. Obwohl Gary den Rest des Weges nun allein zurücklegte, nahm Kelsey den Pfeil nicht von der Sehne.

»Ceridwen möchte, daß Geno mitkommt und dem Riesen dabei hilft, eine Mauer zu reparieren«, erklärte Gary, als er bei ihnen ankam.

Geno schnaufte und spuckte aus. »Ein kalter Tag im Schmiedeofen«, murrte er.

Gary blinzelte; die Ähnlichkeit zwischen diesem seltsamen Ausspruch und dem, an den er zuvor gedacht hatte, war verblüffend. Er fragte sich, zu wie vielen Sprichwörtern seiner Welt es in Faerie eine Entsprechung gab. Wie viele Sprichwörter seiner Welt stammten vielleicht ursprünglich von Faerie und waren nur abgewandelt worden, damit sie mehr Sinn ergaben?

Aber er wollte sich nicht ablenken lassen. »Ich finde, du solltest gehen«, sagte er. Mickey horchte auf, argwöhnisch über Garys selbstgefälligen Ton, und Kelsey senkte endlich seinen Bogen.

»Tatsächlich«, fuhr Gary fort, »finde ich, wir alle sollten gehen.«

»Zum Schloß?« fragte Mickey skeptisch.

»Dort befindet sich Cedrics Speer«, antwortete Gary, als hätte diese Antwort allen klar sein müssen. »Wir werden diese Insel doch nicht ohne Cedrics Speer verlassen wollen.«

»Wovon sprichst du?« Nun war Mickey eher neugierig als skeptisch.

»Wenn dir etwas eingefallen ist, dann sprich es klar und deutlich aus«, verlangte Kelsey. »Was sind das für Rätsel?«

»Ich weiß, wie wir von dieser Insel herunterkommen«, sagte Gary freiheraus.

Da kam selbst Geno näher, um besser zuhören zu können.

Alle drei – Zwerg, Kobold und Elf – sahen einander an und dann zu Gary, sie brannten darauf, daß er mehr erklärte.

»Ich bin noch nicht mit allen Einzelheiten durch«, sagte er, da er seinen bislang unvollständigen Plan nicht verraten wollte. »Aber ich kann uns von hier wegbringen – ganz bestimmt.«

Mickey schien interessiert, Kelsey und Geno jedoch runzelten die Stirn und kehrten ihm den Rücken zu.

»Ein kalter Tag im Schmiedeofen«, sagte Geno wieder. Gary brummte und rauschte um sie herum, schnitt ihnen den Weg ab.

»Hat einer von euch beiden eine bessere Idee?« fragte er zornig. »Hast du dir etwas Wunderbares ausgedacht in den ganzen Stunden, die du damit vergeudet hast, den See anzuglotzen?«

Mickey, der die Tylwyth Teg so gut kannte, wie es jemandem überhaupt nur möglich war, der nicht zu ihnen gehörte, zuckte zusammen. Aber Kelsey revanchierte sich nicht, weder handgreiflich noch verbal. Wie Geno stand er nur da und starrte Gary an, ohne eine Miene zu verziehen.

»Ich kann uns von hier wegbringen«, sagte Gary ruhig.

Kelsey sah Geno an, der zuckte nur mit den Schultern.

»Gehen wir zum Schloß«, sagte der Elf.

»Und wenn wir es nicht schaffen, ihr den Speer wieder zu stehlen«, warf Mickey ein, »und dann nicht von der Insel wegkommen? Wer schlägt sich dann mit Ceridwen herum?«

»Es ist mein Plan«, bot Gary sich an.

»Ich übernehme die Verantwortung«, erklärte Kelsey unvermittelt. »Was kann sie mir noch antun, das schlimmer wäre als das Exil auf dieser gottverlassenen Insel?«

Mickey sah ihn völlig verblüfft an. »Aus dir werd' ich wohl nie schlau.«

Zum ersten Mal seit vielen Tagen huschte ein Lächeln über

Kelseys Gesicht. »Ich bin ein Tylwyth Teg. Erwartet man da nicht von mir, daß ich kompliziert bin?«

»Das habe ich immer von dir erwartet«, stimmte Mickey bereitwillig zu.

Ceridwens Zuhause

Aus der Nähe erwies sich das Schloß als noch prächtiger, als es vom Strand aus erschienen war. Hohe Kristallwände gingen in noch höhere Kristalltürme über, die sich in den Himmel schraubten, und jeder einzelne Zoll glitzerte und funkelte im Morgenlicht. Komplizierte Winkel und facettenreiche Steine warfen das Licht in jede Richtung, der stechend helle Glanz ließ Gary und seine Gefährten fast erblinden.

Dies war ein Schloß für einen guten König, fand er, und nicht für eine böse Hexe. Wie traurig für Faerie, daß Ceridwen Ynis Gwydrin ihr Zuhause nennen konnte.

Am Eingangstor wurden sie von Geek empfangen, der sie mißtrauisch beäugte und nervös auf Kelseys gegürtetes Schwert starrte. »Lady hat gesagt, Tommy und ein Zwerg«, erklärte er. »Bloß Tommy und ein Zwerg.«

»Sie bat … sie befahl … daß wir alle helfen sollen«, antwortete Gary.

Geek kniff argwöhnisch seine gelben Augen zusammen.

»Wir haben uns geweigert, bis auf den Zwerg«, bluffte Gary. »Vielleicht hat dir Ceridwen deshalb nicht gesagt, daß wir kommen werden. Aber wir haben noch einmal darüber nachgedacht und beschlossen, lieber die Wand zu reparieren, als uns Ladys Zorn aufzuladen, wenn sie wieder da ist.«

»Und wenn ich euch nicht reinlasse, wird Ceridwen euch strafen?« Die Vorstellung schien ihm zu gefallen.

»In diesem Falle können wir dich genausogut töten, denn wir wären so oder so verloren«, argumentierte Kelsey gelassen. »Dann habe ich wenigstens noch ein kleines Vergnügen, bevor Ceridwens Zorn über mich kommt.« Seine Hand näherte sich langsam dem Schwert.

Geek legte das Gesicht in Falten, dann nickte er dümmlich und bedeutete ihnen, ihm zu folgen.

»Gut gemacht«, lobte Kelsey Gary, aber daß Mickey amüsiert und erstaunt zugleich dreinblickte, war für Gary das größere Kompliment.

Sie durchquerten eine gigantische Audienzhalle und ein Labyrinth von Korridoren mit Spiegelwänden. Die Decken waren sehr hoch, aber Tommy mußte sich trotzdem bücken und an manchen Stellen sogar kriechen, um hindurchzugelangen. Gary ging vorn, um ein wenig mit dem Goblin zu plaudern und sein Vertrauen zu gewinnen, aber Geek sagte nur wenig und erwähnte mehr als einmal, daß er Menschengeruch verabscheute.

Das Labyrinth setzte sich weiter fort, eine Treppe hinunter, durch einige ungleichmäßig geschnittene Räume hindurch, eine Treppe hinauf und wieder durch eine Reihe von Korridoren. Gary vermutete – und er wußte genau, daß er damit nicht allein dastand –, daß Geek sie absichtlich im Kreis herumführte, um ihnen jede Orientierung im Schloß zu nehmen. Das war klug – sie waren bestimmt weniger zu Untaten bereit, wenn sie nicht einmal den Weg hinaus finden konnten.

Schließlich kamen sie in einen Raum, der verspiegelt wie die Korridore war, bis auf eine Wand, von der jemand das Glas heruntergeschlagen hatte. Die Gefährten waren nicht wenig erstaunt, Mauerwerk hinter dem zerschmetterten Spiegel zu sehen; das Schloß schien aus jedem Blickwinkel fast durchsichtig zu sein, und doch war es massiv. An einer Stelle waren auch die Steine weggebrochen – das war zweifelsohne, was Ceridwen repariert haben wollte, schließlich war der Zwerg kein Glaser.

Durch das Loch in der Wand konnte man in einen anderen Raum sehen; in ihm stand ein Kohlenbecken, und auf dem Boden prangte ein Pentagramm. Selbst Gary wußte genug über Magie, um darauf zu kommen, daß dieses zweite Zimmer für Beschwörungen gedacht war. Er fragte sich, was für ein Ungeheuer Ceridwen wohl heraufbeschworen hatte, was für eine höllische Bestie die massive Wand zerschlagen hatte, und konnte ein Schaudern nicht unterdrücken.

»Genau hier«, sagte Geek. »Repariert die Steine. Die Lady wird neues Glas drauftun.« Gary wollte ihn noch etwas fragen, aber Geek drehte sich rasch um und verschwand, es war offensichtlich, daß er sich an diesem Ort nicht wohl fühlte.

»Sie hat einen Großen rübergeholt«, sagte Mickey mit einem Blick auf die zerborstene Wand.

»Einen großen was?« wagte Gary zu fragen.

»Einen Dämon, Junge. Ceridwen spielt ständig mit Dämonen rum.«

Gary wollte erklären, daß er nicht an Dämonen glaubte, aber es erschien ihm ziemlich dumm, so etwas zu einem Kobold zu sagen, da er ja ebensowenig an Kobolde glaubte.

»Nun sind wir also im Schloß«, sagte Kelsey. »Jetzt gilt es, den Speer zu finden und zu verschwinden. Und schnell …« Als er sah, daß Gary einen Zeigefinger an die Lippen gelegt hatte und mit dem anderen vorsichtig auf Tommy zeigte, hielt er inne.

Aber der Riese hatte das Gespräch gar nicht wahrgenommen. Er war bereits dabei, die Trümmer zur Seite zu schaffen, während Geno den Durchbruch untersuchte und über die beste Art nachdachte, ihn zu flicken.

Kelsey bedeutete Gary und Mickey, für ein vertrauliches Gespräch auf die andere Seite des Raumes mitzukommen.

»Lassen wir sie daran arbeiten?« fragte er. »Ich befürchte, daß der Goblin zurückkommt, um unsere Fortschritte zu überprüfen.«

»Ich kann das dumme Ding glauben machen, daß er sieht, wie wir sie reparieren«, antwortete Mickey. »Aber dazu müßte ich hierbleiben.«

»Kannst du dann allein hinausfinden?« fragte Kelsey. »Ich hätte gern wenigstens den Zwerg bei mir, während ich nach dem Speer suche.«

»Ich kann mitkommen«, schlug Gary vor.

Kelsey grinste ihn von der Seite an. »Wenn Ceridwen den Speer bewachen läßt, was ich doch annehme«, sagte er zu Mickey, »dann brauche ich noch einen Kämpfer.«

Gary nahm die Schmähung kommentarlos hin, denn er dachte, daß es gar nicht so schlecht war, zwei befreundete – oder wenigstens nicht feindliche – Kämpfer um sich zu haben.

»Nimm ihn mit«, antwortete Mickey mit einem Blick zu Geno. »Der Riese wird denken, daß der Zwerg hier am Arbeiten ist, und falls der blöde Goblin zurückkommt, wird er dasselbe denken. Ich gebe euch aber nur eine Stunde. Falls ihr in Schwierigkeiten geratet oder entdeckt werdet, möchte ich nicht auch noch erwischt werden!«

»Zwei Stunden«, feilschte Kelsey. »Das Schloß ist groß.«

Mickey war einverstanden.

»Die Tür ist abgesperrt«, erinnerte Gary sie.

Mickey lachte und wedelte mit der Hand, dann rief er Tommy herbei. »Ihr werdet das viel einfacher flicken können, wenn ihr die Platte benutzt, die dort drüben an der Wand lehnt.« Tommy und die anderen folgten seinem Blick zur Tür – oder besser dorthin, wo sie gewesen war. Nun schien dort nur eine Wand zu sein, an der ein Stück Balkengitter angelehnt war, die ideale Grundlage für eine Mauer.

»Ja, hol es her«, stimmte Geno zu, und Gary war sich nicht sicher, ob der Zwerg die Illusion durchschaut hatte oder nur froh war, daß er sich einen Haufen Arbeit ersparen konnte.

Gary fürchtete, daß Tommy nicht darauf hereinfallen würde, sie waren schließlich gerade erst durch diese Tür gekommen. Aber Tommy war keine große Leuchte, er ging zu dem vorgegaukelten Gitter und schaute, wo es sich gut anpacken ließ. Er wollte es hochheben, aber es bewegte sich nicht. Also stellte er sich breitbeinig hin und zog kräftig daran, und als er sich umwandte, hielt er seine Beute in den riesigen Händen.

»Die Tür ist nicht mehr abgesperrt«, sagte Mickey süffisant. Gary sah hinter der Illusion ein klaffendes Loch in der Wand; Tommy hatte die Tür herausgerissen, mit Pfosten und allem Drum und Dran.

Dann gesellte sich Geno zu ihnen, aber als Gary nach hinten schaute, sah er einen fleißig arbeitenden Geno, der zusammen mit Tommy versuchte, die immer noch wie ein Balkengitter aussehende Tür in das Loch in der Wand zu setzen. Mickey ging hinüber, setzte sich und verschränkte die rundlichen kleinen Hände hinter dem Kopf, die Pfeife in den Mund gesteckt.

»Ist der Umgang mit Kobolden immer so verwirrend?« fragte Gary hilflos Kelsey.

»Aye, Junge«, kicherte der wirkliche Mickey, der unsichtbar hinter dem Elfen stand. »Du solltest erst mal versuchen, einen zu fangen.«

Gary blinzelte und sah hinüber zu dem illusionären Mikkey, der zufrieden dasaß und an seiner Pfeife zog.

»Dann mal los«, sagte der wirkliche Mickey. »Ihr habt zwei Stunden und keine Minute länger!« Er packte Gary und drückte ihm etwas in die Hand. »Nimm das mit. Es wird dich zu mir zurück führen und dir bei deiner Suche Glück bringen.«

Als Gary die Hand öffnete, lag ein vierblättriges Kleeblatt darin. Er war nicht sonderlich überrascht.

Wieder waren Gary, Kelsey und Geno in dem Labyrinth unterwegs, aber diesmal gab es keinen Goblin, der ihnen den Weg wies. Kelsey übernahm die Führung und entschied sich abwechselnd für den rechten und den linken Weg, um sie davor zu bewahren, im Kreis zu gehen. Er erweckte den Anschein, sich über jeden seiner Schritte im klaren zu sein, aber Gary glaubte, daß der Elf einfach nur riet.

»Wenn wir unter der Erde wären, wüßte ich unseren Weg genau«, grummelte Geno mehr als einmal. Und mehr als einmal bog er um eine Ecke und schleuderte einen Hammer nach seinem eigenen Spiegelbild, weil er im ersten Schrecken geglaubt hatte, daß sie dem Feind direkt in die Arme gelaufen waren.

»Blöde Spiegel!« grummelte er immer wieder und hinterließ eine Spur aus Spiegeln, die mit einem Spinnennetz aus Sprüngen überzogen waren.

Als sie tatsächlich einer von Ceridwens Wachen begegneten, einem unglückseligen Goblin, brauchten sie einige Zeit, bis ihnen klar wurde, daß es sich nicht um eine Gaukelei der kniffligen Spiegel handelte. Der Goblin kreischte auf und versuchte zu fliehen, aber Kelseys Schwert und Genos Hammer holten ihn nach zwei Schritten ein.

Und weiter ging es, blindlings um Ecken herum, durch immer gleiche Räume mit immer gleichen Möbeln. Kelseys Zuversicht schien ins Wanken zu geraten; sie kamen an eine Kreuzung, und er zögerte, blickte hier entlang und dort entlang, bis er sich endlich dafür entschied, geradeaus weiterzugehen.

»Nein, links«, korrigierte Gary ihn unvermittelt. Kelsey und Geno drehten sich überrascht um.

Gary wußte auf ihre fragenden Blicke keine Antwort; er

hatte einfach aus irgendeinem unerklärlichen Grund das Gefühl, daß sie an dieser Stelle nach links abbiegen mußten. Kelsey warf ihm einen ungläubigen Blick zu und ging wieder geradeaus, aber Gary glaubte an seine Eingebung.

»Links«, sagte er erneut, diesmal nachdrücklicher.

»Kennst du dich hier aus?« fragte Kelsey.

Gary schüttelte den Kopf. »Ich weiß nur, daß wir hier nach links gehen müssen«, sagte er aufrichtig.

»Dein Weg hat uns bereits eine halbe Stunde gekostet«, erinnerte Geno den Elfen.

Sie gingen nach links, und als Geno und Kelsey ihn an der nächsten Kreuzung fragend ansahen, sagte Gary ohne zögern: »Geradeaus«. Mit jeder weiteren Gabelung wuchs sein Gefühl für den Weg – er befürchtete nur, daß die Eingebungen ein Trick von Ceridwen sein könnten, um sie in eine Falle zu locken.

Aber dann wurde ihm die Sache klar, und er gab einen tiefen Seufzer der Erleichterung von sich.

»Es ist der Speer«, sagte er. »Cedrics Speer ruft nach mir.«

»Guter Speer«, murmelte Geno. Kelsey wollte ihm da nicht widersprechen und gab seine Zweifel an Garys Eingebungen auf.

Einige Ecken später erkannten sie, daß sie sich Ceridwens privaten Räumlichkeiten nähern mußten. Die Wände waren nicht länger verspiegelt, und die Möbel waren viel kostbarer. Es gab auch viel mehr Wachen hier, und sie marschierten in dichten, disziplinierten Einheiten.

Durch eine hohe Flügeltür gelangten die Gefährten in einen Saal, in dem bequeme Stühle um einen langen Tisch aus Eichenholz herum standen. Auf der anderen Seite befand sich eine weitere Flügeltür, noch verzierter als die, die sie gerade durchschritten hatten, und von beiden Seiten des Saales gingen Korridore ab.

»Versammlungshalle«, schloß Geno.

»Und Ceridwens Gemächer gleich dahinter«, fügte Kelsey hinzu. Er sah Gary nach Bestätigung suchend an. Gary schloß die Augen und hörte den Ruf des Speers. Sehr nahe, direkt vor ihnen.

»So ist es«, stimmte er zu. Er wollte weitergehen, aber Kelsey riß ihn plötzlich durch die Tür in den Korridor zurück. Geno schlüpfte ebenfalls zurück, und bevor Gary auch nur fragen konnte, hörte er den Marschtritt unzähliger Stiefel.

Als sie durch die fast geschlossenen Türflügel schielten, sahen sie zwei nervöse Goblins aus dem Korridor zur Linken schießen, die rasch Rüstung und Helm in Ordnung brachten und sich auf beiden Seiten der verzierten Flügeltür aufstellten. Und dann kam auch schon die Truppe. In Einheiten von fünf Dreierreihen aufgeteilt, marschierte sie von rechts nach links durch den Versammlungsraum, angeführt von einem stämmigen Goblin und einem Troll, dem wohl befohlen worden war, diese nichtsnutzige Truppe in Reih und Glied zu halten. Der stämmige Goblin blieb stehen und nahm die beiden Wachen mißtrauisch in Augenschein, bevor er mit großen Schritten weiterlief, um seine Truppe einzuholen.

»Wir müssen die beiden schnell erledigen«, flüsterte Kelsey und bedauerte, seinen Bogen am Strand gelassen zu haben. Zur Antwort wirbelte Geno zwei Hämmer hoch in die Luft.

Kelsey packte den Türgriff und flüsterte: »Eins ... zwei ... drei«, dann riß er die Tür auf, und Geno ließ die Hämmer fliegen.

Der erste erwischte den Goblin zur Linken mitten auf der Stirnplatte des Helmes und schleuderte ihn gegen die Wand. Der zweite Hammer streifte den rechten Goblin, der bereits losgelaufen war, an der Schulter. Ein gemeiner Schlag, aber der Goblin blieb auf den Beinen.

Kelsey stürmte hinein, Geno griff nach dem nächsten Hammer. Aber Gary war schneller und schleuderte seinen Speer nach dem fliehenden Monster. Der Goblin wurde an der Hüfte erwischt und ging kreischend zu Boden.

Der erste Goblin hatte sich wieder erholt, aber nur um zu sehen, wie ihm Kelsey oder genauer gesagt Kelseys Schwert entgegengetanzt kam. Verzweifelt riß er noch seine eigene Waffe heraus, dann verlor er jedes Gefühl für die Wirklichkeit. Ihm tat nichts weh, aber er sah, wie der Boden nach oben schoß und der ganze Raum sich wild um ihn drehte. Bevor er sein Leben aushauchte, begriff er sein schreckliches Schicksal – als er seinen kopflosen Körper sah, der immer noch an die Tür gelehnt aufrecht dastand.

Der andere Goblin hörte mit dem Gekreische fast sofort auf, als Geno Hammer um Hammer auf seinen Kopf abfeuerte. Gary schätzte, daß das Wesen bereits nach dem zweiten Treffer tot war, aber Geno schleuderte drei weitere Hämmer, und dann stürmte er hinüber und zermatschte es rein vorsorglich noch ein wenig.

»Guter Wurf«, kommentierte er, als er Gary den blutverschmierten Speer zurückgab. Gary wußte, daß der Zwerg ihm niemals ein uneingeschränktes Lob erteilen würde, und tatsächlich wurde Geno seinem Ruf gerecht.

»Erwisch den nächsten in der Lunge, damit er nicht mehr schreien kann«, knurrte er. »Das Gekreische eben bringt uns bestimmt die ganze Truppe auf den Hals!«

»Erwisch du den nächsten lieber gleich richtig mit dem ersten Wurf«, gab Gary zurück. Geno zuckte mit den Schultern und ließ ihm »versehentlich« einen Hammer auf die Zehen fallen. Gary verzog das Gesicht und biß sich auf die Lippen, denn er wollte dem Zwerg nicht die Genugtuung bereiten, ihn vor Schmerzen aufschreien zu hören.

»Die Tür ist sicher verschlossen«, sagte Kelsey und erinnerte sie daran, daß sie keine Zeit zu verlieren hatten.

Immer noch kochend, stampfte Geno hinüber und untersuchte die Flügel. Er grunzte und kratzte sich das bartlose Kinn, dann untersuchte er sie wieder und grunzte und kratzte sich das Kinn. Er zog einen Meißel aus einer der unendlich vielen Taschen seines Gürtels und machte sich ans Werk, klopfte hier und klopfte dort, schlug erst auf der einen Seite einen Stift aus dem Scharnier und dann auf der anderen. Dann ging er drei Schritte zurück, verneigte sich vor Kelsey (ohne Gary aus den Augen zu lassen) und schleuderte einen Hammer direkt in die Mitte der beiden Flügel. Sie fielen um wie ein gefällter Baum, schlugen mit einem ungeheuren **Drööööhn!** auf den Boden.

»Sehr diskret«, höhnte Gary und hüpfte wohlweislich zur Seite, bevor dem Zwerg ein weiteres Versehen in Sachen Hämmer und Zehen unterlaufen konnte.

Ceridwens Zimmer, und es war in der Tat ihr Schlafgemach, war einer der ungewöhnlichsten Orte, die Gary je gesehen hatte. Ein riesiger Schreibtisch nahm eine ganze Wand ein, übersät mit Pergamenten und Tintenfässern, Schreibfedern und Büchern, einige geöffnet, andere mit Lederbändern verschnürt. Metallene Wandleuchter von zierlicher Gestalt – wenn auch irgendwie unharmonisch oder unausgewogen oder sonstwie unangenehm anzuschauen – waren gleichmäßig an den Wänden verteilt, und in jedem brannte eine Fackel mit einer andersfarbenen Flamme. Das Bett der Hexe stand in der Mitte der hinteren Wand, unter einem Baldachin aus purpurner Seide. Allen dreien schlug das Herz etwas leichter, nachdem Kelsey hinübergegangen war und den Vorhang zur Seite geschoben hatte; das Bett war gemacht und leer.

Der Elf erblickte die Tasche mit dem Speer, sie hing gegenüber dem Schreibtisch an der Wand neben einem Paravent. Er steckte sein Schwert in die Scheide und ging ohne Zögern darauf zu, die Hände begierig ausgestreckt.

»Falle!« erklang eine Stimme in Garys Kopf.

»Das ist er nicht!« rief Gary.

Die Warnung kam zu spät. Als Kelsey die Tasche von der Wand nehmen wollte, verwandelte sie sich unter seinen Händen zu Staub, und ein Ei fiel aus einer kleinen Nische dahinter. Die drei Gefährten erstarrten, sahen verwundert auf das zerbrochene Ei hinab und hatten das untrügliche Gefühl, daß gleich etwas Schreckliches geschehen würde.

Eine schwarze Rauchwolke stieg aus dem Ei auf. Kelsey hielt sich Mund und Nase zu, Geno duckte sich weg, und auch Gary hielt das Gas für giftig. Aber eine so einfache Falle war es nicht; als die Wolke höher stieg, verteilte sie sich nicht weiter. Rotglühende Augen erschienen, und ein riesiges, hungriges Maul wurde weit aufgerissen. Immer noch hing schwarzer Rauch in der Luft und ließ die Konturen des Monsters verschwimmen, aber es schien ohnehin keine bestimmte Form zu haben, es waberte herum und formte ganz nach Laune Gliedmaßen aus, eine sich windende Masse Dunkelheit. Wie auch immer es aussehen mochte, es war riesig und gewaltig und strahlte eine schreckliche Kraft aus.

All seinen Zweifeln und all seiner Logik zum Trotz würde Gary Leger nie wieder behaupten, daß er nicht an Dämonen glaubte.

Ein dicker schwarzer Arm schoß aus der sich immer noch verändernden Wolke auf Kelsey zu. Abwehrend riß er den Schild hoch, und sein Arm wurde allein durch die Wucht des Schlages taub, dann konterte er mit dem Schwert. Die magische Klinge zischte und knisterte, als sie in das Fleisch des Dämons biß. Der Dämon heulte auf – es konnte auch ein Lachen sein –, und ein weiterer Arm erschien, und dann ein dritter, ein vierter.

»Tylwyth Teg!« brüllte das Monster mit einer Stimme, die Gary noch am ehesten an einen sich beschleunigenden Diesel-Truck erinnerte. »Ich habe seit Jahrhunderten keinen Tylwyth Teg mehr getötet! Schmeckt Elfenfleisch immer noch so gut wie früher?«

Ein Hammer tauchte neben Kelsey in den Nebel ein, schien aber nur zu Boden zu sinken, ohne etwas gefunden zu haben, das fest genug für einen Aufprall war.

Im nächsten Augenblick steckte Kelsey in der Klemme und mußte sich gegen alle vier Arme des Dämons gleichzeitig zur Wehr setzen. Schild und Schwert arbeiteten in vollkommenem Einklang, parierten und blockten ab. Kelsey wich aus und tauchte weg und kam im nächsten Moment wieder hoch, um einen weiteren Schlag mit dem prächtigen Schild abzufangen. Aber trotz all seiner Gewandtheit konnte er kaum darauf hoffen, die Attacken lange genug zu verzögern, um selbst einige ordentliche Hiebe anbringen zu können.

Gary wollte seinem Gefährten zur Seite eilen, aber er stand da wie angewurzelt, starr vor Schrecken. Halbherzig nahm er seinen Speer in beide Hände, um loszustürmen, aber dann überlegte er es sich anders und holte aus, hielt es diesmal für klüger, die Waffe zu werfen. Der Blick des Dämons fiel auf ihn, und unter dem Bann der roten Augen kam es ihm vor, als würde die Waffe plötzlich hundert Pfund wiegen.

Unverwandt starrte das Monster ihn an, und unverwandt kämpfte es mit Kelsey, als könnte sein Geist ohne Probleme in zwei Richtungen gleichzeitig funktionieren. Gary sah, wie Geno nach vorn stürzte und über den Boden rutschte, um mit seinem Hammer wie verrückt die Eierschale zu bearbeiten, sie in kleine Stücke zu zerschlagen. Zum ersten Mal schien der Dämon eine Verletzung davonzutragen; sein Schrei klang schmerzerfüllt. Ein riesiger, klauenbewehrter Fuß erschien aus dem Rauch und trat nach Geno, der aber war nicht nur von kleinem Wuchs, sondern auch von großer Zähigkeit und hörte nicht auf, die Schale zu zerschlagen.

Erneut brüllte der Dämon vor Schmerzen und Empörung auf, und aus seinen Augen schossen zwei feurige Strahlen auf Gary zu. Dieser schaffte es, sich rechtzeitig den Unterarm vors Gesicht zu halten, aber die glühendheißen Strahlen bohrten sich hinein, und ihre bloße Wucht schleuderte ihn rückwärts durch den Raum. Er fand sich sitzend wieder, an etwas Hartes gelehnt, abwechselnd auf die beiden Löcher einschlagend, die in den Armpanzer von Cedric Donigartens feiner Rüstung gebrannt worden waren.

Trotz der Ablenkung durch Gary und Geno ließ der Dämon in seinen Attacken gegen Kelsey nicht nach. Ein schwerer Arm wummerte gegen Kelseys Schild, und ein anderer schlug gleichzeitig auf der anderen Seite zu, zwang den verzweifelt parierenden Elfen zu einem weiten Schwung mit dem Schwert. Ein dritter Arm drang zwischen Schwert und Schild auf ihn ein, griff mit langen, scheußlichen Klauen nach seinem Herz.

Kelsey warf sich nach hinten und rollte sich ab, aber die Arme wurden immer länger und folgten ihm den ganzen Weg.

Geno war aus dem Stoff gemacht, aus dem die Berge sind, aber selbst er kam sich unter dem Gewicht des riesigen Dämonenfußes langsam schwächlich vor. Er schlug auf die Eierschale ein, und als die Stückchen zu klein zum Zerschlagen waren, stopfte er sich so viele er konnte in den Mund und verschluckte sie. Er spürte, wie der Druck auf seinen Rücken nachließ, als hätte sein Handeln die Substanz des Monsters tatsächlich verringert. Der Erfolg spornte ihn an, er warf den Hammer zur Seite und tastete mit beiden Händen herum, um auch das letzte Stückchen Eierschale zu finden.

Aber dann nahm der Druck wieder zu, quetschte ihn auf den Boden, nagelte ihn hilflos fest. Er hielt einen ansehnlichen Splitter der Schale in den Fingern, aber er schaffte es nicht einmal, die Hand auch nur in die Nähe des Mundes zu bekommen.

Also biß er statt dessen in den Fuß, aber das zeigte kaum eine Wirkung. Und selbst Geno, der ungewöhnlichere Mahlzeiten zu sich genommen hatte als ein Ziegenbock auf einer Müllhalde, mußte zugeben, daß Dämonenfleisch zu den scheußlichsten Dingen zählte, die er je gekostet hatte.

Die Augen des Dämons bohrten sich in Kelseys, und er sank zusammen, gewiß, daß er verloren war.

Gary lehnte an Ceridwens Schreibtisch, ein Arm baumelte nutzlos an seiner Seite, und ihm fielen wieder seine Eltern ein. Wohin sollte er fliehen, wenn Geno zerquetscht worden und Kelsey gefallen war? Wo sollte er sich vor dieser Ausgeburt der Hölle verstecken?

Ein kurzer Aufschub wurde ihnen gewährt, als die Goblinpatrouille nichtsahnend in den Raum gestürzt kam. Der Dämon hob den Kopf und sandte den neuen Gegnern seine Feuerstrahlen entgegen. Der stämmige Anführer riß den Arm hoch, wie Gary es getan hatte, aber er trug bei weitem keine so gute Rüstung wie die von König Cedric. Die Flammen bohrten sich geradewegs durch seinen Arm und dann in seinen Kopf, und er stürzte schwelend und ziemlich tot zu Boden.

Feuerblitze schossen durch den Raum, fällten weitere Goblins. Sie rannten durcheinander, krachten gegeneinander, prügelten aufeinander ein. Ohne die Natur des Feindes zu begreifen, stürmte der Troll tapfer und dumm voran. Der Dämon packte ihn an der Kehle und hob ihn empor, bevor er auch nur in die Nähe der Rauchwolke gekommen war. Die große, klauenbewehrte Hand ballte sich – Gary hörte ein widerhallendes **Knacks** –, und der Troll hörte auf zu zappeln.

Der Dämon schüttelte den großen Leib noch ein paar Mal,

dann schleuderte er ihn mitten in den sich drängelnden Haufen, und ein Goblin wurde zerquetscht. Und dann kam der Dämon selbst, plötzlich wieder nur eine wabernde Wolke. Im Versammlungsraum holte er die Goblins ein, schwebte mitten durch sie hindurch. Aus der einen Wolke wurden drei, und plötzlich wurde jeder Ausgang von einem Monster blockiert.

Als das Kreischen aus dem Versammlungsraum ertönte, ein Ausdruck schierer Verzweiflung und panischer Angst, klammerte Gary sich an ein Bein des Schreibtischs, und selbst Kelsey, der dem Monster schon mutig nachgesetzt hatte, hielt inne und trat wieder zurück.

Im nächsten Moment waren die Schreie verklungen, und drei Goblins kamen zurück in den Raum gestürzt. Feuerstrahlen streckten zwei von ihnen nieder; der dritte rannte direkt zu Kelsey, krallte sich an seinem Arm fest und versteckte sich hinter ihm.

»Bitte! Bitte!« sabberte er. »Bringt ihn um! Oh, bringt ihn um!«

Kelsey schüttelte den Goblin ab und stellte sich seinem Feind entschlossen entgegen. Geno stopfte sich das letzte Stück Eierschale in den Mund, zog seinen Lieblingshammer und trat neben den Elfen.

Gary wußte, daß er ebenfalls aufstehen und seinen Freunden beistehen mußte, daß er aufstehen mußte, um an der Seite seiner Freunde zu sterben. Entschlossen legte er einen Arm auf den Tisch und zog sich auf die Füße. Er wollte sich gerade umdrehen, da wurde sein Blick von den Bildern in einem geöffneten Buch gefesselt.

Er blinzelte, schaute über die Schulter und dann wieder in das seltsame Buch. Auf den Bildern waren Kelsey und Geno zu sehen, genau so, wie sie hier in der Mitte des Raumes standen! In der Ecke hinter ihnen kauerte sich der Goblin zusammen.

»Es war mir eine Ehre, an deiner Seite kämpfen zu dürfen«, sagte Kelsey zu dem Zwerg, und Gary blinzelte wieder, als die gesprochenen Worte wie von unsichtbarer Hand geschrieben auf der Seite erschienen! (Wenngleich in einer Sprache, die er nicht lesen konnte.)

»Ein Tagebuch?« hauchte er ungläubig.

Er sah verblüfft zu, wie die Seite sich von selbst umblätterte. Die nächste Szene zeigte, wie der Dämon in der Tür stand und auf seine Freunde zulief.

Gary griff nach einer Schreibfeder und stach mit ihr auf das Bild des Dämons ein, aber sie zersplitterte nur, als sie das magische Buch berührte. Verzweifelt blätterte er die Seiten zurück, in der völlig unbegründeten Hoffnung, daß er damit die Zeit zurückdrehen könnte.

Aber der Dämon kam, und das Buch wehrte sich gegen Garys Zurückblättern; die Seiten versuchten, mit den Ereignissen Schritt zu halten. Gary legte sein ganzes Gewicht auf das Buch, um es dort offenzuhalten, wo es gerade war: Bei den zwei Seiten, die zeigten, wie Kelsey nach der Tasche mit dem Speer griff und das Ei zu Boden fiel.

Er konnte den wieder aufgeflammten Kampf hinter sich nicht sehen, aber er hörte etwas neben das Himmelbett krachen und dann Genos Grunzen und Grollen aus derselben Richtung. Ohne sich auch nur im geringsten über die Konsequenzen im klaren zu sein, griff Gary nach der Seite mit dem intakten Dämonei und riß sie mit der Kraft der Verzweiflung heraus.

Plötzlich war er von Schwärze umgeben und schwebte, so schien es, im Weltall; aber da waren weder Sterne noch Sonne, weder Licht noch Weg.

Die Zeit, aus dem Leim gegangen

Gary trieb durch das verschwommene Grau und versuchte, sich zu orientieren, einen Anhaltspunkt in diesem wenig bemerkenswerten Universum zu finden. In weiter Ferne sah er eine Naht vor sich, vielleicht eine Falte im Gewebe des Daseins.

Mit reiner Willenskraft brachte er sich näher an die Naht heran und begriff dann, daß er nicht in einen irgendwie physisch greifbaren Raum gestürzt war, sondern in eine zusätzliche Dimension, einen Raum des Geistes. Neugierig streckte er die Hände nach der Naht aus und versuchte, einen Durchschlupf zu finden, denn alles dahinter konnte nur besser sein.

Ein Finger rutschte hindurch. Plötzlich war sich Gary seiner Sache nicht mehr so sicher. Was, wenn dies das Tor zur Hölle war? Oder wenn er durch sein Gezerre an dieser Naht das Gewebe des physischen Universums auftrennte? Aber nach einer Weile beschloß er, daß er nicht ewig in dem Grau herumschweben und zögern konnte. Entschlossen schob er erst eine, dann die andere Hand durch die Barriere und versuchte mit aller Kraft, die grauen Wände auseinanderzuziehen.

Sein Puls hämmerte in seinem Kopf – er konnte den anwachsenden Druck deutlich spüren, obwohl er davon überzeugt war, daß sein Bewußtsein irgendwie von seinem Körper getrennt worden war. Er nahm all seinen Willen zusammen und zog. Er fürchtete, daß seine Kraft nicht ausreichen würde, und tatsächlich bewegten sich die beiden Seiten des Vorhangs – denn dafür hielt er diese Erscheinung nun – kaum auseinander. Durch den Spalt schoß blendendes Licht, schmerzte in seinen Augen und allen anderen Sinnen.

Er glaubte, jeden Moment zusammenzubrechen. Er glaubte, die ganze Welt würde untergehen, wenn er so weitermachte. Er glaubte, daß sein Gezerre tausendundeinen Dämon freisetzen würde, die nur darauf warteten, sich auf die Lande von Faerie stürzen zu können. Er glaubte …

Aber während er all das glaubte, machte er hartnäckig weiter und zog und zog, und Stück für Stück bewegten sich die Vorhänge auseinander.

Das Licht überflutete ihn.

Und dann stand er wieder in Ceridwens Gemach und hielt eine aus dem magischen Buch gerissene Seite in der Hand. Kelsey und Geno standen nebeneinander in der Mitte des Raumes, zwischen den verbrannten und zerquetschten Überresten der Goblins und des Trolls; der letzte überlebende Goblin kauerte sich in eine Ecke. Der Dämon war verschwunden, aber über dem Kopf des Goblins erblickte Gary ein anderes Ei (oder das gleiche?). Es schaukelte auf der Kante einer Nische, die viel zu flach war, um es aufzunehmen.

»Ei!« war alles, was er in seiner Verzweiflung schreien konnte, und dabei deutete er auf die Nische. Kelsey schien zu verstehen. Er wirbelte herum, gerade als das Ei herunterfiel.

Es landete auf der krummen Schulter des Goblins. Es zerbrach nicht, kullerte nur immer weiter hinunter. Instinktiv griff der dümmliche Goblin danach. Kelsey stürzte hinüber, und der Goblin kreischte auf und warf das Ei nach ihm.

Schwert und Schild rasselten auf den Boden. Der Elf ließ sich auf die Knie fallen, und seine fliegenden Hände jonglierten regelrecht mit dem zerbrechlichen Ei, bis er die Wucht schließlich soweit gemildert hatte, daß er es unter Kontrolle bekam. Rasch untersuchte er die Schale und stieß einen Seufzer der Erleichterung aus, als sich kein einziger Sprung zeigte.

Aber ihre Schwierigkeiten waren noch nicht zu Ende.

Plötzlich erhob sich der Leichnam des Trolls und segelte durch die Luft zu der Stelle zurück, von der aus der Dämon ihn geschleudert hatte. Er wurde hin und her geschüttelt und fiel zu Boden, auf den Füßen landend und sehr lebendig. Einer von Genos Hämmern, der gerade noch auf dem Boden gelegen hatte, wirbelte plötzlich auf den Zwerg zu, der geistesgegenwärtig genug war, ihn zu fangen. Feuer zischte und schoß aus den Körpern der toten Goblins, und einige von ihnen begannen sich wieder zu bewegen.

»Was geschieht hier«? rief Gary, obwohl er mehr darüber wußte als seine beiden fassungslosen Gefährten. Er hatte das Gewebe der Zeit zerrissen, jedenfalls soweit Ceridwens magisches Tagebuch damit verknüpft war. Er spürte, wie er wieder wegtaumelte, hinein in das Grau, in das Nichts.

Er beugte sich vor und schlug das Buch zu.

Die toten Goblins fielen wieder tot um, der Troll krachte schwer zu einem zerschmetterten Haufen zusammen, die Flammen erstarben. Und Kelsey war immer noch auf den Knien und hielt das zerbrechliche Ei in den Händen.

»Was hast du getan?« fragte Geno atemlos.

Darauf wußte Gary keine Antwort, und er hatte den hartgesottenen Zwerg noch nie so entnervt erlebt.

»Bitte! Bitte!« flehte der letzte überlebende Goblin und kroch vor Kelsey auf dem Boden herum. Frustriert und verwirrt eilte Geno auf ihn zu, den Hammer hoch erhoben, aber Gary hielt ihn zurück.

»Der Goblin kann uns zeigen, wie wir hier rauskommen«, rief er schnell.

»Aber wir haben den Speer nicht gefunden«, sagte Kelsey. Gary konzentrierte sich, um seine Gedanken nach dem Speer auszustrecken. Er mußte hier irgendwo sein! Schließlich war er es gewesen, der Gary gewarnt hatte, als Kelsey nach der falschen Tasche gegriffen hatte.

»Hoch oben, oben im Baum«, kam die Antwort. Gary sah zu der unscheinbaren Decke hinauf, vielleicht gab es irgendwo eine verborgene Falltür. Dann fiel sein Blick auf den Baldachin über Ceridwens seidenbezogenem Bett.

»Der Baldachin«, sagte er. »Der Speer liegt auf dem Baldachin.«

Einer der Bettpfosten hatte während des Kampfes einen Schlag abbekommen und war bereits weggebrochen. Mit dem zweiten machte Geno kurzen Prozeß, er schleuderte einen Hammer mitten hindurch. Der Baldachin neigte sich, und die Tasche mit dem kostbaren Speer rollte direkt vor Kelseys Füße.

Der Elf bückte sich, aber diesmal kam Garys Warnung rechtzeitig.

»Nein!« schrie er. Er riß eine blau brennende Fackel aus einem Wandhalter und stürzte herbei, und zu Kelseys Schrekken setzte er die Tasche in Brand. Das Leder brutzelte und warf Blasen, üble grüne Dämpfe stiegen aus den weißleuchtenden Flammen empor.

»Was tust du da?« begehrte Kelsey auf und schubste Gary zur Seite. In seinem Bemühen, den legendären Speer zu retten, geriet er völlig außer sich. Er hüpfte um das Feuer herum und versuchte, es auszupusten und auszutreten – dabei wäre er ganz von selbst darauf gekommen, daß keine einfache Fakkel dem Speer etwas anhaben konnte, wenn er sich die Angelegenheit nur für einen Moment hätte durch den Kopf gehen lassen. Aber dafür war er einfach viel zu mitgenommen.

Einen Augenblick später war die Ledertasche vollständig verbrannt, und das Feuer erlosch. Der Speer jedoch war unversehrt geblieben, und Kelsey schalt sich für seine Befürchtungen einen Narren.

»Die Tasche war vergiftet«, erklärte Gary. »Kontaktgift. Wenn du sie berührt hättest …« Er ließ den Satz in der Luft hängen und hob den Speer vorsichtig auf. Verblüffend kühl lag er in seiner Hand.

»Wieder zurück«, sagte er, und dann, ohne recht zu wissen warum: »Du hast mir gefehlt.«

»Seid mir ebenfalls gegrüßt, junger Krieger«, kam die telepathische Antwort des Speers. Gary bemerkte die Anrede und lächelte sichtlich geschmeichelt.

»Was hast du mit dem Ei vor?« fragte Geno den Elfen. »Ich kann mir nicht vorstellen, daß wir es mitnehmen.«

Kelsey erblaßte bei dem Gedanken.

»Gib es mir«, sagte Gary und unterdrückte ein Lachen. Der Elf zögerte nur kurz und händigte dann seinem Gefährten das Ei aus.

Gary ging zu dem Schreibtisch und zog eine der Schubladen ganz heraus. Überaus vorsichtig legte er das Ei hinten in die Öffnung und führte die Schublade wieder ein, aber nur soweit, daß das Ei nicht berührt wurde.

»Ceridwen wird eine kleine Überraschung erleben, wenn sie diese Schublade schließt«, weihte er die anderen kichernd in seinen Streich ein.

»Wieder einmal hast du dich als ein weit besserer Kamerad erwiesen, als ich je gedacht hätte«, erklärte Kelsey mit freundlicher Miene. Er sah zu Ceridwens Buch auf dem Schreibtisch hinüber.

»Erst gegen den Dämon, dann mit dem Speer und jetzt in dieser Angelegenheit. Nicht viele, möchte ich meinen, können einen Blick in Ceridwens Wälzer werfen und dann die Kraft aufbringen ...«

»Ich danke dir«, unterbrach ihn Gary und ließ den Speer ehrfürchtig durch eine Schlaufe an seinem Gürtel gleiten. »Aber kannst du mir das nachher erzählen? Jetzt möchte ich nämlich nur noch meinen Arsch hier herausbringen.«

»Eine merkwürdige Art, es auszudrücken«, machte Geno

sich bemerkbar, obwohl er aus vollem Herzen zustimmte. »Kennst du den Weg nach draußen?« fuhr er den Goblin an.

Der dachte einen Moment nach, dann sagte er: »Kenne nicht.«

»Bring ihn um«, sagte Geno gelassen zu Kelsey, und nicht einer von ihnen bezweifelte, daß er es ernst meinte.

»Kenne den Weg nach draußen?« rief der Goblin, als hätte er die Frage erst jetzt richtig verstanden. »Aber ja, aber ja. Jesper zeigt euch hinaus, aber ja!«

»Du weißt wirklich, wie man mit ihnen umzugehen hat«, sagte Gary, und Geno nickte und grinste, und seine Zahnlükke erinnerte Gary wieder an den spitzbübischen Neffen. Aber plötzlich verschwand sein Grinsen, und Geno wirbelte zum Bett herum und warf einen Hammer. Gary und Kelsey sahen nur noch etwas Schwarzes zurück unter das Bett huschen.

»Eine Katze«, sagte Gary, als sie ihren Schrei vernahmen.

»Ceridwens Hausgeist!« berichtigte ihn Kelsey, und er warf sich flach auf den Bauch und stocherte mit dem Schwert unter dem Bett herum. Aber aus dem Miauen der Katze wurde das Gebrüll eines Löwen, und eine riesige Pranke schoß hervor und erwischte ihn unter dem Schulterblatt. Einen Sekundenbruchteil später verschwand der Elf unter dem Bett, nur seine Füße schauten noch darunter hervor.

Brüllend packte Geno das Bett, und seine Muskeln wurden straff wie Drahtseile. Es löste sich vom Boden, und der Löwe rannte Geno über den Haufen und fiel Gary an.

In diesem einen schrecklichen Moment schrie der beseelte Speer Hunderte verschiedener Botschaften heraus, aber Gary hörte keine einzige. Er ließ sich nach hinten fallen – woanders konnte er eh nicht hin – und brachte seinen Speer nach oben. Nicht mehr in der Lage, seinen Schwung zu bremsen, warf sich der Löwe auf ihn und bekam den Speer mitten in die Brust. Der von Zwergen geschmiedete Schaft bog sich, aber selbst als die vollen fünfhundert Pfund Lebendgewicht auf ihm lasteten, brach er nicht durch. Die Bestie schlug brüllend um sich, als sie sich langsam selbst aufspießte.

Anders als der Goblin, den Gary viele Tage zuvor aufgespießt hatte, hörte der Löwe nicht auf, um sich zu schlagen, und während er den Schaft herunterrutschte, kamen seine gewaltigen Pranken dichter und dichter an Gary heran, der sich schon verloren glaubte. Eine Pranke erreichte seine Brust, die Klauen kreischten über das Metall der Rüstung.

Geno brüllte wieder, rannte mit dem Kopf voran in die Flanke der aufgespießten Raubkatze und warf sie um. Die Bestie schlug immer noch um sich, aber nun war niemand mehr in ihrer Reichweite; Geno war direkt über sie hinweggeflogen und rollte sich ab, und Gary krabbelte schnell von ihr weg.

Kelsey half ihm auf. Der Elf schien nicht allzu schlimm erwischt worden zu sein; einer seiner Ärmel fehlte, und auf dem nackten Arm waren einige ziemlich tiefe Kratzer zu sehen.

»Der Speer erledigt den Rest«, sagte Kelsey beklommen; anscheinend steckten ihm die ein oder zwei Sekunden, die er mit dem Löwen unter dem Bett verbracht hatte, noch in den Knochen.

»Wie viele Haustiere hält sich Ceridwen eigentlich?« fragte Gary.

»Zu viele«, gab Geno zurück.

Einen Augenblick später lag die Raubkatze still da. Ein grauer Nebel stieg auf, und sie schien zu schmelzen. Zur Überraschung der Freunde sprang die schwarze Katze aus dem Nebel hervor und huschte hinter das umgeworfene Bett. Geno machte einen Satz hinterher, doch dann überlegte er es sich anders.

»Ich glaube, wir sollten jetzt besser gehen«, schlug er vor, und niemand widersprach, nicht einmal der sich immer noch duckende Goblin.

Kaum hatten sie den angrenzenden Versammlungsraum durchquert und die Tür hinter sich geschlossen, da erklang wieder Löwengebrüll aus Ceridwens Gemächern.

»Zähes Katzenvieh«, sagte der Zwerg trocken.

Zwischen den Zeilen lesen

Einige Zeit später kehrten sie zu Mickey zurück, nach einem Dutzend falscher Wendungen und Beinahezusammenstößen mit den Goblinwachen. Der Kobold saß gegen die Wand gelehnt da, so wie er – oder zumindest seine Illusion – es getan hatte, als sie gegangen waren. Tommy werkelte immer noch kräftig neben dem illusionären Zwerg an der Mauer.

»Zeit zu verschwinden«, sagte Kelsey zu dem Kobold. »Ist unser Goblinfreund noch einmal dagewesen?«

»Zweimal.« Mickey nahm einen tiefen Zug aus der Pfeife. »Er glaubt, alles wäre so, wie es sich gehört.«

Irgendwo weit hinten in den Hallen erklang Löwengebrüll.

»Zeit zu verschwinden«, wiederholte Kelsey und zog den verängstigten Goblin neben sich. »Wir haben einen Führer.«

Gary nickte von Mickey zu dem Riesen hinüber, der bisher noch nicht einmal bemerkt hatte, daß sie zurückgekommen waren. »Er wird erst gehen, wenn er glaubt, daß er fertig ist.«

»Dann lassen wir ihn doch hier«, flüsterte Geno. »Wer will schon einen Riesen um sich haben?«

»Wir brauchen ihn«, sagte Gary in entschiedenem Ton und befürchtete, ihnen nun lang und breit erklären zu müssen, wie sein vorläufiger Fluchtplan aussah; eine Erklärung, die ihnen mit Sicherheit kaum einleuchten würde.

Aber Mickey vertraute ihm. Er zwinkerte Gary zu, und der illusionäre Zwerg verfiel in einen wahren Wirbelwind von

Aktivität, so daß das Loch in wenigen Sekunden zugemauert war. Tommy blinzelte, er wußte nicht, was er davon halten sollte.

»Ihr müßt jetzt gehen!« hörte sich der gefangene Goblin befehlen, obwohl er nicht einmal die Lippen bewegt hatte. Er sah sich fragend um, aber Kelseys Klinge blitzte neben ihm auf.

»Wenn du auch nur ein Geräusch mehr machst als Luft zu holen, werde ich dir den Kopf abhacken«, versprach er.

»Boh, ist die Mauer repariert?« fragte Tommy hilflos. Er tastete sie ab, als wollte er seinen Augen nicht trauen. »Die Mauer ist nicht repariert.«

»Sofort!« rief der Goblin mit Mickeys Worten. »Die Lady will euch hier raus haben!«

Der illusionäre Zwerg kam herüber und schien mit Geno zu verschmelzen. »Die Mauer ist repariert«, sagte Geno und spielte mit, nicht ohne Gary einen wütenden Blick zuzuwerfen.

»Na komm, Tommy«, fügte Gary hinzu. »Ich zeig' dir etwas anderes, über das sich die Lady freuen wird.« Damit erlangte er die Aufmerksamkeit des Riesen, der angesichts der irgendwie reparierten Wand mit den Schultern zuckte, sich ein letztes Mal den großen Kopf kratzte und sich hinter Gary einreihte.

»Die erste falsche Bewegung wird dich den Kopf kosten«, flüsterte Geno dem Goblin ins Ohr, damit Tommy es nicht mitbekam. Aber der verängstigte Goblin brauchte nicht angespornt zu werden. Er hatte bereits mehr als genug mit den mächtigen Gefährten erlebt, um noch in irgendeiner Form Widerstand zu leisten. Mit großen Schritten führte er sie durch die Gänge, hielt nur dann und wann an einer Kreuzung inne, um sich zu orientieren.

Dann gingen sie durch eine unverschlossene Tür. Daß der

Raum nicht leer war, begriffen sie erst, als sie sich unvermittelt einer Wachtruppe gegenübersahen.

»Ich soll diese armen Teufel aus dem Schloß werfen«, erklärte Mickey mit der Stimme des Goblins, bevor Kelsey auch nur sein Schwert ziehen konnte. Mit Ceridwens Kuscheltier im Rücken und dem zögerlichen und unberechenbaren Riesen an der Seite wollte Mickey jeden Kampf vermeiden.

Irgendwo hinter ihnen erklang lautes Gebrüll, und die Goblinwachen rissen die Augen weit auf.

»Ladys Katze gefällt es nicht gerade, daß sie noch hier sind«, fuhr Mickey fort.

»Dann bring sie hier raus!« kreischte einer, und die Goblins flitzten, so schnell es nur ging, in einen Seitengang, möglichst weit fort von der anscheinend schlecht gelaunten Raubkatze.

»Das ist Alice«, sagte Tommy. Die anderen sahen ihn neugierig an. »Ladys Katze«, erklärte er. »Alice. Die Lady läßt mich manchmal mit ihr spielen.«

»Dann geh doch jetzt mit Alice spielen«, schlug Geno vor.

»Halt den Mund!« fuhr Gary ihn an und hielt sich im nächsten Moment für unglaublich bescheuert, so mit dem impulsiven Zwerg zu reden. Aber diesmal stärkte Kelsey ihm den Rücken.

»Wir haben keine Zeit für Gezänk«, sagte er und schubste den Goblin erneut voran. »Unsere Meinungsverschiedenheiten können wir austragen, wenn wir in Sicherheit sind.«

Sie liefen einen langen Flur entlang, das Tor schon in Sichtweite, als plötzlich Geek hinter ihnen in den Flur trat. »Wo wollt ihr hin?« rief der spindeldürre Goblin. »Kommt zurück!«

Tommy fuhr verwirrt herum, aber Mickey war schneller und gaukelte ihm einen leeren Flur vor.

»Nun komm, Tommy«, drängte Gary, nahm den Riesen beim Daumen und zog ihn mit aller Kraft weiter.

»Boh«, war Tommys einziger Kommentar, als er sich Gary fügte. Geek rief ihnen nach, schrie und tobte, bis ein Brüllen seine Tirade beendete. »Nein, Alice«, hörten sie ihn kreischen, als sie durch das Tor liefen. »Liebes Kätzchen. Alice!«

Und dann waren sie draußen. Geno schloß die Flügel des Tores und schlug sicherheitshalber vor ihnen ein paar Nägel in den Boden.

»Wenn sie irgendwie Kontakt zu Ceridwen aufnehmen können …«, sagte Kelsey, aber als er Tommys übermäßiges Interesse bemerkte, führte er seinen Gedanken nicht weiter aus. Er zog Gary und Mickey zur Seite, und der gefangene Goblin sah seine Chance gekommen und verlor keine Zeit. Der Zwerg war immer noch mit dem Tor beschäftigt, und so lief er davon, kaum daß Kelsey ihn losgelassen hatte.

»Wie kommen wir von der Insel weg?« fragte Kelsey geradeheraus, ohne dem fliehenden Goblin auch nur einen Blick nachzuwerfen.

Gary wußte immer noch nicht genau, wie sie weiter vorgehen mußten; das Zurückholen des magischen Speeres, die Flucht aus dem Schloß, alles war viel zu schnell gegangen. Aber was für Details auch noch auszuarbeiten waren, die Aufgabe, die seine Gefährten zu übernehmen hatten, stand fest: »Geht zum Lager zurück und holt all unsere Sachen. Und nehmt ein Boot mit. Geht Richtung Norden den Strand entlang, bis ihr auf eine felsige Landzunge stoßt. Dort treffen wir uns.«

»Und der Riese?«

»Er bleibt bei mir«, antwortete Gary. Er versuchte, die Dinge zu durchdenken, versuchte herauszufinden, welche süßen Worte Tommy jetzt wohl brauchte. Dabei fiel sein Blick auf Mickey. »Dich hätte ich auch gern bei mir«, sagte er.

Es kostete Gary wenig Mühe, Tommy dazu zu bringen, mit ihm zur Lagune zu gehen. Voller Vorfreude, der Lady eine weitere Überraschung zu bereiten, hob der Riese Gary und Mickey sogar hoch und trug sie. Wieder einmal war Gary über seine Kraft verblüfft – und erfreut, denn Tommy würde all seine Kraft zur Durchführung des Plans brauchen.

Als sie an der Lagune angekommen waren, wies Gary ihn an, Schilfrohr zu pflücken, sowohl braunes als auch grünes. Der Riese zuckte mit den Schultern und machte sich an die Arbeit, auch wenn er keine Ahnung hatte, was Gary damit wollte. Mickeys amüsiertes Lächeln jedoch deutete darauf hin, daß es wenigstens ihm langsam dämmerte.

Gary wählte die dicksten der hohlen Röhren aus und klebte sie mit der leimigen Substanz aus dem grünen Schilfrohr aneinander.

»Okay, Tommy«, sagte er im Brustton der Überzeugung, »steck dir das in den Mund.«

»Ich esse nicht gerne Wasserpflanzen.«

»Nein, du sollst sie nicht essen«, erklärte Gary. »Du sollst durch sie Luft holen.« Mickey stieß einen Pfiff aus und konnte sich auch ein leises Lachen nicht verkneifen.

Tommy kratzte sich den gewaltigen Schädel. »Boh?«

»Verstehst du denn nicht?« fragte Gary, als ob alles klar auf der Hand lag. Er wußte genau, daß er den Riesen nur herumkriegen konnte, wenn er zuversichtlich und selbstsicher auftrat. »Mit ihrer Hilfe kannst du die ganze Strecke durch den See laufen.«

»Das wird der Lady nicht gefallen«, gab Tommy zu bedenken.

»Oh, aber ja doch!« sagte Gary sofort. »Wenn du hin- und hergehen kannst, ohne hochspringen und nach Luft schnappen zu müssen, dann kannst du Sachen für Cerid … für die Lady tragen.«

Tommy kratzte sich am Kopf.

Als Gary fortfuhr, kam seine tatsächliche Aufregung durch.

«Wenn die Lady Sachen zur Insel bringen muß, braucht sie nicht länger mit mickrigen Booten hin- und herzufahren. Sie hat dann einfach dich, du trägst die Sachen für sie herüber.«

»Boh, ich …«

»Versuch es einfach mal«, bat Gary. »Geh einmal hinüber, und dann komm wieder zurück.«

Tommy sah das Schilfrohr sauertöpfisch an und schüttelte den Kopf. Gary begriff, daß ihm die Sache zwischen den Fingern zu zerrinnen drohte. Und nach all dem Durcheinander, das sie im Schloß verursacht hatten, hatte er keine große Lust, bei Ceridwens Rückkehr noch auf der Insel zu sein, mit dem gestohlenen Speer in der Hand.

»Du bist doch schon einmal drüben gewesen«, sagte er ernst, mit drohendem Unterton. »Wenn die Lady das erfährt, wird sie außer sich sein.«

»Du wirst es ihr doch nicht sagen?« bettelte Tommy.

Gary zuckte unverbindlich mit den Schultern. »Aber wenn das hier funktioniert, dann kannst du der Lady sagen, daß du nur hinübergegangen bis, weil du herausfinden wolltest, wie du ihr behilflich sein kannst. Würde sie das nicht freuen?«

Tommy überlegte einen Moment, dann griff er nach dem Rohr.

»Steck dir einfach das Rohr in den Mund und geh mit dem Gesicht unter Wasser«, erklärte Gary. »Bleib ganz ruhig und hol einfach Luft wie immer.«

Tommy ging hinaus in die Lagune und tat, was Gary ihm gesagt hatte, aber er hielt das Rohr der Länge nach unter Wasser und kam wenige Sekunden später wild hustend wieder hoch.

»Es funktioniert nicht«, beschwerte er sich, als er wieder sprechen konnte.

»Wir sind in Schwierigkeiten, Junge«, bemerkte Mickey.

Gary bedeutete Tommy, zu ihm zurückzukommen, dann

zeigte er dem Riesen, wie er das andere Ende des Rohres aus dem Wasser halten mußte, damit Luft hindurchkam. Tommy zuckte mit den Schultern und ging ins Wasser zurück, tauchte mit dem Kopf unter. Wieder kam er nach wenigen Sekunden hoch, Wasser spuckend und völlig erschreckt.

»Wir sind in Schwierigkeiten«, sagte Mickey wieder.

Gary begriff, daß Tommys Mund einfach zu groß für das Rohr war. Er rief ihn an den Strand zurück, fügte die Röhren neu zusammen, und diesmal schmierte er das eine Ende mit Leim ein, um es fest mit Tommys Lippen zu verbinden. Dann hielt er mit beiden Händen Tommys Nasenlöcher zu, um ihm zu beweisen, daß er wirklich durch das Rohr atmen konnte.

Tommy zuckte mit den Schultern, ging hinaus und versuchte es wieder und wieder, und jedes Mal blieb er ein wenig länger unter Wasser und kam ein wenig mutiger wieder hoch.

»Ganz schön weit bis zum Ufer«, sagte Mickey. »Meinst du, daß er sich lange genug zusammenreißen kann, um die ganze Zeit unter Wasser zu bleiben, während er uns rüberträgt?«

»Willst du lieber hierbleiben und mit Ceridwen dein Glück versuchen?« gab Gary trocken zurück.

«Gutes Argument, Junge.« Der Kobold sah den Strand entlang und entdeckte Kelsey und Geno hinter der Landzunge, Kelsey war mit ihren Sachen beladen, und Geno trug ein schweres Boot hoch über dem Kopf.

Gary war einmal mehr verblüfft über die unglaubliche Kraft des kleinen Zwergs. »Wie schafft er das bloß?« fragte er.

»Kommt vom Steine essen«, antwortete Mickey, und sein Tonfall ließ nicht erkennen, ob er es ernst meinte oder nicht.

Tommy kam ungefähr zur gleichen Zeit zurück, als sich die Gefährten begrüßten. Mißtrauisch beäugte er das Boot und fragte sich, was Gary vorhatte, was das alles überhaupt sollte.

»Für den Test«, sagte Gary, der förmlich die Gedanken des Riesen lesen konnte (was allerdings keine große Herausforderung war). »Du trägst das Boot hoch über dem Kopf und paßt auf, daß es das Wasser nicht berührt!«

»Boh, warum sind die hier?« fragte Tommy, wobei er vor allem auf Geno zeigte. »Die Lady will nicht, daß ihr die Insel verlaßt. Ihr dürft kein Boot haben.«

Reglos und perplex stand er da und versuchte, sich an alles zu erinnern, was er über das Dilemma seiner Gefährten erfahren hatte. Er war zwar schwer von Begriff, aber bei weitem nicht so dumm, wie manche Leute meinten.

»Ihr wollt, daß Tommy euch über das Wasser trägt«, schloß er und riß die großen Augen weit auf.

»Uns tragen? Sei nicht albern!« log Gary mit einem entwaffnenden Lächeln. »Kelsey und Geno werden mir helfen, Steine in das Boot zu füllen, während du unter Wasser am Ende der Landzunge entlangläufst. Bevor du losgehst und der Lady deine Überraschung verrätst, müssen wir doch schauen, wie stark du bist, wieviel du tragen kannst.«

»Ich bin stark!« beteuerte der Riese, eine Tatsache, die keiner von ihnen ernsthaft bezweifeln wollte.

Gary nickte eifrig mit dem Kopf. »Aber wir sollten ganz genau wissen, wieviel du tragen kannst, bevor du der Lady deine Überraschung bereitest. Am Ende der Landzunge ist das Wasser tief genug, um das Boot auf unsere Höhe hinunterzubringen.« Gary konnte nur hoffen, daß der Riese schwer genug von Begriff war, um nicht auf die Idee zu kommen, daß es doch viel leichter war, das Boot zu füllen, bevor er hinauslief. Tommy kratzte sich den Kopf, besah sich den See und die Berge, dann das Boot und dann voller Mißtrauen Geno und Kelsey. Schließlich stopfte er sich zu Garys Erleichterung das Schilfrohr in den Mund und stemmte das Boot über den Kopf.

Gary klatschte in die Hände und strahlte seine Freunde an, aber Geno und Kelsey schienen seinen Enthusiasmus nicht zu teilen.

»Du willst, daß wir in das Boot klettern, während der Riese an uns vorbeiläuft?« schimpfte der Zwerg, sobald Tommy sie nicht mehr hören konnte. »Für so einen Blödsinn bin ich zu alt – ich will nämlich noch eine ganze Weile für so einen Blödsinn zu alt sein!«

»Du vergißt, daß der See für uns Säure ist«, fügte Kelsey griesgrämig hinzu.

Gary bedeutete Mickey zu antworten; in diesem Moment konnte ein wenig Rückendeckung nicht schaden.

»Wollt ihr lieber hierbleiben und euer Glück mit Ceridwen versuchen?« fragte Mickey.

Sie waren alle auf ihrem Platz am Ende der steinigen Landzunge, als Tommy herankam, das Boot hoch über dem Kopf erhoben. Dies war der kniffligste Moment des ganzen Planes, denn Gary hatte keine Ahnung, ob das Wasser tief genug war, um sich über dem Riesen zu schließen und ihm ihre wahren Absichten zu verbergen.

Es war tief genug, gerade eben, und die Arme des Riesen hielten das Boot hoch über sie empor, und Gary konnte ihm nicht mehr sagen, daß er es senken sollte. Sie warfen ihre Bündel in das Boot, dann sprang Gary hoch und hielt sich an der Seite fest. Er wollte seinen Gefährten sagen, daß sie ihn als Leiter benutzen sollten, aber sie brauchten keine weitere Einladung. Kelsey lief seinen Rücken regelrecht hinauf. Mickey wurde von Geno angeschubst und berührte kaum Garys Schultern, als er vorbeiflog, und zuletzt kam der Zwerg – wieviel Gewicht in diesem kleinen Körper steckte!

Sie zogen Gary hinein, und dann saßen sie alle dicht beieinander, voller Angst, denn das Wasser, das sie nach Ceridwens Fluch wie Säure verbrennen würde, war nur noch sechs Fuß unter ihnen. Wenn es einer von ihnen wagte, über den Rand zu schauen, was nur selten vorkam, dann sah er die Spitze von Tommys Kopf, der sich gleichmäßig auf und ab bewegte.

Als der Riese weiter auf den See hinausging, verschwand sein Kopf völlig, und ihre Furcht stieg, denn das gefährliche Wasser kam näher und näher.

»Wenn er jetzt die Arme anwinkelt, ist es mit uns vorbei«, sagte Mickey.

»Blöder Plan«, murrte Geno. »Und ich bin ein blöder Zwerg, daß ich mich darauf eingelassen habe!«

Eine Viertelstunde später lief Tommy immer noch vor sich hin. Sie waren der gebirgigen Uferlinie nun viel näher als der Insel, und das beruhigte sie ein wenig. Tommys stahlharte Arme zitterten nicht einmal, und das Boot kam wieder höher, wenn auch nur stückchenweise, denn Tommy hatte den tiefsten Punkt des Sees bereits hinter sich gelassen.

»Kluger Junge, einen Weg an Ceridwens Fluch vorbei zu finden«, sagte Mickey, weniger um Gary zu loben, als um Kelsey und Geno zurechtzuweisen. »Ich hatte Angst, daß der Riese in Panik gerät, lange bevor er das Ufer erreicht, aber gleich kann er schon wieder ohne deinen ... wie hast du ihn noch genannt?«

»Schnorchel«, sagte Gary und lugte über den Rand. »Sobald Tommys Kopf aus dem Wasser ist, bleibt still in der Mitte des Bootes liegen«, warnte er. »Ich habe keine Ahnung, wie er reagiert, wenn er merkt, daß wir ihn ausgetrickst haben.«

Mit jedem Schritt wurde der See flacher, und bald war nicht nur Tommys Kopf, sondern auch sein halber Oberkörper aus dem Wasser heraus. Tommy hielt inne und sah zur Insel zurück, nicht weniger als die anderen darüber verblüfft, daß er so weit gekommen war.

Plötzlich nahm er eine Hand von dem Boot, und es sackte ein ganzes Stück ab. Glücklicherweise war der Griff des Riesen immer noch fest genug. Die Gefährten hatten keine Ahnung, was er vorhatte, aber dann hörten sie, wie er den Schnorchel aus dem Mund nahm. »Boh, die Lady wird zufrieden mit mir sein«, hörten sie ihn sagen, und ihnen fiel ein Stein vom Herzen. Dann aber rutschte es ihnen in die Hose, denn plötzlich nahm er das Boot wieder in beide Hände, machte kehrt und marschierte in Richtung Insel.

»Halt ihn auf!« bewegte Kelsey stumm die Lippen, entsetzt und frustriert zugleich.

Gary sah sich verzweifelt um. Es gab keine Fluchtmöglichkeit; das Land war einfach noch zu weit entfernt, um einen Sprung auch nur versuchen zu können. Er holte tief Luft und beugte sich weit über den Rand des Bootes. »Nein, Tommy«, rief. »Geh erst mal bis ans Ufer, dann können wir zurück.«

Tommy spuckte voller Überraschung seinen Schnorchel aus. »Boh, was machst du in meinem Boot?« fragte er verwirrt.

»Ich … wir«, stammelte Gary.

Mickey suchte nach einem Zauberspruch, aber bis er soweit war, hatte Tommy das Boot schon bis auf Brusthöhe heruntergenommen und schien wenig entzückt zu sein, die vier Gefährten darin zu erblicken. »Hey!« rief er.

»Du hast das Boot viel zu hoch gehalten, als du an der Landzunge vorbeigelaufen bist«, improvisierte Gary rasch. »Wir konnten die Steine nicht hineinbekommen, also sind wir dafür reingeklettert. Das Gewicht ist ungefähr …«

»Ihr habt Tommy reingelegt!« brüllte der Riese. »Die Lady will, daß ihr auf der Insel bleibt!« Er lief wieder los, und Geno war so entsetzt von der Vorstellung, sich der Hexe stellen zu müssen, daß er ihm einen Hammer gegen die Brust schmetterte. Der Hammer prallte ab, ohne ernsthaften Schaden zu hinterlassen, und löste sich dann als deutliche Mahnung im Wasser auf.

Kelsey baute sich vor dem Riesen auf, das Schwert blankgezogen und die Spitze auf Tommys Herz gerichtet. »Ans Ufer!« befahl er.

Fast wurde ihm sein Wunsch erfüllt. Mit einem gewaltigen Grummeln schleuderte Tommy das Boot Richtung Felsen, aber der Wurf war ein bißchen zu kurz, und so landeten sie mit einem markerschütternden Platschen nur wenige Fuß vom Ufer entfernt. Ceridwens Fluch begann sofort, sein böses Werk zu tun – das Boot begann zu braten und zu brutzeln, und weißer Rauch stieg aus dem Holz auf.

Kelsey und Geno fackelten nicht lange, sie packten die Bündel und schleuderten sie auf die Felsen. Geno hob Mickey hoch und schickte ihn hinterher, dann griff er nach Gary, und bevor dieser auch nur protestieren konnte, hielt er ihn auch schon hoch über den Kopf, wirbelte ihn zweimal herum, um Schwung zu holen, und warf auch ihn hinüber.

Die Landung war hart. Gary setzte sich auf, spuckte Sand aus und sah zu Mickey, der neben ihm saß. »Vom Steine essen, häh?« fragte er.

Kelsey übersprang die Zehn-Fuß-Distanz ohne Probleme, aber Geno kam nicht mehr hinterher. Er wußte genau, was ihm drohte, wenn er nicht rasch aus dem sich auflösenden Boot sprang, aber er wußte ebenso genau, daß ihn seine kurzen Beine niemals bis ans Ufer federn lassen würden.

»Wer ist der zweitbeste Schmied im ganzen Land?« verlangte Kelsey – ganz der Pragmatiker – von ihm zu wissen.

Geno konnte zwar keine zehn Fuß weit springen, aber seine Spucke schaffte es mit Leichtigkeit.

»Hilf ihm, Tommy!« rief Gary. »Das Wasser wird ihn umbringen!« Der Riese schaute verwundert auf das Boot und kratzte sich am Kopf.

Geno konnte nicht abwarten, bis er zu einem Entschluß gekommen war. »Komm spielen, Klotzkopf!« brüllte er und warf erneut einen Hammer nach ihm.

Von allen Beleidigungen, die man einem Riesen entgegenschleudern kann, regt ihn keine so sehr auf wie »Klotzkopf«.

Tommy knurrte und ging auf Geno los, der rasch auf die äußerste Kante des Bugs sprang, dem Ufer so nah wie möglich. Als Tommy auf das zerfallende Heck krachte, erhob sich der Bug hoch in die Luft. Geno sprang genau zur rechten Zeit ab und nutzte den Schwung des sich überschlagenden Bootes voll aus. Wie Gary bei der steinernen Welle damals in Dvergamal flog der Zwerg mit Leichtigkeit über seine Freunde hinweg. Er zischte vorbei und landete mit dem Kopf voran auf einem gewaltigen Felsbrocken, und die ganze Zeit lachte er wild, selbst nach dem Aufprall.

Aber ihre Probleme waren noch lange nicht vorbei, denn mit einem Satz war Tommy am Ufer, die Hände voller Wut zu Fäusten geballt. »Du hast Tommy gesagt, es würde der Lady gefallen!« ereiferte er sich.

Gary versuchte weder wegzulaufen, noch sich herauszureden. »Tut mir leid, Tommy«, sagte er ernst. »Aber wir mußten von der Insel wegkommen. Ceridwen hätte uns alle umgebracht.«

»Sie wird wütend auf mich sein.«

»Dann geh doch ins Wasser«, sagte Geno. Tommys nächste Worte sprudelten in einem unverständlichen, gutturalen Schwall heraus, und dann war er über dem Zwerg. Zum ersten Mal sah Gary Angst in Genos Augen.

»Warum, Tommy?« fragte Gary einfach und schnellte hoch, um sich an seiner Faust festzuhalten.

Der Riese sah zu ihm herunter. »Warum?«

»Du bist jetzt frei«, erklärte Gary. »Du brauchst nicht auf die Insel zurückzukehren, und selbst wenn du es tust, brauchst du Ceridwen doch nicht zu erzählen, wie wir weggekommen sind.«

»Sie wird wütend auf mich sein«, sagte Tommy wieder.

»Nein, das wird sie nicht. Nur wenn sie herausfindet, was passiert ist.« Sie starrten einander eine ganze Weile an, und schließlich ließ er sich von Tommys Faust zurück zum Boden fallen. Tommy hatte keine weiteren Pläne mit Geno. Er ging bis zur Wasserlinie und setzte sich, das Kinn auf die riesigen Hände gestützt.

Kelsey hielt Gary davon ab, ihm hinterherzugehen.

»Laß ihn, Junge«, pflichtete Mickey dem Elfen bei. »Wir können hier nicht bleiben, und wenn wir mit ihm zusammen gefunden werden, macht es das für ihn nur schlimmer.«

Gary wollte nicht gehen, aber er konnte auch nichts entgegenhalten. Sie sammelten ihre Bündel auf und begannen, dem Gebirgspfad zu folgen. Der Riese blieb vor sich hin starrend und grübelnd am Ufer zurück.

Smörrebrod

»Wir sind zu weit nach Süden geraten«, sagte Kelsey, als sie in ein Tal kamen, das ihnen einen Blick über die Gipfel von Penllyn hinaus gewährte. Der Elf zeigte zurück nach Norden, zu den in der Ferne aufragenden Bergen von Dvergamal. »Aber wir sind jetzt näher am Daumen des Riesen als vor der Entführung durch die Trolle, und sobald wir erst einmal aus diesen Bergen hier heraus sind, wird der Weg auch leichter.«

»So leicht nun auch wieder nicht in den Crahgs«, sagte Geno, aber niemand schien ihm zuzuhören.

»Daumen des Riesen?« fragte Gary den Kobold.

»Dort liegt Roberts Höhle«, erklärte Mickey. »Kein allzu großer Berg – nicht zu vergleichen mit denen von Dvergamal – aber mit einem abgeflachten Gipfel und groß genug, daß der Drache es bequem hat.«

»Robert?« fragte Gary. »Was für ein Robert?« Bereits zum zweiten Mal hörte er Mickey diesen Namen aussprechen, aber er hielt es für klüger, seine heimliche Lauscherei neulich nicht weiter zu erwähnen.

Mickey warf ihm einen skeptischen Blick zu. »Der Drache. Hörst du mir eigentlich zu?«

»Ein Drache namens Robert?« Gary mußte sich den Ernst der Lage vor Augen halten, alles, was sie hinter sich hatten und noch vor sich haben mochten, um nicht in schallendes Gelächter auszubrechen.

»Robert der Rechtschaffene, so nennt er sich«, sagte Kelsey.

»Obwohl ihn die meisten als ›Robert den Reizbaren‹ kennen«, fügte Mickey kichernd hinzu. »Es ist natürlich nicht sein richtiger Name, kein Name für einen Drachen. Aber der ist ein schwerer Brocken, noch schwerer als Kelsenellelll … äh, na ja, du weißt schon.«

»Das einzige, was schwerer auszusprechen ist als der Name eines Elfen, ist der richtige Name eines Drachen«, erläuterte Geno brummig. Er warf Kelsey einen verächtlichen Blick zu. »Aber Drachen sind wenigstens so anständig, sich eine einfachere Anrede auszudenken, die die Leute benutzen können.«

»Bevor sie aufgefressen werden«, mußte Mickey hinzufügen.

Gary sah von einem zum anderen; er wurde aus dem Gespräch nicht mehr schlau, genausowenig wie aus dieser ganzen seltsamen Welt, und all die Andeutungen, deren Sinn er nur erahnte, schwirrten ihm im Kopf herum. Zum ersten Mal verschwendete er einen ernsthaften Gedanken auf das ihn erwartende Untier. Als Mickey die Queste und den Drachen erstmals erwähnt hatte, hatte Gary das ganze Abenteuer noch für einen Traum gehalten und nicht weiter darüber nachgedacht. Und in der Folgezeit war er einfach viel zu beschäftigt damit gewesen, sich Ärger vom Leibe zu halten, als daß er hätte daran denken können, was am Ende seines Weges lag. Nun aber, wo sie Ceridwens Insel im Rücken und laut Kelsey einen leichten Weg zum Daumen des Riesen vor sich hatten, machte Robert der Rechtschaffene oder der Reizbare, oder welcher Titel auch immer am besten auf ihn zutreffen mochte, sich mächtig breit in Garys Gedanken.

»Wie groß ist dieser Drache?« fragte er wenig später. Mikkey, der keine Chance hatte, mit den viel größeren Gefährten Schritt zu halten, saß wieder auf seiner Schulter.

»Schlag nach bei Tolkien, Junge. Den Teil mit dem Drachen hat er gut hingekriegt, scheint's. Aye, der Mann ist in Faerie gewesen. Das mit Smaug hat er nicht aus zweiter Hand. Ich bin nur ein bißchen verwundert, daß er danach noch in deine Welt zurückkehren und darüber schreiben konnte!«

Gary wollte schon sagen: »Du machst Witze«, aber dann verkniff er sich's lieber, denn der Kobold hatte völlig ernst geklungen. Und angesichts seiner eigenen unglaublichen Lage, wie konnte er da mit Bestimmtheit sagen, daß Tolkien Faerie nicht besucht hatte? Oder viele andere Fantasy-Schriftsteller, deren Bücher er so gerne las? Und was war schließlich mit den ganz gewöhnlichen Volksmärchen aus einem Dutzend Ländern, besonders aus Irland und Schottland? Konnten diese Geschichten um Elfen und Wichtelmännchen, Drachen und krummbeinige Zwerge nicht auf den tatsächlichen Erfahrungen von einfachen Bauersleuten beruhen?

»Was denkst du?« fragte Mickey, als er Garys verwirrtes Gesicht sah.

»Keine Ahnung«, sagte dieser ehrlich, denn die Vorstellung hatte ihn überwältigt.

»Na ja, falls du über den alten Robert nachdenken willst, dann versuch's gar nicht erst«, sagte Mickey, und der grimmige Unterton war nicht zu überhören. »Man kann sich einen Drachen nicht vorstellen, Junge. Nichts, was dein Geist heraufbeschwören kann, wird der Wahrheit nahekommen. – Schlag noch mal bei Tolkien nach, Junge. Schlag nach und bekomm es mit der Angst. Ceridwen hat uns düstere Tage beschert, aber bei Robert werden sie tiefschwarz sein!«

Gary nahm den **Kleinen Hobbit** heraus und suchte nach der Stelle, wo Bilbo zum ersten Mal dem gefürchteten Drachen begegnete. Dann aber besann er sich eines Besseren und steckte das Buch in die Tasche zurück. Unsinn, sich selbst in Angst zu versetzen, dachte er.

Das würde ihm Robert schon abnehmen.

»Ich hab' dir gesagt, sie kommen von der Hexeninsel wieder runter«, prahlte der eine Troll vor dem anderen. Beide schauten zu, wie die Gefährten durch die Ausläufer von Penllyn marschierten. »Wir müssen gehen und Earl Bescheid sagen!«

»Fleisch in den Topf«, stimmte der andere zu. »Diese Kaninchen waren gut, aber Zwergenpastete schmeckt besser!«

»Und Menschenfleisch – und Elf am Spieß!« sagte der erste. »Und der kleine Schwindler wird in meinen Mund kullern, bevor ihn Earl in die dicken Finger kriegt!«

Der andere drückte ihm die Faust aufs Auge. »In **meinen** Mund, du Riesenbaby!« protestierte er. »Ich hab' ihn zuerst gesehn!«

»**Ich** hab' ihn zuerst gesehen!« gab sein Kumpan zurück, aber er verzichtete auf eine handfeste Entgegnung; ihm war gerade mehr nach Abendessen als nach Raufen zumute. »Aber ich teil' mit dir – genau in der Mitte!«

Der andere leckte sich mit seiner dicken, fetten Zunge die Lippen und rieb sich gierig die Hände. »Laß uns Earl holen. Mein Magen knurrt fürchterlich.«

Die Gefährten waren noch lange nach Sonnenuntergang unterwegs. Alle waren sie darauf bedacht, möglichst viele Meilen zwischen sich und Ceridwens Insel zu bringen und aus den dunklen Bergen hinauszukommen. Als sie schließlich auf einem hohen, abgeflachten Felsen ihr Lager aufschlugen, in Sichtweite der leeren Ebene und der zerschmetterten Hubbel namens Crahgs dahinter, waren sie sich ebenfalls ohne Protest einig, kein Feuer zu machen (abgesehen von einem empörten Quiekser Mickeys – aber Kelsey sagte, der zählte nicht, weil Mickey an allem etwas auszusetzen hätte). Die Nacht war kühl für die Jahreszeit, ein kalter Wind blies von Dvergamal über die leere Ebene herüber – die letzten Überreste des Sommersturms der Cailleac Bheur, vermutete Mickey. Hoch über ihnen trat der Vollmond seine Reise an und tauchte das Land in sein silbriges Licht.

Gary stand oft auf, rieb sich die Arme und lief flott im Kreis herum, um die Blutzirkulation zu verbessern. Ihm war klar, daß er in dieser Nacht kaum Schlaf bekommen würde, aber es machte ihm nichts aus. Sie waren an der letzten Etappe ihrer Reise angelangt, und egal, ob sie nun besser oder schlechter wurde, ein wenig Schläfrigkeit konnte ihn nicht mehr bremsen.

Außerdem fühlte er sich wohler, seit der beseelte Speer wieder bei ihm war. Er glaubte zu ahnen, daß die Waffe fast durchgehend mit ihm kommunizierte, wenn auch nicht auf einer Ebene, auf der er bewußt teilnehmen konnte. Es war nur das Gefühl einer unterbewußten Verbundenheit. Wie es auch sein mochte, er trug seinen normalen Speer mit wachsendem Selbstvertrauen, in dem festen Glauben, daß er wissen würde, was zu tun war, falls es wieder zu Handgreiflichkeiten kam.

Aber er war nur wenig erfreut, als er seine Vermutungen so schnell überprüfen durfte.

Kelsey erblickte die dunklen Umrisse kurz nach Mitternacht; sie wanderten in einem weiten Kreis um das Lager herum, verschmolzen mit den Schatten der zerklüfteten Felsbrocken und nadelscharfen Zinnen, um sich im nächsten Moment wieder von ihnen zu lösen. Kelsey und Geno waren sich einig, daß es Trolle waren, und aus der Tatsache, daß sie vier Schatten zählen konnten, schlossen sie, daß es sich um alte Bekannte handelte.

«Vier gegen vier», flüsterte Gary, nachdem er zu Kelsey und Mickey gekrochen war und seinen zu großen Helm aufgesetzt hatte. »Gleiche Chancen.«

»Jeder, der auch nur einmal gegen Trolle gekämpft hat, wird dir sagen, daß gleiche Zahlen noch lange nicht gleiche Chancen bedeuten«, wies Mickey ihn sofort zurecht.

»Wir hätten sie doch beinahe geschlagen«, brummte Gary. »Und da waren sie zu siebt!« Als wollte er Garys Worte unterstreichen, schickte der Zwerg einen wirbelnden Hammer in die Dunkelheit hinaus, hörte ein dumpfes Klatschen und grunzte zufrieden, als ein Troll aufschrie.

»Siehst du?« fragte er strahlend und sah wieder einmal wie ein böser Bube aus, mit seiner Zahnlücke und seinem Die-Katze-hat-den-Kanarienvogel-gefressen!-Lächeln.

Aber die Dinge liefen nicht so, wie er es sich gedacht hatte. Kelsey legte einen Pfeil auf die Sehne, Geno griff nach dem nächsten Hammer, aber bevor sie ihren Angriff starten konnten, prasselten mehrere große Steine auf ihr kleines Lager nieder. Der erste erwischte Gary an der Brust, preßte ihm die Luft aus der Lunge und ließ ihn hintenüberfliegen. Kelsey gelang es, unter dem zweiten hinwegzutauchen, doch sein Ausweichmanöver brachte ihn direkt in die Flugbahn des dritten. Er sprang zurück, aber der Stein erwischte ihn genau am Knie und ließ ihn über den Erdboden kullern.

Mickey öffnete einen seiner Regenschirme. Gary, der direkt neben ihm lag, fragte sich, wozu das gut sein sollte, aber erstaunlicherweise prallte ein Stein, der den Kobold sicher erschlagen hätte, harmlos an dem Schirm ab.

»Hast du für mich auch so einen?« fragte Gary benommen und strauchelte bei dem Versuch, wieder auf die Beine zu kommen.

Geno warf einen Hammer und erzielte einen weiteren Treffer (jedenfalls brüllte ein Troll entsprechend auf), aber dann brach ein wahrer Steinhagel über sie herein. Diesmal war der Zwerg das Hauptangriffsziel, und er wurde zweimal getroffen, auch wenn die Steine wenig anzurichten schienen. Einer zischte an Geno vorbei und verpaßte Kelsey einen Schlag, der ihn niederstreckte.

Und dann waren die Trolle über ihnen.

Mit einem hellen Blitz erleuchtete Mickey das Gelände.

»Geh zu Kelsey!« rief Gary ihm zu. Der Kobold wollte den unerfahrenen Menschen nur ungern allein lassen, aber der besinnungslos daliegende Elf war in weit größerer Gefahr. Mickey sprang auf seinen Rücken und schuf eine Illusion, die Kelsey mit dem flachen Felsen verschmelzen ließ. Dann machte er sich vorsichtshalber unsichtbar und hoffte, daß keiner der Trolle ihn beobachtet hatte.

Geno wandte seine gewohnte Trollkampf-Taktik an, flitzte zwischen Beinen hindurch, ließ seine Hämmer auf Trollzehen prasseln und machte den beiden, die ihn sich vorgenommen hatten, das Leben so schwer, wie es nur ging.

Einer der Trolle – Gary erkannte ihn als Earl – ging auf die Stelle zu, wo eben noch Kelsey gelegen hatte, schnüffelte mißtrauisch herum und tastete den Boden ab. Plötzlich tauchte Kelsey mit gezücktem Schwert aus der Illusion auf, und Earls Mühen wurden ihm mit einem sauberen Schnitt in den Arm vergolten.

Gegen den vierten Troll ging Gary in Kampfstellung. Er hielt Speer und Schild vor sich, fühlte ihre Balance. Der Troll kam stracks auf ihn zu, holte ohne ein Anzeichen von Angst mit seinem schweren Knüppel nach Garys Kopf aus.

Gary duckte sich unter dem Schlag durch und antwortete mit einem schnellen Stich seines Speeres, der den Troll am Bauch erwischte und ihn rückwärts hüpfen ließ. Gary nutzte die Pause dazu, den Troll zu umrunden und sich seiner waffenlosen Hand zu nähern. Nun schon vorsichtiger, drehte sich das Monster rasch mit. Der zweite Schlag des Trolls war viel zu kurz und dadurch harmlos. Gary wollte schon angreifen, besann sich dann aber eines Besseren, denn der Troll baute seine Deckung diesmal wesentlich schneller wieder auf.

Das Monster spannte die Muskeln an, und Gary erwartete den nächsten Schlag. Als der Arm herunterkam, ließ Gary sich auf die Knie fallen, stützte seinen Schild an der Schulter ab und winkelte ihn so an, daß er den Knüppel ablenkte. Gleichzeitig stellte er seinen Speer der Waffenhand entgegen, und zwar so, daß das hintere Ende auf dem Boden ruhte.

Der Troll heulte vor Schmerz auf und ließ seinen Knüppel los, als er sich den Speer tief in die Hand trieb. Gary war über seine clevere Aktion selbst erstaunt, aber es war nicht der geeignete Zeitpunkt, sich in dem Gefühl zu sonnen oder auch nur innezuhalten und über seine nächsten Schritte nachzudenken. Er sprang auf, warf sich nach vorn und verpaßte dem Troll zwei, drei heftige Speerstiche, bevor dieser seine Deckung wiedererlangt hatte; dann sprang er zurück.

Der Troll starrte Gary verblüfft an, die verwundete Hand umklammernd, und an mehreren Stellen färbte sich sein schäbiges Hemd mit Blut.

Den beiden, die mit Geno kämpften, wurde regelrecht schwindelig, so behende setzte der fluchende Zwerg seine schlagkräftige Attacke fort. Immer schienen die Trolle einen Schritt hinterherzuhinken, trafen ihre Knüppel nur den nackten Fels, weil Geno längst zwischen den Trollen oder ihren gespreizten Beinen hindurchgeflutscht war.

»Ey, paß auf, wo du hinschlägst!« warnte der eine den anderen, denn er hatte das Mißgeschick, den Zwerg schon im letzten Kampf kennengelernt zu haben. »Er will, daß du mir eine verpaßt!«

Während er noch sprach, kam Geno heran, und der Troll, der dachte, seine Taktik durchschaut zu haben, klemmte rasch die Beine zusammen. Genos Hammer bahnte sich einen Weg, schlug dem Troll innen an das linke Knie. Die Beine gingen auseinander, der Zwerg schnellte hindurch und hämmerte im Vorbeilaufen noch gegen das rechte Knie.

Der andere Troll hatte sie umrundet, um ihm den Weg abzuschneiden. Geno fuhr herum, aber er rutschte auf dem flachen Stein aus und schlug hin.

Die beiden Trolle bauten sich über ihm auf, die Knüppel hoch erhoben, und grinsten ihn mit ihren gelben Zähnen an.

Eine Minute lang kämpfte Kelsey tapfer und führte seine Klinge viel zu schnell für Earl, als daß dieser einen Gegenschlag hätte anbringen können. Aber Kelsey war verletzt, er blutete am Kopf und konnte seine Beine nicht dazu bringen, ihn aus Earls Reichweite zu tragen.

Earl erkannte seinen Vorteil rasch und warf den Knüppel zur Seite, um mit bloßen Händen anzugreifen. Kelsey kerbte erst die eine, dann die andere Hand, dann schlug er wieder nach dem ersten Arm. Earl schien es gar nicht zu bemerken, schon krallte sich eine seiner riesigen Hände um Kelseys Hüfte.

Da durchpflügte aus dem Nichts ein Pfeil die Luft und blieb in Earls großer Nase stecken. Kelsey kam wieder frei, als Earl versuchte, den Stachel herauszuziehen.

»Habe drei Jahre hintereinander den Ersten gemacht!« prahlte Mickey, als er wieder sichtbar wurde, und schoß Earl einen zweiten Pfeil ins Gesicht. Kelsey lächelte und war mehr als bereit, die Ablenkung auszunutzen. Er ging stracks nach vorn und ließ seine Klinge kreuz und quer über Earls Kniescheibe fahren.

»Du schneidest mir Hand«, jammerte das Monster.

»Nicht nur die«, versprach Gary. Er holte mit dem Speer aus, als ob er ihn werfen wollte, machte dann aber einen Satz nach vorn und ließ die schwere Spitze auf die Zehen des Trolls krachen. Er war dem Ungeheuer gefährlich nahe, aber er hatte auch den Vorteil, schneller zu sein. Der Troll hatte kaum aufgeheult und sich vorgebeugt, um ihn zu packen, da stieß Gary schon den Speer nach oben und schlug dem Troll einen Zahn aus, was sein Lächeln in Zukunft noch unattraktiver werden lassen sollte.

Der Troll taumelte zurück, und aus irgendeinem Grund hatte Gary keinerlei Zweifel mehr, daß er diesen Kampf gewinnen würde. Trotzdem war er überrascht, als der Troll die Augen aufriß und sich plötzlich umdrehte und davonlief.

Wenn Gary in diesem Moment nicht förmlich vor Eigenlob getrieft hätte, wäre ihm vielleicht aufgefallen, daß der plötzlich so erschreckte Troll an ihm vorbeigeschaut hatte.

Geno hoffte, daß einer der Trolle ihn hochheben und in einen Sack stecken würde. Das hätte ihm die Genugtuung bereitet, ihnen noch ein paar gute Hiebe versetzen zu können, bevor der Kampf zu Ende war. Aber er mußte rasch feststellen, daß die Trolle diesmal nicht darauf aus waren, sie zu fangen, und ebenso rasch begriff er, daß er wenig Chancen hatte, ihren großen Knüppeln zu entkommen.

Und dann erhob sich der eine Troll vom Erdboden und segelte in die Dunkelheit davon. Der andere Troll starrte verblüfft nach vorn, und sein Blick wanderte höher und höher und höher, bis er dem von Tommy Ein-Däumling begegnete.

Auf einer Liste von Dingen, denen ein Troll aus dem Weg gehen sollte, rangieren Riesen gleich hinter den Drachen, und so saß die Angst dem Troll sichtbar im Nacken, als er Tommy seinen Knüppel entgegenschleuderte.

Als der Knüppel gegen seine gewaltige Brust prallte, zuckte Tommy zusammen, jedenfalls ein wenig, aber er wich nicht zurück. Er antwortete mit einer Rückhand, die den Troll an der Schläfe erwischte und Hals über Kopf davonfliegen ließ.

Gary hatte schon viele wundersame Dinge gesehen, seit er nach Faerie gekommen war, aber keines von ihnen vermochte den Anblick eines durch die Luft wirbelnden Zwölf-Fuß-Trolls zu übertreffen. Er hörte das widerhallende dumpfe Geräusch, als der Troll landete, und dann schwere Fußtritte, die hinaus in die Nacht verschwanden.

»Er hat meine Pfeile!« hörte Gary Mickey rufen, und dann lief Earl mit großen Schritten an ihm vorbei. Rein instinktiv ließ Gary sich fallen und brachte seinen Fuß direkt vor Earls gewaltigen Knöchel. Gleichzeitig schlug er kräftig mit dem Speer zu und erwischte Earl an der Kniekehle des bislang heilen Knies. Der Troll schlug der Länge nach auf den Felsboden. Ohne auch nur einen Augenblick zu zögern, sprang Gary auf seinen Rücken. Er stach ihm den Speer ins Genick und trieb ihn bis unter die dicke Schädeldecke.

Earl sank auf den Boden zurück, zuckte noch ein oder zwei Mal und tat seinen letzten Seufzer.

Gary blieb auf dem Rücken des Trolls hocken, umklammerte fest den Speer und konnte kaum glauben, daß er ein so mächtiges Wesen auf so effiziente Weise erledigt hatte. Als er endlich über seine Schulter schaute, sah er, daß Mickey und Kelsey seinen Unglauben teilten.

»Wann hast du gelernt, so zu kämpfen?« fragte Mickey. Gary wußte darauf nichts zu entgegnen – bis eine Stimme in seinem Kopf erklang: **»Ihr habt Euch wacker geschlagen.«**

»Du hast mir das beigebracht«, sagte Gary laut und schaute dabei den zerbrochenen Speer an seinem Gürtel an.

»Hab' ich nicht«, antwortete Mickey.

»Nicht du«, sagte Gary.

»Der Speer hat dich durch den Kampf geführt?« fragte Mickey.

Gary dachte kurz nach, dann zuckte er mit den Schultern, unsicher, was sich wirklich abgespielt hatte. In den vorhergehenden Kämpfen hatte der Speer regelrecht zu ihm gesprochen, aber wenn er ihn auch diesmal durch den Kampf geführt hatte, dann hatte Gary es jedenfalls nicht bemerkt. Andererseits hätte er niemals für sich allein so gut kämpfen können. Er fragte sich, wie eng der beseelte Speer und er inzwischen miteinander verbunden waren – und wer wirklich seine Hand im Kampf geführt hatte.

»Wie auch immer, du hast ganze Arbeit geleistet, Junge«, sagte Mickey, und Kelsey nickte zustimmend und sehr vorsichtig; trotzdem stöhnte er vor Schmerzen auf.

»Und Tommy hat uns gerettet«, antwortete Gary, zu Geno gewandt. Der Zwerg sagte kein Wort, sondern spuckte ihm nur im Vorbeigehen auf die Freizeitschuhe.

»Ich verstehe das als ein Dankeschön«, sagte Gary, und ein Grinsen huschte über sein Gesicht. Er entfernte sich sicherheitshalber dennoch schnell aus der Reichweite des Zwergs.

»Wir sind dir unseren Dank schuldig, Tommy«, sagte er und griff nach der Hand des Riesen. »Aber warum bist du uns gefolgt?«

»Er will uns wohl zu dieser blöden Hexe zurückbringen«, sagte Geno kochend.

»Tommy wußte nicht, wo er sonst hin sollte«, antwortete der Riese schlicht.

In Gary stieg eine Idee auf, aber Mickey, der seine leuchtenden Augen sah, zerschlug sie sofort. »Der Riese wird nicht mit in Roberts Höhle kommen. Und er sollte es auch besser gar nicht vorhaben!«

»Er ist ein großartiger Kämpfer«, gab Gary zurück. Er war zuversichtlich, daß er diese Debatte für sich entscheiden würde. »Wir können jeden ...«

»So großartig ist er nicht gegen Robert und seinesgleichen, Junge«, unterbrach ihn Mickey. »Falls es zu einem Kampf kommt, wird er genauso schnell erledigt sein wie jeder andere.«

»Was sagst du da?« schrie Gary. »Wir ziehen fröhlich in die Schlacht gegen einen Drachen, und du lehnst einen Verbündeten ab? Wenn es wirklich so hoffnungslos ist, warum gehen wir dann überhaupt? Wie sollen wir da gewinnen können?«

»Du wirst nicht mit dem Drachen kämpfen«, sagte Kelsey gelassen. »Ich werde kämpfen.«

»Du kannst kaum aufstehen«, gab Gary schärfer als beabsichtigt zurück.

»Ich muß dem Drachen allein gegenübertreten«, erklärte Kelsey. »Und ihn unterwerfen. Falls wir den Riesen – falls wir eine Armee mitnehmen und das Untier töten würden, was hätten wir dann davon? Nein, wir brauchen Roberts Mitarbeit, und die können wir nur durch einen ehrenvollen Kampf gewinnen.«

»Aber warum kann Tommy dann nicht mitkommen?«

»Weil Drachen Riesen fürchten. Und wenn Robert sich fürchtet, dann wird er mit uns kämpfen und uns alle umbringen, bevor ich ihn auch nur herausfordern kann.« Der Elf wandte sich Tommy zu. »Wir sind dir in der Tat zu Dank verpflichtet, edler Riese. Und du kannst uns gern über die braune Ebene und durch die Crahgs begleiten, bis zum Daumen des Riesen, wenn du willst. Aber wenn wir hinauf zur Höhle des Drachen gehen, dann gehen wir allein.«

Tommy sah nur zu Gary und zuckte mit den Schultern. Als sie im Morgengrauen ihr Lager abbrachen und sich auf den Weg über die Hügel machten, waren sie zu fünft und nicht zu viert.

Die Crahgs

Die Gefährten durchquerten das hügelige Ackerland zwischen Dvergamal und Penllyn ohne Zwischenfälle. Des Nachts suchten sie in alten, gemauerten Bauernhäusern Schutz, die lange verlassen waren und von deren Dächern nicht ein einziger Strohhalm übrig war. In ihren besseren Zeiten, als Ynis Gwydrin der Sitz einer guten Macht gewesen war und nicht der Besitz der bösen Ceridwen, hatten diese Bauernhöfe zu den stolzesten von ganz Faerie gehört, erklärte Mickey voller Ingrimm.

Gary entdeckte wieder diesen verträumten Ausdruck in Mickeys grauen Augen, diese wehmütige Sehnsucht nach längst vergangenen Zeiten. Und plötzlich hatte er selbst das Verlangen, Faerie in seinem magischen Glanz zu erblicken und auf seinen eigenen Füßen das Land der Zwielichtlaunen und der wandelnden Märchen zu durchwandern.

Denn das war es nicht, und falls Gary daran auch nur einen Moment lang zweifelte, brauchte er nur das Bild des schmutzstarrenden Dilnamarra heraufzubeschwören; oder das der armen Seelen, die an den Kreuzwegen baumelten und sich in der von Gestank erfüllten Brise langsam um sich selbst drehten.

Während die Gefährten immer weiter nach Osten zogen, machten die dahinziehenden Hügel und Steinmauern größeren, beeindruckenderen Erhebungen Platz.

»Die Crahgs«, bemerkte Mickey, und der Anblick schien ihn gar nicht zu erfreuen. Die Berge sahen aus wie große Ballen grünen Grases, hier und dort mit einem Stein dazwischen und wahllos auf die wogenden Felder geworfen. Sie waren zwei- oder dreitausend Fuß hoch, und viele Gipfel verschwanden in niedrig hängenden Wolken, dick und grau und geheimnisvoll. Kleine Gruppen aneinandergedrängter Bäume klebten an vielen Hängen, meist in Ausbuchtungen gekuschelt, die sie vor dem ewigen Wind schützten, und jeder Berg protzte mit Bächen kristallklaren Wassers, die die nackten Felsrinnen hinuntertanzten und über die steinigen Unterbrechungen der ansonsten sanften Hänge sprangen.

Gary wußte zunächst nicht, was er von dieser Gegend halten sollte. Es schien ein Land voller Widersprüche zu sein, zugleich beeindruckend und einladend, bezaubernd schön und doch befremdend, unheimlich und wild. Selbst das Licht veränderte sich andauernd. Die steilen Gipfel zweier zusammenstehender Berge verschwanden im Nebel, während nur hundert Fuß tiefer das feuchte Gras in einem klaren Streifen strahlenden Sonnenscheins aufleuchtete, und die Bäche glitzerten. Nur ein kleines Stück darunter dräuten die Schatten einer anderen Wolke, düster und Böses prophezeiend.

Von Leben erfüllt, doch ebenso von Melancholie. Der Widerspruch der Existenz an sich, dachte Gary, kraftvolles Leben und stiller Tod.

Die Gefährten sprachen wenig, als sie in die Crahgs hineinwanderten, denn der Wind riß bis auf die lautesten Rufe alles von den Lippen, und keiner von ihnen fühlte sich sicher genug, um zu schreien. Schweigsam gingen sie bergauf und bergab, unter sich auftürmenden Wolken und Regengüssen hindurch, die nur wenige Minuten andauerten, und im Sonnenschein, dem auch kein längeres Leben beschert war.

Der erste Tag war nicht so schlecht gewesen, und so hatte

Gary angenommen, daß der zweite noch angenehmer sein würde, wenn schon nicht für seinen Körper, dann doch wenigstens für seine Seele. Aber die Crahgs waren an diesem zweiten Tag nicht weniger unheimlich, und Gary hatte das bestimmte Gefühl, daß seine Freunde und er auf Schritt und Tritt beobachtet wurden – von Augen, die nicht freundlich blickten.

»Loch Devenshere«, erklärte Mickey am Nachmittag des dritten Tages, als sie eine nadelspitze Zinne umrundeten und einen langen, schmalen See erblickten. Das Gewässer setzte sich nach Osten hin fort, tief zwischen den erhabenen und bedrohlichen Reihen der Crahgs, bis es außer Sichtweite verschwand. Als Gary über die sonnenbetupfte Landschaft blickte, erschien ihm die ganze Welt wie eine Patchworkdecke aus Grün und Grau. Unter ihm kräuselten sich die Wasser von Loch Devenshere im Wind, tief und dunkel – und kalt, wie er an der plötzlich frischen und schneidenden Brise merkte.

»Irgendwelche Bedenken, auf dem See weiterzureisen?« fragte Mickey den Elfen.

Kelsey sah zum Himmel hinauf, dann zurück zum See, schließlich fiel sein Blick auf Tommy. Als er sah, daß dieser seinen improvisierten Schnorchel herausholte, erklärte er schnell: »Das Wasser ist viel zu tief für einen Riesen, um hindurchzulaufen.«

»Wir würden uns Tage des Wanderns ersparen«, sagte Mikkey, und es war nicht nötig hinzuzufügen, daß sie alle eine Pause gut gebrauchen konnten, besonders ihre müden Füße.

»Dann verbringen wir einen Tag damit, ein Floß zusammenzuzimmern, das den Riesen tragen kann«, mischte Geno sich ein und warf Tommy einen nicht besonders freundlichen Blick zu. »Oder wir lassen ihn hier – wir haben schließlich schon entschieden, daß er nicht die ganze Strecke bis zum Daumen des Riesen mitkommen wird.«

Die resignierten Blicke, die Kelsey und Mickey tauschten, versetzten Gary in helle Aufregung; er fürchtete, daß Genos polteriger Vorschlag tatsächlich angenommen wurde. »Ihr könnt ihn doch nicht einfach hier lassen«, protestierte er.

»Hier läßt sich nicht allzuviel Holz auftreiben, Junge«, sagte Mickey ernst. »Ich glaube kaum, daß wir ein so großes Boot zusammenzimmern können, daß es sein Gewicht aushält.«

Gegen diese Überlegung hatte Gary wirklich nichts vorzubringen; zudem hatte er auch keine Lust, die mühselige Wanderung fortzusetzen, wenn es einen anderen Weg gab. Aber ebensowenig wollte er Tommy allein in dieser seltsamen und unheimlichen Gegend zurücklassen. »Kompromiß«, sagte er langsam. »Wir bauen dieses Boot für uns und bleiben dicht am Ufer. Tommy wird mit uns mithalten und in Sichtweite bleiben. Er kommt in diesen Bergen schneller voran als wir.«

Mickey nickte, Kelsey ebenfalls, der Kompromiß war akzeptiert. Tommy hatte sie in den letzten beiden Tagen oft über Hindernisse hinweggetragen, die sie ansonsten weitläufig hätten umgehen müssen, und hätte er nicht seine winzigen Gefährten am Hals gehabt, wäre er zweifelsohne schnurstracks durch die Crahgs marschiert.

»Bist du einverstanden?« fragte Mickey den Riesen. »Das wird bestimmt kein Zuckerlecken.«

»Tommy mag Berge«, kam die gleichgültige Antwort.

Kelsey nickte, er wollte einen so wertvollen Gefährten nicht einfach stehenlassen. Selbst Geno schien nicht allzu aufgebracht darüber, daß Tommy am Ufer neben ihnen her gehen würde; er antwortete auf Kelseys Nicken mit einem duldsamen Zucken seiner breiten Schultern.

Mit Tommys energischer Hilfe hatten sie bald zwei gewaltige Baumstämme ans Wasser getragen und zusammengebunden. Während Gary und Kelsey damit beschäftigt waren, die Oberseite des Floßes abzuflachen und so das Gewicht zu vermindern, fertigte Geno Dollen und ein Steuerruder aus Stein an. Kleinere Baumstämme waren bald zu Rudern zurechtgehauen, und die Gefährten schafften es sogar, ein Segel zu hissen, indem sie Kelseys waldgrünen Umhang zweckentfremdeten.

Tommy gab ihnen einen kräftigen Stoß, und los ging die Fahrt; Gary machte sich am Segel zu schaffen (was nicht allzuviel brachte), und Geno legte sich unermüdlich und kraftvoll in die Riemen (was das Floß mit großer Geschwindigkeit dahingleiten ließ). Ihr Weg war eben und gradlinig, ganz im Gegensatz zu Tommys, aber der Riese durchmaß die steilen Schluchten und trat über die gewaltigen Felsbrocken hinweg und hatte keine Schwierigkeiten, Schritt zu halten.

Gary war besorgt, als Kelsey seine Bitte, über Nacht zu ankern und Tommy eine Pause zu gönnen, rundweg ablehnte. »Der Riese wird schon mit uns Schritt halten«, erklärte der Elf, und er sollte keine weiteren Nachfragen mehr hören. Gary brauchte nicht an das erinnert zu werden, was hinter ihnen lag, und auch nicht an die Verfolgungsjagd, die sicher bald beginnen würde.

Leicht glitt das Floß durch die Nacht, sie legten viele Meilen zurück. Als die Sonne wieder aufging, ein hellerer Fleck in den grauen Wolken, war Gary ziemlich erleichtert, daß der unermüdliche Tommy in der Tat während der Dunkelheit mit ihnen Schritt gehalten hatte. Der Riese bewegte sich leichtfüßig, ja anmutig über die Pfade und Felsen, die das Ufer säumten. Es lagen nicht die kleinsten Schatten der Erschöpfung unter seinen Augen, und er sang sogar vor sich hin, stellte Gary amüsiert fest.

Nun, da sich seine Befürchtungen zerstreut hatten, flossen seine Gedanken so ruhig und glatt dahin wie das kalte, dunkle Wasser des stillen Sees unter dem Floß. Er mampfte sein Frühstück und war so klug, keinen Gedanken an Robert den

Drachen zu verschwenden. Im Gegenteil, der junge Mann von dieser weit entfernten Welt konzentrierte sich nicht auf etwas Bestimmtes, sondern gestattete es sich, in die Melancholie und Würde dieser wunderschönen Landschaft einzutauchen. Was auch immer dieses Abenteuer sein mochte – sogar eine Geisteskrankheit –, Gary wollte diesen unglaublichen Anblick nie wieder vergessen, wollte, daß er sich unauslöschlich seinem Gedächtnis einprägte und ihn sein ganzes Leben lang begleitete.

Eine kleine Welle weit seitlich vom Floß lenkte seine Aufmerksamkeit von den dahinziehenden Bergen ab. Gary zwinkerte ein paar Mal, um seine Benommenheit abzuschütteln, als ein Schlangenkopf aus dem Wasser auftauchte, fünf bis zehn Fuß emporstieg und in seinem mäandrierenden Kielwasser erst ein und dann ein zweiter Buckel erschien.

Gary fiel die Kinnlade hinunter, sein Brötchen fiel ihm aus der Hand und kullerte ins Wasser.

»Wirst du sie wohl nicht füttern!« brüllte Mickey ihn sofort an. Er hechtete zum Rand des Floßes und fischte das Brötchen aus dem Wasser. »Sonst werden wir sie nicht wieder los!«

»Sie?« brachte Gary kaum heraus. Ihren Kurs zur Mitte des Sees – fort vom Floß – haltend, schlüpften der Nacken und die Höcker sanft unter die Oberfläche.

Mit großen Augen sah Gary Mickey an. »Nessie?«

Der Kobold legte die Stirn seines bärtigen, engelhaften Gesichtes in tiefe Falten, er schien nicht zu verstehen.

Gary ritt nicht weiter darauf herum. Er wandte sich dem See zu, der, abgesehen vom Gekräusel der Brise, wieder ruhig dalag, und hielt Ausschau, ängstlich, doch fasziniert. Zu viele Fragen kamen ihm in den Sinn, zu viele Möglichkeiten. Dort draußen, schutzlos auf einem improvisierten Floß, sehnte Gary sich nach den vorhersehbaren Tagen zu Hause zurück.

Und doch hatte in dem jungen Mann diese drängende

Sehnsucht nach dem Abenteuer weiterhin Bestand, diese flakkernde Flamme des Mutes, die ihm Schauer den Rücken hinabschickte, während er auf einem tiefen See in einem fernen und wilden Land nach einem Monster Ausschau hielt.

Er sollte die geheimnisvolle »Sie« nicht mehr erblicken, aber eine lange Zeit liefen immer noch Schauer seinen Rücken hinab.

Als sie einer Biegung des Sees folgten, kurz vor der Abenddämmerung dieses zweiten Tages, schienen sich die Crahgs vor ihnen zu teilen, und Gary war ein erster Blick auf den fernen, gefürchteten Berg vergönnt.

Er war eher einem Obelisken als einem Berg ähnlich, ein großer Zylinder aus Felsgestein, von lange zurückliegenden vulkanischen Aktivitäten aus der Erde gehoben. Aus dieser Entfernung konnte Gary überhaupt nicht abschätzen, wie hoch der Daumen des Riesen wirklich war, aber das machte den Anblick nicht weniger beeindruckend. Plötzlich verspürte er den Drang, Kelsey und Mickey dafür auszuschimpfen, daß sie ihn hierhergeschleppt hatten, sie kräftig durchzuschütteln und ihnen zu sagen, daß es einfach keine Möglichkeit gab, auch nur zu hoffen, auf diesen gigantischen Turm aus Stein hinaufzukommen. Aber er sagte nichts, und der Anblick verschwand ebenso schnell, wie er gekommen war, als ein undurchsichtiger Schleier grauen Nebels über die ferne Ebene zog.

Als sie am östlichen Ende von Loch Devenshere angelangt waren, konnte sich niemand so recht dafür begeistern, von Tommy einmal abgesehen. Widerwillig zwängte Gary seine wunden und geschwollenen Füße in die Freizeitschuhe und verschloß die zahlreichen Gurte von Donigartens Rüstung. Sie schlugen vor Sonnenuntergang ihr Lager auf, nicht weit vom See entfernt, und brachen es vor Sonnenaufgang, nach einem hastig eingenommenen Frühstück, wieder ab.

Auf und ab marschierten sie, verschlungenen Pfaden folgend, über Felsgrate und kalte, tanzende Bäche hinweg. Nur das Wissen, daß sie sich dem Ende der Crahgs näherten, ließ Gary noch einen Fuß vor den anderen setzen. Als er seine Erschöpfung sah, bot ihm der sanftmütige Tommy an, ihn zu tragen, aber Gary lehnte es ab, da der Riese, dem nicht einmal die kurze Gnadenfrist einer gemütlichen Floßfahrt vergönnt gewesen war, bisher den schlimmsten Teil der Reise abbekommen hatte.

Unerwarteterweise glättete sich der Weg wenig später, führte zu dem saftigen und ebenen Boden eines Tals hinab – Glen Druitch, so nannte Mickey den Ort – und eine Meile später zur letzten Barriere vor den Tiefebenen.

»Die Hexe ist schamhaft heute«, sagte Mickey grimmig zu Kelsey.

»Ceridwen?« fragt Gary.

«Nicht diese Hexe«, sagte Mickey. Er zeigte nach vorn, zum Ende des Tals, das zugleich das Ende der Crahgs war: Zwei kegelförmige Gipfel verschwanden auf halber Höhe in dichtem Nebel. »Die Hexenzitzen«, erklärte er. »Sie trägt ihren Schleier, und das bedeutet Ärger für alle, die Glen Druitch durchwandern, oder die Crahgs überhaupt.«

»Können wir nicht einfach um die … äh … Zitzen herumlaufen?« fragte Gary, dem der Anblick ihres letzten Hindernisses plötzlich gar nicht mehr gefallen wollte.

»Zu steil«, antwortete Geno. »Und zu gemein. Es gibt ab hier nur diesen einen Weg. Mitten durch den Spalt zwischen den Zitzen.«

»Oder wenigstens dicht an ihrem Fuße entlang«, fügte Mickey grimmig hinzu.

Kelsey schlug vor, eine Rast einzulegen und das Mittagessen noch in Glen Druitch einzunehmen, obwohl es noch früh am Vormittag war. Niemand hatte etwas dagegen, und so verging mehr als eine Stunde, bis sie schließlich bei den steil aufragenden Zwillingsgipfeln angelangt waren. Wuchernde grüne Wiesen verschwanden in den niedrig hängenden Wolken, gesprenkelt von nackten Steinbrocken, die aus dem Gras ragten, und gesäumt von rauschenden und plätschernden Bächen. Kelsey verbrachte einen langen Moment damit, die beiden Crahgs hinaufzustarren, mit neugierigen und, so schien es Gary zumindest, ein wenig ängstlichen Augen. Gary sah nicht den geringsten Unterschied zwischen dieser Erhebung und den hundert anderen, die hinter ihnen lagen, aber die Beklemmung, die sich auf seine erfahreneren Gefährten gelegt hatte, war nicht zu übersehen.

Dennoch war er ziemlich überrascht, als Kelsey unvermittelt erklärte, daß sie um die Crahgs herumwandern würden, statt durch ihren Spalt hindurchzukraxeln.

»Das wird uns zwei Stunden kosten«, murrte Geno.

»Wir gehen außen herum«, sagte Kelsey erneut und warf beunruhigt einen verstohlenen Blick zu der Wolke hinauf, die die Spitzen verbarg. Mickey und Geno sahen einander besorgt an, und während die anderen sich auf den Weg machten, ging Geno seitwärts zu einem Felssturz, über den ein kleiner Wasserfall tanzte.

Gary sah mehr nach hinten zu Geno als nach vorn, und so stieß er mit dem Fuß gegen einen vorstehenden Stein und schlug der Länge nach hin. Sofort war Kelsey über ihm, riß ihn unsanft auf die Beine zurück.

»Wir haben keine Zeit für dumme Schnitzer«, sagte er mit gedämpfter Stimme, und Gary war von seiner Schärfe überrascht.

»Ich wollte nicht …«

»Was du wolltest, spielt keine Rolle«, schimpfte Kelsey, so laut er es wagte. »Nicht hier. Hier spielt nur das eine Rolle, was du tust.«

Garys Verwirrung wurde nicht geringer, als Geno im nächsten Moment laut aufgrunzte. Kelsey und er sahen sich um. Der Zwerg hatte ein Ohr an den Fels hinter dem Wasserfall gelegt und machte ein grimmiges Gesicht. Schließlich richtete er sich auf, schüttelte resigniert den Kopf und zog zwei Hämmer aus dem Gürtel.

Es war ein unwirklich stiller Augenblick, selbst der Wind konnte die Stille nicht überdecken.

Ihrem Auftauchen aus dem Wolkenschleier ging eine Reihe schriller Schreie voran, die Gary Legers Knochen erweichten.

»Crahgwölfe!« hörte er Mickey und Kelsey wie aus einem Munde rufen, und er brauchte nicht erst zu fragen, was die beiden meinten. Ein gutes Dutzend hundeartiger Tiere kam den Hang heruntergestürmt. Sie erinnerten an Hyänen, waren aber schlanker, hatten dunkelgraues, borstiges Fell und lange, breite Schnauzen. Ihr Heulen war teils Wolf, teils Säugling, so schien es, und teils etwas ganz anderes, etwas Unnatürliches und Böses. Sie kamen den steilen Hang in vollem Lauf heruntergeschossen, und ihre Vorderbeine, die zweimal so lang wie die Hinterbeine waren, gestatteten es ihnen, dies in vollendetem Gleichgewicht zu tun. Lange bevor die gerissenen Tiere sie erreichten, trennten sich links und rechts kleine Gruppen ab, um ihre Beute zu umzingeln.

Geno verließ das Gestein beim Wasserfall und flitzte den steilen Hang des Crahgs bis zu einer Felsplatte hinauf. Die oberste Kante der Platte ragte aus der Erde hervor, so daß er sich dahinterquetschen konnte.

Garys erster Gedanke war, daß der stämmige Zwerg sich versteckte. Aber das verwarf er rasch wieder. Geno mochte vieles sein, aber nicht feige. Er würde sich jedem Feind furchtlos entgegenstellen, ganz gleich, wie die Chancen waren. Während Gary sich in diesem Wissen sonnte, mußte er sich angesichts der besorgten Mienen seiner beiden sichtbaren Gefährten (Mickey war natürlich nirgends zu finden) allerdings fragen, wie gefährlich diese Crahgwölfe nun wirklich waren.

Kelsey hatte keine Zeit verloren und den Bogen mit seiner tödlichen Arbeit beginnen lassen. Pfeil um Pfeil flog den Hügel hinauf, und der Elf konzentrierte sich auf die Wölfe, die nach rechts ausgeschert waren. Einer mußte einen schweren Treffer an der Schulter einstecken und strauchelte aufjaulend, ein anderer bekam einen Pfeil in den Kopf und ging wie ein gefällter Baum zu Boden, rutschte noch ein Stückchen weiter. Über ihnen erklangen erneut Schreie, und eine weitere Meute tauchte aus dem grauen Nebel auf.

Gary hörte hinter sich etwas krachen, und als er sich umwandte, hielt Tommy einen entwurzelten Baum in der Hand. Der Riese zuckte fast entschuldigend mit den Schultern und scharrte mit dem Fuß Erde in das Loch.

Gary fiel auf, daß Tommys dickes schwarzes Haar an manchen Stellen steil nach oben stand, eine kuriose Tolle bildend, und er begriff rasch, wo der unsichtbare und opportunistische Mickey abgeblieben war.

Kelsey spickte die Wölfe zur Rechten, jeder Pfeil traf ins Schwarze. Die größte Gefahr drohte im Moment direkt von vorn, erkannte Gary, von der herannahenden Hauptmeute.

Voller Wildheit kamen die Crahgwölfe herangestürmt, heulend und geifernd, gierig nach Blut. Sie sprangen leichtfüßig über Felsen und Risse hinweg, ließen sich durch nichts aufhalten oder von ihrem Kurs abbringen, der sie ihren Opfern entgegentrug.

Die vordersten Wölfe erreichten einen großen, abgeflachten Felsen, der so gegen den grasbewachsenen Abhang stand, daß es dahinter sieben Fuß senkrecht hinabging. Die Wölfe hetzten weiter, ohne von der kleinen Gestalt Notiz zu nehmen, die in der schmalen Öffnung zwischen der Felsplatte und dem Erdboden dahinter klemmte.

Geno, der sich mit dem Rücken gegen den Stein gestemmt hatte, ließ die ersten paar Wölfe vorbei, dann spannte er seine starken Beine an und drückte mit aller Kraft. Die Platte kippte so schnell von dem Abhang weg, daß die nachfolgenden Wölfe ihren Kurs nicht mehr ändern konnten.

Als der erste Wolf heranschoß, rutschte er mit den langen Vorderläufen in die neugeschaffene Schlucht, und sein Genick zerschmetterte an der Kante der Felsplatte. Sein Schwung trug ihn weiter, ließ ihn sich überschlagen, und er kullerte über die Platte und dann den Hang hinab. Die drei folgenden Wölfe schafften es noch, sich weit genug zu drehen oder zu ducken, um demselben Schicksal zu entgehen, aber sie krachten heftig gegen die Rückseite des Felsens und stürzten in das gähnende Loch, dem wütenden Zwerg vor die Füße.

Ungläubig schüttelte Gary den Kopf über das Geheule und Gejaule, das hinter dem Felsen erklang. Ein Wolf kletterte darüber hinweg, versuchte zu fliehen, aber eine plumpe, knotige Hand tauchte auf und packte ihn am Schwanz und riß ihn wieder zurück in den Kampf. Erde flog in alle Richtungen, Hämmer erschienen über dem Rand der Felsplatte, um rasch wieder zu verschwinden; eine Wolfspranke erschien auf der einen Seite des Felsens, ein Schwanz auf der anderen. Hoch flog ein Wolf in die Luft, schlug einen kompletten Salto, nur um wieder in Genos Spielzimmer zu stürzen.

Aber selbst wenn diese vier Crahgwölfe tot beziehungsweise beschäftigt waren und die vier zur Rechten von Kelsey dezimiert wurden, war der Kampf noch lange nicht gewonnen. Die dritte Gruppe der ersten Meute, ebenfalls vier an der Zahl, kam von links herangeprescht, und die zehn Wölfe der zweiten Meute stürzten von oben heran, Genos Klamm geschickt ausweichend.

Tommy hob den ausgerissenen Baum auf und warf sich den vordersten Angreifern entgegen.

Über ihnen wurden aus zehn Wölfen neun, dann waren die Bestien zu dicht heran, und Kelsey ließ den Bogen fallen. Er zog das Schwert, sah Gary an und nickte grimmig. »Diese Tiere sind nicht dumm – sie werden zusammenarbeiten, um uns voneinander zu trennen«, erklärte er. »Und dann werden sie versuchen, von hinten an dich heranzukommen. Bleib in Bewegung und dreh dich um, sooft du kannst.«

Kelseys Vorhersage erwies sich als schmerzhaft wahr, kaum daß der erste Wolf heran war. Er hielt direkt auf Gary zu, bog dann aber im letzten Moment ab und sprang zwischen die beiden. Dieser Zug wurde ihm mit einem Hieb von Kelseys Schwert vergolten, aber er brachte den erwünschten Erfolg; die Gefährten hatten sich weiter voneinander entfernt.

Dann schwärmten die Wölfe um sie herum, fünf für Kelsey, vier für Gary, umkreisten sie, schnappten nach ihnen und warteten darauf, daß sie sich eine Blöße gaben.

»Ihr solltet die Bestien einzeln ...«, begann der magische Speer Gary zu belehren.

»Ich weiß, wie ich mit ihnen zu kämpfen habe«, hörte Gary sich entgegnen, mit einem (selbst für ihn) überraschend zuversichtlichen Ton am Leibe.

Der Speer teilte ihm nur noch einen Gedanken mit, bevor er die Kommunikation einstellte: **»In der Tat.«**

In der Enge der kleinen Schlucht befanden sich die steifbeinigen Crahgwölfe ernstlich im Nachteil. Zwar konnte der Zwerg mit seinen Hämmern nicht allzuweit ausholen, aber das brauchte er auch nicht. Kurz und hart ließ er seine Schläge auf die Wölfe einprasseln. Einen Wolf hatte er kopfüber fest in die Erdspalte gekeilt, wo er um sich trat und jämmerlich heulte. Wann immer Geno die Gelegenheit hatte, ließ er einen Hammer auf sein Hinterteil krachen und trieb ihn tiefer in die Spalte hinein.

Ein Wolf schaffte es, sich umzudrehen und mit seinen Kiefern Genos Unterarm zu packen; ein paar blutige Tröpfchen erschienen auf der steinartigen Haut des Zwergs. Geno ballte die Hand zu einer Faust, so fest er konnte, spannte seine von der Arbeit in der Schmiede gestählten Muskeln so sehr an, daß die Zähne nicht tiefer eindringen konnten; der Wolf hätte ebensogut versuchen können, in massiven Stein zu beißen!

Mit seinem freien Arm prügelte und hämmerte Geno auf den verbliebenen Angreifer ein, um ihn sich vom Leibe zu halten; dann, als sich ihm die Möglichkeit bot, zahlte er es dem Wolf, der sich in seinen Arm verbissen hatte, mit gleicher Münze zurück und biß ihn in die Nase.

Der Wolf jaulte auf, schüttelte sich und ließ von seinem Arm ab.

Der knurrende Zwerg jedoch lockerte seinen Kiefer nicht, ja er hob den Wolf sogar mit den Zähnen hoch, drückte ihn gegen die Felswand und preßte seinen schweren Körper gegen die ausschlagenden Läufe.

In der Annahme, daß Geno vollauf beschäftigt war, näherte sich der letzte Wolf von hinten.

Genos Hammer erwartete ihn schon.

Tommy Ein-Däumling war nicht so guter Dinge. Seine schwerfälligen Schläge mit dem ausgerissenen Baum konnten gegen die schnellen, wendigen Wölfe nichts ausrichten. Sie schnappten nach seinen Knöcheln, huschten zwischen seinen Beinen hindurch und zwangen ihn so oft dazu, herumzuwirbeln, daß ihm bald völlig schwindelig war.

Tommy schwankte hin und her. Ein Wolf warf sich gegen seine Schenkel, um ihn umzuwerfen, ein anderer sprang hoch und biß ihm in die Hand.

Tommy wußte, daß er nicht umfallen durfte. Die Wölfe mochten ihm zwar weh tun, aber sie konnten seine kräftigen

Beine nicht ernsthaft verletzen. Wenn er jedoch umfiel, bot er ihnen viel empfindlichere Ziele.

Schmerz schoß durch seine Wade, aber er ignorierte ihn und konzentrierte sich einfach nur darauf, das Gleichgewicht zu halten, bis sich nicht mehr alles vor seinen Augen drehte. Langsam gewann er seine Orientierung zurück. Wieder sprang ein Wolf hoch, biß ihm in den Handteller. Blödes Vieh. Tommy schloß die Hand fest um seine Schnauze. Dann wirbelte er herum und schleuderte den Wolf mit aller Kraft den Berg hinauf. Der Wolf überschlug sich, verfehlte nur knapp den nackten Fels, aber das half ihm auch nicht mehr, denn er krachte mit dem Kopf voran gegen den Abhang und wurde so entsetzlich zusammengestaucht, daß das Ende seines Schwanzes direkt über dem Kopf zu liegen kam.

Tommy aber hatte keine Zeit, sich darüber zu freuen. Wieder fuhr ein Schmerz durch seine Wade, und dann fuhren andere Zähne in die Innenseite seines Schenkels. Wie wild versuchte der Riese, seine Angreifer abzuschütteln, aber so wirbelte er wieder nur herum, und wieder drehte sich alles vor seinen Augen.

Gary drehte sich um und riß seinen Schild gerade noch rechtzeitig genug hoch, um den Wolf abzuwehren, der ihn von hinten angriff. Der junge Mann hatte keine Zeit, sich eine Taktik auszudenken. Er konnte einfach nur auf seine Instinkte vertrauen, und bislang hatten sie ihn ja nicht im Stich gelassen. Sich drehend, vorstoßend, Finten ausführend, so hielt er sich die vier Wölfe vom Leib, aber so schaffte er auch nicht, sie wirklich zu verletzen.

Er wußte, daß die Zeit nicht auf seiner Seite war, daß er lange vor den ausgehungerten Angreifern erschöpft sein würde.

Ein Schrei ließ ihn kurz zur Seite blicken, dort lag ein Wolf, tot, den Kopf beinahe vollständig abgetrennt. Nun hatte auch

Kelsey nur noch vier gegen sich, und von diesen war einer nicht mehr allzu flink; es war der, der bei seinem Sprung zwischen Kelsey und Gary einen Streich in die Flanke hatte einstecken müssen.

Aber Gary verbot sich jede Hoffnung, daß Kelsey ihm bald zu Hilfe eilen konnte. Selbst wenn der Elf trotz der ungleichen Chancen siegen sollte, war zu bezweifeln, daß er damit fertig war, bevor die Crahgwölfe an Garys leblosen Gliedern zerrten.

Abgesehen davon war Gary Leger es leid, bei diesem Abenteuer immer der Klotz am Bein zu sein. Diesmal wollte er sich bei seiner Rettung auf nicht mehr verlassen als die Spitze seines Speeres.

Ein Wolf kam geduckt heran, aber Gary ließ sich auf ein Knie fallen und senkte seinen Schild gegen den Angreifer. Er spürte, daß der Wolf plötzlich innehielt, riß den Schild wieder hoch und stach mit dem Speer direkt unter der Kante hindurch. Der überraschte Wolf hatte gerade über den gesenkten Schild hinwegspringen wollen, und so bekam er den Speer frontal in die Kehle, und die Spitze drang bis in die Brust hinab.

Das Tier stieß ein rasselndes Geräusch aus, als Gary den Speer herausriß und sich in dem Wissen, daß jede seiner Attacken ihn den anderen Wölfen schutzlos auslieferte, zu erheben und umzudrehen versuchte.

Sein sperriger Schild blieb in der Erde hängen, bremste ihn, und so rettete ihm nur die edle Rüstung das Leben, als ihm ein Wolf ins Kreuz sprang und nach seinem Genick schnappte.

Die Wolfsfänge kamen heran, und Geno schlug mitten hinein, trieb dem Wolf seinen Hammer in den Rachen. Er lächelte grimmig, als die Kieferknochen mit einem vernehmlichen

Krachen brachen. Er ließ es zu, daß sich der Wolf ein Stück zurückzog, aber nur, um ihm den Hammer entgegenzuschleudern.

Die Waffe prallte vom Kopf des Wolfes ab, ließ ihn auf einem Auge erblinden.

Schwer rammte Geno seine Faust in den Wolf, den er immer noch gegen den Stein gepreßt hielt, packte ihn bei der Kehle. Dann riß er den Kopf zurück, und seine im Zermahlen von Stein geübten Zähne nahmen ein gehöriges Stück Wolfsnase mit.

»Mach's gut, kleines Hundchen«, höhnte er. Nachdem er einen Augenblick seinen Arm untersucht hatte, drückte er mit seinem Nicken seine Befriedigung darüber aus, daß die Verletzung nicht allzu ernst war, und ließ seinen zweiten Hammer auf den Schädel des Wolfes einprasseln, bis der Knochen zersplittert war.

Wieder frei, zog Geno einen weiteren Hammer aus dem Gürtel und rückte gegen den halbblinden Wolf vor. Mit seinem zerschmetterten Kiefer hatte dieser keine Lust, weiter hier herumzuhängen, und er hätte es auch geschafft, über die steinerne Wand zu krabbeln, wenn Geno nicht die Zähne in seinen Schwanz geschlagen und ihn festgehalten hätte. Der Wolf trat mit seinen kurzen Beinen um sich und zog mit aller Kraft, aber dann machten sich Genos Hämmer an die Arbeit, krachten abwechselnd in die bloßen Flanken. Unter den brutalen Schlägen wurden die Knochen des Wolfes zu Brei, und schon bald trat er nicht mehr um sich.

Geno wandte sich dem letzten Wolf zu, der immer noch hilflos unter dem Stein klemmte.

»Ich würde jetzt nicht mit dir tauschen wollen«, sagte Geno langsam, und ebenso langsam begann er zuzuschlagen.

Gary warf sich einfach hintenüber, warf sich mit seinem durch die Rüstung verstärkten Gewicht direkt auf seinen Angreifer. Der Wolf jaulte kurz auf – für den Sekundenbruchteil, in dem er noch genügend Luft in der Lunge hatte –, und Gary rollte über ihn hinweg, schaffte es, auf den Beinen zu sein, bevor die anderen beiden Wölfe ihn überwältigen konnten.

Der Wolf auf dem Boden zuckte und zappelte und schaffte es nicht mehr, sich aufzurichten; Garys Schmettersturz schien ihm ein, zwei wichtige Knochen gebrochen zu haben.

Doch die anderen beiden Wölfe griffen Gary nun von zwei Seiten an. Er warf den Schild nach vorn und stoppte den einen, dann versuchte er, sich schnell genug herumzudrehen, um auch noch den zweiten abzuwehren. Aber der schwere Schild blieb erneut am Boden hängen, und Gary war schutzlos. Also warf er sich nach vorn und entging knapp dem schnappenden Maul des heranfliegenden Wolfes.

»Wie hat Cedric es bloß geschafft, gleichzeitig mit dem Speer und diesem verdammten Schild zu kämpfen!« dachte er entnervt.

»Das tat er nicht«, antwortete der beseelte Speer an seinem Gürtel. **»König Cedric kämpfte mit dem Speer allein. Den Schild trug er nur in Zeremonien, oder falls er sich entschloß, die Klinge zu führen.«**

Gary blinzelte und schüttelte den Kopf. Dann schüttelte er seinen Arm, froh, von dem unhandlichen Schild befreit zu sein. »Danke, daß du mir das gesagt hast«, dachte er sarkastisch.

»Stets zu Diensten«, antwortete der Speer aufrichtig, ohne beleidigt zu sein.

Crahgwölfe waren keine übermäßig großen Geschöpfe, und sie konnten auch nicht so kräftig zubeißen wie normale Wölfe. Crahgwölfe waren auf ihren zahlenmäßigen Vorteil angewiesen und auf ihre Schnelligkeit – abgehackte Bewegungen, die durch die seltsamen Proportionen ihrer Beine noch verstärkt wurden.

In ihrem Kampf mit Kelsey jedoch waren die Wölfe überhaupt nicht im Vorteil.

Wann immer sich einWolf in Kelseys Rücken heranschlich, traf ihn das scharfe Schwert in einer blindlings ausgeführten Rückhand. Und anders als Tommy konnte Kelsey endlos herumwirbeln und sich drehen, ohne auch nur einen Anflug von Schwindelgefühl zu empfinden. Perfekt behielt er seine Balance, verlagerte ständig sein Gewicht von einem Fuß auf den anderen, die Klinge immer zum nächsten Streich bereit – und immer an der richtigen Stelle, um den Wolf abzuwehren, von dem am meisten Gefahr drohte.

Aber Kelsey war es ebenfalls klar, daß er seine defensive Haltung nicht sehr lange beibehalten konnte. Zwar fürchtete er nicht, schnell zu ermüden, aber er wußte, daß seine weniger geschickten und weniger behenden Gefährten wohl kaum lange durchhalten konnten. Und wenn Geno oder Gary starben, war auch die ganze Queste gestorben.

Ein Wolf umkreiste ihn zur Rechten. Kelsey machte einen Satz auf ihn zu, sprang aber sofort wieder zurück, als der Wolf außer Reichweite hüpfte.

Dem ersten Wolf folgte ein zweiter, aber er hielt sich noch fern von dem Elfen. Diesmal bemerkte Kelsey etwas, das der Wolf übersehen hatte.

Er machte einen Satz und griff an, und der Wolf hüpfte zurück. Aber Kelsey hielt nicht inne. Sein nächster kühner Satz ließ das Tier wieder nach hinten hüpfen, genau in den Wolf hinein, den Kelsey ganz am Anfang verwundet hatte, als er zwischen ihn und Gary gesprungen war.

Als der verwundete Wolf versuchte, seinem Genossen aus dem Weg zu gehen, geriet er ins Taumeln, denn mit seiner aufgeschlitzten Flanke war er nicht allzu beweglich. Der gesunde Wolf drängelte und schubste, aber er kam nicht weg.

Kelseys Klinge stieß ihn hinab, einmal, zweimal.

Da er wußte, daß sich zwei weitere Gegner von hinten näherten, hastete er an dem erlegten Tier vorbei und fällte im Laufen noch den verwundeten Wolf. Direkt hinter den Kadavern wirbelte er herum, und sein Schwert war für den ersten Angreifer bereit. Der Wolf wich aus, aber es war zu spät. Kelsey hackte ihm einen Vorderlauf sauber ab.

Nun, wo es eins zu eins stand, hatte der Wolf nicht mehr genug Mumm. Er bellte einen ohnmächtigen Protest, wandte sich um und floh. Zuerst wollte Kelsey dem hinkenden, dreibeinigen Wolf den Garaus machen, dann überlegte er es sich aber anders und suchte lieber nach seinem Langbogen.

Tommy hörte auf, sich zu drehen, aber die Welt um ihn herum tat das nicht. Auch der Schmerz in seinem Bein ließ nicht nach, denn der zähe Wolf hielt eisern fest. Tommy bückte sich, um den Wolf zu packen und ihn wegzuschleudern.

Nun drehte sich die Welt zu schnell, der Erdboden wuchs ihm entgegen.

Dann lag er auf dem Rücken und sah verdutzt den wirbelnden Wolken zu.

Eine dunkle Gestalt erschien über ihm. Instinktiv schlug Tommy mit beiden Fäusten zu, kräftig genug, daß der Crahgwolf zur Seite flog. Aber seine Arme waren hoch ausgestreckt, als ein zweiter Wolf auf seinen bloßen Nacken zusprang.

Das aufgerissene Maul hätte sich bestimmt um sein Ziel geschlossen, wenn nicht ein Zwergen-Hammer den Wolf noch in der Luft abgefangen hätte. Der Riese schrie überrascht auf, aber das graue Fell des Wolfs auf seinem Gesicht erstickte den Schrei.

Wieder war es reiner Instinkt, daß Tommy seine Arme zurückriß und das Tier wie ein Bär umklammerte. Der Wolf versuchte, ihn zu beißen, also antwortete er mit einem Anspannen der Muskeln. Bei so engem Körperkontakt war es ein ungleicher Kampf.

Tommy siegte.

Nun, wo er nicht mehr mit dem Schild beladen war, verfiel Gary in einen Wirbelwind der Aktivität, sprang umher, stieß mit dem Speer zu oder prügelte mit seinem Ende auf die letzten beiden Wölfe ein, so effektiv, daß sie nicht mehr dicht genug herankamen, um ihn zu beißen.

Er dachte nicht mehr an seine Erschöpfung, er fragte sich nicht, ob seine Handlungen nur durch den beseelten Speer geleitet wurden oder nicht. In diesen kritischen Momenten dachte er überhaupt nicht, sondern handelte aus bloßem Instinkt heraus: er ließ sein Herz seine Handlungen bestimmen, und es tat dies viel schneller, als es sein Kopf je gekonnt hätte.

Er stolperte, fing sich aber wieder. Der Helm verbarg sein trockenes Lächeln, als er absichtlich das Schwanken beibehielt und seinen Gegnern vortäuschte, daß er sein Gleichgewicht nicht wiedererlangt hatte, daß er auf wackligen Beinen stand. Er streckte sogar den Arm mit dem Speer weit aus, erweckte einen wehrlosen Eindruck.

Wie zu erwarten war, fiel ein Crahgwolf über ihn her.

Gary wartete bis zum letzten Augenblick, dann sprang er hoch in die Luft und zog die Beine an. Der Wolf bremste entsetzt ab, und Gary krachte ihm mitten ins Kreuz. Die Beine des Wolfes knickten ein und wurden nach außen gedrückt – und kam dieses trockene Knacken nicht von seinem Rückgrat?

Gary nahm sich nicht die Zeit, es herauszufinden. Er zog den Speer vor die Brust und trieb ihn dem Wolf geradewegs ins Kreuz, mit seinem ganzen Körpergewicht dahinter.

Der zweite Wolf schoß schon heran. Gary riß den Speer aus dem Kadaver und drehte ihn, während er sich nach hinten fallen ließ, weg von der Gefahr. Es war wie bei dem Löwen in Ceridwens Gemächern; der Wolf wurde von seinem eigenen Schwung weitergetragen und spießte sich hilflos selbst auf.

Gary war geistesgegenwärtig genug, den Speer hoch und zur Seite zu wuchten, während der todgeweihte Wolf den Schaft hinunterrutschte, denn die Fänge schnappten wie rasend nach ihm. Der Wolf schlug noch einmal mit den Pfoten aus, dann blieb er regungslos liegen.

Erschöpft zwang Gary sich auf die Beine; er hatte sich völlig verausgabt. Zu seiner Rechten zielte Kelsey sorgfältig und ließ den Pfeil von der Sehne schnellen, streckte den letzten, fliehenden Wolf nieder.

Über den Anblick des liegenden Riesen besorgt, stolperte Gary zu Tommy und Geno hinüber. Tommy hielt einen zerquetschten Wolf an die Brust gedrückt, und Geno schlug mit seinen Hämmern wie wild auf einen Wolf ein, der sich in Tommys Wade verbissen hatte.

»Er ist tot«, sagte Gary, als er an dem Zwerg vorbeikam.

Geno hielt lange genug inne, um seine Worte zu begreifen. »Und hartnäckig«, antwortete er, denn selbst der Tod hatte es nicht vermocht, die Kiefer des Wolfs zu lösen. Geno zuckte mit den Schultern, steckte einen der Hämmer in den Gürtel zurück, griff in einen Beutel und holte einen Meißel heraus.

»Geht's?« fragte Gary den Riesen.

Tommy nickte.

Genos Hammer knallte auf den Meißel.

Tommy schrie auf und trat reflexhaft um sich, und Geno schoß senkrecht hoch in die Luft.

Als der Schrei des fliegenden Zwergs rasch verklang, kam

Gary der Dopplereffekt in den Sinn. Klugerweise sah er nach oben, als der Schrei wieder lauter wurde, und klugerweise warf er sich zur Seite, flach auf den Boden neben Tommys Kopf, als Geno, die zwergische Kanonenkugel, zur Landung ansetzte. Und dreimal aufschlug.

Geno sprang sofort wieder auf die Füße und sah sich verwirrt um. Gary blieb flach liegen und wartete auf eine heftige Tirade.

»He, Riese«, sagte Geno statt dessen aufgeregt, nachdem er einen Klumpen Erde und Gras ausgespuckt hatte. »Merk dir den Trick.« Er sah zum Himmel hinauf und fuhr sich durch das braune Haar, baß erstaunt, wie hoch er geflogen war. »Wir können ihn im nächsten Kampf verwenden!«

Tommys Antwort drückte perfekt Garys Gedanken aus: »Boh?«

Gary kniete schon fast, als ihm etwas Merkwürdiges auffiel. Der Kopf des Riesen berührte den Boden nicht, und doch wurde das Gras darunter flach und zur Seite gedrückt.

Da fiel Gary ein, daß jemand fehlte.

Einen Moment später wurde Mickey wieder sichtbar, ein kläglicher Anblick unter dem gewaltigen Schädel.

»Du errätst nie, was so ein Riesenkopf wiegt«, sagte er trokken.

Als Tommy das hörte, hob er sofort den Kopf, und Mickey glitt darunter hervor.

»Lauft!« rief Kelsey plötzlich, und seine Warnung wurde von dem entfernten Geheul vieler Crahgwölfe begleitet.

Gary wußte nicht, was die Aufregung sollte. Die Wölfe waren beachtliche Gegner gewesen, aber auch nicht schlimmer als viele andere, die sie bekämpft hatten – und besiegt. Warum also stand die Furcht Kelsey und Mickey und selbst dem rauhen Geno wieder so deutlich ins Gesicht geschrieben?

»EEE YA YIP YIP YIP!«

Der Schrei ließ die Luft erbeben wie ein Chor aus hundert Alarmsirenen und hundert Kanonen zugleich. Garys Knie wurden weich wie Pudding, und er fiel fast zu Boden.

»Was zum Teufel war das?« japste er, nachdem er wieder halbwegs beieinander war.

»Frag lieber nicht, Junge«, sagte Mickey. »Lauf einfach, was das Zeug hält.«

Die Felsenburg

»EEE YA YIP YIP YIP!«

Der Schrei hallte von allen Felsen wider, kam aus allen Richtungen zugleich.

»Was ist das?« schrie Gary noch einmal, noch verzweifelter. Er zog und zerrte an seinem Speer, aber er bekam ihn nicht mehr aus dem Körper des aufgespießten Wolfs heraus.

Geno eilte herbei und hämmerte auf das hintere Ende des Speeres ein, trieb ihn in die blutige Masse, so weit es ging. Dann zog er ihn völlig besudelt am anderen Ende heraus und warf ihn Gary zu. Gary fing ihn nur widerwillig auf und beugte sich vor, um das Blut im feuchten Gras abzuwischen; da aber hob Tommy ihn hoch und flüchtete, immer dem Elfen nach.

»EEE YA YIP YIP YIP!«

»Was ist das?« löcherte Gary den Kobold, der direkt über ihm auf der massigen Schulter des Riesen saß.

Mickey, dessen Gesicht bleicher und ernster war, als Gary es je gesehen hatte, ignorierte ihn und flüsterte Tommy etwas ins Ohr. Ohne abzubremsen beugte Tommy sich hinab, als er an Geno vorbeilief, und nahm ihn auf den anderen Arm. Selbst jetzt, wo er alle drei trug, hatte er keine Schwierigkeiten, mit Kelsey Schritt zu halten, der lief, als ob der Teufel hinter ihm her wäre.

Da sie nun keine Zeit mehr für ihre ursprüngliche Route am Fuße der beiden Crahgs entlang hatten, kämpfte Kelsey sich zu dem Paß zwischen den Hexenzitzen hinauf. Das Vorankommen war mühsam und der Boden zerklüftet, aber wann immer Kelsey an einen Felsvorsprung oder einen jähen Spalt kam, der ihn aufgehalten hätte, war Tommy hinter ihm und hob oder warf ihn hinüber.

»Crahgwölfe!« rief Geno, nachdem er um die gewaltige Masse des Riesen herumgeschielt hatte.

»Weiter!« antwortete Kelsey. »Sie können nicht besonders gut klettern!«

Gary sah nach hinten, und die Worte des Elfen bewahrheiteten sich. Die Wölfe verfolgten sie tatsächlich, aber sie waren viel weiter unten am Berg. Mit ihren langen Vorderläufen kamen sie nur langsam voran; einige trotteten sogar rückwärts den Hang hinauf, was wohl das Verrückteste war, was Gary je gesehen hatte.

Trotz ihres Vorteils gegenüber der Wolfsmeute atmeten seine Gefährten nicht auf. Gary begriff, daß sie vor etwas wesentlich Mächtigerem als einfachen Crahgwölfen flohen.

Etwas wesentlich Furchtbarerem.

Auf und ab, um Felsbrocken herum und über tiefe Risse in dem verwitterten Gestein hinweg, so liefen und sprangen sie. Sie gelangten an einen Felsgrat, hinter dem es vielleicht fünfzig Fuß steil hinabging; unten lag ein brauner Tümpel voll schlammigem Wasser – oder war es nur Schlamm? Gary war sich nicht sicher.

Der Pfad wand sich steil und tückisch und fürchterlich schmal an der Seite hinab, dort drohten sie nur langsam voranzukommen.

»EEE YA YIP YIP YIP!« erklang es von jedem Felsen; das

Wesen, das diesen furchtbaren Schrei ausstieß, war hinter ihnen, neben ihnen, vor ihnen – sie konnten es nicht sagen!

Kelsey schrie auf und sprang. Tommy, der Gary und Geno immer noch fest gepackt hielt, während Mickey sich wiederum an ihm festhielt, folgte Kelsey blindlings.

Sie landeten in einem Schwall von Schlamm und Moder. Dreckwasser schoß in Garys zu großen Helm, spritzte ihm ins Gesicht und in die Nase. Er befreite sich von dem Helm und erblickte Mickey, der sanft an einem Regenschirm herabsank; der Kobold neigte den unorthodoxen Drachen, um einen Aufwind zu erwischen, und segelte in aller Seelenruhe über das trübe Wasser hinweg.

Gary schüttelte den Kopf, immer wieder aufs neue erstaunt. Und kein bißchen neidisch, denn auch er war halbwegs trocken geblieben. Geno ebenfalls, denn Tommy hielt sie immer noch hoch über den schlammigen Tümpel. Der Riese aber war tief eingesunken, bis unter die Achseln, und Kelsey war von oben bis unten braun, obwohl er schleunigst aus dem Wasser gekrabbelt war.

»Kommt weiter«, sagte er. »Wir sind immer noch bei den Crahgs und können uns keine Verzögerungen leisten.«

Geno und Gary warteten einen Augenblick, dann sah Geno Tommy verwundert an. »Folgst du ihm nun oder nicht?«

Ihr gigantischer Freund sah völlig verdattert drein. »Tommy kann sich nicht bewegen«, sagte er nach einem kurzen Kampf mit dem zähen Schlamm.

Ohne lange zu zögern, rutschte Gary von Tommys Arm in den Tümpel. Das Wasser ging ihm nur bis zur Schulter, also hätte es irgendwo um Tommys Knie herum plätschern müssen. Und doch stand Gary Auge in Auge mit dem Riesen da.

»Donnerlittchen«, stöhnte Mickey. Er stand am Rande des Tümpels und hatte die Lage sofort durchschaut.

Kelsey sah besorgt zum Paß zurück, dann wandte er sich

um und betrachtete die braunen Ebenen, die sich im Osten abzeichneten.

»Keine Sorge«, versicherte Geno, während Tommy ihn vorsichtig zum Ufer hinüberhob. Der Zwerg hüpfte ans hintere Ende des Tümpels, untersuchte die Felswand.

»Ich kann ihn da rausholen«, erklärte er und nickte Tommy aufmunternd zu.

Tommy lächelte breit, als er Gary ans Ufer half.

»Du kannst ihn aus diesem Morast nicht herausziehen«, sagte Mickey. »Nicht einmal mit hundert Zwergen.«

Da konnte Geno ihm nur zustimmen, aber er hatte auch nicht vor, Tommy herauszuziehen – noch nicht. Er ergriff seinen größten Hammer und schlug wie ein Wilder auf die Felswand hinter dem Tümpel ein. Kelsey verzog bei jedem Schlag das Gesicht und schaute nervös zu den Gipfeln hinauf.

»Das Monstrum wird die Crahgs nicht verlassen«, versuchte Mickey ihn zu beruhigen. »Die Hexenzitzen markieren die Grenze seines Reviers.«

»Welches Monstrum?«, drängte Gary.

»Du hast es doch gehört«, antwortete Mickey lässig.

»Was gehört?« Die Frustration schwang deutlich in Garys nahezu hysterischer Stimme mit.

»Den Haggis«*, flüsterte Kelsey leise.

»Haggis?« wiederholte Gary ungläubig. Der Name war ihm nicht unbekannt. In seiner Kommode zu Hause lag sogar ein Sweatshirt, auf dem drei schottische Jäger abgebildet waren, die sich als »Haggis Hunters Unlimited« ausgaben.

»Meint ihr vielleicht die kleinen, haarigen Tiere, die im schottischen Hochland herumlaufen?« fragte er.

»So klein sind sie nicht«, sagte Kelsey.

* Haggis: Schottisches Gericht aus gehackten Schafsinnereien und Haferschrot, im Schafsmagen gekocht. – Anm. d. Übers.

»Und mehr als haarig«, fügte Mickey hinzu. »Sie sind gemein, Junge. Es gibt nichts Gemeineres als einen wilden, haarigen Haggis.«

Gary starrte fassungslos aus der Wäsche. Er kniff sich ein paarmal in den Arm und murmelte: »Wach auf.«

Genos triumphierendes Grunzen ließ sie sich umdrehen. Er hatte ein Loch in die Felswand geschlagen, und das Wasser des verschlammten Tümpels lief rasch ab, legte einen Morast frei, in dem der Riese bis zu den Hüften feststeckte.

Kelsey holte ein dünnes Seil hervor, und der tüchtige Geno begann damit, Steine um den Riesen herum auszulegen, so daß das Seil einen gewissen Angelpunkt hatte und Geno eine sichere Grundlage, von der aus er damit beginnen konnte, den Schlamm wegzuschaufeln, der Tommy umschloß.

Gary wollte seinen Augen kaum trauen: Der wortkarge Zwerg arbeitete wie wild und voller Entschlossenheit, um einen Riesen zu befreien – einen Riesen, den er vor nicht allzu langer Zeit als Feind betrachtet hatte. Und es war nicht nur reiner Pragmatismus, erkannte Gary, auch wenn keiner von ihnen abstreiten würde, daß Tommy ein nützlicher Reisegefährte war. Genos Mühen gingen über das hinaus, was er für einen Packesel tun würde. Etwas Wunderbares war gerade in den gefährlichen Crahgs entstanden, und nun war es auch hier zu sehen, in dem schlammigen Tümpel.

Ein unbezweifelbares Band der Freundschaft.

Trotz ihrer gemeinsamen Anstrengungen brauchten sie mehr als eine Stunde, um Tommy aus dem Schlamm zu befreien. Aber es ertönten keine markerschütternden Schreie mehr aus den Crahgs, und es tauchten keine Verfolger auf, weder Wölfe noch Haggis.

Froh, die Crahgs hinter sich zu lassen, säuberten sie sich und ihre Sachen, so gut es ging, und machten sich auf den Weg über die braune und öde Ebene. Roberts Hort, der Daumen des Riesen, lag auf Schritt und Tritt deutlich sichtbar vor ihnen.

In seinem ganzen Leben hatte Gary noch keine so vollkommene Trostlosigkeit gesehen. Das Land war völlig verwüstet und zerstört. Sie passierten einen ausgedehnten Flecken verkohlter Baumskelette, der einst ein fruchtbarer Wald gewesen war, und dann wanderten sie in eine Senke hinab, über lehmigen Boden, der von langgezogenen Pfützen übersät war. In unregelmäßigen Abständen hatten sich Büschel aus dürrem Gras und Unkraut ans Licht gekämpft.

Eine bleiche Linie von Skeletten säumte den lehmigen Boden; es waren skelettierte Fische, und Gary begriff, daß dies vor langer Zeit ein großer See gewesen war, ungefähr so breit wie Loch Devenshere, wenn auch nicht so lang.

»Aye, so war's«, stimmte Mickey zu, als Gary ihn danach fragte. »Loch Tullamore, so hieß er. Voller Fische und voller Schönheit.«

»Aber Robert, der hat ihn nicht gemocht«, fuhr er fort, und seine Stimme war von Zorn und Trauer erfüllt. Er verstummte, und wieder trat dieser wehmütige Blick in seine grauen Augen.

»Was hat er getan?« fragte Gary nach einer Weile tief beeindruckt. Was sollte schließlich ein Untier, Drache hin, Drache her, einem ganzen See antun können?

»Er hat ihn angefaucht, Junge. Hat seinen Feueratem über das Wasser geblasen, bis es nicht mehr da war. Tag für Tag kam Robert der Reizbare her und ließ die Wasser von Tullamore verdampfen.« Gary fehlten die Worte. Was Mickey dem Drachen zuschrieb, überstieg sein Vorstellungsvermögen, und um so mehr schreckte ihn nun der Anblick des obeliskartigen Berges in der Ferne. Jeder Schritt fiel ihm schwerer, jeder Schritt, der ihn näher an die Höhle von Robert dem Reizbaren heranbrachte. Dieses Gefühl schwand erst, als der Berg außer

Sicht geriet, denn Kelsey führte sie in eine lange und schmale Spalte hinab, einen großen Riß im lehmartigen Boden. Die Wände, die den Riesen schon fast einklemmten, ragten zwanzig Fuß hoch, und dies war für viele Meilen ihr Weg.

In dieser Nacht lagerten sie auf der Ebene über der Spalte, und die vollkommene Stille um sie herum schien das Vermächtnis des brandschatzenden Drachen zu sein. Nicht eine Grille zirpte, und der Nebel wallte früh und dicht, verschluckte sämtliche Sterne des Abendhimmels. Der zweite Tag war ebenso wie der erste: heiß und trocken und von nervenzermürbender Stille. Der Berg war schon viel näher; sie schauten zu ihm hinüber, bevor sie wieder in die Spalte hinabstiegen, aber Gary schenkte dem Berg so wenig Aufmerksamkeit wie möglich. Er zog es vor, den Drachen und die bevorstehenden Gefahren aus seinen Gedanken zu verbannen.

Am späten Nachmittag jedoch konnte er den Anblick nicht mehr ignorieren, denn sie verließen die Spalte, und nach der letzten Kurve führte ihr Weg direkt auf den Daumen des Riesen zu. Unmittelbar vor ihnen lag ein kleines Tal, übersät von den verkohlten Überresten vor langer Zeit abgestorbener Bäume und wenigen Büscheln Gras und Unkraut. Und hinter dem Tal ragte der Berg empor.

Gary blieb fast die Luft weg, als sein Blick den Obelisk hinauf und hinauf und hinaufwanderte. Und als wären die fast senkrechten Klippen aus vorspringendem, kantigem Gestein noch nicht beeindruckend genug, ragte auf dem Gipfel eine Burg empor; ihre steinernen Mauern und Türme schienen regelrecht aus dem natürlichen Fels herauszuwachsen, wie eine Verlängerung der Klippen.

»Da gehen wir rauf?« fragte der junge Mann fassungslos in die Runde und hoffte, daß wenigstens einer ihm eine vernünftige Antwort geben würde.

»Auf der anderen Seite gibt es eine etwas weniger steile

Straße«, antwortete Kelsey. »Aber sie würde uns mitten zwischen die Baracken von Roberts Kampfsklaven bringen. Unser Weg führt hier entlang.«

»Das müssen fünfhundert Fuß sein«, protestierte Gary.

Mickey hob einen seiner kleinen Füße, um ihn mit dem schroffen Fels zu vergleichen. »Ach, mindestens fünfhundert Fuß. Doppelt so viel, würde ich mal schätzen. – Und bei seinen Füßen wären's bloß hundert«, fügte er augenzwinkernd hinzu und wies auf Tommy.

»Da kommen wir nie rauf«, sagte Gary mit Nachdruck, seine Laune hatte sich durch den Scherz nicht im geringsten gebessert. »Was ist, wenn Wachen auf den Burgmauern sind?« Er sah es vor sich; heißes Öl ergoß sich aus Kübeln über ihn, oder ein Pfeilhagel fegte ihn von der Klippe, die zu besteigen er selbst dann keine Lust hätte, wenn Kelsey ihm schwören könnte, daß oben keine Monster auf sie warteten. »Und was ist das überhaupt für ein Drache, der auf einer Burg lebt?«

»Wir gehen hinauf«, erklärte Kelsey, um keine weitere Zeit mit diesem sichtlich von Angst inspirierten Geschwafel zu vergeuden. »Das Tageslicht läßt schon nach.« Er ging voran und bat Geno, die Steine nach dem kürzesten und einfachsten Weg zu fragen.

Tommy blieb perplex am Ende des kleinen Tals stehen. Kaum sah Gary sein jämmerliches Gesicht, da verstand er, warum, denn Tommy konnte unmöglich die schroffen Felsen bis zur Burg des Drachen überwinden. Selbst wenn es ihm gelang, seiner Größe angemessene Haltepunkte zu finden, so würde er ein leichtes und nur zu gut sichtbares Ziel für jede Wache dort oben abgeben. Sie konnten ihn kaum verfehlen, nicht einmal im Schutze der Nacht, denn er würde viel zu weit von der Felswand abstehen.

»Komm!« fuhr Kelsey Gary an.

»Tommy kann da nicht mit rauf«, sagte er.

»Tommy sollte da auch nie mit rauf. Wir haben ihm gestattet, uns bis zum Fuße des Berges zu begleiten – mehr nicht.«

»Kelsey hat recht, Junge«, warf Mickey ein. »Wir haben dir doch gesagt, daß der Riese nicht mit in Roberts Höhle darf. Er würde den Drachen nervös machen und gefährlich.«

»Wir können ihn doch nicht einfach hierlassen«, sagte Gary.

»Er wird sicherer sein als wir alle«, sagte Mickey.

Wie er so dastand und die beeindruckende Felswand hinaufschaute und bedachte, was sie oben erwartete, hatte Gary schwerlich etwas gegen diese Überlegung einzuwenden. Er sah seinen riesigen Freund an.

»Tommy wartet«, versicherte ihm der Riese. Er kratzte sich den gewaltigen Kopf und zeigte zurück zu dem Spalt. »Da drin.«

Gary nickte, lächelte hilflos und beeilte sich, die anderen einzuholen.

Kelsey führte sie auf Schleichwegen durch das Tal. Es gab nicht viele Verstecke, aber er war nicht allzu besorgt. Falls wirklich Wachen auf dieser Seite der Burg auftauchten, würden sie seinen scharfen Augen nicht verborgen bleiben.

Ohne Zwischenfälle erreichten die Gefährten, nun wieder vier an der Zahl, die Felswand und begannen mit dem Aufstieg. Die Wand, die vom Tal aus so schroff ausgesehen hatte, war von kleinen Vorsprüngen und Fußwegen durchzogen, die aber alle ins Nichts zu führen schienen, und nachdem die vier sich eine halbe Stunde lang nach Haltepunkten gereckt und sich unsagbar schmale Wege entlanggetastet hatten, mußten sie erkennen, daß sie nicht viel weiter gekommen waren.

»Sagt dir der Felsen vielleicht etwas?« flüsterte Kelsey dem Zwerg enttäuscht zu. »Geht es denn nirgendwo nach oben?«

Geno grunzte und hielt ein Ohr an das Gestein. Er nahm einen kleinen Hammer und klopfte damit mehrmals sachte an die Wand. Für Gary klang es wie ein seltsamer Code. Der Zwerg lauschte, dann klopfte er erneut und lauschte wieder.

»Hmmm«, grunzte er, sah erst weit hinauf zu den Burgmauern und dann seine Freunde an.

»Der Berg ist nicht massiv«, sagte er ruhig, was Gary und Mickey aber immer noch zu laut war. Beide lugten nervös zur Burg hinauf und sahen den Pfeilregen schon vor sich, der gleich auf sie niederprasseln konnte.

»Mir scheint er massiv genug zu sein«, flüsterte Kelsey.

»Natürlich ist er das«, schnaufte Geno und schlug mit der Stirn gegen den Fels, um seine Worte zu unterstreichen. »Was ich sagen wollte, ist, daß der Berg keinen massiven Block bildet. Er ist von Höhlen und Tunneln durchlöchert.«

»Das wäre nur logisch«, pflichtete Gary ihm bei. Mickey und Kelsey sahen ihn an.

»Wegen der vulkanischen Aktivitäten, die auch den Berg gebildet haben«, erklärte er. »Wegen der Hitze und des Drukkes der Lava.« Mickey und Kelsey sahen einander an und zuckten ungläubig mit den Schultern, dann wandten sie sich in der Hoffnung auf eine Erklärung an Geno.

»Es stimmt, was er sagt«, fuhr der Zwerg fort und blickte Gary von der Seite an. »Ich wußte schon von den Höhlen, bevor wir mit dem Aufstieg begonnen haben, aber ich dachte, sie würden uns nicht viel nützen. Jetzt aber glaube ich, daß ein paar von ihnen wahrscheinlich ganz schön weit nach oben führen. Da könnten wir besser vorankommen als hier draußen – im Freien.«

Bei diesen Worten wurden ihre Blicke wieder von der Burg angezogen. In einem der Türme brannte eine Lampe, und selbst Kelsey mußte ehrlicherweise zugeben, daß er sich in der Felswand schutzlos fühlte. Wenn er Höhlen auch nicht mochte, so sah er doch ein, daß die Kletterei lange dauern und die hereinbrechende Dunkelheit das Finden von Haltepunkten nicht gerade erleichtern würde.

»Du bist der Anführer, Elf«, sagte Mickey. »Aber ich glaube, die Dämmerung wird uns mitten in der Wand erwischen.«

»Wo finden wir einen Eingang?« fragte Kelsey den Zwerg.

Geno hielt ein Ohr an die Wand und klopfte erneut, so sachte wie zuvor. »Weiter unten Richtung Süden«, antwortete er einen Augenblick später.

Sie verbrachten die nächsten Minuten damit, zurück zum Boden zu klettern und sich am Fuß des Berges entlangzuarbeiten. Nachdem sie ein Gewirr von baumähnlichen Felsnadeln durchquert hatten, befanden sie sich erneut am Ufer des Tümpels, aber dieser war breit und dampfig und selbst im schwindenden Tageslicht von purpurroter Farbe.

Geno und Kelsey, die ganz vorn standen, wagten es nicht, das Wasser zu berühren.

»Rot vom Blut der Opfer Roberts, jede Wette«, sagte Mikkey, und Gary hatte den Eindruck, daß gerade eine neue Legende ins Leben gerufen worden war. Wahrscheinlich gab es eine ganz natürliche Erklärung für die Verfärbung des Wassers, ausgewaschenes Eisenoxid oder etwas in der Art, aber nach den Blicken, die er für seinen Vortrag über »vulkanische Aktivitäten« geerntet hatte, behielt er diese Überlegungen lieber für sich.

»Wir haben ein kleines Problem, Elf«, sagte Geno und zeigte quer über den See zur angrenzenden Felswand. »Dein Höhleneingang ist genau da.«

Kelsey bückte sich entschlossen und hielt eine Hand in das bedrohlich wirkende Wasser. »Es ist warm, aber nicht heiß«, sagte er, als wollte er gleich einen Satz hineinmachen und es durchqueren.

»Ja, aber wie tief?« fragte Mickey rasch.

Kelsey drehte sich zaghaft zur Seite und hielt ein Bein in das Wasser. Selbst als es bis zur Hüfte eingetaucht war, hatte sein Fuß noch keinen Grund gefunden.

»Da haben wir einen harten Weg vor uns«, sagte der winzige Mickey zu Geno.

»Tommy könnte uns hinüberbringen!« platzte Gary ziemlich laut heraus. »Pst!« fuhr Kelsey ihn an, aber sein Zorn verrauchte, kaum daß ihm Garys Worte bewußt wurden. »Geh deinen großen Freund holen«, wies er ihn an, und das ließ sich der lächelnde junge Mann nicht zweimal sagen.

Tommy bereitete es keine Schwierigkeiten, die vier durch den warmen Tümpel zu tragen. Er hatte den Schnorchel griffbereit am Gürtel, aber er brauchte ihn nicht, denn das Wasser reichte nie höher als bis an seine Brust. Dennoch waren ihm seine Gefährten diesmal aufrichtig dankbar – Geno tätschelte ihm sogar einmal den Kopf (als er glaubte, daß niemand zusah).

Innerhalb weniger Minuten waren sie am Tunneleingang angelangt, und dort, ein paar Fuß über dem Wasser des Tümpels, hieß es wieder einmal, von dem Riesen Abschied zu nehmen. Erneut versprach Tommy, hinten in der Felsspalte zu warten. Er drehte sich um und schlenderte durch das purpurne Wasser zurück, große Wellen hinter sich herziehend.

Sie sahen ihm einen kurzen Moment nach, bis er im aufsteigenden Dampf verschwunden war, dann machten sie sich auf den Weg hinein in den gewundenen Gang.

Kelsey, der eher gewohnt war, unter freiem Himmel zu tanzen, wurde sofort nervös. Er zog eine Zunderbüchse und eine Fackel hervor und machte Licht, trotz der Warnungen Genos, er würde damit «aber auch jedes Viech in dem ganzen verdammten Berg anlocken!«

Kelsey ignorierte ihn und schob sich voran. Der Tunnel war von seltsamer Gestalt, seine Wände waren rund und gerippt, und er wand sich hierhin und dorthin.

»Wie das Innere eines Wurms«, murmelte Gary leise, denn

er wollte nicht, daß die anderen diese zwar zutreffende, aber ziemlich beklemmende Beschreibung hörten.

Das Licht wurde aus Dutzenden von Winkeln zurückgeworfen, ein unheilverkündendes Flackern, und Gary hielt bei jeder Biegung den Atem an und sah schon die Schatzkammer eines Drachen vor sich, mit einem großen Drachen darin. Als er sich ins Gedächtnis rief, daß sie immer noch in den äußeren und tieferen Kammern waren, erst ein kleines Stück vom Höhleneingang entfernt, schalt er sich einen Narren.

Bis er merkte, daß seinen Gefährten ebenfalls der Atem stockte.

Sie waren noch nicht viel weiter vorgedrungen, da sahen sie vor sich zerschmetterte Knochen liegen.

»Nur Fischgräten«, versicherte Kelsey ihnen, nachdem er sie genauer in Augenschein genommen hatte.

»Aber wie sind sie hierher gekommen?» mußte Gary fragen, aber es waren nicht seine Gefährten, die ihm die Antwort gaben, sondern die riesige Krabbe, die plötzlich hinter der nächsten Biegung hervorgeschossen kam.

Tommy stapfte langsam durch den purpurnen Teich zurück, ohne seiner Umgebung viel Aufmerksamkeit zu schenken oder an etwas Bestimmtes zu denken (darin war er gut).

Selbst wenn er wachsam gewesen wäre, hätte er die rotgepanzerte Krabbe in dem rotgefärbten Wasser kaum ausmachen können.

Eine große Schere schloß sich fest wie ein Schraubstock um seine Taille, eine andere umklammerte seine Schulter. In der Hoffnung, daß seine Gefährten noch nicht allzu weit im Tunnel waren, wollte er um Hilfe rufen, aber da wurde er schon unter die plötzlich gar nicht mehr ruhige Wasseroberfläche gezogen.

Fliegen an der Wand

Sie schien direkt einem fantastischen B-Movie der 50er Jahre entsprungen zu sein, wie sie mit ihren klackenden, hartschaligen Beinen herumtrippelte, um auf den gerippten, runden Wänden des Tunnels Halt zu finden – eines Tunnels, den die monströse Krabbe mit Leichtigkeit ausfüllte. Ihre großen, ausgezackten Scheren schwangen hin und her und schnappten bedrohlich auf und zu.

Kelsey reagierte als erster und schlug mit seinem Schwert nach der vorderen Schere. So scharf seine Klinge auch war, sie rutschte harmlos ab, und die riesige Schere kam wesentlich schneller heran, als er erwartet hatte, und öffnete sich weit, um ihn zu packen.

Geno rettete ihn. Der Zwerg rammte Kelsey, stieß ihn außer Reichweite und lief gänzlich unerwartet geradewegs in die zuschnappende Schere hinein. Als sie ihn umklammerte, riß er die Arme hoch, um die hammerbewehrten Hände frei zu behalten; so konnte er auf die Krabbe einschlagen, selbst während sie ihn zu zerquetschen suchte.

Gary und Mickey japsten im Chor, aber der rauhe Zwerg wußte genau, was er seinem steinharten Körper zumuten konnte.

Die Krabbe drückte mit ihrer riesigen Schere erbarmungslos zu, doch das schien Geno wenig zu bekümmern; er trällerte ein Lied und trommelte mit seinem Hämmern gegen die harte Schale des Monsters.

Als Kelsey sah, daß Geno nicht in unmittelbarer Gefahr schwebte, kletterte er über den Scherenarm, um zum Kopf der Krabbe zu gelangen. Sein Schwert durchtrennte einen Augenstiel, und ein Augapfel fiel zu Boden.

Aber alle Hoffnungen auf einen schnellen, leichten Sieg

zerschlugen sich, als das verwundete Monster in wilde Raserei verfiel.

Es schlug mit der Schere zu, in der Geno steckte, und Kelsey wurde in die Reichweite der freien Schere geschleudert. Er rutschte über den Boden, rollte sich auf den Rücken und ließ sein Schwert wirbeln, um sich die Schere vom Leib zu halten. Er versuchte wegzukriechen, aber der Angriff des monströsen Arms war zu heftig und zu schnell.

»Nun ist es an der Zeit, sich ein Herz zu fassen, junger Sproß«, erklang es in Garys Kopf. Gary hatte diese Ermunterung kaum nötig, und so war das einzige, wovon er Notiz nahm, die Tatsache, daß der beseelte Speer ihn immer noch als »jungen Sproß« betrachtete.

Er nahm den Zwergenspeer in beide Hände, die eiserne Spitze nach vorn gerichtet, und kaum hatte ihm die Krabbe ein Blöße geboten, da stieß er auch schon einen Schrei aus und stürmte voran, mitten zwischen die tödlichen Scheren.

Lange Minuten vergingen, während die riesige Krabbe Tommy fest gepackt hielt. Er kämpfte gegen seine aufsteigende Panik an und zwang sich dazu, keinen Finger zu rühren. Gleich nachdem die Krabbe ihn unter Wasser gezogen hatte, hatte er sich den Schnorchel in den Mund gesteckt, und obwohl die Röhren ohne den zusätzlichen Leim nicht so dicht saßen, bekam er doch Luft genug.

Tommy war kein Geistesriese, aber er war kampferprobt, hatte er doch seit seinen Kindertagen in den wilden Bergen allein auf sich aufpassen müssen. So war ihm bereits klar, daß er die Umklammerung nicht lösen konnte, nicht, wenn er nur einen Arm frei hatte, aber er vermutete, daß die Krabbe von ganz allein loslassen würde, wenn sie ihn erst einmal ertrunken glaubte.

Eine andere, viel kleinere Krabbe kniff ihm kräftig in die

Zehen, durch sein schweres Schuhwerk hindurch. Er biß die Zähne zusammen und verdrängte den Schmerz; jede Bewegung hätte seine Gegnerin nur davon überzeugt, daß noch viel mehr Zeit vergehen mußte, um ihn vollends zu ertränken. Und so langsam ging Tommy die Geduld aus. Eingezwängt und erschreckt wie er war, schien ihn das Wasser schon genauso fest zu umklammern wie die Krabbe.

Als sich die Schere um seinem Arm endlich lockerte, explodierte Tommy förmlich. Er riß seinen Arm heraus, schlug und trat um sich und drängte in Richtung Ufer. Aber er kam nur für einen Augenblick frei, dann packte ihn die Schere der unerbittlichen Krabbe erneut, diesmal am Knöchel. Tommy verzog das Gesicht und zappelte. Er verlor seinen Schnorchel und kämpfte verzweifelt, nicht nur um ans Ufer zu gelangen, sondern auch, um den Kopf über Wasser zu halten.

In dem plötzlichen Durcheinander dachte er nur daran, daß ihm diese gemeine Schere gleich den Fuß abtrennen würde, und so hätte er beinahe die falsche Richtung eingeschlagen. Aber irgendwie war er auf einmal doch nur noch auf Armeslänge von den an Bäume erinnernden Felsnadeln entfernt, die das Ufer säumten. Als seine kräftigen Hände erst einmal festen Halt gefunden hatten, war ihm die Krabbe nicht länger überlegen. Sie kam mit ihm zugleich aus dem Tümpel gekrabbelt und schnappte die ganze Zeit nach seinen Beinen.

Brüllend drehte er sich um und packte eine der gewaltigen Scheren. Sich um die eigene Achse drehend, hatte er die Krabbe bald in der Luft, und dann ließ er sie weit über den kleinen Tümpel hinaus segeln. Sie schlug mit einem widerhallenden Krachen gegen die Felswand und planschte dann mit einem gewaltigen Aufspritzen in das purpurne Wasser.

Weit über sich hörte Tommy die Rufe der Burgwachen. Er wollte rennen, was das Zeug hielt, mußte aber feststellen, daß er den verwundeten Knöchel nicht richtig belasten konnte. So hüpfte und hinkte er voller Schrecken davon und kämpfte sich, so gut es ging, auf die ferne Felsspalte zu.

Die Speerspitze, die immer noch etwas verbogen von Garys Kampf mit dem Bergtroll war, prallte von dem Panzer der Krabbe ab, traf dann aber eine fleischige Stelle neben ihrem Maul. Entschlossen warf er sich mit seinem ganzen Gewicht auf den Speer und lächelte grimmig, als die Spitze völlig im Fleisch verschwand.

Die Scheren wirbelten wild in der Luft herum – die eine hielt immer noch Geno gepackt und rammte ihn gegen die Decke, die Wände, den Boden. Die Krabbe bockte und ruckte, trat mit allen Beinen um sich, drehte sich in dem schmalen Korridor einmal um die eigene Achse und hätte sich beinahe überschlagen. Die Schere, die Kelsey bedroht hatte, wandte sich nun Gary zu, der größeren Gefahr. Er fühlte, wie sie seine Hüfte umklammerte, aber er ermahnte sich, einfach nur den Speer festzuhalten und auf seine Rüstung und seine Gefährten zu vertrauen. Er hatte sich in den Kampf geworfen, und nun gab es kein Zurück mehr.

Splitter der Schale flogen durch den Tunnel, während der Zwerg unerbittlich auf die Schere eindrosch, die ihn gepackt hielt. Fleischbrocken folgten, und bald löste sich ihr fester Griff.

Kelsey wußte, daß Gary ihm im wahrsten Sinne des Wortes aus der Klemme geholfen hatte, und so eilte er sofort herbei, denn nun war es Gary, der Hilfe brauchte. Als er sich neben ihm in die Schlacht warf, dachte Kelsey nicht mehr an seine geschätzte Queste, er dachte nur daran, einem Gefährten zu helfen, dem Mann zu helfen, der ihm merkwürdigerweise ein Freund geworden war. Sein erstes Ziel war das andere Auge der Krabbe, und kaum daß seine Klinge blitzte, kullerte es auch schon über den Boden.

Die unverletzte Schere ließ sofort von Garys Hüfte ab, aber die Krabbe zappelte um so heftiger. Garys Helm drehte sich auf seinen Schultern, machte ihn genauso blind wie die augenlose Krabbe; mit dem Ellenbogen stieß er hart gegen eine Wand, und es erwischte den Musikantenknochen.

Aber er ließ nicht locker. Und mochte sein Leben davon abhängen, Gary Leger ließ nicht locker.

Er lag auf dem Boden, einen schweren Körper über sich. Etwas schlug gegen seinen Kopf, aber der Speer drang immer noch tiefer in das Monster ein, und so ließ Gary nicht locker.

Dann war es unvermittelt vorbei. Gary konnte nichts sehen, wußte nicht, wie schwer er verletzt war, aber er hörte, wie Kelsey und Geno einander gratulierten, und spürte, wie der Körper leichter wurde, als die Freunde sich daran machten, die riesige Krabbe wegzuhieven.

Es schien Minuten zu dauern, bis Geno ihn auf die Füße zog und Kelsey ihm den Helm richtete. Gary wollte seinen Augen kaum trauen, als er das bezwungene Monster erblickte. Aber als Geno schmatzend begann, hundert verschiedene Rezepte für Krabbenfleisch aufzuzählen, rang er sich doch ein müdes Lächeln ab.

»Ihr drei Kämpfer habt euch wirklich gut zusammengerauft«, erklang Mickeys Stimme aus der Tiefe des Ganges.

Garys Lächeln war wie weggewischt.

Er wirbelte zu dem Kobold herum und kniff die grünen Augen zusammen. »Und wo warst du?« herrschte er ihn an. »Das ist jetzt schon das zweite Mal, der zweite Kampf, in dem Mickey McMickey nicht mitgemischt hat, ja noch nicht einmal versucht hat mitzumischen!«

Zum ersten Mal, seit er ihn kennengelernt hatte, glaubte Gary, den Kobold wirklich getroffen zu haben.

»Tommy wäre von den Crahgwölfen fast umgebracht worden«, fuhr er wutschnaubend fort. »Und du hättest ihn einfach sterben lassen – Hauptsache, du warst unter seinem Kopf in Sicherheit!«

»Crahgwölfe sehen meine Illusionen gar nicht«, erklärte Mickey demütig.

»Ruhig, mein Freund«, sagte Kelsey und legte Gary beschwörend eine Hand auf die Schulter. Worte und Geste berührten Gary tief, eine solche Handlung hätte er dem grimmigen und unnahbaren Elfen nie zugetraut.

»Und was kann ich schon gegen so etwas wie eine Krabbe ausrichten?« fragte Mickey, durch Kelseys Einmischung ermuntert. »Das ist nur ein Tier, und ein blödes dazu! Ich habe keine Waffen …«

»Genug!« befahl Kelsey, um die fruchtlose Debatte zu beenden. »Wir sind am Leben, und wir sind weit gekommen, aber jetzt erwartet uns unsere größte Herausforderung.«

»Was meinst du, können wir uns eine Pause gönnen und einen Bissen zu Abend essen, bevor wir uns dieser Herausforderung stellen?« fragte Geno hoffnungsvoll und schmatzte wieder, auf eine Stelle nackten Krabbenfleisches schauend.

Kelsey lächelte – noch eine Reaktion, die Gary nie erwartet hätte, wenn man nur ihre Lage und die bevorstehende Begegnung mit Robert bedachte – und machte sich auf den Weg, über die zusammengebrochene Krabbe hinweg, in den Tunnel hinein. Nachdem er das Gewirr ihrer Beine hinter sich gebracht hatte, winkte er Geno und den anderen, ihm zu folgen.

»Das Fleisch wird in ein paar Stunden noch gut sein«, murmelte Geno, als er an Gary vorbeiging. »Also auf zu Robert, bringen wir's hinter uns.«

Mickey stolzierte vorbei, als Gary sich damit abmühte, den Speer freizubekommen. Der Kobold würdigte ihn nicht eines einzigen Blickes, und obwohl Gary längst eingesehen hatte, wie lächerlich seine Schimpfkanonade gewesen war, fand er doch nicht die richtigen Worte für eine Entschuldigung.

Der gerippte Tunnel wand sich weiter in den Berg hinein, meist nur schwach ansteigend, an manchen Stellen aber so steil, daß selbst Kelsey seine Mühe mit dem Klettern hatte. Der Weg verzweigte sich nur einmal, und Kelsey entschied sich dafür, nach links zu gehen, tiefer in den Berg hinein. Zu ihrem Glück begegneten sie keinen weiteren Monstern mehr und auch keinen Wachen, und wenig später kamen sie an eine kleine, viereckige Öffnung, die mit einem eisernen Gitter versperrt war.

Dahinter lag ein flaches Kiesbett, umgeben von glatten, fünfzehn Fuß hohen Wänden.

»Leerer Burggraben«, flüsterte Kelsey.

»Ich kann das Gitter rauskriegen«, sagte Geno, aber kaum griff er nach einem Hammer, da bremste Kelsey ihn.

»Wachen draußen, kein Zweifel«, sagt er leise. Sie warteten in der Stille und hörten bald das Scharren unzähliger Stiefel auf der hohen Mauer.

Geno zuckte mit den Schultern und packte den Hammer wieder ein.

»Wir nehmen den anderen Weg«, flüsterte Kelsey, und sie machten kehrt und gingen zur Gabelung zurück.

Als sie das Ende des anderen Ganges erreichten, wußten sie nicht, ob sie damit besser beraten waren. Dieser Ausgang wurde zwar nicht von einem Eisengitter versperrt, aber er endete draußen in der tückischen Felswand, immer noch zwanzig Fuß unterhalb der Burgmauern und mehrere hundert Fuß über der Erde. Kelsey seufzte, als er hinabsah, weit hinab zu den Wipfeln großer Bäume.

»Zurück zum Gitter?« fragte Geno ihn, als er wieder nach hinten trat, und die ernste Stimme des Zwergs ging fast unter im Heulen des Windes, der in den Tunnel drang.

Kelsey beugte sich erneut vor, aber diesmal sah er zu den Burgmauern hinauf.

»Dieser Weg ist der bessere«, beschloß er. Er nahm seinen Schwertgürtel ab und reichte ihn Gary, dann entledigte er sich seines Gepäcks.

Gary beugte sich vor, um die Felswand zu betrachten. Der bewegliche Kelsey mochte es schaffen, aber was ihn selbst anging, war er sich da nicht so sicher; er war sich noch nicht einmal sicher, ob er es überhaupt versuchen wollte. Er hatte noch nie unter Höhenangst gelitten, aber dies war der reinste Wahnsinn, mit diesen glatten Wänden und dem starken Wind und den Baumwipfeln weit unten, die wie gefiederte Spieße auf sie warteten.

Der kräftige und überaus bewegliche Kelsey zögerte keinen Augenblick. Manchmal nur von zwei Fingern gehalten, suchte er sich sicher seinen Weg die Klippe hinauf. Als er die Burgmauer erreichte, nahmen die Schwierigkeiten nur noch zu, denn die Steine waren fest gefügt und vom Wind geglättet. Aber die Mauer war nicht allzu hoch – höchstens fünfzehn oder zwanzig Fuß – und so brauchte Kelsey nur zwei gut plazierte Haltepunkte zu finden, und seine Finger krallten sich in die Brüstung.

Er hörte einen Tumult, die krächzenden Stimmen mehrerer Wachen, nicht weit von der Stelle entfernt, an der er sich gerade über die Mauer ziehen wollte. Er wartete einen Moment, um sicherzugehen, daß nicht er der Grund für die Aufregung war, dann schielte er vorsichtig über den Rand.

Drei schuppige Wachen von gleichermaßen echsenhafter wie menschlicher Gestalt (Kelsey erkannte sie als Lavamolche) drängten sich nicht weit von ihm aneinander. Sie schienen nicht die leiseste Ahnung zu haben, daß ein Elf in der Nähe war, denn sie starrten weiter zu der Stelle hinunter, wo der purpurfarbene Tümpel liegen mußte.

Kelsey verharrte völlig reglos und wagte kaum zu atmen.

Die Aufregung der Lavamolche legte sich bald, und zwei

schlenderten fort, zurück auf ihre Posten, während der dritte langsam und ziellos einen Weg einschlug, der ihn an Kelsey vorbeiführen mußte.

Kelsey konnte nirgendwohin fliehen, konnte sich nirgendwo verstecken. Er zog einen schmalen Dolch aus dem Stiefel und nahm ihn zwischen die Zähne, dann hängte er sich an die Mauer, so daß schlimmstenfalls seine Finger zu sehen waren.

Der wenig aufmerksame Molch lief direkt an ihm vorüber und bekam nicht das geringste mit. Im Nu war Kelsey oben und hinter ihm, umfaßte sein Maul und stieß mit dem Dolch nach seiner Kehle. Der viel kräftigere Molch verteidigte sich energisch; er beugte sich vor, damit Kelsey keinen Boden mehr unter den Füßen hatte, und war nahe daran freizukommen.

Wieder und wieder stieß Kelsey mit dem Dolch zu, und schließlich sank der Molch zusammen. Der Elf sah sich nervös um, hoffentlich hatten die anderen Wachen nichts bemerkt.

Doch die Nacht war dunkel, und die ganze Burg lag still.

Vorsichtig rollte er den schweren Körper bis zur Mauer und dann darüber hinweg und ließ ihn los; er wurde sofort von der Dunkelheit und dem lärmenden Wind verschluckt. Rasch befestigte der Elf ein Seil an der Brüstung über dem Höhlenausgang, warf das Ende zu seinen wartenden Gefährten hinunter und bezog – den blutbefleckten Dolch in der Hand – im Schatten der Mauer Verteidigungsposition.

Skeptisch betrachtete Gary das baumelnde Seil, noch skeptischer den darunter liegenden Abgrund. Das ist gar nicht so schwer, versuchte er seine Instinkte zu beruhigen. Er hatte Dutzende von Abenteuerfilmen gesehen, in denen der Held einfach an ein Seil sprang und sich Hand über Hand die unmöglichsten Strecken hinaufhangelte.

Es war schwer.

Genauer gesagt, es war unmöglich, verdammt noch mal. So dachte er, als er sich vorbeugte und zaghaft das Seil berührte. Er wankte zurück in den Tunnel und schüttelte hilflos den Kopf.

»Du mußt da rauf, Junge«, sagte Mickey, »Kelsey kann nicht ewig warten.«

Wieder schüttelte Gary den Kopf.

»Geh mir aus dem Weg!« sagte Geno wütend und stieß ihn grob zur Seite. Er schoß bis an den Rand, und ohne das geringste Zögern oder auch nur einen Blick in die Tiefe sprang er nach dem Seil und begann, sich daran hochzuziehen, Hand über Hand, kraftvoll und gleichmäßig wie einer dieser Helden aus den Abenteuerfilmen.

»Siehst du?« sagte Mickey aufmunternd. »Es ist gar nicht so schwer.«

»Das schaff' ich nicht«, antwortete Gary. »Erst recht nicht in dieser Rüstung!«

Mickey begriff die Ausrede als eine solche. »Du hast dich an sie gewöhnt. Und sie kommt dir gar nicht mehr so schwer vor, stimmt's? – Ach, vorwärts, Junge. Du kannst nicht abstürzen, wenn ich hinter dir bin. Erinnerst du dich an die Felsen in Dvergamal? Ich hab' sie alle abgefangen, und ich hab' sie alle in der Luft gehalten. Meinst du, da lass' ich dich fallen?« Er streckte einen Zeigefinger aus und schickte ihn nach vorn.

Gary überdachte seine Worte eine Weile, dann ging er zum Tunnelausgang und griff nach dem schaukelnden Seil. Aus dieser Entfernung war das obere Ende der Burgmauer nicht zu sehen, aber das Seil hörte plötzlich auf zu wippen, und so wußte Gary, daß Geno es bereits geschafft hatte.

»Ich sollte anfangen, Steine zu essen«, sagte er trocken, vergewisserte sich, daß die beiden Speere fest am Gürtel hingen, und begann, sich hinaufzuhieven.

Seine Arme schmerzten die ganze Zeit; nur das Wissen, daß Mickey unter ihm war, bereit, ihn zu fangen, wann immer er abstürzen sollte, gab ihm den Mut durchzuhalten.

Er hörte ein scharfes Zischen über sich, gefolgt von einem Krachen, das er instinktiv als das Ergebnis eines zwergischen Hammerschwungs erkannte. Und wie zur Bestätigung kam nur einen Augenblick später eine weitere reptilienhäutige, menschenähnliche Gestalt über die Mauer gepurzelt.

»Schnell!« erklang Kelseys leiser Anruf von oben. Gary hätte ihm gern gehorcht, aber seine Arme waren bereits erlahmt und wollten einfach nicht auf seine mentale Bitte reagieren, ein höheres Tempo vorzulegen. Schließlich, nach einer Zeit, die ihm wie viele Minuten vorkam, legte er die erste Hand auf die Brüstung. Geno packte sie im Nu und zog den erschöpften Mann hinüber.

»Hätte Mickey mich bloß mehr angeschubst mit seiner Zauberei«, keuchte Gary. »Ich frag' mich, warum wir dieses blöde Seil überhaupt benutzt haben, wenn er zaubern kann.«

»Seine telekinetischen Fähigkeiten sind begrenzt, was Lebewesen angeht«, antwortete Kelsey. »Mickey kann mit Leichtigkeit einen Felsen anheben, aber er hätte große Schwierigkeiten, auch nur einen Frosch schweben zu lassen.«

»Worum geht's?« fragte Mickey, als er mit seinem Regenschirm sachte über die Mauer gesegelt kam.

Garys Blicke hätten töten können.

Mickey zuckte unschuldig mit den Schultern. »Nenn's eine Lüge, Junge«, sagte er. »Aber du mußt zugeben, sie hat funktioniert.«

Sie hatten den Außenwall der Burg überwunden, aber er erwies sich nur als das erste Hindernis einer zweistufigen Konstruktion. Nur wenige Fuß unter ihnen lag ein offener Hof, der eine höher gelegene Ansammlung aus Steinen erbauter Gebäude umgab. Die Burg war in die natürliche Form des Berges hineingebaut worden, und an vielen Stellen gingen die gemauerten Wände harmonisch in die herausragenden Felsen über.

Zu ihrem Glück war der Hof nicht allzu belebt. Das geschäftigste Treiben fand zu ihrer Rechten statt, weiter unten auf einer Straße, die hinter einem Fallgitter aus der eigentlichen Burg hinaus und zwischen vielen dichtgedrängten Gebäuden hindurchführte.

»Das Nebentor«, erklärte Kelsey flüsternd. »Führt zu den Baracken. Und dort oben« – er nickte zu den Wänden, die hoch über ihnen aufragten – »finden wir Robert.«

Keine guten Aussichten, fand Gary – selbst wenn man einmal außer acht ließ, daß am Ende des Weges ein Drache wartete. Wie es schien, gab es von dieser Stelle aus nur zwei Wege hinauf: eine steile Treppe an der linken Seite des wuchtigen Bauwerks und einen schiefen, mit Kopfsteinen gepflasterten Weg, der sich die rechte Seite hinaufwand und von der Straße abging, die aus dem Nebentor führte.

»Die Treppen?« fragte Mickey leise.

Kelsey nickte. »Die Tore oben am Weg sind wahrscheinlich verschlossen – und auf jeden Fall bewacht.« Er bedeutete ihnen zu warten, dann ließ er sich von Gary das Schwert zurückgeben und schlüpfte über den Hof zur Treppe. Er ging jedoch nicht hinauf, sondern bewegte sich weiter an der Wand unterhalb der Treppe entlang, bis er hinter dem Fuß des Bauwerks verschwunden war.

Fast sofort kam er wieder zum Vorschein, bedeutete ihnen verzweifelt, daß sie zu ihm laufen sollten, und Gary war klar, daß es Ärger geben würde.

Tatsächlich schnitten ihnen einige schwertschwingende Lavamolch-Soldaten den Weg zu den Treppen ab.

Als sie Geno erblickten, der Gary und Mickey vorauslief, heulten die Monster wild auf (wie so viele Rassen von Faerie, ob gute oder schlechte, haßten auch Lavamolche die Zwerge), und sie stürmten voran, ohne Kelsey zu bemerken, der sich hinter dem massiven Geländer der ersten Treppenstufen auf die Lauer gelegt hatte.

Drei fliegende Hämmer gingen dem Angriff des Zwerges voraus, streckten zwei der sieben Molche nieder. Ein dritter geriet ins Wanken, den Schaft von Garys Speer umklammernd.

»Ihr habt ihn geworfen?« schrie der beseelte Speer an Garys Gürtel ungläubig auf.

Aber Gary war sich seiner Handlungsweise durchaus bewußt und machte sich nicht die Mühe zu antworten. Er war sich sicher, daß Kelsey und Geno mit den verbliebenen vier kurzen Prozeß machen würden, und selbst wenn er seine Waffe immer noch in den Händen hätte, würde er doch gar nicht mehr dicht genug herankommen, um etwas mit ihr anfangen zu können.

Wie er es sich gedacht hatte, sprang Kelsey mitten zwischen die restlichen Monster, und sein großartiges Schwert blitzte wild auf, als es hierhin und dorthin fuhr. Einen Augenblick später warf Geno sich ins Gefecht, und nach wenigen Sekunden hatten die prügelnden Hämmer und das schlitzende Schwert die ganze Wache aufgerieben.

Gary wollte seinen Speer holen, aber er sollte es nicht mehr schaffen. Um den Fuß der Treppe kam eine ganze Heerschar von Soldaten gelaufen, und von allen Seiten vernahmen die umzingelten Gefährten den Klang von Hörnern.

Eine kräftige Hand – Gary erkannte sie als Genos – packte ihn am Arm und zog ihn mit sich. »Mein Speer ...«, wollte er protestieren, aber seine Worte erstarben, als er Kelsey sah, der hoch oben auf der leicht gebogenen Treppe erneut in ein Gefecht verwickelt war. Geno ließ Gary los und eilte dem Elfen zu Hilfe, und Gary zog widerwillig die vordere Hälfte von

Cedrics magischem Speer aus dem Gürtel. Sie war nicht ausbalanciert und zu kurz für einen ordentlichen Stoß, und so konnte er nur hoffen, daß sie ihm trotzdem irgendwie von Nutzen sein würde.

»Fürchtet Euch nicht, junger Sproß«, erreichte ihn ein beruhigender Gedanke. **»Ihr seid nicht allein.«**

Kelsey mußte wie ein Berserker um jede einzelne Stufe kämpfen, denn die Reihe dicht aneinandergedrängter Lavamolche ließ ihn nicht schneller vorankommen. Weiter unten hatte Geno ähnlich schlechte Karten.

Gary hatte volles Vertrauen in seine beiden Kampfgefährten, und da die Molche auf der schmalen Treppe nur einzeln oder zu zweit angreifen konnten, war die Lage nicht ganz so verheerend. Aber die Zahl der Molchsoldaten war wahrhaftig groß, und sie wuchs noch immer an.

Eine echsenförmige Gestalt fiel über die Außenmauer der Treppe, löste sich von Kelseys Schwert.

Gary blinzelte und hätte sich fast die Augen gerieben, denn an der Stelle, wo eben noch Kelsey gestanden hatte, erhob sich plötzlich ein riesiger Bergtroll. Die Lavamolche oben auf der Treppe schienen die Verwandlung auch zu sehen, denn ihr Kampfeseifer ließ merklich nach. Tatsächlich drehten sich etliche um und flohen die Stufen hinauf; andere drängten sogar über das Geländer und stürzten sich die fünfzehn bis zwanzig Fuß auf den äußeren Hof hinab.

Den Urheber der Verwandlung erahnend, drehte Gary sich um und erblickte Mickey neben sich.

»Ich tu', was ich kann«, sagte der Kobold süffisant und stieß ihn wieder einmal mit der Nase darauf, wie lächerlich seine Tirade im Tunnel gewesen war.

Nun kamen sie schneller voran, der illusionäre Troll Kelsey führte sie im Sturm bis auf den oberen Hof. Dieser war im Gegensatz zum Außenhof rechtwinkelig angelegt und mit einem ebenen Kopfsteinpflaster versehen, aus dem einige natürliche Felshubbel herausschauten. Mehrere Gebäude umgaben ihn, einige hochaufragend, andere langgestreckt.

Die Molche flohen noch immer vor der Trollgestalt, aber immer mehr kamen auf den Hof geströmt und drohten, die kleine Gruppe zu umzingeln.

Kelsey starrte quer über den Hof auf eine Tür am hinteren Ende eines flachen, sehr massiv aussehenden Gebäudes. Doch falls der Elf vorgehabt hatte, dorthin zu gehen, überlegte er es sich gewiß anders, als Dutzende von Lavamolchen aus genau jener Tür stürzten. In Ermangelung einer besseren Alternative führte er seine Gefährten also nach links, zum höchsten Gebäude. Er brach durch die Tür, schlitzte einem überraschten Molch, der drinnen herumstand, sauber die Kehle auf und hastete eine schmale Wendeltreppe hinauf.

Als er den Kampfeslärm hinter sich hörte, war Gary froh, daß Geno die Nachhut bildete. Er stieß mit seinen breiten Schultern ständig gegen die engstehenden Wände und konnte sich kaum vorstellen, in dieser Bedrängnis zu kämpfen.

Auch Geno war in Bedrängnis, aber der Zwerg und seine hackenden Hämmer brauchten nicht viel Platz. Ein Molch stürzte sich mutig auf ihn, das Echsenmaul schnappte auf und zu, und Geno zerschmetterte ihm kurzerhand den Schädel. Doch mutig kamen weitere Monster, trampelten einfach über ihren toten Kameraden hinweg.

Der Raum am Ende der Treppe hätte den Untergang für die Gefährten bedeutet, wenn die Molche darin besser vorbereitet gewesen wären. Anscheinend völlig ahnungslos, was draußen vor sich ging, hatte der undisziplinierte Haufen noch nicht einmal zu den Waffen gegriffen.

Kelsey kam als erster herein, nun wieder in Elfengestalt (Mickeys Illusion wäre nicht länger überzeugend gewesen, wenn man bedenkt, daß ein Troll in den niedrigen Raum nicht einmal hineingepaßt hätte!), er stach und schlug auf die wirr durcheinander rennenden Monster ein. Ein von ihm nur leicht verwundeter Molch versuchte, einen wundervoll verzierten Dolch zu erreichen, der an der gegenüberliegenden Wand hing. Ein einziger Blick genügte Gary, um zu erkennen, daß auf dieser alten, mit Edelsteinen verzierten Waffe ein Zauber lag und der Molch sie auf keinen Fall in die Finger bekommen durfte. Er sprang an Kelsey vorbei, stieß einen Molch mit der Schulter zur Seite und war dann hinter demjenigen, der sich nach dem Dolch streckte.

Der Molchsoldat ergriff die Waffe und fuhr blindlings herum, aber Gary landete den ersten Treffer und erwischte ihn an der Schulter.

Es war keine tiefe Wunde, und der Speer hatte auch keine lebenswichtige Stelle getroffen, deshalb riß Gary einen Arm hoch und duckte sich weg, um den Gegenangriff abzufangen. Doch der Lavamolch warf den verzierten Dolch nicht und stach auch nicht nach ihm; er stand nur reglos da und riß sein gezacktes Maul in einem stummen Schrei auf.

»Ich schmecke Blut!« schoß es Gary mit Nachdruck durch den Kopf. Er fühlte etwas mächtig durch Cedrics Speer pulsieren, eine Macht, die lange geschlafen hatte. Schreckerfüllt versuchte Gary, den Speer zurückzuziehen, aber die mit Widerhaken versehene Waffe widerstand ihm und blieb hartnäckig in der Wunde des Molchs stecken. Als Gary die Spitze doch noch herausbekam, verspürte er den unbezähmbaren Drang, sie sofort wieder in den sterbenden Molch zu bohren, und diesmal stach er ihm ins Herz.

Wellen der tiefsten Befriedigung rollten durch seinen Körper und seinen Geist. Dann war Kelsey bei ihm und schubste ihn auf die andere Tür des kleinen Raumes zu.

Gary konnte sich gerade noch bücken und den Dolch an

sich nehmen, bevor Kelsey ihn wegriß. Der Elf war so von Fluchtgedanken erfüllt, daß er die alte Waffe nicht einmal wahrnahm. Ohne weiter über den Dolch nachzudenken, steckte Gary ihn unter seinen breiten Gürtel.

Dann hatten sie den Raum hinter sich und liefen eine Treppe hinunter, die derjenigen, die sie auf den Turm geführt hatte, sehr ähnelte. Im Erdgeschoß zweigte ein Flur von ihr ab, aus dem das Geschrei von Lavamolchen drang. Kelsey führte sie rechts am Korridor vorbei, und nachdem sie durch eine Tür gelaufen waren, standen sie wieder auf dem oberen Hof, nur ein kurzes Stück von der Tür entfernt, durch die sie gerade in den Turm gelangt waren.

Dieses kurze Stück genügte für ihre Flucht, denn die Molche zwängten sich immer noch dümmlich durch die erste Tür hinein.

Mickey kletterte auf Garys Schulter. Gary wollte schon protestieren, denn er fürchtete, daß er gleich wieder würde kämpfen müssen, aber dann begriff er, daß Mickey den Hochsitz brauchte, um einen weiteren Zauber zu wirken. Bald erschienen Gary, Kelsey und Geno wie Bergtrolle, und selbst ihre Fußtritte donnerten wild. Entgeistert sprangen die Molche zur Seite, als Kelsey seine Freunde quer über den Hof zu der ersehnten Tür in dem Flachbau führte.

Wieder brach der Elf einfach hindurch und jagte zwei nicht so überraschte Lavamolche in die Flucht; sie rannten einen schmalen, dunklen Gang hinab. Kelsey setzte ihnen nicht nach. Er lief um einen Teppich herum, der nur wenige Schritte von der Tür entfernt hing, und kam in eine riesige, prunkvolle Halle.

Nur wenige Lavamolche standen dort in regelmäßigen Abständen an den geschmückten Wänden, und sie machten keinerlei Anstalten, sich den Gefährten in den Weg zu stellen, sondern blieben auf ihren Posten. Und die Molche im Hof, die den Mut aufgebracht hatten, ihnen zu folgen, betraten den Flachbau nicht einmal. Gary wurde von dem unangenehmen Gefühl beschlichen, daß dies alles geplant gewesen war, daß seine Freunde und er absichtlich genau in diese Gemächer getrieben worden waren.

Die Hämmer kampfbereit, stürmte Geno auf den nächsten Molch zu, aber Kelsey hielt ihn zurück. Zu Genos und Garys Verblüffung ließ der Elf sein Schwert in die Scheide gleiten und nickte Mickey zu.

Die Trollillusion löste sich auf. Die Freunde waren wieder nur ein Elf, ein Zwerg, ein Mensch und ein Kobold.

Wie auf ein Stichwort trat am anderen Ende der Halle ein riesiger rothaariger, rotbärtiger Mann mit Muskeln wie Drahtseilen hinter einer Rüstung hervor. Selbst aus dieser Entfernung sah Gary, daß der Mann mindestens einen Fuß größer war als er und hundert Pfund schwerer.

»Kelsenellenelvial, wie schön, daß du endlich eingetroffen bist«, rief der rothaarige Mann mit bellender Stimme, daß es von den Wänden widerhallte.

Kelseys Entgegnung brachte an den Tag, was Gary irgendwie geahnt, ja sogar befürchtet hatte, auch wenn er mit der offensichtlichen Diskrepanz nicht recht fertig wurde.

»Sei mir gegrüßt, Robert.«

Im Schafspelz

Erstaunt riß Gary die Augen auf, als er seinen Blick durch die riesige, von Fackeln erleuchtete Halle wandern ließ. Komplizierte und schmuckvolle Rüstungen, sowohl aus Metall als auch aus Leder, standen wie in stummer Aufmerksamkeit da, frisch poliert und schimmernd – warum trugen die Lavamolch-Soldaten sie nicht? Schwerter, Speere, Streitäxte, Waffen der unterschiedlichsten Gestalt und Größe hingen an den Wänden, neben den unzähligen, in satten Farben gehaltenen Wandteppichen. Vor allem einige Speere fielen Gary ins Auge. Sie waren von gleicher Machart und etwa in der Mitte der Wand halbkreisförmig so angebracht, daß ihre Enden sich im exakt gleichen Winkel berührten; das harmonische Ensemble erinnerte an die obere Hälfte der Sonne, wie sie den östlichen Horizont erklomm.

Und vor allem ein Schwert flößte Gary absolute Ehrfurcht ein, weil es nicht nur von ungeheurer Größe, sondern auch ein herrliches Stück Handwerkskunst war. Im Gegensatz zu den anderen Waffen im Raum war dieses Schwert weder an der Wand befestigt, noch wurde es von einer leeren, dekorativen Rüstung gehalten. Es lehnte einfach an der gegenüberliegenden Wand, als wartete es auf seinen Träger, wartete auf die Schlacht. Gary konnte sich kaum vorstellen, daß jemand das monströse Stück anheben, geschweige denn damit kämpfen konnte.

Auch ohne die Rüstungen und Waffen und Wandteppiche und all die anderen sagenhaften Dekorationen wäre der Raum beeindruckend genug gewesen. Dicke Steinwände wuchsen gerade und eben empor, hinauf zu dem dunklen Holz großer, ineinandergreifender Deckenbalken. Gary fragte sich, wie hoch die Wände sein mochten. Zwanzig Fuß? Die Proportionen ließen jedes gewohnte Maß vermissen – der Raum war mehr für Riesen als für Menschen ausgelegt – und egal, wie hoch die Decke nun sein mochte, ihre bloße Masse flößte Gary Ehrfurcht ein und ließ ihn sich sehr klein vorkommen.

»Deinem Freund gefällt meine Audienzhalle«, brüllte der riesige rothaarige Mann, nachdem er von Kelsey zu Gary geblickt hatte. »Ist er derjenige, der die Prophezeiung erfüllen soll?« Robert kam näher heran, um Gary in Augenschein zu nehmen. Plötzlich hellte sich sein Gesicht auf, als wäre ihm etwas wie Schuppen von den Augen gefallen, und zu Garys großer Erleichterung blieb er stehen.

»Ja«, beantwortete Robert seine Frage selbst. »Ich sehe, daß er die Rüstung des Cedric Donigarten trägt, wenn sie ihm auch nicht so gut steht wie einst dem toten Cedric!« Er lachte aus vollem Hals.

»Gibt es eigentlich irgend jemanden, der nicht von deiner Queste weiß?« fragte Geno Kelsey abfällig und nicht annähernd so amüsiert wie Robert.

Kelsey drehte sich aufgebracht zu dem Zwerg um, und Gary sah seinen goldenen Augen an, daß er tief verletzt war. Genos Sarkasmus hatte gesessen; augenscheinlich hatte Kelsey nicht erwartet, daß Robert so gut unterrichtet war.

»Ich könnte euch alle auf der Stelle töten, das weißt du«, sagte der rothaarige Mann unvermittelt, und allein die Gewalt seiner Stimme ließ Gary keinen Moment an seinen Worten zweifeln.

»Das sind die Prahlereien eines waschechten Drachen«, antwortete Mickey trocken, und Roberts nachfolgendes Gelächter erschütterte die Halle wie ein Donnergrollen.

Bei diesen Worten wuchs Garys Verwirrung nur noch weiter an. Als dieser Mann zum ersten Mal als Robert angeredet worden war, hatte er angenommen, daß es ein anderer Robert war, vielleicht das menschliche Gegenstück zu dem gefürchteten Drachen. Besser gesagt, er hatte es gehofft, denn tief in seinem Innern hatte er die Wahrheit die ganze Zeit gewußt. Gary konnte die machtvolle Aura dieses Wesens nicht leugnen, eine Macht, die jedes menschliche Maß überstieg.

Aber wenn dies wirklich der gefürchtete Drache Robert war, dann paßte die Beschreibung des Drachen in Garys Buch nicht im geringsten auf ihn, und auch keine andere Beschreibung irgendeines anderen Drachen, die er je gelesen hatte. Und Mickey hatte ihm doch geraten, die betreffenden Passagen zu lesen, um eine Ahnung davon zu bekommen, wie Robert sein mochte.

»Nun, ich weiß, warum du hier bist«, sagte Robert. »Oder wenigstens zum Teil. Auf jeden Fall bist du auch gekommen, um mir etwas zu stehlen – wie ich sehe, hast du einen Zwerg mitgebracht.«

Geno knirschte mit den Zähnen, aber zu Garys Erstaunen ersparte er sich jede scharfe Erwiderung.

»Wir sind nur aus einem Grunde gekommen, großer Wurm«, sagte Kelsey bestimmt, trat aus der Reihe der Gefährten hervor und legte eine Hand auf sein gegürtetes Schwert.

»Wurm?« flüsterte Gary, aber der Kobold bedeutete ihm, den Mund zu halten.

Robert, den Kelseys herausforderndes Benehmen augenscheinlich wenig beeindruckte, stolzierte den restlichen Weg durch den Raum, bis er direkt vor dem Elfen stand.

Gary hätte fast gepfiffen. Der rothaarige Mann war sieben Fuß groß, mindestens, dazu breit wie ein Kleiderschrank, und mit seinen mächtigen Armen konnte er Kelsey sicher problemlos in Stücke reißen. Wenn Geno seine Kraft vom Steineessen hatte, dachte Gary, dann mußte dieser Robert Berge essen – mitsamt den dazugehörigen Tälern.

»In Übereinstimmung mit den Regeln unserer Ahnen«, sagte Kelsey, und seine Stimme zitterte nicht im geringsten, »gegeben von Ten-Temmera von Tir na n'Og gegen den Drachen Rehir, gegeben von Gilford von Drochit gegen den Drachen Schwindenicht, gegeben von ...« Die Aufzählung dauerte mehrere Minuten, in denen Kelsey Helden aus alter Zeit nannte, die in legendären Duellen gegen die gefürchtetsten Drachen von Faerie bestanden hatten.

»Die Tylwyth Teg kommen einfach nicht ohne Formalitäten

aus«, flüsterte Mickey Gary zu, und Geno, der neben Mickey stand, schnaubte zustimmend.

»Folglich, mit diesen Präzedenzien vor Augen und in Übereinstimmung mit allen gegebenen Regeln«, endete Kelsey schließlich, »fordere ich dich zu einem Ehrenkampf heraus!«

Während der gesamten wohlvorbereiteten Rede hatte Robert nicht einmal mit der Wimper gezuckt.

»Falls du besiegt wirst«, fügte Kelsey hinzu, »wirst du mir ebenfalls in Übereinstimmung mit präzedierten und etablierten Regeln einen kleinen Dienst erweisen müssen. Und du kennst den Preis gut, Drache Robert – du mußt das Feuer anfachen, mit dem der altehrwürdige Speer des Cedric Donigarten gerichtet werden kann.«

Robert nickte, als hätte er nie etwas anderes erwartet. »Keines Sterblichen Feuerwerk vermag sein Eisen zu erweichen«, antwortete er, als zitiere er einen altertümlichen Vers.

»Und du mußt dich«, fuhr Kelsey mit einem Nicken fort, »den Bannregeln unterwerfen und einhundert Jahre in deiner Festung verweilen.«

Wieder stimmte Robert ruhig zu. Was schließlich waren einhundert Jahre für einen Drachen?

»Und falls ich siegreich bin?« fragte der rothaarige Riese viel zu nonchalant, und seine ruhige Zuversicht ließ Gary bis ins Mark erschauern.

»Es gibt Präzedenzien für diesen Fall...«, begann Kelsey.

»Ich scheiß' auf deine Präzedenzien, Elf!« brüllte Robert plötzlich, und Kelsey wich trotz seiner Kaltblütigkeit einen Schritt zurück. »Du verlangst von mir einen Kampf, der so mit Regeln gespickt ist, daß alle meine Vorteile verschwinden.« Sein Blick schweifte über die Lavamolchwachen, und sein Lächeln ermahnte die Gefährten, daß auf einen Wink von ihm weitere hundert loyale Soldaten hineinstürmen konnten.

»Und du hast mir deinen Preis genannt«, fuhr er fort.

»Hohles Geschwätz! Glaubst du wirklich, du hast auch nur die geringste Chance, mich zu besiegen?«

Kelsey schob den Unterkiefer vor und kniff die goldenen Augen zusammen.

»Also erzähl mir nichts von Präzedenzien, Elf«, fuhr der Drache fort, und er kicherte fast bei diesem Anblick. »Erzähl mir, was ich davon habe, deine ehrenvolle Herausforderung anzunehmen, erzähl mir, warum ich mir mit einem so jämmerlichen Feind soviel Mühe machen soll.«

»So jämmerlich kann er nicht sein, wenn du dir die Mühe gemacht hast, seinen Namen zu lernen«, sagte Mickey, und Gary nickte; er hielt es für klug, Kelsey in diesem Moment den Rücken zu stärken.

Robert grinste, aber er antwortete nicht.

»Falls du gewinnst, gehört mein Leben dir«, sagte Kelsey auf einmal.

»Du sagst längst Bekanntes«, antwortete Robert. »Denn du wirst den Kampf nicht überleben.«

Kelsey zog sein herrliches Schwert. »Und dies«, sagte er. »Von den Tylwyth Teg geschmiedet, kann es nur demjenigen dienen, der von seinem Träger dazu bestimmt worden ist. Falls du gewinnst und mein Leben verwirkt ist, übereigne ich dir mein Schwert!«

»Ein Hungerlohn«, antwortete Robert, und Kelsey bekam bei dieser Beleidigung so tiefe Zornesfalten, daß Gary fürchtete, er würde auf der Stelle angreifen. Robert drehte den Kopf und lenkte Kelseys Aufmerksamkeit auf das riesige Schwert, das an der gegenüberliegenden Wand lehnte.

»Aber ich akzeptiere diesen Hungerlohn«, sagte Robert unvermittelt, als er sich dem Elfen wieder zuwandte. »Dein Leben und dein Schwert – und die Leben deiner Freunde.«

Während Gary so starr vor Schrecken war, daß er kein einziges Wort herausbrachte, begannen Mickey und Geno zu protestieren; aber Kelsey sprach einfach über sie hinweg. »In Übereinstimmung mit den Präzedenzien«, sagte er. »Und somit sind wir uns einig.«

»Meint ihr nicht, daß wir da ein Wörtchen mitzureden haben?« fragte Mickey.

»Nein«, erklärte Robert kurz und bündig, und wenn Kelsey seine Zustimmung auch nicht offen ausdrückte, so blieb den anderen doch nicht verborgen, daß er Roberts Antwort für angemessen hielt.

Leichtfüßig ging der gewaltige Mann durch den Raum und hob beiläufig das riesige Schwert hoch.

»Ein kräftiges Kerlchen«, sagte Mickey, als er Garys offenstehenden Mund sah. Nicht nur, daß Robert ein Schwert hochgehoben hatte, das eher für einen Riesen von Tommys Statur geeignet gewesen wäre, nein, er hatte es auch noch mit nur einer Hand getan!

»Du wählst Schwerter?« Kelsey sah verwirrt aus. »Ich habe gedacht ...«

»Ich wähle die Waffen, die ich wähle«, erwiderte Robert mit einem ironischen Kichern. »Das Schwert wird ganz nett sein – für den Anfang.« Er ging zu dem Kamin an der rückwärtigen Wand. Er bückte sich, und ohne auch nur im geringsten zu zögern oder sich einen Schmerzenslaut entlocken zu lassen, schob er mit bloßer Hand die brennenden Scheite zur Seite.

»Kommt ihr?« Er zog an einem der Schürhaken, einem verborgenen Hebel, der eine geheime Falltür öffnete. »Und ich warne euch nur einmal. Wenn ihr auch nur eine Münze oder ein Schmuckstück aus meinem Hort entwendet, ist es vorbei mit den Regeln, und eure Leben sind garantiert verwirkt! Ich bin seit Jahrzehnten nicht mehr ausgezogen; vielleicht ist es dann mal wieder an der Zeit für Robert den Rechtschaffenen, sich an Menschenfleisch gütlich zu tun!«

Als Gary zu Mickey sah, verschlug es ihm schier den Atem.

Der Kobold nickte todernst, ohne im geringsten an der Drohung des Drachen zu zweifeln.

Kelsey entschlossen voran, folgten die vier Gefährten Robert eine lange, gewundene Treppe hinab, die in einer Folge riesiger, leerer Gemächer endete. Mickey hielt inne, als sie an einem niedrigen Torbogen vorbeigingen, der von einem herabhängenden Teppich verdeckt war, dem ersten von Menschenhand gefertigten Gegenstand, den sie hier unter der Burg zu Gesicht bekamen.

»Schatzkammer«, erklärte Mickey auf Garys neugierigen Blick hin. Es war ihm anzusehen, daß er nach Roberts Warnung nicht vorhatte, irgend etwas zu stehlen, genausowenig wie einer der anderen. Trotzdem lag eine tiefe Traurigkeit in Mickeys Blick, als er zu dem verdeckten Torbogen zurückschaute. Gary forschte im Gesicht des Kobolds nach einer Erklärung, aber er fand keine.

Trotzdem hakte er nicht nach. Er war viel zu sehr mit dem beschäftigt, was vor ihnen lag, um sich auch noch darüber den Kopf zu zerbrechen, was hinter ihnen liegen mochte.

Der Geruch von Schwefel nahm zu, bis er jeden anderen Geruch überdeckte. Zuerst glaubte Gary, daß er ein Überbleibsel des uralten Vulkans war, der den Daumen des Riesen emporgehoben hatte, aber als sie in einem Raum anlangten und Robert einige Wandfackeln anzündete, entdeckte Gary geschwärzte und rußige Stellen an den Wänden, der Decke und auf dem Boden.

Drachenfeuer?

Es gab auch Kratzer auf dem Steinboden, viele tiefe und lange Kratzer. Hatte ein Drache sie mit seinen Krallen …?

Wieder erschauerte Gary bis ins Mark.

»Woher hat Robert gewußt, daß wir kommen?« flüsterte Kelsey Mickey zu, als Robert sich von ihnen entfernte, um sämtliche Fackeln zu entzünden.

»Vielleicht hat die Hexe es ihm verraten«, äußerte Gary eine Vermutung, die ihm naheliegend erschien. Drei skeptische Blicke belehrten ihn jedoch eines Besseren.

»Nein, Junge«, sagte Mickey. »Ceridwen würde nie mit Robert und seinesgleichen reden. Und ebensowenig einer von ihren Speichelleckern. Sie kommen nicht gut miteinander aus; sie könnte in dem bevorstehenden Kampf ebensogut Kelseys Partei ergreifen wie die von Robert.«

»Sie will nicht, daß der Speer gerichtet wird«, erinnerte Gary ihn.

»Ebensowenig will sie, daß der Drache den Speer und Cedrics Rüstung in die Krallen bekommt«, überlegte Geno. »Ich würde mal schätzen, daß sie es vorziehen würde, sich mit Kelsey und dem reparierten Speer abzugeben statt mit Robert, egal wie es kommt.«

»Die beiden nehmen jede Mühe auf sich, einander aus dem Weg zu gehen«, sagte Mickey mit einem amüsierten Gesichtsausdruck. Daß er in ihrer schlimmen Lage noch einen Grund zur Heiterkeit fand, zeigte Gary nur, wie spinnefeind sich Ceridwen und Robert sein mußten – ganz bestimmt zur Freude vieler Einwohner von Faerie.

Kelsey kam auf seine ursprüngliche Frage zurück. »Woher hat Robert es gewußt?« Diesmal hatte Gary den Eindruck, als sähe der Elf Mickey nicht nur neugierig an.

Mickey zuckte nur mit den Achseln und steckte sich die Pfeife in den Mund. »Nimm lieber den Schild von dem Jungen«, wich er der Frage aus. »Es schützt vor Drachenfeuer, sagen die Legenden.«

Kelsey sah, daß Robert bedächtig durch das riesige Gemach zurückgeschlendert kam, und begriff, daß seine Frage warten mußte.

Er wandte sich an Gary wegen des Schildes, der aber starrte Robert an und bemerkte es nicht. Die Vorstellung, daß dieser rothaarige Mann Flammen spuckte, wollte Gary nicht in den Kopf – und wer hatte je von einem Drachen gehört, der mit dem Schwert kämpfte?

»Nun?« Kelseys ungeduldiger Tonfall riß Gary aus seinen ganz persönlichen Erwägungen. Er sah sich für einen Moment um, verdutzt und verwirrt, dann begriff er, was Kelsey von ihm wollte, und fummelte an dem großen Schild herum, um ihm vom Rücken zu bekommen.

»Einige Riemen sind abgegangen«, erklärte er. »Als ein Troll danach geschlagen …«

Ein Abwinken von Kelsey brachte ihn zum Schweigen. »Ich werde ihn ihm Kampf nicht benutzen«, sagte er zu Garys Verwunderung. »Er ist zu unhandlich für ein schönes Fechten und bietet vor einer so mächtigen Klinge nur wenig Schutz, erst recht nicht, wenn einer wie Robert sie führt. Selbst wenn ich den Schild schnell genug anheben könnte, um es abzublocken, würde das Schwert doch geradewegs hindurchfahren.« Damit nahm er den Schild und wandte sich ab, um sich seinem Gegner zu stellen, seinem Schicksal entgegenzutreten.

»Warum hat er ihn dann überhaupt haben wollen?« fragte Gary den Kobold.

»Wie ich schon sagte, der Schild wehrt selbst Drachenfeuer ab«, erklärte Mickey beiläufig und zündete die Pfeife an. »Sollte Robert sich dazu entschließen, ein wenig Wind zu machen, wird Kelsey rasch nach dem Schild greifen.«

»Aber er ist doch kein Drache!« rief Gary frustriert und lauter, als er beabsichtigt hatte.

Geno lachte spöttisch.

»Schau zu, Junge«, sagte Mickey. »Schau einfach nur zu.«

Kelsey und Robert traten in die Mitte des gewaltigen Raums. Kelsey legte den magischen Schild neben einem geköpften

Stalagmiten auf den Boden und nahm das Schwert in beide Hände.

Auch Robert hob seine Waffe mit beiden Händen hoch, schwang sie mühelos über dem Kopf im Kreis. »Stirb nicht zu schnell, Elf«, knurrte er. »Ich habe die Aufregung eines Kampfes schon seit vielen Jahren nicht mehr genossen. Ein Dutzend Lavamolche fällt viel zu schnell, als daß mich solche Turnierkämpfe vergnügen könnten!« Plötzlich fuhr das gewaltige Schwert hinunter, als setzte es ein Ausrufezeichen hinter Roberts Prahlereien, und Kelsey konnte der sieben Fuß langen Klinge gerade noch ausweichen.

Robert bremste den Schwung mühelos und schlug von der anderen Seite zu. Klugerweise war Kelsey immer weiter zurückgewichen, ja er hatte sich sogar nach hinten abgerollt, um seinem Gegner nun außer Reichweite gegenüberzustehen.

»Ah, sehr gut!« brüllte Robert. »Schwer zu fangen, wenn auch nicht so schwer zu töten!«

Und warf sich, einem furchterregenden, wilden Sturm gleich, nach vorn.

»Geh da weg!« hörte Gary sich schreien, doch Kelsey hatte anderes im Sinn. Als Robert angriff, tat er es ihm nach, ließ sich aber im letzten Moment auf die Knie fallen und schlitterte an dem schwerfälligen Riesen vorbei.

Einmal, zweimal fuhr sein Schwert in Roberts stämmigen Schenkel, dann kam er hinter Robert wieder auf die Füße, bevor dieser sich auch nur zu ihm umdrehen konnte.

Der rothaarige Mann sah auf sein verletztes Bein hinab, und das Erstaunen stand ihm ins Gesicht geschrieben.

Kelseys brillanter Zug zauberte ein Lächeln auf Garys Gesicht, aber es erstarb, kaum daß der junge Mann zu Mickey sah. Der Kobold schien wenig zuversichtlich.

»Ah«, brüllte Robert wieder. »Sehr gut!« Und dann lachte er, so laut und schallend, daß es immer stärker von jedem einzelnen Stein der Mauern widerhallte, als hätte er seinen eigenen, unsichtbaren Jubelchor mitgebracht. Ohne sich weiter um die Wunden zu kümmern, griff er erneut an, langsam diesmal, bedächtig, das große Schwert vor sich haltend.

»Wenigstens werd' ich diesen verdammten Elfen sterben sehen, bevor ich dran bin«, murrte Geno grimmig.

Der Kämpfer und der Wurm

Das große Schwert schnitt durch die Luft, einmal, zweimal, dreimal, und jeder Streich brachte den wütenden Robert ein wenig dichter an sein Opfer heran. Kelsey versuchte nicht einmal zu parieren; solange er sein Schwert nicht in den absolut perfekten Winkel bekam, mußten Roberts kraftvolle Streiche seine magere Verteidigung zwangsläufig durchbrechen.

Im Kampf gegen einen größeren Feind hatte der Elf normalerweise den unschätzbaren Vorteil der Schnelligkeit, besonders wenn sein Gegner ein so schweres und unhandliches Schwert in den Händen hielt. Diesmal war es anders; Robert führte die Klinge ebenso leicht wie Kelsey sein schlankes Elfenschwert, und der riesige Mann bewegte sich überraschend schnell und behielt immer das Gleichgewicht.

Wieder kam ein gewaltiger Streich, und diesmal entkam der Elf nur knapp nach hinten. Roberts Lächeln über seine ständigen Rückzieher wurde immer spöttischer.

Dennoch war Kelsey weit davon entfernt aufzugeben – nicht daß Robert dies je akzeptiert hätte. Kelsey hatte viele Strapazen auf sich nehmen müssen, um hierher zu gelangen, und nun, da er so nahe daran war, seine Queste zu vollenden, diese eine große Aufgabe, die ihm das Leben gestellt hatte, floß sein Elfenblut mit frischer Kraft durch die feinen Adern.

Und wieder schnitt Roberts Schwert quer durch die Luft, und Kelsey entschlüpfte ihm ein weiteres Mal nach hinten. Heftig drang der Hüne auf ihn ein, drehte unvermittelt die Arme und schickte seine Klinge hoch hinauf für einen gewaltigen Hieb nach unten.

Kelsey riß sein Schwert vor sich hoch, in einem schrägen Winkel. In einem normalen Kampf hätte er sein Schwert dann in die Waagerechte gebracht, um den gegnerischen Schlag abzufangen und ihm die Wucht zu nehmen. Dann hätte ein einfacher Stoß genügt, um das Schwert harmlos zur Seite zu wischen und dem Gegner jede Deckung für den nachfolgenden Konterschlag zu nehmen.

Klugerweise versuchte Kelsey gar nicht erst, die gewohnte Taktik bei dem übermenschlich starken Robert anzuwenden. Als das Schwert herabsauste, brachte der Elf seine Klinge nicht in die Waagerechte, sondern in die Senkrechte und sprang im gleichen Moment nach links, fort von dem abgelenkten Schlag. Robert achtete auf eine schnelle Deckung, aber für Kelseys nachfolgende Attacke war er nicht schnell genug. Als sein Schwert noch weit auf der anderen Seite war, rauschte Kelsey schon an seiner rechten Flanke vorbei und verpaßte ihm eine rasche Folge von schmerzhaften Hieben und Stichen.

»Ein prächtiger Zug!« platzte Mickey heraus, so daß in seiner langstieligen Pfeife die Funken aufstoben, und klatschte in die Hände.

Jeder Zuschauer – und auch Robert selbst – dachte, Kelsey würde nun einfach wieder außer Reichweite laufen, um erneut sicheren Boden unter die Füße zu bekommen.

Keiner von ihnen – und am wenigsten der Drache – verstand wirklich, welches Feuer in den Adern des edlen Elfen brannte.

Als Robert herumwirbelte, um mit dem vorbeilaufenden

Kelsey Schritt zu halten, rannte dieser in einem engen Kreis um ihn herum, immer dicht vor Roberts Schwert und dicht vor seiner ungeschützten Flanke. In den folgenden irrwitzigen Momenten traf die Elfenklinge vielleicht ein dutzendmal ihr Ziel, dann brach Robert seine sinnlose Jagd ab und zog sich ein paar Schritte zurück.

»Noch prächtiger, der Zug!« rief Mickey und setzte einen Applaus obendrauf. Robert warf ihm einen zornigen Blick zu, der ihn sofort zum Schweigen brachte, abgesehen von einem vernehmlichen Schlucken.

Gary fürchtete, daß der Hüne jeden Moment herkommen und Mickey abschlachten würde – und er glaubte nicht, daß der ungeheure, rothaarige Mann sich damit zufriedengeben würde. Plötzlich lastete die Vorstellung des nahen Untergangs schwer auf seinen Schultern, und so sah Gary sich hilfesuchend nach Geno um. Doch was er sah, vermochte ihn nicht zu beruhigen, denn der Zwerg hatte sich vorsorglich ein Dutzend großer Schritte von Mickeys anderer Seite entfernt.

Aber die Angst vor einer Attacke erwies sich als unbegründet. Robert war zu diesem Zeitpunkt viel zu sehr mit seinem Ehrenkampf beschäftigt, um irgend etwas gegen die anderen unternehmen zu können. Er richtete seinen Blick wieder auf Kelsey, dann schaute er verächtlich auf seine verwundete Seite hinab. Der rechte Arm wies mehrere Schnitte auf, und aus einer klaffenden Wunde hing die dichte Haut mitsamt den sehnigen Muskeln heraus.

»Ich hatte vor, dich zu verschonen«, fauchte Robert.

»Eine Lüge«, sagte Kelsey.

»Aber nun bist du tot!« brüllte Robert, und er stürzte wild voran, schlug mit dem Schwert um sich.

Trotz der Klasse, die Kelsey an den Tag gelegt hatte, mußte Gary feststellen, daß er völlig von Roberts Ankündigungen überzeugt war, kaum daß die wilde Attacke begann. Wie sollte irgend jemand – besonders wenn er so rank und schlank wie Kelsey war – der vernichtenden Wucht von Roberts mächtigen Schlägen ausweichen oder ihnen gar etwas entgegensetzen können? Und selbst wenn Kelsey es schaffte auszuweichen, wie konnte er je darauf hoffen zu gewinnen? Er hatte mehrere Treffer gelandet – Treffer, die jeden menschlichen Gegner getötet oder wenigstens kampfunfähig gemacht hätten –, und Robert zeigte nicht einmal das geringste Anzeichen von Erschöpfung.

Kelsey warf sich hinter einen der Tropfsteinhügel, die vereinzelt im Raum standen, und hoffte, daß er die Wucht des Angriffes abmildern würde.

Robert verringerte sein Tempo nicht, ja er versuchte nicht einmal, seinen sausenden Schwertschlag zu verlangsamen. Funken stoben auf, als die große Waffe gegen den Stein knallte, und als sie verflogen waren, war der Tropfsteinhügel nur noch halb so hoch.

Zur Bestürzung der Gefährten war das Schwert nicht zerbrochen, es hatte noch nicht einmal eine sichtbare Scharte davongetragen. Und wieder stürmte das rothaarige Ungetüm heran, das Gesicht eine Maske der Raserei, und das Schwert summte, als es erneut todversprechend durch die Luft schnitt.

Kelsey fürchtete keineswegs, daß ihm in dem riesigen Raum die Rückzugsmöglichkeiten ausgehen würden, aber ebensowenig glaubte er, damit einen Vorteil zu erzielen, den großen Robert ermüden zu können. Der Elf wußte, daß er brillant und mutig vorgehen mußte und daß ein einziger Fehler ihm das Leben kosten würde.

Bei diesem Gedanken hätte er beinahe aufgelacht. Sein Leben zählte nichts, wenn er es gegen die Chance einer Vollendung seiner Queste aufwog.

Er zog sich weiter zurück und beobachtete, registrierte auch die kleinste Bewegung von Roberts Händen, die sich um den mit Leder umwickelten Griff des riesigen Schwerts ballten.

Gary versuchte, nicht hinzusehen; er wollte nicht mitansehen, wie sein Freund das Schicksal des halbierten Tropfsteins teilte. Doch er stellte fest, daß er sich den außergewöhnlichen Anblick nicht ersparen konnte, und als er wieder zu den Kämpfenden schaute, wieder zu Kelsey, fiel ihm vor Überraschung die Kinnlade herunter, denn der Elf lächelte voll deutlicher Zuversicht.

Gary konnte es nicht ahnen, aber Kelsey hatte seinen Vorteil gefunden. Trotz all der schieren Kraft und unheimlichen Schnelligkeit war Robert kein Schwertkämpfer – gemessen an den hohen Ansprüchen des Elfen jedenfalls nicht. Roberts Attacken waren geradlinig; seine Bewegungen, ja selbst seine Finten wurden für den erfahrenen Krieger der Tylwyth Teg mehr und mehr voraussehbar.

Kelsey beobachtete weiterhin die knotigen, riesigen Hände und wartete auf die verräterische Wendung. Ein paar Schritte und Streiche später machte Robert eine rasche Drehung und riß sein Schwert weit hoch – und Kelsey war darauf vorbereitet.

Genau wie beim ersten Versuch eines Abwärtsschlags kam der rothaarige Mann mit drei schnellen Schritten an den Elfen heran.

Kelsey jedoch wiederholte seine Verteidigung nicht. Aber er machte einen Satz nach vorn, die Klinge vorgereckt und fest entschlossen, Robert ein für allemal zu schlagen.

Der Drache hielt sein Schwert immer noch hoch über den Kopf, als die feine Spitze der Elfenklinge an seine Kehle tippte.

»Du hast verloren«, rief Kelsey.

Robert brüllte und schlug zu.

Kelsey hätte ihm das Schwert mitten durch die Kehle treiben können – seine Instinkte hätten ihn fast dazu verleitet. Aber was hätte er von einem erschlagenen Drachen gehabt; So warf er sich lieber zur Seite, rollte sich ab und zeigte anklagend auf Robert.

»Betrug!« rief er und sah sich bei seinen Gefährten, seinen Zeugen nach Beistand um. »Ich habe dich geschlagen!«

»Gar nichts hast du!« gab Robert zurück. »Ich liege nicht am Boden!«

»Was für eine Fairneß ist das denn?« rief Kelsey seinen Freunden zu, als wären sie Geschworene und die Höhle ein Gerichtssaal. Er wandte sich wieder an Robert: »Muß ich dich töten, um zu gewinnen? Was gewinne ich denn dann in diesem Ehrenkampf?«

»Gar nichts hast du!« gab Robert zurück, und es kam Gary vor, als hätte sich seine Stimme irgendwie verändert, als wäre sie kehliger geworden.

»Mein Schwert war an deiner Kehle!«

»Und meines an deinem Kopf«, sagte Robert sofort. »Hättest du deinen Angriff beendet, hätte auch ich den meinen beenden können.« Er pikte sich mit einem Finger an die Kehle. »Ein kleines Loch«, höhnte er. »Vielleicht tödlich, aber entzweigehauen zu werden ist auf jeden Fall tödlich!«

Kelsey wußte, daß Roberts Darstellung des Kampfes nicht stimmte. Er hätte ihm die Klinge bis in den Nacken treiben und sich immer noch wegducken können. Aber Roberts Argument war – das wußte Kelsey auch – zumindest für den Drachen überzeugend genug, um in der künftigen Geschichte ihres Kampfes den Makel der Unehrenhaftigkeit zu verdecken.

»Er spielt Bilbos Spiel«, murmelte Gary vor sich hin. Mikkey sah ihn verblüfft an, dann erinnerte er sich an die Geschichte und nickte zustimmend.

»Halbwahrheiten«, fuhr Gary fort. »Kelsey hatte ihn.«

»Erzähl das dem Drachen«, murmelte Mickey. »Aber warte damit, bis ich weit genug weg bin, Junge.«

Das leuchtete Gary ein.

»Schluß mit dem Unsinn!« rief Robert unvermittelt. Mit einer Hand schleuderte er das gewaltige Schwert durch den Raum. Es traf die Wand mit einem blendenden Blitz und blieb zur Hälfte in dem soliden Stein stecken.

Für einen Augenblick glaubte Gary, daß Robert aufgab, daß er Kelsey seinen fairen Sieg zugestand.

Kelsey jedoch ahnte die Wahrheit und eilte zu dem magischen Schild des Cedric Donigarten, versuchte hektisch, ihn an seinem schlanken Arm zu befestigen.

Gary fragte sich gerade, was das zu bedeuten hatte, da sah er hinüber zu Robert – und er verstand, verstand es nur zu gut.

Robert begann, sich zu verwandeln.

Das menschliche Antlitz verzerrte sich und quoll auf; das rote Haar umhüllte seinen Kopf und vermischte sich mit der sich verändernden Haut. Ein großer Flügel sproß empor, dann ein zweiter, und gewaltige Klauen brachen durch die Stiefel an Roberts Füßen. Das laute Knacken sich neu formender Knochen hallte ekelerregend von den Wänden wider; ein ungeheurer, schuppiger Schwanz schlug hinter dem Untier auf den Boden und schoß immer weiter hinaus, wuchs und dehnte sich aus und schien fast ein weiteres Tier zu sein.

»Um Gottes willen!« stammelte Gary Leger. »So ein Scheißvieh … Heilige Scheiße … Um Gottes willen!« Dann gingen ihm die Flüche schlicht und einfach aus. Er verzerrte wild den Mund, brachte aber kein weiteres Wort über die Lippen. Wenn Tommy neben ihm gestanden und eines seiner gewohnten »Bohs« von sich gegeben hätte, hätte Gary ihm vermutlich auf das Bein geklopft, voller Dankbarkeit für das richtige Wort. Nichts in seinem ganzen Leben, weder die Unmengen von Fantasyliteratur noch alles, was er je erlebt hatte, ob zu Hause oder in Faerie, hatte ihn auf diesen Anblick vorbereiten können.

Der Raum schien längst nicht mehr so riesig zu sein – der Drache hatte eine Länge von fünfzig Fuß erreicht und wuchs immer noch, wurde immer noch länger. Gary fiel der ausgetrocknete See ein, Loch Tullamore, und nun konnte er sich in der Tat vorstellen, wie der Drache ihn »weggezischt« hatte. Er umklammerte den Beutel am Gürtel, der den **Kleinen Hobbit** enthielt, wie eine Art Amulett, eine Quelle der Kraft und der Beweis, daß schon andere solch einem Untier begegnet waren und noch lange genug gelebt hatten, um davon berichten zu können.

Aber selbst sein Amulett konnte ihn nicht vor dem schieren Schrecken bewahren, den es bedeutete, Robert den Reizbaren zu sehen. Die Verwandlung war nun abgeschlossen – Robert war fast hundert Fuß lang, mit Klauen wie Speerspitzen, die Stein zerreißen konnten, und einem Maul, das einen Mann entzweibeißen oder am Stück verschlingen konnte, ganz nach Lust und Laune.

»Schluß!« brüllte der Drache wieder. Wenn Roberts menschliche Stimme die Wände hatte erbeben lassen, dann konnte sein Drachengeschmetter sie gewiß spalten. »Das Spiel ist aus, Kelsenellenelvial Gil-Ravadry!«

Geno warf Gary und Mickey einen beunruhigenden Blick zu. »Ich schätze, der Speer wird sich noch ein bißchen gedulden müssen, bis er gerichtet wird«, brummte er höhnisch.

»Blöder Elf«, fügte er hinzu, und sein gehässiges Kichern riß Gary augenblicklich aus seiner schreckerfüllten Starre.

»Das scheint dich ja nicht sonderlich mitzunehmen«, fuhr er den Zwerg an, und seine Stimme überschlug sich mehrmals, so sehr war ihm die Kehle zugeschnürt.

Geno zuckte gleichgültig mit den Schultern. »Mich wird Robert nicht fressen«, antwortete er mit einiger Zuversicht.

»Drachen finden den Geschmack von uns Zwergen nicht so berauschend, und außerdem mögen sie die schönen Dinge, die ein Zwergenhammer hervorbringen kann.« Sein Schnauben fuhr Gary bis ins Mark. »Aber dich wird er fressen.«

Gary wandte seine Aufmerksamkeit wieder dem Kampfgeschehen zu, das sich nunmehr wie das Vorspiel zu einem Massaker ausnahm. Kelseys Lächeln war längst weggefegt, ebenso wie sein zuversichtlicher Blick, ja selbst seine Entschlossenheit. Und wer konnte es ihm verdenken?

»Können wir ihm irgendwie helfen?« fragte Gary flüsternd Mickey, obwohl er es besser wußte: sollte Mickey von ihm verlangen, dem Elfen beizustehen, würden schon seine zitternden Knie jede noble Geste vereiteln.

Der Kobold schnaubte ungläubig, und Gary verlor kein Wort mehr darüber. Schließlich gelang es ihm, die Augen zu schließen und seine Gedanken nach innen zu richten, und er rief nach dem beseelten Speer. Vielleicht konnte der ein wenig Licht in diesen Alptraum bringen.

Kelsey packte sein Schwert fester und wappnete sich, indem er sich vor Augen führte, daß es seine Absicht gewesen war, hierherzukommen, daß er vom Anfang seiner Queste an gewußt hatte, welchem Geschöpf er sich am Ende stellen mußte.

Aber gute Gründe waren einfach keine Medizin gegen die nackte Angst, die der Anblick des unbesiegbaren Drachen heraufbeschwor. Wie eine Schlange glitt Robert auf Kelsey zu, den Bauch am Boden. Er schlug mit einer seiner gewaltigen Pranken nach ihm, fast spielerisch, wie ein Kätzchen nach einem Wollknäuel. Kelsey warf sich mit seinem ganzen Gewicht gegen den Schild, aber er wurde trotzdem etliche Fuß weit über den Steinboden geschleudert.

»Au, verdammt«, murmelte Geno und wandte sich ab, denn dies konnte nur das grausame Ende sein.

»Oh«, verbesserte er sich schwach, als er doch wieder hinsah und Kelsey erblickte.

Irgendwie war der Elf wieder auf die Beine gekommen, und irgendwie war er unverletzt geblieben. Stracks marschierte er zurück und verpaßte dem Drachen drei rasche Stiche in den ausgestreckten Arm.

Der Wind von Roberts nachfolgendem Gelächter warf Kelsey zu Boden.

»Mach es mir nicht so leicht«, grollte der Drache. »Ich möchte gern spielen, solang ich mag. Wer weiß, wann jemals wieder ein Held so närrisch ist wie du, Kelsenellenelvial Gil-Ravadry.«

»Wie kann ich meinem Freund helfen?« fragte Gary in Gedanken den beseelten Speer.

Keine Antwort.

Immer wieder rief er den Speer an und bestand darauf, daß er mit ihm sprach.

»Dies ist nicht Euer Kampf«, kam endlich Antwort.

»Ich muß Kelsey helfen!«

»Das dürft Ihr nicht!« sagte der Speer energisch. **»Dieser Kampf ist ein ehrenvoller Wettstreit, und alles geht seinen Weg, genau so, wie es festgelegt wurde, bevor die Queste des Elfen begann.«**

Gary wollte schon aufbegehren, wollte ihm vorhalten, daß kein einzelner Krieger ein solches Untier besiegen konnte und die Queste um Kelseys Leben willen abgebrochen werden mußte. Aber dann begriff er. Der Speer scherte sich nicht um Kelsey. Dieser Kampf, ehrenhaft ausgetragen in Übereinstimmung mit uralten Regeln, war seine einzige Chance, wieder gerichtet zu werden.

Hilflos öffnete Gary Leger die Augen.

Kelsey griff erneut an, stürmte zwischen Roberts Vorderbeinen hindurch und hämmerte mit aller Kraft auf den Schuppenpanzer ein. Unter brüllendem Hohngelächter schüttelte der Drache den großen, gehörnten Kopf. Ab und zu stieß er Kelsey beiläufig mit einer Pranke zur Seite.

Aber der Elf war hartnäckig, unglaublich hartnäckig, und er ließ nicht locker, und sein Beharren machte sich bezahlt.

Plötzlich verzog sich das Echsengesicht vor Schmerz, als Kelseys Klinge zwischen die Panzerschuppen rutschte und tief ins Drachenfleisch biß. Wie wild begann Robert mit den Flügeln zu schlagen, und ihr Wind zwang nicht nur Kelsey zurück, sondern richtete den Drachen auch zu voller Größe auf.

Aber der zähe Elf blieb auf den Beinen und benutzte den großen Schild, um einen Teil des scharfen Windes abzulenken. Er wäre beinahe vornübergefallen, als der Drache plötzlich tief Luft holte und so den Druck der peitschenden Flügel verminderte.

»Jetzt geht's los«, hörte Gary den Kobold murmeln.

Und so war es. Ein Feuerschwall schien den bejammernswerten Kelsey zu verschlingen und heizte den ganzen Raum so schnell auf, daß Garys Augenbrauen unter dem zu großen Helm versengt wurden, obwohl er einige Yards entfernt stand. Der Feueratem dauerte etliche Sekunden an, die weißglühenden Flammen ergossen sich über Kelsey und schwärzten den Fels zu seinen Füßen.

Dann erloschen sie – und Kelsey stand immer noch! Das Gestein um ihn herum brodelte, und der Rand von Cedrics Schild glühte in einem giftigen Rot, aber der Elf und selbst seine Kleider und der Boden schienen im schützenden Schatten des Schildes unversehrt geblieben zu sein.

»Verdammt guter Schild«, sagte Geno ungläubig.

Auch Robert schien beeindruckt, er glotzte den Elfen an, der, auf welche Weise auch immer, gegen einen Feuerschwall bestanden hatte, der selbst Steine zum Schmelzen bringen konnte.

»Da mußt du schon ein bißchen mehr bringen, mächtiger Wurm«, schalt ihn Kelsey, der augenscheinlich einiges an Zuversicht gewonnen hatte, nun, wo bewiesen war, was die Feder eines Barden behauptet hatte: daß der legendäre Schild »das Feuer eines Drachen Hauch zu kehren« vermochte.

Wieder schleuderte Robert ihm seine Flammen entgegen, und Kelsey duckte sich gerade noch rechtzeitig hinter den Schild. Nun zischte und prasselte der Fels um ihn herum, und schwefeliger Gestank verpestete die Luft.

Aber als das Feuer erlosch, steckte Kelsey den Kopf hinter dem Schild hervor – und lächelte.

Schon den Feueratem zu überleben war Beleidigung genug, aber Kelseys Spötteleien und nun auch noch sein Lächeln brachten Robert vollends in Rage, in eine Wut, wie Gary sie noch nie gesehen hatte.

»Donnerlittchen«, hörte er Mickey flüstern, und dann war nur noch das Gekratze und Gedröhn zu hören, mit dem der angreifende Drache den Boden der Höhle zerfetzte.

Die Pranken schlugen mit einer solchen Gewalt nach Kelsey, daß Gary ihn schon tot wähnte. Irgendwie schaffte Kelsey es, aber dann schnappte Robert mit seinem scheußlichen Maul zu, schnell wie eine Katze. Und irgendwie – wie nur, fragte sich Gary – gelang es Kelsey, erneut auszuweichen, ja sogar Robert ein paar Hiebe zu versetzen, bevor dieser seinen gewaltigen, gehörnten Schädel außer Reichweite bekam.

Klauen prasselten verheerend nieder, Hinterbeine trampelten, Flügel schlugen gnadenlos, und einmal peitschte der Schwanz des Drachen mit genug Kraft nach vorn, um eine stämmige Eiche zu fällen. Aber Kelsey kam beinahe jeder Attacke zuvor, und die, die er parieren mußte, vermochten seine eigenen wilden Attacken gerade einmal zu verzögern. Seine

Schwertschläge hatten den Rhythmus eines Steptanzes: melodisch und gleichmäßig schlug er auf jede Blöße ein, die Robert ihm bot.

Wieder schoß der Feueratem durch den Raum, aber der Schild wehrte ihn ab, und Kelsey gelang es sogar, näher heranzukommen und drei heftige Stiche anzubringen, noch während ihn die Flammen umhüllten.

»Das geht doch gar nicht«, sagte Gary ächzend zu Mickey. Der Kobold war viel zu gefesselt von den Ereignissen, um reden zu können, dafür antwortete Geno, indem er Gary lässig einen Hammer an den Helm warf.

»Halt deinen großen Mund«, grollte er, und sein unvermittelter Zorn schnitt Gary jedes weitere Wort ab.

Roberts Raserei ließ nicht nach – Gary bekam langsam Angst, daß der ganze Berg unter seinen Schlägen zerbröckeln könnte. Aber Kelsey behauptete sich; er ließ seine Klinge beißen und schlitzen, stechen und schlagen, wann immer er an den Drachen herankam, und dabei bewegte er sich so präzise und schnell, daß manchmal nur ein schlanker Schatten zu sehen war.

Der Hieb einer Klaue ließ ihn rückwärts taumeln, ein schwerer Treffer, und als er sich wieder vorankämpfte, fiel Roberts großes Maul über ihn. Gary wäre fast in Ohnmacht gefallen, als Robert den Kopf hob und Kelsey zwischen den Zähnen hatte.

Aber es war noch nicht um Kelsey geschehen. Irgendwie hatte der Elf das Unmögliche geschafft und dem Drachen seinen Schild zwischen die Fänge gerammt, und damit hatte Robert sich ins eigene Fleisch geschnitten, denn nun lagen seine einzigen ungeschützten Körperteile direkt vor Kelsey.

Er ließ sein schlankes Schwert nur einen Fingerbreit vor dem gelben Echsenauge bedrohlich tanzen und fragte gelassen: »Gibst du auf?«

»Ich kann dich zu Kohle verbrennen!« fauchte der Drache durch die gesperrten Zähne.

»Könnte ins Auge gehen«, verkündete Kelsey.

Robert rührte sich nicht und dachte nach.

»Ich fass' es nicht«, hauchte Gary voller unterdrückter Begeisterung. Er konnte nur den Kopf schütteln und verdattert zuschauen, wie der göttergleiche Drache den Elfen folgsam zum Boden hinunterließ.

»Holt den alten Speer und werdet fertig damit!« röhrte der Drache und stampfte so wütend mit den Vorderpfoten, daß etliche Steine von den Wänden brachen.

»Nicht zu fassen«, murmelte Gary erneut.

»Sei still, Junge«, bat ihn Mickey inständig. »Sag kein einziges Wort und erfüll deinen Teil, so schnell es geht.«

Gary betrachtete den Kobold neugierig und wunderte sich, warum er so heftig und so ängstlich reagierte. War da nicht sogar eine Schweißperle auf seiner Stirn?

Warum, fragte sich Gary. Die größte Gefahr war doch vorbei – Kelsey hatte gewonnen. Der Elf hatte die Wut des Drachen überlebt, hatte Schläge eingesteckt, die uralte Bäume köpfen und Berge schleifen konnten …

Abrupt brach Gary seinen Gedankengang ab. »Könnte ins Auge gehen?« murmelte er vor sich hin, den Akzent nachahmend, mit dem Kelsey Roberts Aufgabe verlangt hatte. Nun begriff er Genos Zorn über seine Erklärung, daß Kelseys Heldentaten unmöglich waren.

Gary wandte seine Aufmerksamkeit wieder dem zu, was sich vor seinen Augen abspielte. Robert hatte sich abgewandt, bewegte seinen riesigen, geschuppten Leib zur Seite, auf einen breiten, hohen Tunnel zu, der von der Haupthöhle abging. Kelsey stand regungslos an derselben Stelle, an der Robert ihn freigelassen hatte, und sonnte sich augenscheinlich in seinem Erfolg.

Gary konnte direkt durch den illusionären Elfen hindurchschauen.

»Der erste Treffer«, flüsterte Mickey ihm zu, als er sah, daß er das Spiel durchschaut hatte.

Gary rief sich das Kampfgeschehen erneut vor Augen, den ersten mächtigen Hieb, den Roberts Pranken Kelsey versetzt hatten. Dann sah er zu der entsprechenden Stelle. Neben einem Tropfsteinhügel lag der zusammengebrochene Elf, zu einer Kugel gekrümmt und blutüberströmt. Gary konnte sehen, daß er am Leben war und sich schwer bemühte, keinen Muckser zu tun.

»Du wirst den Schild brauchen«, sagte Geno zu Gary. Nun, da ihn die Illusion nicht länger täuschte, sah Gary, daß der Schild immer noch an der Stelle lag, wo Kelsey ihn auf den Boden gelegt hatte, unweit der Brandflecken und des schnell abkühlenden Gesteins. Er fragte sich, wie er ihn aufheben konnte, ohne Robert den Trick zu verraten, aber darum kümmerte sich Mickey bereits. Der illusionäre Kelsey ging zu dem echten Schild hinüber und legte den illusionären Schild direkt darauf.

Gary fand alles sehr verwirrend – und er verstand nicht, warum der Drache überhaupt auf Mickeys Trick hereingefallen war –, aber er ging hin, hob den Schild auf und folgte Geno und Robert in die Seitenkammer.

Er warf einen Blick zurück, als er den Raum verließ. Mickeys illusionärer Elf ging und setzte sich neben dem echten Kelsey auf den Tropfsteinhügel, und auch der Kobold ging zu ihm, um die mehr als echten Wunden zu versorgen.

Gary kauerte sich noch tiefer hinter den Schild, als er hörte, wie der Drache tief Luft holte. Er hatte das Gefühl, er sollte lieber noch auf die Toilette gehen – damit er sich nicht an Ort und Stelle in Verlegenheit brachte. Aber er konnte nichts mehr sagen. Der Speer lag auf einem flachen Stein vor ihm, und Gary hielt das untere Ende fest, wie es die Prophezeiungen erwarteten. Geno hatte die beiden Teile des Schafts mit einem Lederriemen zusammengebunden und eine flockige Substanz über die Bruchstelle gestreut – Gary konnte nicht sagen, ob es Metallsplitter waren oder zerstoßene Edelsteine. Nun stand Geno in gehörigem Abstand da, in der einen dick behandschuhten Hand den Hammer, in der anderen den Beutel mit der flockigen Substanz.

Gary fiel ein, daß er nicht wirklich gesehen hatte, wie der Schild den schrecklichen Hauch des Drachen abgewendet hatte, daß es nur eine von Mickeys Illusionen gewesen war. Er blinzelte über den Rand des Schildes, um Protest einzulegen, mußte aber feststellen, daß es zu spät war.

Dann kamen die Flammen, und Gary hatte keine Ahnung, ob er sich nun in die Hosen gemacht hatte oder nicht – und in dieser Hitze wären sie so oder so gleich wieder trocken geworden! Große weiße Flammenzungen leckten um den Rand des Schildes herum an Gary, und die Hand, mit der er den Speer hielt, erwärmten sich rasch bis hin zu brennendem Schmerz. Trotzdem ließ er den Speer nicht los, denn Geno hatte ihm für diesen Fall sehr unangenehme Konsequenzen angekündigt.

Und dann war es vorbei, ganz plötzlich. Gary blinzelte, bis die blinden Flecke vor den Augen verschwanden, ganz schwach vor Erleichterung, daß der Schild die weißglühenden Flammen tatsächlich abgehalten hatte. Auf dem flachen Stein vor ihm glühte der magische Speer in einem aggressiven Orange, das einzig Auffallende in dem ansonsten spärlich erleuchteten Raum. Und schon fiel der Zwergenschmied über ihn her, verstreute Flocken und trieb sie hinein, verstreute sie und trieb sie hinein. Er murmelte obskure Sätze, die Gary nicht einmal ansatzweise verstand, aber aus Genos rituellen Bewegungen und seinem ehrfürchtigen Tonfall schloß er ganz richtig, daß es sich um einen Schmiedezauber handelte, um eine Beschwörung, die die Verbindung weit über die Kraft normalen Metalls hinaus festigen sollte.

Viele Minuten lang verrichtete Geno seine Arbeit, klopfte und hämmerte und sang und streute immer wieder einige Flocken der Substanz auf den immer noch heißen Metallschaft. Dann hielt er den Speer hoch und sah den Schaft entlang, um sicherzugehen, daß er wirklich vollkommen gerade war.

Er legte ihn wieder auf den Stein, fügte ein paar Klopfer hinzu und inspizierte ihn noch einmal. Sein Lächeln war Antwort genug. Er trat zurück und hängte den Hammer in eine Gürtelschlaufe.

Das Glühen ließ nach, der Speer schien bemerkenswert kühl.

»So bist du ein weiteres Mal in die Legenden eingegangen, mächtiger Robert«, rief Geno dem Drachen zu. »Alle Welt wird erfahren, daß es Robert war, der Edelste des Wurmgeschlechts, der seinen Feueratem gab, um den altehrwürdigen Speer zu richten!«

Sein Versuch, den brodelnden Drachen zu besänftigen, zeigte nur wenig Wirkung.

»Verschwindet von meinem Berg!« röhrte das Untier.

Gary fiel in Genos Nicken ein; das brauchte Robert ihnen wirklich nicht zweimal zu sagen.

»Heb ihn auf«, wies Geno Gary an und zeigte auf den Speer.

Gary schaffte es ohne Mühe mit einer Hand. Der lange Speer schien sogar leichter zu sein, als jedes seiner einzelnen Teile gewesen war, und besser ausbalanciert. Wenn Gary zuvor den Eindruck gehabt hatte, daß er ihn hundert Yards weit werfen könnte, dann dachte er nun, daß es auch zweihundert werden könnten.

Der beseelte Speer sprach nicht zu ihm, jedenfalls nicht in wahrnehmbaren Worten, aber Gary spürte genau, daß er jubelte.

Krähen

In engen Zweierreihen eskortierten die Lavamolche die Gefährten hinaus, wiesen ihnen mit den Speeren den Weg durch die unteren Tunnel. Der Drache hatte ihnen eindringlich geraten, während des Wegs hinaus nicht mehr an der Burg vorbeizukommen.

»Oder überhaupt jemals wieder!« hatte Robert gebrüllt, und Gary hatte den Eindruck gehabt, als war dies hauptsächlich auf Mickey gemünzt. War Robert ihm auf die Schliche gekommen? Aber Gary verwarf den Gedanken wieder, denn dann hätte das Untier sie niemals ziehen lassen.

Gary war wirklich froh, nun aus den Augen des furchterregenden Drachen verschwunden zu sein, und er hatte nicht vor, jemals wieder auch nur in die Nähe seiner Burg zu kommen. Aber er hatte seine Furcht noch nicht abgeschüttelt. Während er Kelsey mehr trug als stützte, sah er immer wieder über die Schulter zurück, weil er jeden Augenblick mit dem Angriff der Lavamolche rechnete.

»Keine Sorge, Junge«, sagte Mickey, als er seine Angespanntheit bemerkte. »Robert würde es nie wagen, sein Wort zu brechen.«

»Vertrau niemals einem Drachen«, fügte Geno hinzu. »Es sei denn, du hast ihn in einem Wettstreit geschlagen. Selbst dieses Gewürm hat ein gewisses Ehrgefühl.«

Darauf scheint es in dieser seltsamen, verzauberten Welt immer wieder hinauszulaufen, dachte Gary. Ehre.

»Er hat gar keine andere Wahl, als uns ziehen zu lassen«, endete Mickey selbstgefällig. Seine grauen Augen blitzten siegesgewiß, und er lächelte breit und nahm einen tiefen Zug aus seiner Pfeife

Gary war erfreut, das zu hören, aber im Gegensatz zu dem Kobold war ihm nicht nach Jubeln zumute. Bei jedem Schritt stöhnte Kelsey vor Schmerzen, und es konnte nicht mehr lange dauern, bis er ohnmächtig wurde. Einer seiner Arme war übel verrenkt, vielleicht sogar gebrochen, und über seine Rippen zog sich eine riesige Kratzwunde, wo die Drachenklauen Rüstung und Haut zugleich zerfetzt hatten. Blut klebte in seinem goldenen Haar und verkrustete sein feingeschnittenes Gesicht, und nur das Leuchten in seinen Augen, ein tiefer Ausdruck der Genugtuung, deutete darauf hin, daß er noch wußte, was um ihn herum geschah.

Dann waren sie draußen – der neue Tag war bereits angebrochen – auf den unteren Wegen des östlichen Hangs, weit unter den Baracken von Roberts Lavamolchgarnison. Die Hälfte ihrer Eskorte blieb am Tunneleingang zurück, um ihn zu bewachen, die andere Hälfte bezog nach und nach Verteidigungsstellungen auf der abfallenden Straße.

»Als ob sie Angst haben, daß wir wieder umdrehen«, spottete Mickey, als er die Sperrlinie sah.

Seine Worte berührten Gary tief. Sie hatten es hinter sich – selbst Gary begriff das nun. Sie hatten Robert hinter sich, und Gary hatte Faerie hinter sich, denn er hielt den gerichteten Speer in den Händen. Die Bedingungen für seine Freilassung waren erfüllt, bald konnte er nach Hause.

Nach Hause.

Die Worte hatten einen seltsamen Klang hier, wo er einen hochaufragenden Berg umwanderte, der in einem Land stand, das von dem seinen so verschieden war. Lancashire schien Jahre zurückzuliegen, schien sogar mehr von einem langen Traum an sich zu haben als dieses Land, Faerie, das immer wirklicher geworden war.

Wirklicher als die Kunststoffabrik. Wirklicher als gelangweilt am brummenden Häcksler zu stehen, Klumpen von Plastikabfall hineinzuwerfen und dabei von unsinnigen Abenteuern zu träumen.

Bei diesem Gedanken mußte Gary sich ein Lachen verkneifen. Unsinnige Abenteuer? So unsinnig kamen sie ihm nicht mehr vor, erst recht nicht, da sich ein Elf schwer an seine Schulter lehnte und ein Kobold und ein Zwerg neben ihnen hertrotteten.

Trotz Kelseys Verletzungen konnte Gary sich das Lachen nicht länger verkneifen. Er sah nach hinten, den Bergweg hinauf, zu den rotschuppigen Lavamolchen, die feierlich Wache hielten.

»Also verrat es mir«, bat er Mickey, nachdem sie ein wenig mehr Abstand zwischen sich und die Lavamolche gebracht hatten.

Mickey sah ihn an, als würde er die Bitte nicht verstehen, als hätte er keine Ahnung, wovon Gary sprach.

»Du hast gesagt, daß Illusionen bei Drachen nicht wirken«, erklärte Gary, obwohl er ganz richtig erkannt hatte, daß Mickey bereits wußte, worum es ging.

»Ich habe gesagt, daß sie bei Drachen nicht besonders gut wirken«, berichtigte Mickey ihn. »Wie bei Zwergen, Junge. Nicht so gut.« Er blinzelte Gary zu. »Aber ich kann doch immer eine finden, die hinhaut.«

»Sie hat perfekt hingehauen«, sagte Gary, und sowohl seine Worte als auch sein Tonfall drückten eindeutig Mißtrauen aus. »Viel zu perfekt.«

»Es war ein Kampf«, erinnerte Mickey ihn. »Bestimmt hätte Robert meine Tricks durchschaut, wenn er nur die Zeit dazu gehabt hätte! Aber er stand einem mächtigen Feind gegenüber, und er wußte das auch«, versicherte Mickey. »Und außerdem war meine Magie niemals stärker als da drinnen.« Er schwieg plötzlich und wandte seine Aufmerksamkeit wieder dem Weg zu, als sei ihm die letzte Bemerkung nur so herausgerutscht.

Aber Gary hatte seinen Ausrutscher nicht recht mitbekommen, er war zu sehr damit beschäftigt, den Kampf Revue passieren zu lassen. »Dann haben wir ihn betrogen«, sagte er schließlich. »In Wirklichkeit hat Robert gewonnen, und er war weder verpflichtet, uns beim Schmieden des Speeres zu helfen, noch uns überhaupt rauszulassen.«

Geno trat ihm so heftig vors Schienbein, daß er beinahe mitsamt Kelsey umgefallen wäre.

»Dann laß mich den Elfen tragen!« schimpfte der Zwerg. »Und du gehst da wieder rauf und ergibst dich dem Drachen! Dann kannst du dich an deinem reinen Herzen erfreuen, während es verschlungen wird!«

Gary sah den Zwerg wütend an, während er über die Beule in der Rüstung strich.

»Du hast schon recht, Junge«, sagte Mickey. »Aber so ist der Zwerg nun einmal. Du kannst mit einem Untier wie Robert nicht auf faire Weise kämpfen – weil es von Anfang an kein fairer Kampf ist, wie du weißt.«

»Der Zweck heiligt die Mittel?«

Mickey dachte über das ihm unbekannte Sprichwort nach, dann nickte er. »Wenn du mit einem Drachen spielst, ja«, stimmte er Gary zu. »Abgesehen davon hat Kelsey Robert geschlagen, bevor er sich überhaupt in einen Drachen verwandelt hat, Junge. Es war Robert, der das Schwert gewählt hat, und in diesem Kampf hat Kelsey ihn auf faire Weise besiegt.«

Gary beließ es dabei, er war froh, daß Mickey ihn daran erinnert hatte und daß er seiner Erklärung beipflichten konnte. Aus irgendeinem Grund war es ihm wichtig, den Wettstreit als ehrenhaft in Erinnerung zu behalten. Dann klopfte Kelsey ihm auf die Schulter, sachte nur, aber es berührte Gary tief. Er sah dem verletzten Elfen ins Gesicht und fand zu seiner Überraschung aufrichtige Zustimmung in den goldenen Augen.

Sie wanderten den Berg hinab, so schnell es mit Kelsey ging, den Gary halb tragen mußte. Bald lag die Burg weit hinter ihnen, was Gary ein Gefühl der Erleichterung verschaffte, aber er mußte feststellen, daß Mickey immer wieder verstohlen zurückschaute. Es sah nicht so aus, als ob der Kobold einen plötzlichen Angriff befürchtete; eher drückte sein Blick eine Sehnsucht aus, einen Schmerz, wie ihn eine junge Mutter empfinden mochte, die über die Schulter zu ihrem Kind zurücksieht, das sie gerade zum ersten Mal zur Schule gebracht hat.

Gary versuchte im stillen sich einen Reim darauf zu machen, denn es war klar, daß Mickey nichts erklären würde. Er rief sich ihre erste Nacht nach Dvergamal ins Gedächtnis, das Treffen zwischen Mickey und dem Waldmännlein, und erst da fiel ihm Mickeys Bemerkung auf, daß seine Magie nie stärker als in Roberts Hort gewesen war. Tatsächlich war es die beste Illusion gewesen, die Gary je gesehen hatte – das Bild des kämpfenden Elfen hatte bis in die kleinste Einzelheit wie Kelsey ausgesehen und sich perfekt in die Teil-aus-und-steck-ein-Taktiken des Kampfes eingefügt.

Aber dies erklärte nicht im geringsten, warum Robert sich so hatte aufs Kreuz legen lassen. Der einzige Grund, warum Mickey Geno hatte austricksen können, damals in seiner Höhle, als es so ausgesehen hatte, als ob Kelsey geradewegs in die Tunnelfalle laufen würde, war die Tatsache gewesen, daß Mickey dem Zwerg genau das gezeigt hatte, was er hatte sehen wollen. Aber so war es in Kelseys Kampf gegen Robert nicht gewesen. Der Drache hatte garantiert das sehen wollen, was wirklich geschehen war, hatte erwartet, den Elfen nach dem ersten Klauenhieb besiegt durch die Luft fliegen zu sehen. Wenn Robert wirklich so ein alter und weiser Wurm war, ein Untier, das den häufig erzählten und offenbar zutreffenden Legenden über das Drachengeschlecht entsprach, dann hätte er die Illusion doch durchschauen müssen, wenn schon nicht zu Anfang, dann doch wenigstens am Ende, in der Pause, bevor er mit Gary und Geno in die Seitenkammer gegangen war, um den Speer zu richten.

Warum also hatte Robert sich narren lassen? Und warum schaute Mickey immer wieder zur Burg zurück?

Ganz gleich, wie sehr sich Gary auch darin verbiß, er bekam die Puzzleteile nicht zusammen.

Am Fuße des Berges verzweigte sich der Weg in mehrere Richtungen. Mickey übernahm die Führung und wandte sich nordwärts. »Dieser Weg wird uns schneller zur Felsspalte und zum Riesen bringen«, sagte er.

»Und in die Crahgs?« fragte Geno trocken.

Mickey schüttelte den Kopf. »Dort brauchen wir nicht wieder hin«, sagt er entschieden zu dem Zwerg, und ihrer beider Gesichter leuchteten hell auf. Mickey sprang hoch in die Luft und ließ die Absätze seiner Schnabelschuhe zusammenklakken. »Die Queste ist erledigt, habt ihr das noch nicht bemerkt?«, sagte er mehr als überschwenglich und blickte Kelsey an. »Wir können uns jetzt Zeit lassen und einfach spazierengehen und das schöne Wetter genießen!«

Aber schon als er endete, brach die fröhliche Fassade zusammen, und er warf einen besorgten Blick nach hinten. Da verstand Gary, warum er unvermittelt in ein solches Hurra ausgebrochen war – es war wegen Kelsey. Und als er sich den verwundeten Elfen ansah, konnte Gary nur zustimmend nikken. Er hielt den Speer vor sich, so daß Kelsey ihn in all seiner wiederhergestellten Pracht sehen konnte. In der Tat hellte sich Kelseys Gesicht auf, und es kam Gary vor, als hätte er an seiner elfischen Last plötzlich weniger zu tragen, als wäre ein Teil der alten Sprungkraft in seine Glieder zurückgekehrt.

»Und du wirst in die Legenden eingehen«, sagte Gary zu Geno, um ihn in die kleine Feier einzubeziehen, »als der Zwerg, der den legendären Speer gerichtet hat.«

Er hörte, wie Genos Spucke gegen die Rückseite seines Beines klatschte, und sagte kein weiteres Wort. Erneut dachte er an die Aussicht, nach Hause zurückzukehren, und fragte sich, ob er in einem weißen Raum mit gepolsterten Wänden aufwachen würde oder vielleicht doch in seinem Bett, nur um zu begreifen, daß alles nicht mehr als ein wehmütiger Traum gewesen war.

In Gedanken ließ er das Abenteuer noch einmal Revue passieren, von Tir na n'Og bis zum Daumen des Riesen, und versuchte, sich die vielen Eindrücke zu bewahren, die er gesammelt hatte, die wunderlichen Gerüche, die Ängste und die Aufregungen. Er hätte sich lieber daran erinnern sollen, daß es noch ein weiter Weg bis nach Hause war, ja selbst bis nach Tir na n'Og, und daß sie ihr Abenteuer noch nicht hinter sich hatten.

Kelsey schrie schmerzerfüllt auf und sackte zusammen. Gary sah um ihn herum und erblickte ein kleines, sich bewegendes Stück Fels von vage menschlicher Gestalt; es war kaum halb so groß wie Gary und umklammerte fest Kelseys Bein. Instinktiv ließ Gary ihn los, und während er mit einem Bein versuchte, Kelseys unvermeidbaren Fall etwas abzudämpfen, nahm er den Speer in beide Hände.

»Zwergenzauber?« schrie er ungläubig und stach mit dem Speer nach dem Fels. Im gleichen Moment durchzuckte ihn die Angst, der Schaft könnte beim Aufprall brechen. Funken stoben, als die Metallspitze aufschlug, und dann drang der Speer tief in den Fels ein, und sein Zauber zerstäubte die kuriose kleine Kreatur zu einem Haufen rieselnden Gerölls.

»Zwergenzauber?« schrie Gary wieder, aber als er zu Geno sah, begriff er, wie lächerlich seine Frage, seine Anschuldigung war.

Etliche der Steinmenschen hatten den Zwerg umzingelt, knüppelten auf seine Arme und Beine ein oder grabschten nach ihnen. Genos Hämmer krachten hierhin und dorthin, und jeder Schlag ließ große Stücke seiner Gegner durch die Luft fliegen.

»Mein Schwert!« rief Kelsey schwach, als plötzlich weitere Felsen am Wegesrand zum Leben erwachten und heranstürmten. Den Speer in beiden Händen, stellte Gary sich breitbeinig über den auf dem Bauch liegenden Elfen, wohl wissend, daß Kelsey sich kaum allein verteidigen konnte.

»Mickey!« rief Gary. Er schlug und stach wiederholt um sich, und die Luft um ihn herum war von einem schillernden Funkenregen erfüllt.

»Ich kann gar nichts gegen sie tun!« rief Mickey. Er schwebte an seinem geöffneten Regenschirm durch die Luft und zog die beschnabelschuhten Füße an, damit die stetig mehr werdenden Kreaturen nicht nach ihnen greifen konnten.

Immer wieder klirrte Metall auf Gestein, Funken erfüllten die Luft, aber die Kreaturen kamen ohne Unterlaß heran, in zu großer Zahl, um zurückgeschlagen werden zu können.

»Mickey!« rief Gary wieder, voller Angst, daß Kelsey gleich zermalmt wurde.

Ein Steinmensch schlüpfte unter Garys weiten Speerstreichen hindurch. Gary konnte nicht ausweichen, ja er konnte nicht einmal weit genug zurück, um wieder seinen Speer benutzen zu können.

Ein einziger Hammerschlag zerschmetterte den Steinmenschen in tausend Stücke.

Hinter dem Haufen zerbröckelten Gesteins erblickte Gary Geno, der wieder mit einem breiten, schelmischen Lächeln seine Zahnlücke zur Schau stellte und durch ein Meer von zerbrochenen Steinen watete. Steinmenschen drangen von beiden Seiten auf ihn ein, und »Peng! Peng!« war der Weg wieder frei.

»Das sind bloß Steine«, brummte Geno, und als wollte er seine Überlegenheit beweisen, griff er sich den Arm der nächsten Kreatur und biß ihr die Stummelfinger ab.

»Junge, hab' ich dir nicht gesagt, du bist, was du ißt?« erklang Mickeys Ruf von oben, und seine Erleichterung war nicht zu verkennen.

Ein Hammer flog an Gary vorbei und traf einen Steinmenschen, der sich ihm von hinten genähert hatte.

»Halt sie dir vom Leibe«, wies Geno ihn an. »Spiel defensiv und paß auf den Elfen auf.« Geno lächelte, als ein weiterer Steinmensch in seine Nähe kam. Lässig beugte er sich vor und schlug ihn in Stücke. »Halt sie dir einfach nur fern«, wiederholte er, »und laß den Zwerg tun, was Zwergensache ist!«

Gary beschrieb mit dem Speer einen weiten Bogen, immer hin und her, und erwischte jeden Steinmenschen, der zu nahe um ihn herumstreunte. Geno löste sein prahlerisches Versprechen ein. Er lief beharrlich an der geschwungenen Kante des Schutzgebiets entlang, und die steinhändigen Attacken der Kreaturen schienen ihn völlig kaltzulassen, während er jeden seiner Gegner mit einem einzigen Schlag zerschmetterte. »Du mußt bloß wissen, wo du sie zu treffen hast!« erklärte er Gary im Vorbeilaufen und winkte ihm spielerisch zu. Als wollte er seinen Satz unterstreichen, führte er abwesend einen Schlag mit der Rückhand aus, der eine der Kreaturen gerade mal anzustupsen schien.

Sie explodierte in tausend Stücke.

Immer mehr Steine erwachten und drangen furchtlos auf die Gefährten ein, aber da Mickey Genos Züge von hoch oben lenkte, hatten die Kreaturen keine Chance.

Doch dann erbebte die Erde, als ob sich der ganze Berghang bewegt hätte. Gary sah Geno neugierig an, aber der Zwerg zuckte nur mit den breiten Schultern, denn er hatte dafür auch keine Erklärung parat.

»Oh-oh«, hörten sie Mickey in der Höhe murmeln. Er starrte wie betäubt nach hinten auf den Weg und zeigte auf etwas. Als Gary und Geno zurückblickten, sahen sie eine riesige Felswand, die menschliche Form angenommen hatte und immer noch wuchs, fünfzig Fuß entfernt und doch hoch über die Gefährten aufragend.

»Lauf voraus!« rief Gary Geno zu. Er griff grob nach Kelsey und hängte ihn sich regelrecht über die Schulter, während Geno vorbeirauschte und die kleinen Steinmenschen wie wild aus dem Weg räumte. Offenbar hatte der Zwerg genausoviel Angst wie Gary.

Die Erde erbebte unter dem Donnern eines gewaltigen Fußtrittes, und Gary brauchte nicht erst über die Schulter zu schauen, um den steinernen Behemoth hinter sich zu wissen.

»Weißt du auch, wo du den treffen mußt«, rief er Geno zu.

»Und selbst wenn, da würd' ich nie rankommen!« brüllte Geno.

Erneut erschien ein kleiner Steinmensch auf dem Pfad vor dem wilden Geno, erneut verschwand ein Steinmensch in einem Haufen zerschmetterten Gesteins.

»Nur eine Sache ist blöder, als sich einem angreifenden Zwerg entgegenzustellen«, erklärte Mickey, als er neben Garys Schulter dahinschwebte.

»Und was?« mußte Gary nun fragen, denn sonst hätte Mikkey ihn den ganzen Tag lang zappeln lassen. Wieder erhob sich ein Steinmensch vor Geno und reckte die Arme genau für den Sekundenbruchteil drohend vor, den Geno benötigte, um ihn in einen Haufen Geröll zu verwandeln.

»Sich einem flüchtenden Zwerg entgegenzustellen«, antwortete Mickey trocken. Gary schüttelte den Kopf und sah ihn an Kelsey vorbei an. In diesen dunklen Momenten war ihm Mickeys Humor mehr als willkommen, nur mußte er leider sehen, daß Mickey kein Lächeln auf den Lippen trug, während er nach hinten zu dem Behemoth schaute.

Geno räumte ihnen den Weg frei, schnitt ihnen eine breite Schneise hinein und zerschlug sogar dann und wann einen Felsbrocken, der keinerlei Lebenszeichen zeigte. Aber selbst auf einem ebenen, freien Weg konnte der mit Kelsey beladene Gary nicht darauf hoffen, dem Steinriesen davonzulaufen.

»Ihr dürft mich nicht werfen!« rief der beseelte Speer, Garys Absicht erahnend.

Gary scherte sich nicht darum. Als er an einer kleinen Erhöhung ankam – kein allzugroßes Hindernis, aber ganz bestimmt eines, das eher ihn aufhielt als den sie jagenden Riesen – drehte er sich um und wog den Speer in der Hand.

»Ich bin der Grund!« protestierte Cedrics Speer. **»Mich gilt es zu schützen!«**

»Das hatten wir schon«, murmelte Gary. Er zielte nach der Brust des herandonnernden Riesen, aber dann begriff er, daß die winzige Waffe, so mächtig sie auch war, in die dicke Felsplatte wohl kaum weit genug eindringen konnte, um irgendeine Wirkung zu zeigen.

Er flachte den Winkel ab und zog durch. Die Flugbahn des hervorragend ausgewogenen Speeres war richtig, und die magische Spitze bohrte sich tief in das Knie des steinernen Riesen. Große Risse breiteten sich um den vibrierenden Schaft aus, einmal um das ganze Bein herum. Das Ungeheuer hielt inne und schwankte gefährlich.

Gary drehte sich um und floh.

»Du darfst … den Speer … nicht zurücklassen«, flehte Kelsey ihn an, einer Ohnmacht nahe.

»Willst du ihn holen?« antwortete Gary prompt. Nun, da

der Riese sie nicht mehr verfolgen konnte, trottete er entspannter dahin und versuchte, Kelseys Ritt etwas weniger holprig zu machen. Aber dann ertönte ein unglaubliches Krachen, und einen Moment später ein zweites. Als Gary zurücksah, erblickte er den Riesen, der auf seinem gesunden Bein in Riesensprüngen auf sie zukam.

»Verdammt!« fauchte Gary, beugte sich vor und rannte los.

»Ich habe Euch gewarnt!« erscholl ein ferner Ruf in seinem Kopf, um ihn daran zu erinnern, daß er nun überhaupt keine Waffe mehr hatte.

Gary sah immer noch mehr nach hinten als nach vorn, als er Geno überrascht aufschreien hörte. Er warf einen Blick nach vorn und sah eine zweite riesige Gestalt, die auf sie zugelaufen kam. Im ersten Moment glaubte Gary, daß es nun mit ihnen vorbei war, daß ihnen ein zweiter Steinriese den Weg abgeschnitten hatte. Aber die zweite Gestalt rannte an ihnen vorüber, duckte sich und krachte der Länge nach in den hüpfenden Riesen.

»Tommy!«

Tommy war nicht annähernd so groß wie der Steinriese und wog natürlich gerade mal einen Bruchteil. Aber der Steinriese hatte mit seinem verletzten Bein kein gutes Gleichgewicht und war nicht schnell genug, um sich gegen Tommys mächtigen Schulterstoß zu wappnen.

Die beiden Behemoths stürzten in einer Lawine von Fleisch und Stein zu Boden und zermalmten die Felsen unter sich.

»Lauf! Lauf!« schrie Geno von weiter vorn, aber Gary hörte nicht auf ihn. Er legte Kelsey behutsam auf den Boden und lief zurück.

»Nicht, Junge«, rief Mickey ihm nach.

»Donnerlittchen«, fügte er hinzu, als nun auch Geno kräftig fluchend an ihm vorbeihetzte, um seinen Freunden beizustehen.

Kaum hatte Gary seine Hände um den Schaft von Cedrics Speer gelegt, da staunte er selbst darüber, wie blitzschnell er kehrtgemacht hatte. Die Bewegungen der ringenden Riesen ließen den Speer hierhin und dorthin tanzen – einmal bekam Gary ihn ins Gesicht, und nur sein Helm bewahrte ihn vor einem gespaltenen Schädel. Zu seinem eigenen Erstaunen schaffte er es, den Speer herauszuziehen, und er stolperte ein paar Schritte zurück, um ein gutes Ziel zu finden.

Geno leistete bereits Schwerarbeit an einer steinernen Schulter; er versuchte, den Arm abzutrennen. Tommy lag über dem größeren Riesen; er wäre bestimmt zerquetscht worden, wenn sie andersherum gefallen wären. Aber der Würgegriff setzte ihm zu – er bekam keine Luft mehr.

Gary tänzelte und sprang hin und her, um den ausschlagenden Beinen auszuweichen. Er stach mit dem Speer zu, sooft es ging, aber er wußte, daß diese halbherzigen Attacken nur wenig auszurichten vermochten.

Weiter unten schrie Mickey auf, und Gary vernahm das Schwirren einer Bogensehne. Der Kobold und der Elf verschwanden unter einem warmen Regen schwarzgefiederter Krähen. Kelsey lag auf dem Rücken, schlug mit dem Langbogen um sich, um die Vögel wegzujagen und einen weiteren Pfeil mitten in das Durcheinander schießen zu können. Mikkey kauerte sich neben ihm zusammen, den Schirm als behelfsmäßigen Schild benutzend.

»Los!« rief der Zwerg Gary zu, als der steinerne Arm endlich abbrach.

Gary stach mit seinem Speer rasch noch in das andere Bein des Steinriesen, dann hetzte er los. Ein Hammer wirbelte an ihm vorbei, erwischte zwei Vögel im Flug.

Bis Gary dicht genug heran war, um den ersten kreischenden Vogel aufzuspießen, waren schon drei weitere Hämmer in den Schwarm gekracht, und es regnete schwarze Federn.

Nicht mehr ganz so bedrängt gelang es Kelsey, einige wohlplazierte Pfeile abzuschießen.

Aber die Krähen waren nicht allein, immer mehr Steine erwachten und bewegten sich auf die Gruppe zu.

»Roberts Wort ist nicht viel wert«, knurrte Gary.

Mickey wollte schon antworten, Gary berichtigen, aber dann hielt er lieber den Mund. Er wußte genau, daß außer den Zwergen von Faerie nur eine andere Person Steine auf so effektive Weise zum Leben erwecken konnte, eine ganz bestimmte Hexe, und er wußte den Krähenschwarm sehr wohl zu deuten.

Gary packte Kelsey beim Arm und stellte ihn auf die Füße, während Geno die Steinmenschen aufhielt.

»Nimm den Helm«, sagte Gary, und bevor Kelsey auch nur protestieren konnte, hatte er ihn schon über dem Kopf und wurde vorwärts geschubst.

Und wieder ging die Jagd los, und diesmal war sie noch schlimmer als zuvor, denn die Krähen pickten auf Schritt und Tritt nach Garys Augen. Mickey fand ein Versteck unter Garys Schulter, hinter dem gestützten Kelsey verborgen.

Wie schön für ihn, dachte Gary und fegte eine hackende Krähe zur Seite.

Etwas Kleineres und Schlankeres als eine Krähe zischte an seinem Kopf vorbei. Er sah sich um und erblickte einen Falken, eine Krähe in den tödlichen Krallen.

Noch ein Raubvogel schoß heran und noch einer.

»Falken?« flüsterte Gary. Das war absurd. Und wann immer etwas Absurdes geschah, konnte er sich relativ sicher sein, daß Mickey dahintersteckte.

»Ich hab' schon immer eine Schwäche für Jagdvögel gehabt«, sagte der Kobold. Seine Illusion zerstreute den Schwarm in alle Winde, und Geno hatte den Kampf mit den

Steinmenschen bald völlig im Griff, erschlug sie mit seinen knirschenden Hämmern in Stücke und Stückchen.

Und noch eine gute Neuigkeit erreichte sie. Tommy kam den Pfad herabgehumpelt. Er hatte sich aus dem Griff des Steinriesen befreit, und ihnen drohte keine Verfolgung mehr. Obwohl er humpelte, bereitete es ihm keine Mühe, mit den Gefährten mitzuhalten. Er holte Gary ein und nahm ihm behutsam Kelsey ab, um ihn vor der Brust zu tragen.

Gary reckte siegreich die Faust; überall um sie herum waren die bösen Ränkespiele zusammengefallen.

Mickey war nicht so überschwenglich. Und er war auch nicht sonderlich überrascht, als sie dem Pfad um eine Felswand herum folgten und plötzlich der kochenden Ceridwen gegenüberstanden.

Ende des Weges

Gary hörte, wie dem Kobold ein kleines, resigniertes Seufzen entschlüpfte, bevor er sich unsichtbar machte. Gary konnte ihm diesen taktischen Rückzug wirklich nicht vorwerfen. Er brauchte Ceridwen nur anzusehen, um zu wissen, daß sie verloren waren. In ihrem leichten schwarzen Kleid schön und schrecklich zugleich, stand sie hoch über ihnen auf einem Felsvorsprung, lehnte sich an den Berg und konnte selbst auf Tommy hinuntersehen.

»Nun, Riese, was hast du nach deinem Verrat zu sagen?« zischte sie leise. Tommy erbleichte und zitterte so gewaltig, daß Gary dachte, er würde sich jeden Augenblick zu Boden werfen, um vor ihr zu kriechen.

Kelsey befreite sich aus Tommys nachlassendem Griff und fiel zu Boden. Irgendwie fand er die Kraft, auf die Beine zu kommen und sich der bösen Hexe zu nähern. Er baute sich kerzengerade und stolz vor Ceridwen auf und zog sein magisches Schwert.

»Misch dich nicht in fremde Angelegenheiten!« grollte er.

Die Zauberin lachte so heftig, daß Tränen über ihre porzellanweißen Wangen kullerten. Sie schnippte mit den Fingern, und Kelsey verschwand – genauer gesagt, Mickeys Illusion von Kelsey. Dann erst sah Gary den echten Elfen, der stur auf allen vieren auf die Hexe zukrabbelte.

Ceridwen schenkte ihm keine Beachtung. Sie schnippte noch einmal mit den Fingern, und Mickey erschien wieder. Er saß auf einem flachen Stein am Wegesrand.

»Es war einen Versuch wert«, sagte er und setzte eine unbekümmerte Miene auf. Er zog seine Pfeife hervor und klopfte sie auf dem Stein aus.

Ceridwen schien amüsiert, als sie ihm dabei zusah.

»Du kannst nicht gewinnen, weißt du«, fuhr Mickey abwesend fort. »Trotz all deiner Tricks und all deiner Fallen ist der Speer wieder zusammengefügt. Selbst du kannst ihn nicht zerbrechen.«

Ceridwens Lächeln gefror, und ihre Augen blickten so kalt, daß Garys Herz einen Takt aussetzte.

»Das spielt keine Rolle«, gab die rabenhaarige Hexe zurück. »Der Speer ist gerichtet, aber niemand in der großen, weiten Welt von Faerie wird ihn je zu sehen bekommen.«

»Leere Drohungen.« Mickey beschwor eine winzige Flamme über seinen Fingern herauf und entzündete langsam und bedächtig seine Pfeife. »Es wird sich herumsprechen – das weißt du genau. Und wenn das Volk von Faerie erst einmal weiß, daß der Speer wieder heil ist, wird es König Kinnemore so lange piesacken, bis er loszieht und das Ding sucht.«

Ceridwen lächelte zuversichtlich und zuckte mit den Achseln. »Also wird der König auf die Suche gehen, und die edelsten Ritter des Landes werden ihn begleiten. Aber werden sie gegen Ynis Gwydrin ziehen? Und selbst wenn sie es tun, glaubst du wirklich, sie werden je wieder zurückkehren?« Dann sah sie auf Kelsey hinab, der stur auf sie zukrabbelte und das bißchen Luft, das sein verwundeter Körper noch aufbringen konnte, an dahingehauchte Verwünschungen verschwendete.

Mickey zuckte ebenfalls mit den Schultern, aber er lächelte nicht. »Aber es wird sich herumgesprochen haben. ›Der Speer ist heil!‹ werden sie durch die Straßen von Dilnamarra rufen. ›Der Speer ist heil!‹ werden sie auf Connacht flüstern, selbst in den Gemächern deines Marionettenkönigs. Und dann die Tylwyth Teg, Lady, wir wollen doch nicht das Elfenvolk von Tir na n'Og vergessen. Kelseys Mission ist erfüllt. Wenn seine Leute davon hören, und wenn sie von deiner Einmischung hören, dann werden sie sich sicher gegen dich verbünden. Sie sind ein toleranter Haufen, diese Tylwyth Teg, aber ich wäre sehr vorsichtig damit, sie gegen mich aufzubringen!«

Wider lachte Ceridwen, und diesmal wurde es ein gehässiges Gackern. »Dann wird eben niemand zurückkehren, um davon erzählen zu können!«

»Verdammt sollst du sein!« rief Kelsey. Er hatte die Beine heimlich angezogen und sprang der Hexe nun entgegen. Sein Schwert fuhr Ceridwen durchs Gesicht, aber der Streich warf nicht einmal ihren Kopf zur Seite, ja er ließ ihr spöttisches Lachen nur noch lauter erschallen. Tapfer und dumm, von seiner Wut geblendet, versuchte Kelsey es erneut, und diesmal stach er zu.

Ceridwen fing die Klinge mit der bloßen Hand ab und hielt sie fest.

»Ach, Elf! Ich habe dir doch bereits gesagt, daß eure Waffen mir nichts anhaben können, und wenn sie dreimal von den Tylwyth Teg geschmiedet wurden.« Unvermittelt ließ sie sein

Schwert los und schlug ihm mit dem Handrücken ins Gesicht. Der leichte Schlag ließ ihn ein Dutzend Fuß weit fliegen, bis er gegen eine Felswand krachte. Zusammengekrümmt blieb er liegen und regte sich nicht mehr.

»Steingeblubber!« brüllte Geno. »Und was fällt dir gegen meine Waffen ein, du Dreckshexe?« Er ließ seine Hämmer aneinanderkrachen und holte mit ihnen aus.

Eine einfache Handbewegung Ceridwens genügte, und eine gewaltige Felsplatte löste sich aus dem Berg, genau über Genos Kopf.

Sofort ließ er seine Hämmer fallen und brachte seine Arme gerade noch rechtzeitig nach oben, um den herabstürzenden Fels aufzufangen. Aber wenn er ihm auch den Schwung genommen hatte, so war der Stein doch selbst für ihn zu schwer. Er hielt ihn oben, aber seine Arme und Beine zitterten gewaltig unter dem ungeheuren Druck.

»Was für eine Ironie, daß ein Zwerg aus Dvergamal ausgerechnet auf diese Weise stirbt!« gackerte die Hexe. »Von einem Stein zerquetscht! Was für ein gelungenes Ende!«

Gary sah zwischen Geno und Kelsey hin und her, ohne zu wissen, wem er zuerst helfen sollte.

»Ganz ruhig, Junge«, flüsterte Mickey ihm zu, während er neben ihn trat. »Vielleicht bekommen wir sie dazu, unsere Unterwerfung zu akzeptieren.«

Gary hätte am liebsten »Nein!« gebrüllt, tausendmal in das Gesicht des Kobolds, millionenmal in das der Hexe. Sie hatten doch so viele Hindernisse überwunden – und nun sollte der arme Kelsey in dem Bewußtsein sterben, daß seine Mission zuletzt doch noch gescheitert war? Aber auch Gary sah keinen Ausweg, es gab keine Möglichkeit, die schreckliche Hexe zu besiegen.

»Du mußt sehr verzweifelt sein, daß du so dicht an Roberts Berg herankommst«, versuchte Mickey in der Auseinandersetzung an Boden zu gewinnen. »Hast sogar Krähen geschickt – deine Visitenkarte, wenn du je eine hattest. Ich kann mir nicht vorstellen, daß Robert dich gern hier in der Gegend hat.«

»Aber das habt ihr doch schon für mich erledigt, Kobold, oder etwa nicht?« gab Ceridwen zurück. »Der Speer ist gerichtet, folglich hat der Drache den Wettstreit verloren. Müssen nicht hundert Jahre vergehen, bis Robert seine Burg wieder verlassen darf?«

Mickey beeilte sich, ihrer logischen Falle zu entgehen. »Aber sein Gefolge«, setzte er an.

Ceridwens Gelächter schnitt ihm das Wort ab. »Lavamolche?« lästerte sie. »Und was weiter, Kobold? Sag's mir. Wen hat Robert der Rabauke noch in seinem gefährlichen Gefolge, um mich zu vertreiben?«

»Das wird nicht einfach«, murmelte Mickey Gary zu.

»Ihr habt viel für mich getan«, fuhr die Hexe fort, ohne seine Bemerkungen zu beachten. »Habt mir den Speer gebracht und Robert für hundert Jahre verbannt. Für hundert Jahre! Die Crahgs werden wieder mir gehören. Jahrzehnte, bevor der Drache auch nur weit genug aus seiner Burg herauskommt, um mich überhaupt herausfordern zu können.«

»Dann nenn es doch unentschieden und laß uns gehen«, sagte Gary.

Im Nu hörte Ceridwen auf zu lächeln. »Ich soll euch gehen lassen?« fragte sie ungläubig.

»Wenn wir soviel für dich getan haben«, begann Gary.

»Schweig!« brüllte die Hexe. »Alles, was ihr für mich getan habt, habt ihr unabsichtlich getan. Ich habe euren Ungehorsam nicht vergessen.« Bei diesen Worten starrte sie Tommy an, der Gary plötzlich gar nicht mehr so riesig vorkam.

»Ihr solltet auf Ynis Gwydrin bleiben«, fauchte die Hexe. »Und was sehe ich, als ich zurückkehre? Meine Gäste sind gegangen!«

»Du mußt zugeben, daß der Junge sich sehr geschickt um deinen Fluch herumgemogelt hat«, warf Mickey in der Hoffnung ein, daß Ceridwen es für besser hielt, Gary lebendig an ihrer Seite zu wissen.

Sollte sie seinen Worten überhaupt gelauscht haben, so ließ sie es nicht erkennen. »Gegangen!« grollte sie erneut, und ihr Ingrimm wuchs.

»Und du, Riese«, fauchte sie. »Ich habe dich aufgenommen und dir ein Zuhause gegeben! Ist das dein Dank?« Sie drohte ihm mit dem Finger, und an dessen Spitze leuchtete eine kleine Flamme auf, tanzte und wurde immer heißer und größer. »Ich werde dir das Fleisch von den Knochen brennen, du undankbarer Kerl. Und dich an meine Goblins verfüttern, denn die sind bei weitem loyaler als du.«

Was für ein Bild des Jammers Tommy Ein-Däumling da bot! Der Riese, der einen Bergtroll lässig durch die Luft geworfen und sich furchtlos in den Kampf mit einem steinernen Behemoth begeben hatte, der viel größer gewesen war als er, dieser Riese nun fiel vor den Drohungen der Zauberin auf die Knie. Er versuchte, etwas zu sagen, aber es kam nur unverständliches Geplapper über seine bebenden Lippen.

Ceridwen schnippte mit den Fingern, und eine Stichflamme loderte neben Tommys Kopf auf und versengte sein Haar. Hastig schlug er die Glut aus und begann zu winseln und zu flehen.

»Er hat niemandem etwas getan«, flüsterte Gary.

»Sachte, Junge«, bat Mickey ihn. »Wir wollen nicht dasselbe Schicksal erleiden. Wir wollen uns ergeben.«

In seiner Entrüstung überkam Gary plötzlich eine Idee. Er lächelte Mickey unheilvoll an. »Wer hat gleich den Speer hergestellt?«

Mickey zuckte verwirrt mit den Schultern.

»Das hab' ich mir gedacht«, sagte Gary. Es steckte mehr

hinter Ceridwens Gier, den Speer zu besitzen, als nur die Angst, daß sich ihre bejammernswerten und unwissenden Untertanen an die alten Helden erinnern mochten.

»Warte!« rief Gary der Hexe zu Mickeys Bestürzung zu. »Du bist gekommen, um den Speer an dich zu nehmen, und es ist an mir, ihn dir zu geben.« Er hielt ihr den Speer entgegen und ignorierte dessen plötzlichen Strom telepathischer Proteste. »Wir hatten viele Hindernisse zu überwinden, um den Speer zu richten, und die meisten davon verdanken wir dir, keine Frage. Aber wir haben es geschafft, und Kelsey, der tapfere Kelsey hat den Drachen bezwungen – fair. Aber so wertvoll es auch sein mag, dieses Stück Metall soll meine Freunde nicht das Leben kosten.«

»Dann gib es mir!« brüllte Ceridwen, und wahrlich, sie sabberte dabei. »Gib es mir!«

»Ja, tut das«, stimmte der Speer zu, plötzlich vollauf zufrieden.

Ceridwen riß überrascht die eisblauen Augen auf, als Gary den Speer zurückzog und sie plötzlich mit unverhülltem Haß ansah. Sie bewegte die Hand und schleuderte ihm eine gewaltige Flamme entgegen.

»Nicht, Junge!« schrie Mickey und nahm die Beine in die Hand.

Garys Schrei kam aus der Tiefe seines Bauches, und jeder Muskel und jeder Nerv seines Körpers schwang darin mit. All sein Zorn, all seine Enttäuschung verstärkten die Wucht, mit der er die mächtige Waffe warf. Der Speer tauchte in die Flammen ein, die nur noch ein paar Fuß von Gary entfernt waren, und verschwand in dem orangefarbenen und rauchgrauen Ball.

Das Hexenfeuer erlosch, kurz bevor es Gary und Mickey verschlingen konnte, und nachdem die Flammen verschwunden waren, konnten die Gefährten Ceridwen wieder sehen.

Der Speer steckte in ihrem Bauch, nagelte sie an der Felswand fest. Mit blankem Entsetzen versuchte sie, nach dem zitternden Schaft zu greifen, aber ihre Hände hatten nicht mehr die Kraft dazu.

Abscheulich schwarz sickerte es aus der Wunde, über das Kleid und Ceridwens bloße Arme hinab.

»Das zahl' ich dir heim!« spuckte sie, eine leere Drohung, denn die Schwärze kroch nun ihren Hals und ihr Gesicht hinauf. Sie riß ihren Mund auf zu einem stummen Schrei, und ihre zitternden Hände lagen immer noch auf dem vibrierenden Schaft aus schwarzem Metall.

Dann schien Ceridwen nicht mehr zu sein als ein Schatten an der Wand. Gary konnte das hintere Ende der Speerspitze sehen, es ragte aus dem Gestein.

»Schau sich das einer an!« japste Mickey.

Ein letzter, gequälter Schrei ließ die Luft erzittern, und dann waren da nur noch der heulende Wind und der Speer und der markierte Stein, auf dem immer noch und für immer der Schatten der Hexe zu sehen war.

»Woher hast du das gewußt?« fragte Mickey.

Gary zuckte mit den Schultern. »Ich habe es nicht gewußt«, antwortete er aufrichtig. »Aber Robert hat gesagt, den Speer könnte kein Feuer von Sterblichen weich machen. Wenn er also die Wahrheit gesagt hat ...«

»Ah, was für ein guter Junge du bist«, kicherte Mickey.

Gary sah zu ihm hinab, und seine grünen Augen blickten sentimental. »Ich hab' es nicht gewußt«, wiederholte er. »Ich mußte einfach daran glauben.«

»Wenn ihr da drüben mit euren Beweihräucherungen fertig seid ...«, erklang eine angestrengte Stimme hinter ihnen. Erschreckt fuhren sie herum und erblickten Geno, seine krummen Beine begannen langsam unter der gewaltigen Last der Felsplatte zusammenzubrechen.

Tommy war zuerst bei ihm, und mit Garys und Genos Hilfe schaffte er es, die Platte aufrecht zu wuchten. Dann ließen sie sie auf den Pfad fallen.

»Junge!« rief Mickey herüber. Er versuchte, Kelsey dabei zu helfen, auf die Füße zu kommen. Gary eilte hinzu und legte sich Kelseys Arm über die Schulter.

Der Elf war schwer verwundet und völlig entkräftet, aber man brauchte nur das Leuchten in seinen goldenen Augen zu sehen, als er den im Stein steckenden Speer betrachtete, um zu wissen, daß er überleben und bald wieder völlig gesund sein würde.

»Klingeling, die Hexe ist tot?« versuchte Gary, ihn aufzumuntern, und brachte tatsächlich ein Lächeln auf Kelseys blutverschmierte Lippen.

»Nicht tot, Junge«, berichtigte ihn Mickey. »Aber sie darf einhundert Jahre auf Ynis Gwydrin verbringen, bevor sie wieder hinaus kann, und bis dahin wird Faerie ein besseres Land geworden sein, ohne sie und ohne Robert.«

»Und das war die letzte Schnalle an diesem Bein«, sagte Mikkey, um Gary aufzumuntern, während er ihm aus der unförmigen Rüstung half. Dilnamarra lag vor ihnen, die Gefährten waren am Ende ihres langen Weges angelangt.

»Wo steckt dieser blöde Elf?« murrte Geno, der über die unerwartete Verzögerung gar nicht erfreut war. Sie waren bereits vor vielen Stunden in dieser Gegend angekommen, aber angesichts der in ungewöhnlich großer Zahl umherlaufenden Soldaten des Königs hatte Kelsey ihnen aufgetragen, außerhalb der Stadt hinter einer großen Hecke (es hatte eine große sein müssen, denn Tommy war immer noch bei ihnen) zu warten, bis er herausgefunden hatte, was los war. In der für diese Gegend absolut unauffälligen Gestalt eines Bettlers war der Elf in der Abenddämmerung verschwunden.

»Und noch eine«, verkündete Mickey, während er die unterste Schnalle an Garys Rückenpanzer löste. Da erblickte er etwas Seltsames, und nach einem kurzen Moment des Nachdenkens nahm er das Ding von Garys Gürtel und ließ es unter seinem Mantel verschwinden.

»Dieser blöde Elf!« fluchte Geno, ohne Mickey und Gary zu beachten. Dabei war er nach der Niederlage der Hexe recht umgänglich gewesen, auf ihrem ereignislosen Heimweg, der sie nördlich um die Crahgs herumgeführt hatte, durch einen engen Paß zwischen ihnen und Dvergamal hindurch. Aber dann hatte Kelsey ihm erklärt, daß er noch nicht in seine heimatlichen Berge entlassen war, sondern sie nach Dilnamarra begleiten mußte, für den Fall, daß sich irgendwelche Fragen bezüglich der Echtheit der Schmiedearbeit ergaben.

Eine Bewegung ließ sie allesamt herumfahren. Sie atmeten erleichtert auf, als sie Kelseys schlanke Gestalt erblickten.

»Königliche Wachen«, bekräftigte er. »Um den ganzen Bergfried herum. Es schaut ganz so aus, als sei ich ein Geächteter, genau wie du, Gary Leger, und du, Kobold, falls sie je herausfinden, daß du das Kleinkind in Garys Armen gewesen bist, als wir uns die Ausrüstung beschafft haben.«

»Sie haben uns die Rüstung freiwillig gegeben«, protestierte Gary.

»Aye«, stimmte Mickey ihm zu. »Aber danach hat sich meine Illusion auf dem königlichen Edikt verflüchtigt, und Prinz Geldion hat die Wahrheit erkannt.«

Kelsey nickte zustimmend.

»Und wie lange dauert das jetzt?« fuhr Geno schroff dazwischen. »Ich habe tausend Verträge zu erfüllen, bevor auch nur der erste Schnee fällt!«

Kelsey konnte es dem Zwerg wirklich nicht sagen. »Baron Pwyll hat nur die Hoheit über seinen Bergfried«, erklärte er. »Das Land drumherum ist schwer bewacht. Ich weiß nicht, wie wir da hindurchkommen können, um ihm den gerichteten Speer zu überreichen.«

Für einen Moment war es still, während jeder seinen eigenen Gedanken nachhing.

»Und wenn wir den Speer zu Pwyll bringen«, bohrte Gary, »was dann?«

»Dann würde Geldion nicht gerade vor Freude springen«, sagte Mickey.

»Aber er könnte auch nicht viel tun«, überlegte Kelsey. »Wenn der Speer wieder in seinem Besitz wäre und Rüstung und Schild ebenso, dann hätte Pwyll bewiesen, daß er recht daran getan hat, mir die Artefakte zu geben. Die Wahrheit würde ihn aus dem Würgegriff Geldions befreien.«

»Dann laß doch Geno ihm den Speer überreichen«, sagte Gary lässig. Geno funkelte ihn an.

»Sie suchen nach einem Mann, einem Elfen und einem Kobold, nicht nach einem Zwerg«, erklärte Gary. »Tarnt die Stücke, und dann laß Geno sie direkt bis zu Pwyll tragen.«

»Könnte klappen«, murmelte Mickey. »Geno führt einen Esel neben sich her, der schwer mit Töpfen« – er hielt den Helm des Cedric Donigarten empor, der plötzlich wie ein angedellter alter Kochtopf aussah – »und anderem Zeug beladen ist, das Geldion nicht so interessant findet wie einen magischen Speer und eine zerlegte Rüstung.«

»Esel?« fragten Kelsey und Geno wie aus einem Munde.

»Kommst du bitte mal her, Tommy?« sagte Mickey. »Und knie dich mal hin, auf alle viere – guter Riese.«

Geno kicherte. »Das könnte der Mühe wert sein«, sagte er. »Und dann kann ich zurück nach Hause?«

Kelsey blickte sich um, und als er keinen Widerspruch sah, nickte er.

»Tommy mag das nicht«, warf der Riese ein, als er endlich begriffen hatte, daß er bei dem Betrug den Esel spielen sollte.

»Ach, das wird gutgehen«, versicherte Mickey ihm.

»Das wird es«, fügte Geno hinzu und sah Tommy mit aufrichtiger Ermunterung an. »Ich werd' auf dich aufpassen. Und wenn wir das hinter uns haben, kommst du mit nach Dvergamal. Es gibt viele Höhlen in meinen Bergen. Ich werde einen ordentlichen Platz finden, wo ein Riese wie du leben kann – nicht allzu dicht bei meinen Leuten, versteht sich!«

Tommys Gesicht hellte sich auf, und er nahm seine beste Eselshaltung an und wartete auf Mickeys neuesten Trick.

Wenig später zogen der zwergische Händler und sein Packesel von dannen, stracks zwischen den vielen Wachen hindurch, die in der Tat kein großes Interesse an seiner »profanen« Ware hatten.

»Niemals hätte ich dir soviel zugetraut«, gab Kelsey zu, als er mit Mickey und Gary bei der großen Eiche in Tir na n'Og ankam, unter der er Gary kennengelernt hatte. Kelsey warf einen amüsierten Blick in die Baumkrone, zu Leshiyes Nest hinauf.

Gary stimmte aus ganzem Herzen mit dem Elfen überein. Auch er rief sich ihre erste Begegnung in Erinnerung, wie Kelsey ihn aus seinen Vergnügungen gerissen hatte. Ein vielversprechender Anfang, wirklich. Nun aber, da ihr Abenteuer zu Ende ging, gab es keinen Zweifel an ihrer Freundschaft, weder ausgesprochen noch im stillen.

»Ich bin froh, daß deine Queste so gut verlaufen ist«, antwortete Gary. »Und ich hoffe, daß Ceridwen Cedrics Speer zu Recht gefürchtet hat. Das Volk von Dilnamarra könnte ein wenig Rückgrat gut gebrauchen.«

Kelsey nickte, klopfte Gary auf die Schulter und verschwand so rasch und lautlos in der Dunkelheit des dichten Unterholzes, daß Gary sich beinahe gefragt hätte, ob der Elf wirklich jemals dagewesen war.

»Bis du bereit, Junge?« fragte Mickey. »Die Feen stehen in den Blaubeeren zum Tanz bereit, ich kann dich noch heute nacht nach Hause bringen.«

Gary warf einen sehnsüchtigen Blick in Leshiyes Baum hinauf. »Noch ein Stündchen?« fragte er, nur mit halben Ernst.

»Setz dein Glück nicht aufs Spiel«, warnte ihn Mickey. »Es wird Zeit, daß du in deine Welt zurückkehrst.«

Gary zuckte mit den Schultern. »Dann geh vor«, sagte er, aber im Innersten war er sich gar nicht so sicher, ob er überhaupt wieder nach Hause wollte.

Gary sprach nur wenig auf ihrem Weg durch Tir na n'Og. Er fragte sich erneut, wie seine Rückkehr wohl vonstatten gehen würde. Würde er vielleicht einfach im eigenen Bett aufwachen? Oder würde er zum Erstaunen der besorgten Leute um ihn herum ganz plötzlich von einer Wahnvorstellung genesen?

In Wahrheit glaubte Gary an keine der beiden Erklärungen; sie erschienen ihm auch nicht weniger verrückt als alles, was geschehen war, einfach als Realität anzuerkennen.

Aber war dies nicht genau das, was ein Wahnsinniger denken mochte? Verstörende Zweifel, Zweifel an der Realität selbst nagten an Gary, aber dann stellte sich heraus, daß er gar nicht mehr die Zeit hatte herumzugrübeln. Er stand schon mitten zwischen den Blaubeerbüschen, und da war auch der kleine Kreis aus Licht, der fröhliche und geheimnisvolle Tanz der winzigen Feen.

Er warf einen letzten Blick nach Dvergamal zurück, wo der Mond hinter den riesigen, schroffen Gipfeln aufging. Und dann, auf ein Nicken Mickeys, trat er in den Feenring.

Kaum war Gary in der verzauberten Nacht verschwunden, da zog Mickey McMickey einen merkwürdigen Gegenstand unter seinem Mantel hervor: einen juwelenbesetzten Dolch, uralt und wunderbar gearbeitet; Gary Leger mußte ihn versehentlich aus Roberts Burg mitgenommen haben.

Unabsichtlich oder nicht, dieser Diebstahl konnte ziemlich ernste Folgen haben. Aber Mickey versuchte stets, die Dinge nicht so schwer zu nehmen.

Er wollte lieber darüber nachdenken, wie er diese unglückliche Wendung in einen Vorteil für seine eigene Queste ummünzen konnte. Schließlich hatte er dem widerlichen Wurm seinen Topf voll Gold verschachert, und der sollte doch nicht ewig in der Schatzhöhle bleiben.

Epilog

Gary Leger stöhnte auf, als er über den kratzigen Boden kullerte und stachlige Büsche von allen Seiten auf ihn einstachen. Er schaffte es, sich aufzusetzen. Überall um ihn herum duftete es nach Blaubeeren, aber er brauchte eine ganze Weile, bis er begriff, wo er war. Bilder von Feen und Elfen, Drachen und krummbeinigen Zwergen huschten an seinem inneren Auge vorbei, ohne daß er sie richtig zu fassen bekam.

»Also war es bloß ein Traum«, murmelte er, während er noch versuchte, sich wenigstens ein paar Fetzen des großen Abenteuers zu bewahren. Aber wie jeder Traum verflüchtigte sich auch dieser rasch, und bald fehlten ganze Teile oder waren nicht mehr greifbar. Er erinnerte sich jedoch an die wesentlichen Details, da war irgend etwas mit einem Speer und einem scheußlichen Drachen. Und er hatte eine Rüstung getragen – Gary erinnerte sich genau an das Gefühl, eine Rüstung zu tragen.

Gary sah nach unten, sah den **Kleinen Hobbit** neben sich auf dem Boden liegen und begriff, was ihn zu seinem abendlichen Abenteuer inspiriert hatte.

Dann begriff er, daß er das Abendessen verpaßt hatte, und fragte sich, wie viele Stunden (Tage?) wohl vergangen waren. Er blinzelte bei dem Gedanken und sah sich um, studierte die Landschaft, die in das Licht des aufgehenden Mondes getaucht war. Ja, er war im Wald hinterm Haus, nicht in Tir na n'Og.

»Tir na n'Og?« murmelte er verblüfft. Was war das für ein Name?

Über alle Maßen verwirrt griff Gary nach seinem Buch und kämpfte sich auf die Füße. Er hielt auf den Pfad zur Feuerschneise zu, änderte dann aber die Richtung und ging quer durch das Blaubeerfeld, den Hügel hinauf, von dem aus man einen weiten Blick auf …

Auf was hatte?

Gary marschierte hinauf, schaute zwischen der sich öffnenden Landschaft unter sich und den entfernten Hügeln hin und her.

Hügel, dachte er, keine Berge, und sie sind mit den Lichtern vieler Häuser gesprenkelt.

Aber er hielt den Atem an, als er am Rand des kleinen Tals ankam, und dann war er zutiefst erleichtert – und irgendwie auch zutiefst enttäuscht.

Die Southeast-Grundschule.

»Bloß ein Traum«, murmelte er vor sich hin und lief so schnell zur Feuerschneise zurück, wie er es sich in dem schwachen Licht nur getraute. Immer mehr gewohnte Anblicke boten sich ihm, wie er so dahinlief: der Friedhofszaun, die Häuser am Ende der Straße, wo seine Familie wohnte, und dann sein Jeep, der unter einer Laterne neben der Hecke stand.

»Wo zum Teufel hast du gesteckt?« fragte sein Vater, als er durch die Küchentür stürmte. Die Reste des Abendessens standen auf dem Herd und auf der Arbeitsfläche. »Du wirst es aufwärmen müssen.«

»Aufwärmen?« murmelte Gary verdutzt, denn das Bild eines Speers schoß ihm durch den Kopf, und da waren weiße Flammen, die um den Rand eines prächtigen Schilds nach ihm leckten.

»Yeah, es ist kalt. Du mußt es wieder warm machen«, sagte sein Vater sarkastisch.

»Hey, ich hab' schon gekocht«, fügte seine Mutter grimmig hinzu. Sie saß am Eßzimmertisch und spielte Solitär. »Wenn du es nicht schaffst, pünktlich zum Essen …«

»Ihr werdet's mir nicht glauben«, unterbrach Gary sie. »Ich bin hinten im Wald eingeschlafen.«

»Eingeschlafen?« fragte sein Vater mit einem Kichern.

»Du arbeitest viel zu hart«, sagte seine Mutter weich, plötzlich wieder ganz die besorgte Glucke. Sie schüttelte den Kopf und biß die Zähne zusammen. »Ich hasse diese Fabrik.«

Alles kam Gary so alltäglich vor, so überaus vorhersagbar – sag die siebzehn Worte, Mom. Er war gar nicht so lange fortgewesen; es war erstaunlich, daß ein so großes Abenteuer in ein so kurzes Nickerchen paßte.

Er nahm einen Bissen zu sich, und nachdem er verkündet hatte, daß er seinen Schlaf brauchte, ging er ins Bett, und insgeheim hoffte er, noch ein Stück dieses seltsamen Traums zu erhaschen. Er hatte keine Ahnung, wie er am nächsten Morgen aus den Federn kommen sollte, wie er es schaffen sollte, in die banale Wirklichkeit des Alltags zurückzukehren, zurück zur Häckselmaschine.

»Na ja«, sagte er zu sich selbst, als er aus seinen Kleidern schlüpfte und ins Bett fiel, »wenigstens habe ich was Neues, über das ich nachdenken kann, wenn ich diese Klumpen in den Häcksler werfe.«

Nur so zum Ausklang griff Gary nach dem **Kleinen Hobbit** und öffnete ihn, um die Stelle zu suchen, an der er aufgehört hatte.

Ihm fielen fast die Augen aus dem Kopf.

Denn Gary Leger erblickte nicht den üblichen Blocksatz eines Taschenbuches, sondern die fremdartige, fließende Handschrift von Mickey McMickey.